ASK ME Why

MADITA TIETGEN

ROMAN

everlove by PIPER

Mehr über unsere Autorinnen, Autoren und Bücher:
www.everlove-verlag.de

Wenn dir dieser Roman gefallen hat, schreib uns unter
Nennung des Titels »Ask Me Why« an *empfehlungen@piper.de,*
und wir empfehlen dir gerne vergleichbare Bücher.

ISBN 978-3-492-06576-4

Georgenstraße 4, 80799 München, *www.piper.de*
Für einen direkten Kontakt und Fragen zum Produkt
wenden Sie sich bitte an: *info@piper.de*
Redaktion: Michelle Stöger
Satz: Uhl + Massopust, Aalen
Gesetzt aus der Minion Pro
Druck und Bindung: CPI Books GmbH, Leck
Printed in the EU

Liebe Leser*innen,
dieses Buch enthält potenziell triggernde Inhalte.
Um euch das bestmögliche Leseerlebnis zu verschaffen, findet ihr deshalb auf Seite 381 eine Contentwarnung.

Madita und das *everlove*-Team

Für M.
Weil du viel zu oft nach dem Warum fragen musstest.

Und für alle, die auf der Suche nach Antworten sind.
Hört nicht auf zu fragen.

Playlist

Alex Warren – Carry You Home

Lost Frequencies & James Arthur – Questions

Michael Schulte – Beautiful Reason

Alex Warren – Save You a Seat

Maroon 5 – Memories

Bon Jovi – Waves

Michael Patrick Kelly – Friends R Family

Tophouse – Number One

Tors – Anything Can Happen

Amistat – a moment in the sun

Omar Rudberg – She Fell In Love In The Summer

Bon Jovi – Welcome to Wherever You Are

Taylor Swift – Run (Taylor's Version)

Darren Kiely – Lost & Found

Coldplay – feelslikeimfallinginlove

OneRepublic – Hurt

Samu Haber – Gimme Your Hand

Kapitel 1

Linn

Ein warmer Windhauch streift durch meine Haare, während ich am Gleis dem einfahrenden Zug entgegensehe. Heute geht es heimwärts. Richtung Westküste. Für mindestens vier Tage. Ich könnte mir wahrlich Schöneres vorstellen.

Familie kann etwas Wunderbares sein. Etwas Herrliches. Etwas Liebevolles. Etwas, das uns beschützt und uns den Rücken stärkt, wann immer wir Unterstützung nötig haben. Das behaupten die Leute zumindest immer wieder. Aber wenn ich ehrlich bin, gilt das nicht für alle. Besonders nicht für mich. Denn ich weiß nicht einmal, ob Familie etwas prinzipiell Gutes ist. Für mich birgt dieser Begriff vielmehr Enttäuschung, Schmerz und Druck. Es mag voreilig klingen, aber mir ist schon jetzt klar – und ich bin vor wenigen Tagen gerade einmal fünfundzwanzig geworden –, dass es einfacher ist, für sich zu bleiben. Sich auf andere zu verlassen und immer wieder den Versuch zu wagen, den Erwartungen dieser Menschen zu entsprechen, macht das Leben so viel schwerer, als es sein müsste. Es ist ein Hamsterrad, in dem man sich abrackert und doch nie belohnt wird.

Meinen Eltern gehört die weltweit drittgrößte Containerschiff-Reederei, die Reederei Mikkelsen. Dänemark mag mit seinen knapp sechs Millionen Einwohnern ein recht kleines Land sein, doch die Meere sind groß, die Häfen zahlreich, und der Warenstrom, der quer über die ganze Welt verschifft wird, reißt nicht ab. Man könnte sagen, meine Familie hat sich ein Imperium aufgebaut, es über Generationen hinweg vergrößert und dafür gesorgt, dass ohne den Namen Mikkelsen beinahe nichts mehr auf den Wasserstraßen dieser Erde vonstattengeht.

Vermutlich sollte ich stolz sein auf so viel Geschäftsgeschick und Größenwahn. Aber das bin ich nur, wenn ich mich dazu zwinge. Natürlich ist es eine enorme Leistung, was mein Vater und die Generationen zuvor erreicht haben. Mein Unmut liegt wahrscheinlich an der Kehrseite des geschäftlichen Erfolgs. Denn wer sich mit ganzem Herzen und tiefster Seele einem Unternehmen widmet, hat nicht mehr viel Kapazität, sich um das echte Leben abseits dieser Arbeit zu kümmern. Die Menschen, die einem nahestehen, die Familie – all das wird zweitrangig.

So wie bei uns. Mein Vater hat sich später auch mit der Unterstützung meiner Mutter ausschließlich um die Firma gekümmert, sodass in seinem Leben kein Platz mehr für meine beiden Geschwister und mich gewesen ist. In anderen Familien hätten Mütter diese Leere gefüllt, doch meine tut sich schwer mit herzlichen Liebesbekundungen und Umarmungen. Der Erfolg unserer Familie wurde am Erfolg des Unternehmens gemessen. Insofern müsste es sich bei uns also um etwas Herausragendes handeln. Glaubt man meiner älteren Schwester, dann ist das auch so. Zu hundert Prozent. Ohne Zweifel.

Schmerzlich erinnere ich mich an meinen Bruder, den wir heute nicht mehr nach seiner Meinung fragen können.

Und ich? Ich habe als Jüngste offensichtlich nichts zu melden, was das angeht. Was für meine Familie Normalität bedeutet, ist für mich ein Ausdruck von Unfähigkeit. Es mangelt an Zeit, Nähe und Verständnis. Wenn es die Firma nicht weiterbringt, lohnt es sich nicht, darüber zu sprechen.

Der Anlass, für den ich jetzt am Bahnhof von Kopenhagen

stehe, ist nur ein weiterer Beweis dafür. Die Reederei Mikkelsen feiert ihr hundertjähriges Bestehen. Nicht in der Hauptstadt, wo inzwischen ein großer Teil des Verwaltungssitzes angesiedelt ist, sondern dort, wo alles seinen Anfang genommen hat. In dem Küstenort Esbjerg. Dort ist meine Familie zu Hause. Dort wurde die Firma gegründet. Dort wird gefeiert.

Zwei Tage lang dreht sich einmal mehr alles um das Unternehmen. Im Vergleich dazu: Meinen Geburtstag vergangenes Wochenende hat man komplett übergangen, da man ja die Hundertjahrfeier vorbereiten musste. Es gab einen riesigen Blumenstrauß von meinen Eltern samt einer gedruckten Karte mit dem Versprechen, man würde meinen Ehrentag demnächst bei einem Essen nachfeiern. Wenn Zeit dafür sei. Also nie. Meine Schwester bemühte sich wenigstens um eine handschriftliche Karte. Aber das war's auch schon. Der fünfundzwanzigste Geburtstag ist eben nicht ansatzweise so wichtig wie dieses Jubiläum. Natürlich nicht, wie könnte ich etwas anderes erwarten?

Umso schöner war es, als meine Mitbewohnerinnen und besten Freundinnen mich morgens mit einem Blaubeermuffin, einer Wunderkerze und einem ziemlich schräg gesungenen *Happy Birthday to You* geweckt haben. Wahrscheinlich war dieser Samstag so viel besser, als er es mit meiner Familie hätte werden können. Trotzdem verspüre ich immer noch eine gewisse Enttäuschung. Die Hoffnung, dass es eines Tages doch anders sein könnte, gibt man eben nicht so leicht auf. Dafür wurzelt sie zu tief.

Das laute Bremsen des Zuges reißt mich aus meinen trüben Gedanken, und ich greife nach den Lederriemen meiner kleinen Reisetasche. Für ein verlängertes Wochenende braucht es zum Glück nicht viel, zumal ein Teil meiner Klamotten immer noch im Kleiderschrank in meinem alten Zimmer im Haus meiner Eltern hängt. Obwohl ich vor rund fünf Jahren nach Kopenhagen gezogen bin, habe ich meine Zelte nie ganz abgebrochen. So viel zu meiner Hoffnung, dass es irgendwann doch noch was mit dem familiären Zusammenhalt wird.

Als ich nach dem Schulabschluss zum Studieren in die Stadt ziehen wollte, haben meine Eltern das zunächst begrüßt. Aber nur bis zu dem Moment, als ich ihnen verriet, für welche Fachrichtung ich mich entschieden hatte. Journalismus. Klassischer Journalismus. Ich wollte schreiben, Geschichten erzählen und in Themen eintauchen, die die Menschen bewegen. Die Reaktion meines Vaters war mehr als ernüchternd.

»Journalismus? Das ist etwas für die, die übrig geblieben sind. Wer es in der echten Welt nicht geschafft hat, kritisiert lieber jene, die es zu etwas gebracht haben.« Verächtlich hatte er geschnauft und sich den Kragen seines maßgeschneiderten Hemds gerichtet.

Meine Mutter war zwar diplomatischer, aber so richtig gut fand sie meinen Entschluss auch nicht. »Da verdient man doch kein Geld mit, Linn. Wenn du deine Zeit schon vergeuden willst, warum ausgerechnet damit? Wenn du schreiben willst, dann geh doch in die Kommunikation. Du könntest später einmal Pressesprecherin der Reederei werden. Das ist wenigstens ein vernünftiges Ziel.«

Ich ging trotzdem nach Kopenhagen. Ich fing an zu studieren. Ich blieb beim Journalismus. Als Nebenfächer wählte ich Geschichte und Psychologie. Ich tat alles genau so, wie ich es für richtig hielt. Ich fühlte mich wie eine Rebellin und verbuchte es als minimalen Sieg über meine Eltern, dass ich das Studium durchzog. Allein und unabhängig. Denn die finanzielle Unterstützung, die beispielsweise meine Schwester zu Studienzeiten erhielt, wurde mir gestrichen. Ich hatte mich ja offensichtlich gegen den Rat meiner Eltern für die brotlose Kunst entschieden, also drehten sie mir den Geldhahn zu, und ich war ganz auf mich gestellt. Möglicherweise war das aber auch besser so.

Der Zug, der nur wenige Meter von mir entfernt endlich zum Stillstand gekommen ist, öffnet mit einem leisen Seufzen seine

Türen. Eine Reihe Passagiere steigt aus, und ich begebe mich langsam an die Schwelle des Bahnsteigs, um meinen ungeliebten Wochenendtrip anzutreten.

Nur die Musik, die ich über meine Airpods höre, verschafft mir ein wenig Auftrieb. So ist es immer. Ständig und überall höre ich irgendwelche Songs. Eigentlich gibt es in meinem Leben nie wirklich Stille. Es geht einfach nicht. Ich brauche die Musik wie andere die Luft zum Atmen.

Bestimmt werden meine Eltern die wenige Zeit, die wir zusammen verbringen, damit füllen, auf mich einzureden, nach meinem Volontariat in Kopenhagen zur Vernunft zu kommen. Sicherlich haben sie schon eine Stelle in der PR-Abteilung von Mikkelsen für mich in Planung. Vielleicht sollte ich ihnen lieber aus dem Weg gehen, dann muss ich mich nicht allzu häufig dafür rechtfertigen, dass ich keinesfalls vorhabe, zurückzukommen.

Während ich auf die verspiegelten Fenster des Zuges starre und darauf warte, einsteigen zu können, formt sich in meinem Kopf ein zentraler Gedanke, der immer lauter wird. Ich will nicht. Ich will nicht nach Hause. Ich will nicht zurück an den Ort, der so viele schmerzliche Erinnerungen bereithält und mit falschem Zusammenhalt gepflastert ist.

Unwillkürlich seufze ich auf. Meine Eltern mögen nicht viel von mir und meiner Berufswahl halten, doch der äußere Schein will gewahrt werden. Besonders zu diesem Anlass. Das Familienunternehmen wird hundert Jahre alt. Da gilt es, die Fassade im strahlenden Glanz auf die Menschen wirken zu lassen. Wehe, es bröckelt auch nur ein Kieselstein aus den Mauern, die das Imperium Mikkelsen umgeben.

Ich könnte mich natürlich weigern, bei der Farce einer herzlichen, liebenden und sich gegenseitig unterstützenden Familie mitzuspielen. Aber das wäre wesentlich anstrengender, als für ein langes Wochenende so zu tun, als ob alles im Lot wäre. Und solange ich Sonntag wieder nach Kopenhagen fliehen kann, werde ich es schon irgendwie hinter mich bringen. Augen zu und durch. In meinem Fall jedoch eher: Herz zu und durch.

Der Strom an aussteigenden Passagieren ebbt ab, und ich prüfe auf meinem Handy noch einmal meine Sitzplatzreservierung. Gerade als ich einem anderen Fahrgast den Vortritt lasse, höre ich statt Alex Warrens *Carry You Home* plötzlich den nervigen Klingelton meines Smartphones über meine Airpods.

Ein Anruf aus dem Büro. Feierabend ist in diesem Beruf ein dehnbarer Begriff, und sogar am Wochenende hat man oft keine Ruhe. Aber daran habe ich mich längst gewöhnt. Ich habe im ersten Jahr meines Volontariats bei einem der größten Medienhäuser Dänemarks gelernt, dass ich manchmal bis spät in die Nacht an einem Artikel oder einer Recherche sitze, dafür aber an anderer Stelle den Luxus genieße, auch mal wesentlich später anzufangen und auszuschlafen, statt morgens um sieben in der Redaktion zu sitzen.

Die Riemen meiner Tasche auf den Unterarm schiebend, nehme ich den Anruf an.

»Hej, Caro! Was gibt's?«

Die fröhliche Stimme meiner Chefredakteurin ertönt. »Linn, gut, dass ich dich erwische. Ich hätte ein spontanes Anliegen.«

Ich lasse weiteren Fahrgästen den Vortritt beim Einsteigen und konzentriere mich auf Caros Stimme. »Worum geht es?«

»Wir brauchen jemanden mit Talent. Für ein Porträt. Bei der Person, um die es geht, muss es jemand sein, der zwar einfühlsam, aber ebenso professionell und hartnäckig ist. Karl oder auch Sanne sind zwar hervorragende Journalisten, aber ich fürchte, unser Protagonist wird sich ihnen kaum öffnen.« Sie seufzt. »Eigentlich sollte Jeremy sich darum kümmern, aber der liegt seit heute mit einer Blinddarmentzündung im Krankenhaus. Deshalb würde ich den Auftrag gerne dir übergeben. Wir haben bereits die Zusage für die Geschichte. Sie soll in der Augustausgabe Titelstory werden, daher sollten wir frühzeitig alles fertig bekommen. Das erste Interview ist deshalb bereits für Freitagnachmittag angesetzt. Das gibt dir natürlich nicht viel Zeit, dich vorzubereiten. Aber du schaffst das schon. Also, was sagst du?«

Mit klopfendem Herzen schaue ich auf die Anzeigetafel. In drei Minuten wird mein Zug das Gleis wieder frei machen.

»Freitag, also morgen Nachmittag?«, hake ich unsicher nach.

»Genau.«

»Aber ich habe eigentlich Urlaub eingereicht. Ich muss … nach Hause.«

Aber du willst doch gar nicht nach Esbjerg, flüstert eine leise Stimme in meinem Kopf, und der Gedanke, den Zug sausen zu lassen, erscheint mir auf einmal sehr verlockend.

»Ich weiß, deshalb rufe ich an. Die Gelegenheit werden wir so schnell nicht wieder bekommen, und ich bin mir sicher, dass du genau die Richtige bist, um dieses Porträt anstelle von Jeremy zu schreiben. Es könnte deine erste Titelgeschichte werden.«

»Um wen geht es denn?« Mit klammen Fingern fahre ich mir durch die offenen Haare.

Eine Titelgeschichte. Ich durfte schon viel schreiben, aber noch nie eine Titelgeschichte. War das vielleicht die Chance, mich auf ganz neue Art zu beweisen? Würde das die Meinung meiner Eltern über meine Berufswahl am Ende womöglich doch noch ändern? Obwohl ich wegen des Auftrags der Feier fernbleiben müsste?

Im Hintergrund höre ich den blechernen Hinweis aus den Lautsprechern des Bahnhofs, dass mein Zug in Kürze abfährt. Nervös schaue ich mich um. Am Bahnsteig ist niemand mehr außer mir. Die Türen stehen noch immer offen, als Caro die Bombe schließlich platzen lässt.

»Es geht um Frederik Jensen.«

»*Der* Frederik Jensen? Das Genie?«

»Exakt.«

Ich schnappe kaum hörbar nach Luft und fasse mir mit der

freien Hand an die Kehle. Mein Puls schnellt aufgeregt in die Höhe, und mir wird schwindlig, wenn ich nur daran denke, welche Bedeutung dieses Porträt für meine journalistische Laufbahn haben könnte. Ich *muss* diese Gelegenheit nutzen. Ich darf sie nicht ablehnen. Auf gar keinen Fall.

»Worum soll es in dem Artikel gehen?«, frage ich, um mein nervöses Herz zu beruhigen, das unbedingt nach dieser Chance greifen will. Ungeachtet der Konsequenzen, die mein Fernbleiben von der Jubiläumsfeier zur Folge haben würde.

»Frederik Jensen sagt dir also etwas?«

»Ja, natürlich«, meine Stimme klingt erstickt. Ich traue mich seinen Namen kaum in den Mund zu nehmen.

»Sehr gut. Wie du dann vielleicht weißt, besitzt er ein halbes Dutzend Patente, die ihn vor wenigen Jahren bereits zum Millionär gemacht haben. Derzeit ist er maßgeblich mit seinem Beratungsunternehmen an der angestrebten Klimaneutralität Dänemarks beteiligt. Wenn man sich so umhört, gibt es gar Stimmen, die besagen, ohne ihn würde es die Hälfte der angedachten Pläne gar nicht geben.« Caro lässt ihre Stimme verschwörerisch tief klingen. »Während man über seinen Werdegang und seine Arbeit allerhand nachlesen kann, ist über seine Person kaum etwas bekannt. Man weiß gerade mal, dass er in Kopenhagen geboren ist und sehr zurückgezogen lebt. Wenn er sich äußert, dann nur zu fachlichen Themen. Aber wir wollen wissen: Wer ist Frederik Jensen wirklich? Wer ist das Genie, das unsere Zukunft gestaltet?«

»Und du glaubst, das zeigt er ausgerechnet mir?« Ich will meine Position nicht schwächen und schon gar keine Zweifel an meinen Fähigkeiten aufkommen lassen. Trotzdem macht sich Unsicherheit in mir breit. Frederik Jensen ist nicht nur verschlossen. Er gilt als eine eigenwillige Auster, die sich mitnichten dazu bereit erklären wird, mir einen Blick in ihr Inneres zu gewähren. So viel ist über ihn immerhin bekannt. Ich erinnere mich gut an die Reportagen über ihn – oder vielmehr über seinen Job. Denn wie Caro sagt, gibt es im Gegensatz zu seiner Arbeit über den privaten Frederik Jensen nicht viel zu lesen.

»Du findest einen Weg«, erklärt Caro überzeugt. Freundlich, aber energisch setzt sie hinzu: »In dir steckt mehr als eine Volontärin. Du hast dieses Gespür, das dir einen Zugang zu Menschen verschafft, die sonst niemanden an sich heranlassen.«

Überrascht klappe ich den Mund auf und will etwas darauf erwidern, als just in diesem Augenblick die Türen des Zuges mit leisem Piepen schließen. Schockiert starre ich auf die Anzeigetafel des Bahnhofs, und erneut schießt mein Puls in die Höhe. Panisch registriere ich, wie der Waggon sich vor mir in Bewegung setzt. Hitze steigt in mir auf, und binnen Sekunden wird mir bewusst: Meine Wahl wurde soeben für mich getroffen.

Nervös nicke ich, obwohl Caro es nicht sehen kann. »Also gut, ich mache es.«

»Großartig!« Caro fährt bereits fort und weiht mich in weitere Details zu dem Interview ein, doch ich sehe nur, wie der Zug das Gleis verlässt. Mühsam konzentriere ich mich auf meine Atmung. Ein und aus. Ein und aus. Ich mag mich vielleicht in der Wahl meines Studiums gegen den Willen meiner Eltern durchgesetzt haben, aber nun nicht zu der wohl wichtigsten Feier des Jahrzehnts zu erscheinen … O Gott, sie werden mich lynchen!

Gedanklich führe ich bereits das Gespräch mit meinen Eltern. Ich höre ihre empörten Stimmen und spüre ihre Enttäuschung über meinen Egoismus. Sie werden es nicht verstehen. Sie werden es nicht nachvollziehen können. Sie werden es nicht tolerieren.

Während mir bewusst wird, dass ich mich mit dieser Entscheidung einen weiteren Schritt von meiner Familie entferne, verabschiedet sich Caro mit dem Hinweis, mir heute noch eine Mail mit allen wichtigen Infos weiterzuleiten.

»Linn, das könnte dein Durchbruch werden«, sagt sie mit nachdrücklicher Stimme. »Vermassle das nicht und nutze diese einmalige Gelegenheit.«

Gebannt schaue ich den Rücklichtern des Zuges hinterher, wie sie ohne mich Richtung Westen verschwinden.

»Ich gebe mein Bestes«, murmele ich, und gleich darauf ertönt der lang gezogene Ton, der deutlich macht, dass Caro aufgelegt hat. Ich kann kaum glauben, was ich hier tue. Meine Eltern werden im Dreieck springen. Und ich muss einen der verschlossensten Typen Dänemarks zum Reden bringen, wenn ich will, dass sich dieses Familiendrama auszahlt.

Kapitel 2

Frederik

Gänsehaut überzieht meine Unterarme, obwohl die Nachmittagssonne warm vom Himmel scheint. Trotzdem kremple ich die aufgerollten Ärmel meines hellblauen Hemdes herunter und schließe die kleinen Knöpfe an den Handgelenken. Weil meine Finger so zittern, dauert es länger als gewöhnlich. Für einen Moment frage ich mich, wann ich das letzte Mal so nervös gewesen bin. Es ist eine ganze Weile her. Normalerweise bringt mich nichts mehr so schnell aus der Ruhe. Doch heute ist es anders. Das muss ich mir gegen meinen Willen eingestehen.

Ärgerlich atme ich die frische Meeresluft ein und schließe für einen kurzen Moment die Augen. Eigentlich bin ich zum Strand gegangen, um runterzukommen. Um Kraft zu sammeln. Bevor … bevor ich mich jemandem, den ich nicht kenne, stellen muss, weil jemand, den ich ziemlich gut kenne, denkt, dass das eine gute Idee sei.

Entnervt seufze ich auf, während ich meine Füße langsam über den unebenen Sand bewege. Das Meeting, das mir bevorsteht, fühlt sich an wie ein Blind Date. Gewissermaßen ist es das wohl auch. Nur dass es dabei nicht um das Perfect Match für eine Beziehung geht. (Als würde ich mich dafür eignen!) Nein, es geht um ein Interview. Eines, wie ich es bislang immer abgelehnt habe, weil ich es hasse, über mich zu sprechen.

Mir ist unverständlich, warum es in der heutigen Zeit so oft um die Person hinter der Leistung geht. Am Ende des Tages ist es doch vollkommen egal, wie mein Beziehungsstatus ist, wo ich aufgewachsen bin und was mich zu dem Menschen gemacht hat, der ich heute bin. Was zählt, ist das Ergebnis. Das allein spricht für sich. Alles andere ist nebensächlich. Wenn ich einen Baum pflanze, frage ich doch auch nicht, ob der Samen mit der rechten oder der linken Hand in die Erde gesetzt werden soll. Wichtig ist, dass das Korn tief genug im Erdreich liegt und genügend Wasser bekommt, um auszutreiben.

Langsam hebe ich den Blick und konzentriere mich auf die Insel, die nicht weit entfernt vom Ufer des Amager Strandes liegt, an den ich mich für meine Pause zurückgezogen habe. Unbedarft grabe ich währenddessen die Schuhspitze meines rechten Sneakers in den weißen Sand. Saltholm, wie sich das kleine Fleckchen Erde nennt, das ich beobachte, liegt zwischen der dänischen und der schwedischen Küste. Wie ein flacher Felsen, der nur dafür da ist, um von einem Ufer zum anderen hüpfen zu können. Eine Hilfestellung, um den Fuß für wenige Sekunden abzustellen und den nächsten Schritt auf die andere Seite eines Baches zu setzen. Eine winzige Insel zwischen Kopenhagen und Malmö. Flach, unauffällig und still. So verbringt sie ihre Tage zwischen den Wellen des Öresunds, wie die umliegende Meerenge heißt.

Nur wenige Häuser, hauptsächlich landwirtschaftliche Höfe, gibt es auf der sechzehn Quadratkilometer großen Insel. Von meiner Position aus kann ich sie kaum sehen, aber das ist auch besser so. Sie würden mich nur an das erinnern, was ich schon so lange versuche zu vergessen. Wann immer der Moment von vor so vielen Jahren vor meinem inneren Auge auftaucht, spüre ich den gleichen kalten Schmerz durch meinen Körper ziehen. Ich war ein Teenager. Ein Kind. Und obwohl zwischen heute und damals bald fünfzehn Jahre liegen, habe ich an manchen Tagen das Gefühl, als wäre es erst gestern gewesen.

Zeit ist etwas Trügerisches. Rein rechnerisch ist sie immer gleich. Eine Sekunde ist eine Sekunde. Eine Minute ist eine

Minute. Eine Stunde ist eine Stunde. Trotzdem schafft die Zeit etwas Widersprüchliches, das sonst niemand kann. In einem Moment zieht sie sich ins Unendliche und gibt uns das Gefühl, als würde sie nie vorbeigehen. Gleichzeitig ist es nur der Zeit möglich, so schnell voranzuschreiten, dass wir nicht merken, wie sich ein Tag, eine Woche oder ein Monat plötzlich bereits dem Ende zuneigt. Und so ist es kaum verwunderlich, dass der Augenblick, der mein Leben nachhaltig geprägt hat, einerseits erschreckend nah erscheint und gleichzeitig schon viele Jahre her ist.

Ich presse die Lippen zusammen und schiebe, den Blick auf den Boden gerichtet, die Hände in die Hosentaschen meiner dunklen Jeans. Während die Erinnerungen auf mich einprasseln, verknotet sich mein Magen, und meine Lunge denkt wohl, sie könnte sich dem anschließen und mir die Luft abdrehen. Verzweifelt hebe ich den Kopf und ringe nach Atem. Dabei fällt mein Blick erneut auf die flache Insel.

Erinnerungen wühlen sich durch mein Inneres und treten ohne Erbarmen die Tür zu meinem Bewusstsein ein. Bilder tauchen vor meinem Auge auf. Mein jüngeres Ich. Mein bester Freund. Eine Handvoll Mädchen und Jungs, die am Steg stehen und entsetzt ins Wasser starren. Allesamt heben sie gleichzeitig den Blick und drehen ihre schockierten Gesichter zu mir, während ich mich am anderen Ende des Stegs befinde und verzweifelt auf dem Boden knie …

Energisch schüttele ich den Kopf, um den Augenblick zu verdrängen. Ein Sonnenstrahl blinzelt hinter der schmalen Wolke hervor und holt mich zurück ins Hier und Jetzt. Mühsam schlucke ich, um meinen trockenen Mund zu reaktivieren. Unwillkürlich ziehe ich die Stirn in Falten.

Ich sollte langsam zurück ins Büro, das gleich hier am Amager Strandvej liegt. Wir hätten gewiss eine zentralere Lage in der Kopenhagener Innenstadt für unsere Firma wählen können. Aber – auch wenn es in diesem Moment nicht so wirkt –

das Meer hilft mir beim Denken. Deshalb habe ich Ragnar, meinen besten Freund und Geschäftspartner, überredet, sich hierauf einzulassen.

Vor jedem großen Meeting, vor jeder wichtigen Präsentation zieht es mich hier raus. Der Blick auf die sanften Wellen erdet mich, während ich mich auf das vor mir liegende Projekt fokussiere. Für gewöhnlich komme ich gestärkt und mit frischem Geist zurück. Aber heute ist es anders.

Denn heute geht es nicht um meine fachliche Expertise. Es geht nicht um ein zukunftsfähiges Projekt oder um einen Kunden. Nein, es geht um mich. Um meine Person. Um meinen Charakter. Und wenn ich eines vermeide, dann über mich zu sprechen.

Wieder spüre ich das Zittern in meinen Händen. Nervös. Ich bin immer noch nervös.

In einer halben Stunde wird es an meiner Bürotür klopfen, und ich muss mich der Welt öffnen. So hat Ragnar versucht, es mir schmackhaft zu machen. Als wäre das etwas Erstrebenswertes.

»Öffne dich, Frederik. Die Leute müssen den Menschen hinter dem Genie kennenlernen.« Das war seine Formulierung gewesen. Ich kann sie immer noch nicht nachvollziehen. Ich bin froh, dass es diesen smarten Typen in meinem Leben gibt, aber was er sich hierbei gedacht hat? Keine Ahnung. Als ich vor ein paar Jahren eine Handvoll Patente angemeldet und auf deren Grundlage eine Firma gegründet habe, war es gut, ihn an Bord zu haben. Wir sind klassische Sandkastenfreunde. Keiner kennt mich länger als Ragnar. Und keiner kennt mich besser.

Die Leute sehen in mir vielleicht ein Genie, aber sobald es um betriebswirtschaftliche Entscheidungen geht, langweile ich mich. Mir ist bewusst, dass es ohne nicht geht. Aber ich mache mir lieber um die wirklich wichtigen Dinge Gedanken. Deshalb kümmert sich Ragnar in unserem gemeinsamen Unternehmen hej.fremtid als Geschäftsführer um alles, was mir zuwider ist.

Zeitgleich widme ich mich der Weiterentwicklung unserer Produkte sowie deren Einbringung in zukunftsweisende Projekte. Dazu gehört auch, Unternehmen dabei zu helfen, diesen internen Wandel möglichst gewinnbringend umzusetzen. Unsere Ambitionen sind klar definiert: Dänemark so schnell wie möglich klimaneutral machen.

Ein ehrgeiziges Ziel, aber ich kämpfe dafür. Aus Überzeugung. Und weil es eines Tages realistisch ist. Genie und Wunderkind. So bezeichnen sie mich in ganz Dänemark und sogar darüber hinaus. Dabei mache ich nichts anderes, als mein Wissen anzuwenden. Nur will das niemand so recht verstehen. Ich denke manchmal, wenn sich die Leute auch nur ein bisschen mehr Mühe geben würden und ihren Verstand für das nutzen, wofür er gemacht ist, würde es viel mehr von meiner Sorte geben.

Meiner Sorte. Das klingt seltsam und überheblich. So ist es gar nicht gemeint. Trotzdem trifft es irgendwie zu. Ich bin anders als die meisten Menschen. Manchmal hat das Vorteile. Manchmal hat es ziemlich viele Nachteile. Aber ich bin es gewohnt, mit beidem zu leben.

In einem Seminar an der Uni, das Ragnar und ich trotz unterschiedlicher Studiengänge gemeinsam besucht haben, sollte mein eigentlich bester Freund mich in wenigen Sätzen beschreiben. Ich erinnere mich leider nur zu gut an seine Worte. Sie haben mich nicht verletzt, aber doch getroffen. Wenngleich mir klar ist, dass hinter ihnen keine böse Absicht steckte.

Trotzdem, wie soll man sich fühlen, wenn man als »in sich gekehrt«, »unbewusst überheblich« und »stur nach vorne denkend« betitelt wird? Wenn es heißt, man sei ein Kontrollfreak, der sich in der Gesellschaft von Fachbüchern wohler fühlt als unter Menschen? Wenn man hört, man sei zu ernst für sein Alter und zu verkopft?

Ragnar hatte seinen kurzen Vortrag mit einem schelmischen Lächeln beendet. Er machte nur Spaß. Doch mir ist in jenem

Augenblick bewusst geworden, dass selbst der Mensch, der mich mit am besten kannte – und mich dennoch mochte –, mir Eigenschaften zuschrieb, die allgemein eher negativ behaftet sind.

Mit einem tiefen Atemzug lausche ich den brandenden Wellen, rieche den unverkennbaren Duft der See, beobachte die kleinen weißen Schaumkronen, die sich auf dem Öresund bilden, und frage mich, warum ich mir überhaupt gestatte, in die Vergangenheit zu blicken. Das hat noch nie geholfen. Ich schaue stur nach vorne. So hat Ragnar es damals in der Uni genannt. Und er hat recht.

Ruckartig wende ich mich von der Küste ab und beeile mich, die rund achthundert Meter zurück zum Büro am Amager Strandvej zu laufen. Zügig begebe ich mich schließlich in den modernen dreistöckigen Bau aus dunklen Backsteinen und gläsernen Fassaden. Das Gebäude ist erst vor wenigen Jahren gebaut worden und bietet vor allem jungen Start-ups Platz, sich zu etablieren.

Ragnar und ich haben den neuen Komplex durch Zufall entdeckt, als wir auf dem Weg zu mir gewesen sind. Das Haus, in dem ich lebe, befindet sich nämlich nur wenige Hundert Meter weiter südlich. Neben offenen Räumen und einem modernen Bürokonzept sagte uns nicht nur die Lage, sondern auch der ständig besetzte Barista-Stand im Erdgeschoss zu. Von morgens früh bis abends spät rattern dort die Espressomaschinen und Milchschäumer, um selbst jene mit Koffein zu versorgen, die ihren ganz eigenen Arbeitszeiten folgen.

Jetzt allerdings lasse ich den verführerischen Duft gerösteter Bohnen hinter mir und begebe mich rauf in den ersten Stock. Dort im linken Teil des Gebäudes haben wir uns mit knapp fünfundzwanzig Mitarbeitenden eingemietet. Unsere Firma ist streng genommen gar nicht mehr so start-up-mäßig unterwegs.

Ich stoße die Glastür mit dem Logo, das Ragnar eines Abends auf die Überreste einer Asia-Lieferbox gemalt hat – welch modernes Start-up-Klischee! –, auf und mache mich auf den Weg in eines der abgetrennten Büros mit Blick auf das Meer. Kaum habe ich meinen Stuhl zurückgezogen, steckt Ragnar auch schon seinen Kopf zur Tür rein und lässt sich ungefragt in einem der Sessel vor der bodenlangen Fensterscheibe nieder.

»Was gibt's?«, frage ich ihn in dem Wissen, warum er so ernst dreinschaut.

»Ich wollte nur sichergehen, dass du ihr eine Chance gibst.« Ragnar fährt sich durch die etwas längeren, blonden Haare, bevor er sie zu einem Man-Bun hochbindet. Er sieht mit den kantigen Gesichtszügen und dem Dreitagebart ein bisschen aus wie Ragnar Lodbrok aus *Vikings*. Ich weiß nur, dass es diesen Schauspieler gibt, weil eine Ex-Freundin von Ragnar diese Ähnlichkeit als Hauptargument für die kurzfristige Beziehung mit ihm angeführt hat. Sie wollte schon immer mal, ich zitiere, »mit einem echten Wikinger unter demselben Fell liegen«. Die Affäre scheiterte vor etwa einem Monat. Zu Recht, wenn man mich fragt.

Mein Blick gleitet über Ragnars anthrazitfarbenes Hemd und die dazu passende Anzughose sowie die schicken schwarzen Anzugschuhe, von denen einer ein gutes Stück über dem Boden hin und her wackelt, weil er mit verschränkten Beinen dasitzt.

Seufzend nehme ich ebenfalls Platz, allerdings hinter meinem Schreibtisch. Während ich mich zurücklehne, mustere ich ihn kritisch. Ohne einen Namen gehört zu haben, weiß ich, auf wen Ragnars Aussage abzielt. Wenngleich mir klar ist, warum er das sagt, habe ich auf das, was in der nächsten Stunde folgen soll, keine Lust. Aber ich habe es Ragnar versprochen. Und Versprechen bricht man nicht. Ich zumindest nicht. Darauf habe ich immer Wert gelegt, also werde ich mich an meinen eigenen Maßstäben messen lassen müssen.

»Wozu? Sie soll ihren Job machen. Schlimm genug, dass sie dafür mit mir reden will.«

»Ihr Job *ist* es, mit dir zu reden. Mach es ihr nicht so schwer, okay? Sei nett. Und zuvorkommend. Und freundlich. Vielleicht sogar ein bisschen charmant, wenn du heute deinen großzügigen Tag haben solltest.«

»Ich bin nie charmant.«

»Ich gebe die Hoffnung nicht auf!« Ragnar lacht. »Im Ernst, Frederik. Dieses Porträt erscheint auf einer Titelseite. Wirf ein gutes Licht auf dich und unsere Firma.«

»Wozu? Wir sind nicht darauf angewiesen.«

»Trotzdem ist es gute Publicity«, erklärt Ragnar nun mit einem Anflug von Ungeduld. »Betrachte es wie eine unlösbare Ingenieursaufgabe. Entwickle den Ehrgeiz, der Welt zu zeigen, dass du als Einziger auf die Lösung kommst.«

»Und wie soll die bitte aussehen?«

Ragnars Mundwinkel ziert wieder dieses eingängige Grinsen, für das er so bekannt und besonders bei Frauen beliebt ist. »Charmant und mit einem Lächeln auf den Lippen. Weltoffen, reflektiert und umgänglich.«

»Wir wissen beide, dass das deine Lösung wäre, nicht meine«, halte ich ihm sachlich entgegen.

Einen Moment lang schweigt Ragnar. Dann meint er leise: »Vielleicht sollte sie aber so aussehen. Womöglich ist es endlich an der Zeit dafür.«

Ein undefinierbarer Druck lastet auf einmal auf mir. Mit festem Griff umklammere ich einen Kugelschreiber, der neben meinem Laptop gelegen hat.

»Was erwartest du von mir, Ragnar? Dieses Porträt ist total unnötig. Wir machen einen guten Job. Unsere Zahlen und Erfolge sprechen für sich. Wozu dieses Theater für die Öffentlichkeit?«

Ragnar hebt seine Brauen in die Höhe und taxiert mich mit strengem Blick. »Weil du mehr bist als ein Genie und Überflieger.«

Höhnisch werfe ich ein: »Vergiss bei deiner Aufzählung nicht das Wunderkind.«

Seufzend erhebt sich Ragnar aus dem modernen Sessel und baut sich selbstbewusst vor meinem Schreibtisch auf.

»Ich habe dich in den zwanzig Jahren unserer Freundschaft nie um einen Gefallen gebeten«, führt er mit bedächtiger Stimme an. »Diesen einen wirst du mir doch tun können, ohne dass ich ständig ein Auge auf dich haben muss.« Er zieht seine rechte Braue streng nach oben. »Oder?«

»Sicher.«

Zufrieden lässt Ragnar von mir ab und lächelt amüsiert. »Mach es ihr nicht so schwer, okay?«, wiederholt er nachdrücklich.

Genervt stöhne ich und schaue hinaus auf die hellblauen Wellen vor dem Amager Strand. »Wer sich diesen Job aussucht, muss damit klarkommen, wenn nicht jeder dazu bereit ist, sich wie ein offenes Buch zu präsentieren.«

Ragnar holt bereits Luft, um etwas zu erwidern, als plötzlich eine selbstbewusste Frauenstimme ertönt.

»Alles andere wäre ja auch langweilig.«

Kapitel 3

Linn

Angespannt fahre ich mir mit der Hand durch meine offenen Haare. Sollte ich sie vielleicht doch lieber zusammenbinden? Wirkt das professioneller? Ein Pferdeschwanz oder ein unordentlicher Dutt, damit es locker und trotzdem erwachsen aussieht? Ich bin unschlüssig. Wie so oft. Kritisch blicke ich an mir herab. In der schlichten dunkelgrünen Sommerbluse ohne Ärmel, der hochgeschnittenen weißen Stoffhose, die bis zu den Knöcheln reicht, sowie dem Paar weißer Leinenschuhe sehe ich eigentlich ganz gut aus. Trotzdem bete ich inständig dafür, dass ich mich richtig entschieden habe. Bei meinem Look und diesem Interview. Die Erinnerung an das empörte Telefonat mit meiner Mutter gestern Abend schiebe ich eilig beiseite. Das würde mich nur noch mehr verunsichern. Wen ich jetzt brauche, ist die toughe Linn, die ihre Ziele verfolgt und sich nicht davon abbringen lässt. Komme, was wolle.

Vor wenigen Sekunden habe ich das Büro von hej.fremtid betreten. *Hallo.Zukunft*, so lautet der Name des Unternehmens, das Frederik Jensen zusammen mit seinem Geschäftspartner vor einigen Jahren gegründet hat. Was für eine seltsame Ironie, wenn man diese beiden Worte auf meine persönliche Situation überträgt. Denn dieses Interview könnte genau das für mich bedeuten: Hallo, Zukunft!

Das Logo, das sowohl an der Glastür als auch hier in den Räumlichkeiten an verschiedenen Stellen auftaucht, besteht aus zwei übereinanderliegenden Windrädern, die zusammen mit ihren jeweils drei Rotorblättern wie eine Sonne mit sechs Sonnenstrahlen aussehen.

Die Mitarbeiterin, die mich reingelassen und mir das Büro von Frederik gezeigt hat, ist inzwischen wieder zurück an ihrem Platz. Ich hingegen stehe vor der Glasfront, die den Raum von den anderen abgrenzt, und sehe neben meinem Interviewpartner, der in seinem Drehstuhl sitzt, einen weiteren Mann vor dem breiten, fast leeren Schreibtisch stehen. Ich erkenne Frederik von den Pressefotos. Er wirkt in echt ebenso streng wie auf den Bildern.

Mit Nachdruck höre ich den anderen Typen sagen: »Mach es ihr nicht so schwer, okay?«

Im nächsten Augenblick wendet Frederik das Gesicht ab. Grimmig weist er mit Blick durchs Fenster darauf hin: »Wer sich diesen Job aussucht, muss damit klarkommen, wenn nicht jeder dazu bereit ist, sich wie ein offenes Buch zu präsentieren.«

Super. Ich unterdrücke ein Seufzen. Man muss kein Sherlock Holmes sein, um zu erkennen, dass die beiden offensichtlich über mich sprechen. Das hat man davon, wenn man überpünktlich ist, denke ich missmutig und bemühe mich, mein nervös rasendes Herz unter Kontrolle zu bekommen. Allerdings scheint mein Geist den falschen Weg einzuschlagen und, statt sich zu sammeln, gleich mal vorauszupreschen. Er reißt meine Füße mit, stellt mich in die offene Tür des Glaskastens, der sich Büro nennt, und lässt unerwartet einen toughen Konter über meine Lippen purzeln.

»Alles andere wäre ja auch langweilig.«

Während mein Herz von jetzt auf gleich den ungefragten Stillstand probt, starren mich die beiden Typen überrascht an. Während der eine amüsiert blinzelt, wirkt Frederik Jensen hinter dem Schreibtisch peinlich berührt und gleichzeitig gereizt. Unruhig richtet er sich in seinem Stuhl auf, schiebt ihn kurz darauf zurück und steht auf. Einen prüfenden Blick über mich gleiten lassend, fragt er: »Und du bist?«

Der blonde Kerl, der in dunklem Businessoutfit unübersehbar eine gute Figur macht, verschränkt grinsend die Arme vor der Brust, während er sich ebenfalls in meine Richtung wendet und meine Antwort bereits weiß, bevor ich den Mund überhaupt aufmachen kann. Freundlich kommt er mir zuvor.

»Linn Mikkelsen. Sie arbeitet für *Morgen*, das Magazin. Nicht wahr?« Er zieht einen Mundwinkel nach oben und wirft Frederik einen spöttischen Blick zu. »Wo nimmst du nur das Talent her, dich gleich zu Beginn so beliebt zu machen?«

Frederik würde sicherlich gerne die braunen Augen verdrehen, die hinter den Gläsern des schmalen schwarzen Brillengestells ruhen, doch er hält sich wohlweislich zurück, wie ich erleichtert feststelle. Stattdessen holt er tief Luft und kommt um seinen Schreibtisch herum. Seine dunklen Augen fest auf mich gerichtet, was sich, ehrlich gesagt, eher unangenehm anfühlt. So als würde er mich statt zu begrüßen erst mal einer grundlegenden Eignungsmusterung unterziehen.

Während Frederik mich schweigend von oben bis unten unter die Lupe nimmt, tritt der andere Typ mit einem charmanten Lächeln vor und reicht mir freundlich die Hand.

»Hej, ich bin Ragnar Hansen. Hast du gut hergefunden?«

Über seinen Namen bin ich bei den spärlichen Recherchen, die ich in der kurzen Zeit einholen konnte, bereits gestolpert. Er ist der Geschäftspartner von Frederik. Auf den ersten Blick haben die beiden nicht viel gemeinsam. Weder äußerlich noch charakterlich.

»Ja, danke. Auch wenn ich nicht erwartet habe, dass euer Büro so weit im Süden und in Küstennähe liegt.«

Ragnar lacht und deutet mit dem Kopf auf seinen Partner. »Seine Schuld. Er braucht den Blick in die Ferne.«

Ich lächle und wünsche mir gleichzeitig, dass es Ragnar wäre, über den ich das Porträt schreiben soll. Er scheint wesentlich umgänglicher zu sein als sein Kumpel mit den kurzen, braunen Haaren und den nicht vorhandenen Lachmuskeln.

»Nachvollziehbar«, erwidere ich schmunzelnd und hoffe, damit ein wenig von dem meterdicken Eis brechen zu können, das sich offenbar zwischen Frederik und mir gebildet hat, obwohl ich mich noch nicht mal gesetzt habe und wir uns in der zweiten Junihälfte befinden. Für eisige Temperaturen sollte es momentan selbst in Dänemark zu warm sein.

Ragnar klatscht in die Hände und schaut zwischen seinem Geschäftspartner und mir mehrfach hin und her. Frederik hat sich immer noch nicht zu einer Begrüßung hinreißen lassen. Stattdessen schiebt er plötzlich seinen Ärmel vom Handgelenk, wirft einen Blick auf seine teure Armbanduhr, deren Marke ich von meinem Vater kenne, und meint: »Du bist zu früh.«

Unsicher, ob er einen Witz macht, ziehe ich mein Smartphone aus der Handtasche und schiele auf die digitale Uhrenanzeige.

»Ein paar Minuten.«

»Drei, wenn man es genau nimmt.«

Überrascht klappt mein Mund auf, und ich zwinge mich, ihn schnell wieder zu schließen. Im Ernst? Das ist sein Problem? Ungläubig hebe ich meinen Blick und lege den Kopf ein wenig schief.

»Soll ich in drei Minuten wiederkommen, oder sparen wir uns den Unsinn und konzentrieren uns auf die wichtigen Themen?«

Er überlegt eine gefühlte Ewigkeit und nickt schließlich erneut. Ich bilde mir beinahe ein, dass ein Schmunzeln über seine Lippen wandert, doch das kann nicht sein. Unmöglich. Dieser Kerl besitzt keinerlei Humor. Der erste Eindruck wird häufig als der ausschlaggebende bezeichnet. Ich hoffe für ihn, dass dem nicht so ist. Denn sonst wird Frederik in meinem Porträt nicht besonders gut wegkommen.

Unhöflich, wortkarg und humorlos. Keine Eigenschaften, für die man gerne im Rampenlicht steht. Als ich schon nicht mehr an eine Erwiderung seinerseits glaube, bewegt er sich zwei Schritte auf mich zu und murmelt mit einem halbherzigen Blick auf mich: »Ich bezweifle, dass wir dieselben Themen für wichtig erachten.«

»Nun, das finden wir nur heraus, wenn wir endlich anfangen und uns nicht länger anstarren wie zwei Schafe auf der Weide.«

Am liebsten würde ich genervt schnauben, aber wohlweislich halte ich mich zurück. Es wäre nach diesem missglückten Start nicht dienlich, meinen Interviewpartner noch mehr zu reizen. Hoch erhobenen Hauptes und mit einem zuckersüßen Lächeln funkle ich ihn an.

Ein herzliches Lachen ertönt in meinen Ohren. Wie zu erwarten, gehört es jedoch nicht zu Frederik, sondern zu Ragnar.

»Das geht ja gut los. Nun, dann will ich nicht weiter stören. Freut mich wirklich sehr, dass du dir die Zeit nimmst, Linn.« Er wendet sich ein letztes Mal an Frederik. Streng erinnert er den störrischen Kerl daran: »Nicht vergessen, du musst ihre Fragen beantworten, sonst kann sie nichts über dich schreiben.«

»Das wird nichts, solange du dich nicht vom Acker machst.« Frederiks Stimme trieft vor Sarkasmus.

»Bin schon weg«, ruft Ragnar, lächelt mir erneut zu und verschwindet sogleich aus dem gläsernen Büro. Im Hinausgehen zieht er die Tür hinter sich zu, sodass ich mit Frederik nun gezwungenermaßen allein bin.

Ein weiteres Mal lässt er seine tiefdunklen Augen, die in diesem Moment wie Kleckse dunkler Schokolade wirken, so glänzend wie verboten, über mich und mein Outfit gleiten. Herausfordernd schaue ich ihn an. Ich lasse mir die Chance auf meinen journalistischen Durchbruch doch nicht von einem miesepetrigen Kerl nehmen, der offenbar nicht einmal die einfachsten Anstandsregeln auf die Reihe bekommt. Besonders nicht, wenn ich zeitgleich meine Eltern im Nacken sitzen habe, die gerade ausrasten, weil ich nicht zum Jubiläum nach Hause komme.

Bevor meine Gedanken zu diesem Problem abschweifen können, hebt Frederik seine Hand, reicht sie mir höflich und stellt sich nun doch endlich vor: »Frederik Jensen.«

Meine eigene Unsicherheit niederkämpfend und in freundlichen Trotz umwandelnd, versuche ich mich zum zweiten Mal in diesem Büro an einem kräftigen Händedruck. Immerhin eine Sache, die mir mein Vater in seiner seltenen Anwesenheit während meiner Kindheit beigebracht hat.

»Nur ein kräftiger Händedruck sichert dir beim ersten Aufeinandertreffen Respekt.«

Ob ich mein kurzfristiges Ziel damit bei Frederik erreicht habe, bleibt ein Geheimnis. Sein verschlossenes Gesicht mit einer geraden Nase, einem leichten Bartschatten sowie schmalen, zusammengepressten Lippen zeugt nicht unbedingt von Vorfreude auf unser Gespräch.

Noch während ich ihn unauffällig – so macht man das nämlich, lieber Frederik – mustere, löst er seine starken Finger von meinen und rückt sich seine Brille zurecht. Um die aufkommende Stille zu überbrücken, vorgestellt hat mich der Wikinger vorhin ja bereits, betone ich möglichst aufrichtig: »Freut mich!«

»Bitte, setz dich.«

Während ich seiner Aufforderung nachkomme und hoffe, dass man mir mein rasendes Herz und die schlackernden Knie nicht ansieht, schaut Frederik mich schweigend und aufmerksam an. Wenn er nicht aufpasst, kann er mein Gesicht bis morgen auswendig aufmalen, denke ich in einem Anflug von Sarkasmus und frage mich, wie ich zu diesem Mann eine persönliche Verbindung aufbauen soll, um ihm seine Geheimnisse zu entlocken. Beginnen wir am besten ganz am Anfang.

»Also, wenn ich richtig informiert bin, geht es hier ja um ein Porträt für …«

»Bevor du es dir gemütlich machst, ich habe heute ehrlich gesagt nicht viel Zeit. Können wir uns daher kurzfassen?«

»Wie bitte?!«

Frederik stützt sich mit den Unterarmen auf seinen Schreibtisch, rückt seine Brille erneut zurecht und räuspert sich. Er scheint sich nicht besonders wohlzufühlen, dabei habe ich ihm noch keine einzige meiner wirklich tiefgreifenden Fragen gestellt.

Dieses Treffen läuft nicht gut. Gar nicht gut. Ich merke, wie ich anfange zu schwitzen.

Bestimmt erklärt mir mein Interviewpartner: »Ich habe in einer halben Stunde ein wichtiges Meeting reinbekommen. Ich fürchte, wir müssen unser Gespräch ein anderes Mal fortsetzen.«

Irritiert schlage ich die Beine übereinander und lehne mich ebenfalls ein winziges Stück nach vorne. »Du gibst mir für unser erstes Gespräch gerade mal eine halbe Stunde?« Ich schlucke meine Empörung hinunter und bemühe mich um einen nicht allzu entrüsteten Ton, der viel mehr Selbstsicherheit widerspiegelt, als ich auch nur ansatzweise in mir trage. Fake it till you make it, oder?

»Ich hätte wesentlich früher als nur drei Minuten vor unserem Termin erscheinen sollen. Dann hätte sich der Weg wenigstens gelohnt«, schimpfe ich.

Frederik weicht meinem anklagenden Blick aus. Unruhig wandern seine Augen über den minimalistisch eingerichteten Schreibtisch, bis er schließlich mit den Fingerspitzen auf die Oberfläche tippt und mir damit zeigt, dass ihm die Situation nun doch unangenehm zu werden scheint.

»Ich will ehrlich sein«, beginnt er plötzlich und sieht mich entschuldigend an. Er wirkt für einen Moment nicht mehr ganz so unnahbar, trotzdem weiß ich, dass er nichts Gutes im Schilde führt. Zumindest nicht für mich.

»Ragnar besteht auf diese Story. Aber ich sehe darin keine

Notwendigkeit. Und ich habe wichtigere Dinge zu tun, als zu erörtern, welches Eis zu meinen Lieblingssorten gehört und wo ich studiert habe. Ich …«

»Du glaubst, das ist es, was die Menschen über dich lesen wollen? Dass du wie gefühlt jeder Zweite in Dänemark gerne Vanilleeis isst und sowohl in Kopenhagen als auch in Cambridge und Harvard studiert hast?«

»Woher …?« Überrascht holt Frederik Luft. Mit wachsamem Blick lehnt er sich erstaunt zurück.

»Wo du studiert hast, steht auf eurer Website.«

»Und das Eis?« Halb beeindruckt, halb misstrauisch blinzelt er.

Ich überlege, ob es klug ist, ihm zu sagen, dass es einfach nur geraten war. Da ich diesen Auftrag allerdings nicht nur mit Bravour, sondern mit Auszeichnung bestehen will und es dieser Kerl auf der anderen Seite des Tisches mir offensichtlich ziemlich schwer machen möchte, entscheide ich mich für die mysteriöse Variante. Lässig zucke ich mit den Schultern.

»Gute Journalisten haben ihre Quellen.«

Und da war es. Ein Schmunzeln! Auf den Lippen des humorlosen Frederik Jensen. Seine nächsten Worte machen den kurzen positiven Eindruck jedoch gleich wieder zunichte.

»Wunderbar, dann ist es ja umso einfacher, unsere Gesprächszeit auf ein Minimum zu reduzieren.«

»Weißt du überhaupt, was ein Porträt ausmacht? Was so einen Text wirklich gut macht?«

»Die richtigen Quellen?« Abschätzig legt Frederik den Kopf schief.

»Radikale Ehrlichkeit.«

»Was soll das bedeuten?« Frederiks Finger, die sich inzwischen um einen Kugelschreiber schlingen, halten abrupt inne. Dafür dass der Typ vor mir ein Genie sein soll, schließt er ziemlich selten sinnvolle Schlüsse in unserem Gespräch, finde ich.

Ich atme tief ein und kämpfe um ein bisschen Eindruck, den ich bei Frederik machen will, damit er sich endlich auf die Arbeit einlässt, die uns erwartet.

»Die besten Interviews, die besten Geschichten, die bewegendsten Porträts – ihnen allen liegt eine Ehrlichkeit zugrunde, die die Interviewten zugelassen haben. Emotionen, Ängste, Hoffnungen – darum geht es in diesem Artikel. Es ist ziemlich egal, welche tollen Auszeichnungen an deiner Wand hängen …«

»Wie du siehst, hängt hier nichts«, unterbricht er mich und deutet auf die Glasscheiben. Er hat recht. Hier hängt absolut nichts, das mit formal getippten kurzen Absätzen eine hervorragende Leistung honoriert. Ein wichtiges Detail, das ich mir merke.

Entnervt schnappe ich trotzdem nach Luft und wiegle seinen Einwand mit einer Hand ab. »Der Punkt ist, dass das hier kein langweiliger Lebenslauf wird, der sich mit den einzelnen Stationen deiner zugegebenermaßen beeindruckenden Karriere auseinandersetzt.«

»Du bist von mir beeindruckt?« Sein Ton nimmt einen fast schon amüsierten Klang an, aber da ich inzwischen weiß, dass Frederik Jensen ein eigenwilliger Starrkopf ist, glaube ich nicht an die Belustigung in seiner Stimme.

»Von deinem Werdegang, nicht von dir, wenn du es genau wissen willst«, erkläre ich ehrlich und frage mich, wie viele Patzer ich mir wohl erlauben darf, bis er mich unverrichteter Dinge vor die Tür setzt.

Frederik verschränkt die Arme vor der Brust, und mir fällt auf, dass er immerhin eine Gemeinsamkeit mit seinem Geschäftspartner aufweist. Irgendwie hat das Genie es geschafft, neben all der Lernerei in der Uni und der vielen Arbeit mit seinem Start-up auch noch reichlich Zeit fürs Gym zu haben. Es wäre mir viel lieber, wenn er das Klischee eines Genies bedienen und wie ein nerviger Streber aussehen würde. Eben wie Sheldon Cooper, nicht wie James Bond. Doch stattdessen sitzt vor mir ein – leider – ziemlich heißer Geschäftsmann.

Großartig. Das macht die Sache ja überhaupt nicht noch schwieriger für mich. Energisch konzentriere ich mich auf die eigentliche Bürde, die man mir mit diesem Kerl auferlegt hat.

Wieder regt sich in mir der Wunsch nach Ragnar als Interviewpartner. Der hätte sicherlich munter drauflos erzählt, statt sich zu wehren wie ein stachliger Himbeerbusch. Ärgerlicher, als ich sein sollte, führe ich mein Argument zu Ende.

»Es interessiert mich nicht, wie sich deine Patente zusammensetzen, wie viel Geld du damit verdienst oder wie viele Mitarbeiter eure Firma beschäftigt.« Auf einmal lässt mein Groll nach. Mit aufrichtigem Blick schaue ich Frederik in die dunklen, erdigen Augen. Freundlich, aber nachdrücklich erkläre ich ihm: »Ich will wissen, wer *du* bist. Frederik Jensen. Abseits von Genie und Wunderkind. Wer ist der Typ mit der Brille und den nervösen Händen?«

Mein Blick richtet sich auf seine Fingerspitzen, die den Kugelschreiber zwischenzeitlich wieder umdrehen, als würde es für jede Runde eine neue Auszeichnung geben. Augenblicklich stellt er die Bewegungen ein. Schweigen breitet sich im Büro aus. Während ich den Kopf hebe und zurück in Frederiks starres Gesicht schaue, sehe ich nur, wie mir meine wertvolle Zeit davonrennt.

Irgendwann legt Frederik nachdenklich den Stift beiseite. In einem versöhnlicheren Ton erwidert er: »Das geht nicht gegen dich, Linn. Also nimm das bitte nicht persönlich. Ich …« Er schüttelt den Kopf. »Ich erkenne einfach nur keinen Sinn in dem Ganzen. Und ich sehe nicht ein, einer wildfremden Person und damit der gesamten Nation meine tiefsten Gefühle zu beichten, um sie am Ende in einem Magazin lesen zu müssen.« Er presst die Lippen aufeinander. »Ich muss nicht um jeden Preis beliebt sein.« Ein eigenartiger Ausdruck erscheint auf seinem Gesicht, und sofort ist meine Neugier geweckt. Dieser letzte Satz trägt mehr Bedeutung, als Frederik lieb ist. Das kann ich mir nicht nur einbilden. Es muss so sein. Mein journalistischer Ehrgeiz, der Sache auf den Grund zu gehen, meldet sich zu Wort. In der Hoffnung, aus dieser Geschichte um diesen unnachgiebigen Mann etwas wirklich Großes zu machen, komme ich ihm entgegen. Leise finden die nächsten Worte ihren Weg über meine Lippen.

»Du kennst mich nicht. Okay. Wenn das das Problem ist, ändern wir es.« Ich überlege, wie ich Frederiks Vertrauen wohl am schnellsten gewinnen könnte. Mit einem Lächeln auf den Lippen lege ich den Kopf schief. »Soll ich dir meinen Lebenslauf schicken?«

Frederik lächelt. Ein bisschen. Immerhin ein bisschen! Doch dann wird er furchtbar ernst und erhebt sich vorschnell aus seinem Stuhl.

»Ich denke, wir sollten uns beiden Zeit ersparen, indem ich ehrlich bin. Ich fürchte, ich habe es mir anders überlegt. Danke für deinen Besuch, aber wir lassen das mit diesem Porträt.«

Kapitel 4

Linn

Ich bin so wütend! Und verzweifelt. Welches der beiden Gefühle überwiegt, kann ich nur schwer sagen. Aber eines weiß ich: Dieser Typ ist ein absolut egoistischer, arroganter, nervtötender und humorloser Arsch!

Meine Chance ist dahin. Mein Durchbruch zunichte. Dieser Artikel war meine Möglichkeit, mich am Ende meines Volontariats bei *Morgen* zu beweisen. Ich habe in den vergangenen eineinhalb Jahren hervorragende Arbeit geleistet. Ich bin fleißig, pünktlich, kreativ und habe verdammt viel gelernt und sichtlich an meinen Fähigkeiten, Geschichten in Worte zu fassen, gearbeitet. Sonst hätte Caro mir dieses Interview mit Frederik nicht zugetraut.

Was soll ich ihr denn jetzt sagen? Sorry, aber der komische Typ hat es sich anders überlegt? Danke für die tolle Chance, aber ich hab's dann doch lieber gleich vermasselt? Nein, sicher nicht.

Es ist Freitagabend, und ich befinde mich in der Küche meiner WG. Ich habe Coldplay auf volle Lautstärke gedreht, sitze an dem kleinen Esstisch und angle mit meiner rechten Hand nach dem Glas mit eisgekühltem Kamillentee und starre auf die darin umherschwimmenden Zitronenscheiben.

Es ist so frustrierend. Obwohl ich mit meiner Mutter telefoniert habe, sammeln sich auf meiner Mailbox seit gestern Nachmittag aufgebrachte Nachrichten von meinem Vater sowie meiner Schwester. Gestern Abend habe ich mich erdreistet, meiner Mutter das Wort recht bald abzuschneiden, indem ich wichtige Recherchen vorgeschoben habe. Seither nehme ich weder das Telefon ab noch beantworte ich Nachrichten, wenn sie von jemandem aus meiner Familie sind. Irgendwie muss ich mich abschotten, sonst würde ich mich den Weg, mich gegen sie aufzulehnen, nicht weiterzugehen trauen.

Aber hat das überhaupt noch einen Zweck? Mein Auftrag ist dahin. Ich habe versagt, bevor ich richtig loslegen konnte. Ohne einen Schluck von dem Eistee genommen zu haben, stelle ich das Glas zurück auf den Tisch und überlege verzweifelt, was ich jetzt tun soll.

Im nächsten Moment höre ich, wie die quietschende Tür der Altbauwohnung aufgeht, kurz darauf polternd ins Schloss fällt und eine nur allzu bekannte helle Stimme ruft: »Linn?! Bist du da? Linn?! Wie war's?! Ich will alles wissen!«

Mit herrlich honigbraunen Locken rauscht Smilla in die schmale Küche und bleibt abrupt stehen, als sie mich erblickt. Die grünen Augen weit aufgerissen, hebt meine Mitbewohnerin aufgeregt die Hände. Mit einem breiten Grinsen und schelmischen Blick mustert sie mich. »Wie ist *er?* Reich, gut aussehend und smart?«

»Missmutig, nervtötend und ohne jede Erziehung trifft es wohl eher«, brumme ich, verdrehe die Augen und nehme nun doch noch einen Schluck von dem selbst gemachten Kräutereistee. Klirrend stelle ich das Getränk zurück und spüre Smillas überraschten Blick auf mir.

»Was ist passiert?« Sie setzt sich auf den anderen Stuhl unseres gebrechlichen Küchenmobiliars und streicht sich pragmatisch die Korkenzieherlocken hinter die Ohren. Zwei goldene Stecker blitzen im Licht der hereinfallenden Abendsonne an ihren Ohrläppchen auf. Sind das nicht sogar meine? Na ja. Als würden wir hier eine strenge Trennung durchziehen, was Klamotten, Schuhe oder Schmuck angeht.

Smilla und ich haben uns kurz nach meinem Umzug nach Kopenhagen kennengelernt. Obwohl ihr Studium in Richtung Markenkommunikation und Werbung tendierte, kreuzten sich unsere Wege in so manchen Kursen an der Uni. Schnell stellten wir fest, dass wir auf einer Wellenlänge waren. Normalerweise fällt es mir nicht so leicht, neue Freundschaften zu schließen. Schon gar nicht, wenn mir die Umgebung fremd ist. Doch Smilla hatte vom ersten Augenblick an etwas an sich, das mich unerwartet großes Vertrauen zu ihr hat aufbauen lassen. Und das soll in meinem Fall wahrhaftig etwas heißen, denn wenn ich eins nicht kann, dann anderen vertrauen. Viel zu riskant. Viel zu … Ich bremse meine Gedanken.

Womöglich liegt es an Smillas offener Art, dass ich bei ihr etwas tun konnte, was sonst kaum möglich erscheint. Sie macht aus nichts ein Geheimnis, reagiert bedacht und weiß immer eine neue Perspektive einzunehmen, wenn man sich irgendwo festgefahren hat. Nach einem Monat an der Uni hatte ich das Gefühl, als würden wir uns schon seit Jahren kennen. Wenngleich ich etwas länger gebraucht habe, mich ihr zu öffnen, so sind wir über die Monate hinweg zu besten Freundinnen geworden. Wir waren beide neu in der Stadt, frisch an der Uni und haben uns gegenseitig Halt gegeben, als für uns ein neuer, aufregender Lebensabschnitt begann.

Als Smillas Mitbewohner überraschend nach dem ersten Semester auszog, fackelten wir nicht lange. Ich übernahm das frei gewordene Zimmer und war froh, aus dem Wohnheim rauszukommen und wieder so etwas wie meine eigenen vier Wände zu haben. Das ist nun schon gut viereinhalb Jahre her, und ich bin immer noch verdammt happy über unsere Begegnung.

Ich hole gerade Luft, um Smilla von dem missratenen Treffen mit Frederik zu erzählen, als sich die quietschende Haustür erneut öffnet und gleich darauf wieder zuknallt. Wir sollten sie wirklich dringend reparieren lassen …

»Linn?! Smilla?! Seid ihr da? Habt ihr auf mich gewartet? Wenn nicht, will ich es trotzdem noch mal hören!« Juna kommt in die Küche, in ihrer linken Hand schwenkt sie eine Flasche Aperol, in der anderen ein Netz Orangen.

»Ich habe uns was zum Anstoßen mitgebracht.«

Smilla dreht sich um, blinzelt zu mir rüber und meint dann vorsichtig: »Ich fürchte, wir brauchen die Flasche eher zum Aufpäppeln anstatt zum Anstoßen.«

Entsetzt stellt Juna die Sachen auf der winzigen Küchenzeile ab und dreht sich sofort zu mir. »Was ist passiert?«

»Ich hab's verbockt.«

»Nein, das glaube ich nicht!«, ruft Smilla sofort dazwischen. »Der arrogante Snob hat es sicherlich verbockt«, erklärt sie Juna, obwohl ich noch kein Wort darüber verlauten habe lassen, was tatsächlich vorgefallen ist.

Juna nickt wie selbstverständlich und scheucht uns mit ihren grün lackierten Fingernägeln auf. »Das schreit nach einem Fall von Sundowner-Sprechstunde. Los, los, los!«

Sie reißt bereits die Küchenschränke auf, holt drei Gläser heraus und wirbelt um uns herum. Smilla greift indes nach meiner Hand, zieht mich vom Stuhl und legt einen Arm um meine Taille.

»Ich bringe gleich die erste Runde raus«, ruft Juna uns hinterher, und ehe ich es mich versehe, schiebt Smilla mich liebevoll-energisch durch den kleinen Flur in das ehemalige Wohnzimmer. Sie öffnet die Balkontür und bugsiert mich auf die drei Quadratmeter, die in der Immobilienbeschreibung fälschlicherweise als »großflächige Dachterrasse« betitelt worden waren. Die warmen abendlichen Sonnenstrahlen tanzen über die angrenzenden Dächer der Kopenhagener Innenstadt und tauchen unseren winzigen Balkon in ein sanftes Licht. Der Jasmin, den Juna letztes Jahr gepflanzt hat, schlängelt sich an den Mauern rechts und links empor und verbreitet einen betörenden Duft.

Ein halbes Jahr nach meinem Einzug erhöhten die Eigentümer die Miete plötzlich um ein Vielfaches. Smilla und ich mussten deshalb neben der Uni gleich zwei Jobs auf uns nehmen, um die horrende Summe für die Wohnung stemmen zu können. Smilla, die von einer alleinerziehenden Mutter großgezogen worden war, konnte sich zwar deren unendlicher Liebe sicher sein, allerdings war eine finanzielle Unterstützung unmöglich. Ich hätte sicherlich Bittstellerin bei meinen Eltern werden können, doch da das vermutlich wieder an Bedingungen geknüpft worden wäre, die ich nicht bereit war, zu erfüllen, blieb auch mir die Option elterlicher Finanzhilfen versagt.

Smilla und ich hatten kein Problem damit, selbst für unser Leben aufzukommen. Aber nach mehreren Monaten der dreifachen Belastung musste sich etwas ändern. Also beschlossen wir, das Wohnzimmer aufzugeben und uns nach einer dritten Mitbewohnerin umzusehen. Einstimmig waren wir gegen die Aufnahme eines Kerls. Da wir beide auf Männer stehen, wollten wir schließlich keinen heißen Typen, der am Ende unsere Freundschaft auf die Probe stellt und womöglich sogar ein Liebesdrama à la Roommates-to-Lovers-Triangle verursacht.

Nach der vergeblichen Suche nach einer passenden Kandidatin machte ein Kumpel von Smilla uns mit Juna bekannt. Sie wollte damals unbedingt raus aus ihrer WG, die sich oberhalb einer angesagten Bar befand. Was im ersten Moment verlockend klingt, ist in der Realität ziemlich anstrengend. Und laut Juna versickert viel zu viel Geld in abendlichen Drinks.

Die quirlige, ein bisschen verrückte Juna, die sich jedes Jahr für eine brachial andere Frisur entschied, am liebsten knallbunte Fingernägel trug und sich in ihrem Studium auf Psychologie konzentrierte, wirkte auf den ersten Blick ein wenig befremdlich. Aber Smilla und ihr sonniges Gemüt hielten es für ein passendes Match. Und so war die zwei Jahre jüngere Juna schließlich in unser Wohnzimmer gezogen.

Vier Wochen später ging ihr Freund nach drei Jahren Beziehung fremd und stürzte sie in eine schreckliche Sinnkrise. Am Ende waren es Smilla und ich, die Juna aus diesem Tief herausgeholt haben – mit der Sundowner-Sprechstunde.

Die ersten Abende stürzten wir uns mit wohldosiertem Aperol Spritz und einem nicht endenden Vorrat an Rosmarin-Knabberstangen auf die Wut, die in Juna rumorte. Wir gaben ihr den sicheren Raum, sie rauszulassen und in Worte zu fassen, die man in der Öffentlichkeit so vielleicht lieber nicht sagen würde. Anschließend machten sich Trauer und die Enttäuschung über dieses Arschloch breit. Doch schließlich schafften wir es nach insgesamt sechs Wochen, sie wieder auf Kurs zu bringen. Der Verrat schmerzte sie immer noch, aber sie kam aus ihrem Tief und schöpfte neuen Lebensmut. Heute, gut vier Jahre später, hatte sie mit Männern zwar nicht unbedingt wesentlich bessere Erfahrungen gemacht. Doch fortan hatte sie uns. *Wir* hatten *uns*.

Smilla und ich waren nicht länger zwei beste Freundinnen. Wir drei waren eine Familie, und unsere Wohnung bildete den Ort, der uns die größte Sicherheit im Leben gab. Es war ein Raum, in dem alles gesagt und gedacht werden konnte. Ein Raum, in dem für jedes Gefühl Verständnis herrschte. Ein Raum, der sich schützend um uns legte und die Fenster aufriss, wenn wir selbst nicht den Mut aufbrachten, frischen Wind in unsere verfahrenen Gedanken hineinzulassen. Wir drei waren füreinander da und vertrauten einander bedingungslos. Keine Selbstverständlichkeit, wie ich nur zu gut weiß.

Jetzt atme ich tief ein, setze mich auf eines der großen Kissen, das auf den hölzernen Paletten liegt und den Balkon in eine gemütliche Lounge verwandelt. Lichterketten wickeln sich um die Balkonbrüstung, auf der sich oberhalb dicht bepflanzte Blumenkästen mit bunten Petunien aneinanderreihen. Junas grüner Daumen lässt grüßen.

»Okay, ich bin da. Es kann losgehen.« Juna kommt mit einem Tablett zu uns und stellt es vorsichtig in der Mitte der beigen Sitzkissen ab. Drei große Gläser mit orangener Flüssigkeit, duftenden Orangenscheiben und einer Handvoll Eiswürfel umrahmen das vierte Glas, das Juna kurzerhand in eine Knabberstangenhalterung umfunktioniert hat. Nachdem sie sich mit überkreuzten Beinen ebenfalls gesetzt hat, verteilt sie die gut gefüllten Drinks, und gemeinsam stoßen wir an.

»Auf uns«, lächelt Smilla mir aufmunternd zu.

»Auf uns«, bekräftigt Juna, die sich in dem dunkelgrünen Jumpsuit modisch mal wieder phänomenal übertroffen hat.

»Auf uns«, murmele ich und nehme einen tiefen Schluck. Je später es wird, desto klarer macht sich in meinem Kopf die Erkenntnis breit, dass ich gestern eine unglaubliche Chance bekommen habe. Und dass ich diese heute innerhalb einer halben Stunde gegen die Wand gefahren habe. Der süßlich-bittere Geschmack des Aperols rinnt über meine Zunge und macht einen Ausflug hinunter in mein Herz. Ich blinzle gegen die aufsteigenden Tränen an und starre konzentriert in mein Glas.

Währenddessen ruhen die Augenpaare von meinen beiden besten Freundinnen auf mir. Sie fragen nicht nach. Nicht noch mal. Eine Regel der Sundowner-Sprechstunde besagt, dass man niemanden bedrängen darf. Sobald die Sprechstunde ausgerufen wird, bestimmt diejenige mit Redebedarf das Timing.

Um es nicht unnötig in die Länge zu ziehen, richte ich mich schließlich auf, stelle das Glas zurück auf das Tablett und verknote die Hände in meinem Schoß. Dann atme ich tief durch, rieche den duftenden Jasmin neben mir und fange an zu erzählen.

Es dauert länger als erwartet, dafür dass das Treffen mit Frederik Jensen so kurz war. Schließlich beende ich meinen Bericht und spüre ein bedrückendes Gefühl auf meiner Seele lasten. Es hätte gut werden können. Es hätte so verdammt gut werden können!

»Er hat mir von einer Minute auf die andere einfach eine

Absage erteilt«, empöre ich mich und kann meine Wut und Ratlosigkeit nicht länger zurückhalten.

Nachdenklich schwenkt Smilla ihren Aperol umher. »Hat er gesagt, warum?«

»Nicht wirklich.«

Juna knabbert an einer Rosmarinstange. »Dann gibst du auf? Einfach so?«

»Was bleibt mir denn anderes übrig? Ich kann ihn kaum zwingen, den Artikel mit mir zu machen, wenn er nicht will.« Verständnislos starre ich meiner Mitbewohnerin in die grauen Augen, die im abendlichen Sonnenlicht herrlich silbern schimmern.

Juna zuckt mit den Schultern. »Warum nicht?«

»Na ja, weil er ...«, beginne ich, werde aber von Smilla unterbrochen.

»Weil er reich, gut aussehend und smart ist?«

Ich verdrehe die Augen. »Musst du das immerzu wiederholen? Das macht es nicht besser.«

Smilla grinst und blitzt mich an, während sie einen Krümel von ihren verwaschenen Jeans stupst. »Seit wann lässt du dich von so etwas einschüchtern, Linn?«

»Tue ich doch gar nicht!«

»Warum sitzt du dann noch hier?« Provokant deutet Smilla auf die Straße unter uns. »Statt hier Trübsal zu blasen und dich zu ärgern, dass dich der Typ abserviert hat, bevor du ihm auf den Zahn fühlen konntest, könntest du ihn so lange nerven, bis er es sich anders überlegt.«

»Nerven?« Ich lache unwillkürlich auf. »Das ist eine hervorragende Idee. Er kann mich nicht ausstehen, da sollte ich bestimmt nachlegen und mich noch unbeliebter machen. Was habe ich schon zu verlieren?«

Auf einmal fängt Juna an, mit den Fingern zu schnipsen. »O Gott, Smilla hat recht!«

»Wie bitte?!« Entgeistert mustere ich meine Mitbewohnerinnen. Ich liebe die beiden. Wirklich. Von ganzem Herzen. Aber manchmal sind ihre Ratschläge alles andere als hilfreich. Keine Ahnung, ob sie mir in den vergangenen Minuten überhaupt zugehört haben, aber eins ist klar: Ihnen ist scheinbar nicht bewusst, was eine Absage von Frederik Jensen tatsächlich bedeutet. Sie ist nicht verhandelbar. Das habe ich in seinem Gesicht gesehen, als er mich gebeten hat, zu gehen. Er wird kaum zur Besinnung kommen und mir eine zweite Chance zugestehen.

Junas überschwängliche Stimme reißt mich aus meinem Selbstmitleid. »Hast du deiner Chefin schon gesagt, dass die Story tot ist?«

»Nein«, gebe ich zu. Caro zu informieren, nachdem ich extra von ihr damit betraut worden war, fühlt sich fast noch schlimmer an als die Niederlage an sich. Obwohl ich für gewöhnlich extrem zuverlässig bin, habe ich mir selbst einen Aufschub gewährt. Ich brauche ein dickes Fell, bevor ich mir die Standpauke für mein Versagen abhole.

»Nice! Dann ist noch nicht alles verloren«, freut sich Juna, nimmt einen großen Schluck Aperol und neigt dann verschwörerisch den Kopf nach vorn, als würde sie mir einen genialen Geheimplan erklären wollen.

Smilla tut es ihr gleich, und ich habe das Gefühl, die beiden haben sich gegen mich verschworen. Hauptsache gegen Linn! Oder für Linn – je nach Perspektive.

Juna dämpft ihre Stimme, senkt ihre Lider und flüstert über ihren halb leeren Aperol hinweg: »Geh zu ihm. Überzeug ihn von dir. Gewinne sein Vertrauen. Und dann schreibst du das beste Porträt, das die Welt je gesehen hat.«

»Ach klar, so einfach ist das. Zu dumm, dass ich nicht selbst daraufgekommen bin. Ich lauf gleich rüber, klingle bei ihm zu Hause und bleibe so lange, bis er dem Interview zustimmt. Easy!« Meine Stimme trieft vor Sarkasmus, doch ich weiß, dass mein Ton ausnahmsweise okay ist.

Die zweite Regel der Sundowner-Sprechstunde. Wir nehmen einander niemals etwas übel, was vorschnell im Ansturm aufkeimender Emotionen aus uns herausbricht.

Smilla hingegen nickt zustimmend. »Ganz genau.«

»Okay.« Ich hebe die Hände und greife nach meinem Aperol. »Werden wir wieder realistisch. Was mache ich jetzt?«

»Geh zu ihm!«, rufen Juna und Smilla wie aus einem Mund.

Während ich die beiden mustere und die Sonne bereits tiefer steht, erkenne ich, dass sie es ernst meinen.

»Das kann ich nicht… Ihr meint… Ich meine, was soll ich ihm denn sagen?«

»Dass du eine großartige Journalistin bist.«

Zustimmend fügt Juna hinzu: »Zeig ihm, dass er dir vertrauen kann. Du schreibst den Text, aber er behält das letzte Wort. Menschen wie ihm geht es um Kontrolle. Immer. Wenn er das Gefühl hat, dass er die Regeln dieser Zusammenarbeit bestimmt, ist er womöglich auch dazu bereit, sie fortzuführen.«

Ich leere den Rest meines Aperols und spüre, wie der Alkohol in mein Blut übergeht. Die Worte meiner Freundinnen schleichen über meine Seele hinweg, quartieren sich auf deren Grund ein und verpassen meinem Herz einen kleinen Stoß. Es beginnt von Sekunde zu Sekunde kräftiger zu schlagen, und ich merke, wie der Mut zurückkehrt. Mein Kampfgeist wird wachgerüttelt, und ich setze mich augenblicklich ein bisschen gerader hin und straffe meine Schultern.

Es fühlt sich noch ein bisschen mulmig an, doch mit jedem Schlag, den mein Herz tapfer absolviert, wird mir bewusst, dass die beiden recht haben. Es ist *mein* Traum. *Ich* muss dafür sorgen, dass es funktioniert. *Ich* muss dafür arbeiten. *Ich* muss dafür kämpfen.

Hastig stelle ich mein Glas beiseite, springe auf, und ohne ein weiteres Wort an Juna oder Smilla zu richten, eile ich in mein Zimmer. Dort reiße ich meinen Laptop auf, fange an zu recherchieren, wähle eine Nummer auf meinem Smartphone und bekomme nach einer kurzen Erklärung schließlich, wonach ich gesucht habe. Ohne einen Blick in den Spiegel zu werfen, schnappe ich mir meine Handtasche, schlüpfe in meine Leinenschuhe und knalle kurz darauf die Haustür hinter mir zu. Als ich in der Abenddämmerung unten auf die Straße trete und mich auf den Sattel meines Fahrrads schwinge, höre ich zwei fröhliche, klare Stimmen über mir.

»Go, Girl!«

»Schnapp ihn dir!«

Ich sehe nach oben. Die amüsierten Gesichter von Smilla und Juna schauen vom Balkon zu mir herab. Die Sundowner-Sprechstunde hat mal wieder Wunder gewirkt. Ich winke ein letztes Mal, bevor ich mich auf den Weg mache, um nichts unversucht zu lassen, mein Ziel zu erreichen. Ein trotziges Lächeln umspielt meine Lippen. O Frederik, wenn du wüsstest, mit wem du es zu tun hast …

Kapitel 5

Frederik

Zum wiederholten Mal an diesem Abend klingelt mein Handy, aber ich lasse es unberührt auf dem Couchtisch liegen. Als würde Ragnar nicht schon das zwölfte Mal anrufen. Ich habe das Büro bereits am Nachmittag verlassen und widme mich seitdem zu Hause im Wohnzimmer einem zu prüfenden Dossier. Ich weiß genau, warum mein bester Freund versucht, mich so dringend zu erreichen. Er hat offensichtlich mitbekommen, dass ich die Journalistin im wahrsten Sinne des Wortes abserviert habe.

Ich weiß, dass es unfair von mir ist. Schließlich habe ich diesem dämlichen Artikel ursprünglich zugestimmt. Jetzt zurückzurudern, ist nicht nur frech, sondern hochgradig unprofessionell. Allerdings nagt deshalb bereits das schlechte Gewissen an mir. Da brauche ich nicht auch noch Ragnar, der sich zu Recht über mich aufregt und versucht, die Dinge wieder ins Lot zu bringen. Es ist Freitagabend, er sollte wahrlich Besseres zu tun haben.

Wieder leuchtet mein Smartphone auf. Anruf Nummer dreizehn. Seufzend greife ich nach dem Telefon und überlege, doch ranzugehen, als es auf einmal an der Haustür klingelt. Überrascht blicke ich auf die große, runde Bahnhofsuhr, die über einer Kommode im Wohnzimmer hängt. Es ist schon nach neun. Ragnar würde kaum anrufen und parallel dazu auf meiner Veranda auftauchen. Er ist hartnäckig, aber nicht penetrant.

Na ja, ein bisschen vielleicht schon. Ich blinzele erneut zu dem blinkenden Handy.

Gleichzeitig läutet es ein zweites Mal an der Haustür, gefolgt von einem energischen Klopfen. Im selben Moment vermeldet mein Smartphone einen entgangenen Anruf und schweigt.

Seufzend erhebe ich mich und laufe in den geräumigen Flur. Ich öffne die Tür und …

»Woher weißt du, wo ich wohne?«

Keine Begrüßung. Nein, mein abweisender Ton macht deutlich, was ich von dem spontanen und vor allem ungebetenen Besuch halte. Doch das scheint Linn kein bisschen zu kümmern. Selbstbewusst streicht sie sich eine Strähne ihres blonden Haars aus dem Gesicht und blitzt mich an.

»Wie heute Nachmittag bereits erwähnt, ich habe meine Quellen.«

»Ich sollte mein Umfeld an Vertrauten ausdünnen. Es scheint Verräter unter ihnen zu geben«, brumme ich und habe schon jemanden in Verdacht. Diese Person hat eventuell dreizehn Mal versucht, mich anzurufen. Nächstes Mal gehe ich vielleicht einfach ran, dann hetzt Ragnar mir die Journalistin nicht auch noch in meinem Haus auf den Hals.

»Linn, nicht?«, frage ich, obwohl ich mir den Namen natürlich gemerkt habe. Als sie nickt und den Mund öffnet, um etwas zu sagen, unterbreche ich sie. »Ich habe meine Meinung nicht geändert. Du hast den Weg also ein weiteres Mal umsonst auf dich genommen.« Wäre ich an Linns Stelle, ich würde mich aufs Übelste verwünschen. Ich benehme mich wie ein Arschloch, obwohl ich es eigentlich besser weiß.

Die Journalistin hingegen atmet tief ein, stemmt die Hände in die Taille und erklärt mit fester Stimme: »Dann trifft es sich ja, dass ich viel Zeit mitgebracht habe. Denn ich bleibe so lange, bis ich mein Porträt schreiben kann. Ob du nun mit mir redest oder nicht.«

Erstaunt hebe ich eine Braue in die Höhe und taxiere Linn

in dem schlichten Sommeroutfit, das ich noch von heute Nachmittag kenne. Ich bemerke die Hartnäckigkeit in ihrer Stimme und den unbedingten Willen in ihrem Gesicht.

»Wie willst du über mich schreiben, wenn ich nicht mit dir rede?«, frage ich und lehne mich mit einer Schulter an den weißen Türrahmen. Sie hineinzubitten, würde bedeuten, ihr entgegenzukommen. Und diesen Trugschluss will ich auf jeden Fall vermeiden.

»Man kann nicht nicht kommunizieren. Grundwissen für alle, die was mit Kommunikation machen. Insofern werde ich mich also aufs Beobachten fokussieren und meine Schlüsse daraus ziehen.«

»Paul Watzlawick«, murmle ich und ziehe eine Braue in die Höhe.

Anerkennend nickt Linn über meine Kenntnisse zu dem Kommunikationswissenschaftler und dessen berühmter Theorie und macht ihren Standpunkt erneut deutlich.

»Es ist mir egal, ob du dieses Interview mit mir führst oder nicht. Ich sammle mir zusammen, was ich benötige, und werde den Artikel schreiben.«

»Das wirkt nicht sonderlich professionell«, halte ich dagegen und fühle mich wie ein Dreckskerl, weil ich es ihr so schwer mache. Doch wenn ich jetzt nachgebe, bin ich der Schwache. Und Schwäche kann ich mir nicht leisten. Nicht wenn es um meine Person geht. Mein Leben. Mein Inneres. Es gibt Dinge aus meinem Leben, die gehen einfach niemanden etwas an.

Linn mag hartnäckig sein, und das ist unter anderen Umständen gewiss bewundernswert, doch in meinem Fall muss ich ihr einen Strich durch die Rechnung machen. So leid es mir beinahe tut, wenn ich in ihre hellblauen Augen sehe und spüre, wie ernst sie es meint.

Linn zuckt indes mit den Schultern. »Das ist dein Problem, nicht meins. Wenn es dir nicht passt, hast du schließlich immer noch die Gelegenheit, mit mir zu sprechen.«

Sie drängt mich in eine ausweglose Situation. Geschickt und elegant. Wie ich es drehe und wende, ich komme nicht aus dieser Nummer heraus. Selbst wenn es für Linn bedeutet, in die abstruse Rolle einer Stalkerin zu schlüpfen, wozu sie offensichtlich bereit ist.

»Ich könnte in deiner Redaktion anrufen und dich zurückpfeifen lassen. Solltest du mir nicht vielmehr entgegenkommen und mich davon überzeugen, dass ich dir vertrauen kann?«, frage ich, ohne darüber nachzudenken.

Als hätte sie diese Option nicht bedacht, verstummt Linn für einen Moment. Dann zieht sie ihre hübschen Augen zu schmalen Schlitzen und mustert mich mit verschränkten Armen. Ihr Körper zeigt mir mit jeder Faser, dass sie zum Gegenangriff ansetzt.

»Sähe für dich aber auch nicht gut aus, oder? Erst sagst du uns ein Interview zu, dann erteilst du, ohne Gründe anzugeben, beim ersten offiziellen Termin eine Absage und musst schließlich eine Volontärin bei ihrer Chefin anschwärzen, weil sie ihrer journalistischen Pflicht nachkommt?« Sie kräuselt kritisch die schwungvollen Lippen. »Wird Dänemarks Wonderboy etwa nicht mit einer einfachen Journalistin fertig?«

Sie provoziert mich. Mit Absicht.

Ich atme tief durch und lasse meinen Blick langsam über ihre Gestalt schweifen. So wie heute Nachmittag im Büro. Ich bilde mir ein, je intensiver ich sie unter die Lupe nehme, desto eher kann ich ihr Verhalten einschätzen. Wüsste ich es nicht besser, würde ich behaupten, dass sie ebenso unsicher wie selbstbewusst auftritt. Eine eigenartige Mischung, die sie in meinen Augen noch attraktiver wirken lässt.

Sie ist mit ihren rund ein Meter fünfundsiebzig recht groß, aber ihre schlanke Figur, die definierten Arme und die schmalen Handgelenke lassen sie dennoch eher zierlich wirken. Beinahe so, als müsste man gut auf sie achtgeben, wenn ein starker Windstoß von der Küste übers Land fegt. Ihre letzte Bemerkung lässt hingegen das Gegenteil annehmen. Eine Frau voller Widersprüche. Etwas, das ich nicht gebrauchen kann. Schon gar nicht, wenn ich mich auf sie verlassen soll, weil sie diejenige ist, die über mich schreiben wird.

Und das wird sie. Egal, ob ich ihr dabei helfe oder ihr noch mehr Steine in den Weg lege. Sie wird sich nicht abhalten lassen. Trotz liegt in Linns Augen, die mich mit diesem Ausdruck an die hellblauen Flecken am Himmel eines dunklen Regentages erinnern. Sie sind da, werden bleiben und sich irgendwann gegen die Wolken durchsetzen. Mögen diese auch noch so grau und massiv sein, der blaue Himmel wird nicht weichen und sich gegen sie behaupten. Er ist der mit dem längeren Atem.

So wie Linn. Sie steht auf der Veranda und erwidert meinen Blick. Auf einmal verändert sich ihre Haltung. Nur minimal, doch merke ich einen Unterschied. Sie lässt die Arme sinken, schiebt die Hände in die seitlichen Taschen ihrer weißen Stoffhose und senkt für wenige Sekunden den Blick. Als sie mich wieder ansieht, erkenne ich einen Hauch von Hoffnung auf ihren Zügen.

»Wir müssen nicht gegeneinander kämpfen, Frederik. Wir haben doch das gleiche Ziel.«

»Haben wir das?«, frage ich und fühle das Kratzen in meinem Hals, das für den rauen Ton in meiner Stimme verantwortlich ist. Ein kühler Wind frischt die Luft auf, und die Birken in meinem Garten rascheln beständig im Hintergrund. Obwohl es schon spät ist, ist es immer noch nicht vollständig dunkel. Das ist das Wunderbare am Sommer in Dänemark. Die Sonne geht erst spät unter und verabschiedet sich nur für wenige Stunden, bevor sie frühmorgens bereits wieder aufgeht.

Linn nickt. »Du willst eine Geschichte, die nicht zu viel über dich verrät und doch ein starkes Bild von dir zeichnet. Ich will einen Artikel, der beweist, dass ich mein Handwerk nicht nur beherrsche, sondern es dem gerecht wird, was du verkörperst.«

»Und das wäre?«, erkundige ich mich skeptisch und halte die

Luft an. Diese Frau hat es in sich. Das kann gut für mich sein. Oder brandgefährlich.

»Du bist ›Dänemarks Genie‹. Aber bist du nicht viel mehr als die Worthülse, unter der dich alle verbuchen? Ein Mann mit einer Vision? Mit Wünschen und Träumen? Ich will der Welt den Frederik zeigen, der sich hinter all den genialen Patenten versteckt.«

»Du denkst, das lasse ich zu?«

»Ich werde dir keine Wahl lassen«, erklärt sie leise, zieht den Kopf minimal zurück und hält meinem Blick stand.

Ein eigenartiges Kribbeln erfasst meinen Körper. Es zieht von den Zehenspitzen hinauf über meine Hüften, meine Wirbelsäule bis in meinen Nacken, breitet sich auf meinen Schultern aus und wandert hinab in meine Hände. Es wird stärker, je länger ich den intensiven Blick der jungen Journalistin vor meiner Haustür erwidere. Ungelenk schiebe ich meine Hände in die Hosentaschen, ähnlich wie Linn vor wenigen Minuten, und stelle mich gerade hin.

Linn wird bleiben. Sie zieht es durch. Ob ich will oder nicht. Das Einzige, was mir bleibt, ist, die Situation nach meinen Bedingungen zu gestalten. Eine Idee reift in mir, doch bevor ich sie Linn unterbreiten kann, geht sie einen Schritt auf mich zu. Sie ist nur einen halben Meter von mir entfernt, und ich bemerke den Duft von Jasmin und Orangen, der von ihr ausgeht. Sie riecht nach Sommer.

Ihre Augen direkt auf mich gerichtet, stellt sie klar: »Ich biete dir jetzt an, dass wir das zusammen machen. Als Team. Wenn du dich dagegen entscheidest, ist das natürlich deine Sache.« Sie mustert mich sekundenlang und setzt ein schelmisches Lächeln auf, das ihre zarten Gesichtszüge erhellt. »Das würde allerdings beweisen, dass du doch kein so intelligenter Kerl bist, wie alle behaupten.«

Noch einmal wandern ihre klaren blauen Augen mit den winzigen weißen Ausreißern, die mich an zarte Wolkenfetzen erinnern, über mein Gesicht. Wir kennen uns nicht, und doch habe ich auf einmal das Gefühl, als könnte Linn tief in mein Inneres blicken. So als hätte sie ein völlig anderes Verständnis von mir als der Rest der Welt. Dabei kann das unmöglich sein. Sie ist Journalistin. Reporterin. Sie will eine Story aus mir machen. Eine Titelstory.

Sosehr sie mir gerade auch versichern will, dass sie auf meiner Seite ist, so sehr muss ich auf der Hut sein. Denn es gibt schlichtweg keinen Grund, ihr zu vertrauen.

Erneut formt sich in meinem Kopf diese Idee. Dieser Plan. Diese Abmachung. Ich soll mich zeigen und angreifbar machen? Nicht ohne Absicherung. Nur ein Vollidiot würde sich auf einen Deal einlassen, bei dem er sich am Ende lediglich selbst in Gefahr bringt.

Während Linn sich zu meiner Überraschung zum Gehen wendet, sagt sie: »Meine Quellen haben mir gesagt, dass du morgen keine Termine hast.«

»Es ist Samstag«, werfe ich nüchtern ein, doch das kümmert sie nicht weiter.

»Neun Uhr. Wir holen unser heutiges Interview nach. Betrachte es als intensives Kennenlerngespräch.«

»Du brauchst mehr als *ein* Interview für dein Porträt?«

»Natürlich. Was glaubst du denn? So wie ich dich einschätze, brauche ich eine ganze Weile, bis ich deinem wahren Ich auf die Schliche komme.«

Ich schweige einen Moment und ahne, dass Linn mich in den nächsten Tagen viel häufiger beehren wird, als mir lieb ist. Das heute war nur eine Ankündigung. Eine Warnung.

»Dann morgen um neun«, wiederholt sie und nimmt bereits die erste Stufe der Veranda, als ich leise, aber bestimmt das Wort an sie richte.

»Linn«, ich habe es nur zur Hälfte durchdacht. Doch ich habe das Gefühl, dass ich noch in diesem Augenblick die Fronten klären muss. Sonst ist es zu spät, und Linn findet einen

Weg, sich aus der Affäre zu ziehen. Aber wenn ich dran glauben muss, muss sie es auch.

»Zehn Fragen«, sage ich. Mehr nicht.

Verwirrt steigt sie die eine Stufe wieder hinauf und kommt langsam auf mich zu. »Wie bitte?«

»Zehn Fragen«, wiederhole ich. Mein Herz pocht so heftig gegen meine Rippen, dass es beinahe wehtut. Aber ich zwinge mich weiterzureden und ihr dieses Angebot zu unterbreiten. Nur wenn sie es annimmt, kann ich darauf vertrauen, dass sie mich nicht über den Tisch zieht. Ich gehe einen Schritt auf sie zu, sodass wir uns auf der Mitte der Veranda treffen.

»Ich werde mit dir reden. Aber im Gegenzug verlange ich dasselbe von dir.«

Immer noch mustert sie mich mit einem fragenden Ausdruck, während ein zartes Rosa ihre Wangen überzieht.

»Ich werde dir zehn Fragen stellen. Und du wirst jede davon ehrlich beantworten. Egal, um was es geht. Egal, wann ich sie dir stelle.«

»So funktioniert das nicht.« Linn schüttelt nervös lachend den Kopf.

»Zehn Fragen. Sobald du mir eine Antwort verwehrst, ist Schluss. Wir beenden deine Arbeit, und ich sorge dafür, dass dieser Artikel nie erscheint.«

»Das kannst du nicht …« Unsicher zucken Linns Augen hin und her. Von dem zuvor aufgesetzten Selbstbewusstsein bröselt plötzlich Putz ab. Eifrig klaubt sie ihn wieder auf und verschränkt die Arme vor der Brust.

»Und ob ich das kann«, flüstere ich, ohne zu wissen, ob es stimmt. Doch das ist in diesem Moment nebensächlich. Wichtig ist, dass Linn glaubt, dass ich die Kontrolle habe. Nur so bekomme ich sie dazu, meinen Deal anzunehmen, von dem ich plötzlich das Gefühl habe, dass er mein Überleben absichert.

Zwischen uns baut sich eine sonderbare Spannung auf.

»Warum willst du etwas über mich wissen? Das ist doch völlig unerheblich für …«

»Zehn Fragen, Linn. Sonst kannst du dein Porträt vergessen.« Ich löse meine verschränkten Arme und lasse sie sinken, um ihr zu signalisieren, dass ich soeben einen großen Schritt auf sie zugemacht habe.

»Was für Fragen?« In Linns Kopf scheint es auf Hochtouren zu arbeiten. Misstrauisch mustert sie mich.

»Kann ich noch nicht sagen.«

»Wie bitte?« Entrüstet stemmt Linn die Hände in ihre Taille und funkelt mich aufgebracht an. »Du magst das vielleicht witzig finden, auch wenn du nicht so aussiehst, als würdest du jemals etwas in deinem Leben wirklich witzig finden«, sie schüttelt den Kopf, »aber das hier ist mein Job. Dieser Artikel bestimmt darüber, wie meine berufliche Zukunft aussehen wird.«

»Dann sollte dir daran gelegen sein, mir entgegenzukommen.« Ich wundere mich, wie ich es schaffe, nach außen hin so ruhig zu bleiben. Mein Inneres ist mindestens ebenso aufgewühlt wie Linn es derzeit äußerlich nicht zu verbergen schafft. Meine Ankündigung scheint sie stärker zu beschäftigen, als ich vermutet habe. Habe ich den Spieß vielleicht gerade umgedreht? Neugierig nehme ich sie in den Fokus.

»Du verlangst, dass ich dir den Frederik hinter dem Genie zeige, bist aber nicht bereit, mir etwas von dir zu verraten? Wer ist die Linn hinter der Journalistin, die sich so hartnäckig an diesen Auftrag klammert?«

»Das ist etwas völlig anderes«, wiederholt Linn gepresst.

»Ist es nicht. Und das weißt du.« Ich zucke mit den Schultern und wende mich ab. »Deine Entscheidung.« Als ich wieder ins Haus trete, drehe ich mich noch einmal um. »Zehn Fragen. Und ich erzähle dir, was du wissen willst.« Ich deute mit dem Kopf ins Hausinnere. »Vielleicht lasse ich dich morgen auch über die Schwelle treten. Bring Brötchen mit, dann stehen die Chancen gut, dass du mit mir frühstücken darfst.«

Bevor Linn ihre entsetzte Miene in unüberlegten Worten an mir auslassen kann, schließe ich mit klopfendem Herzen die Tür und lehne mich von innen dagegen.

Scheiße. Was habe ich da eben nur losgetreten? Ich stehe nicht nur da wie ein fieses Arschloch, sondern bin außerdem augenscheinlich bereit, dieser Linn tatsächlich etwas über mich zu erzählen. Was auch immer mich eben geritten hat, diesen Deal vorzuschlagen, ich sollte schleunigst dafür sorgen, dass der Schuss nicht nach hinten losgeht.

Ich brauche zehn verdammt gute Fragen, die mir garantieren, dass sich diese Frau nicht gegen mich richtet und mir die Hölle heiß macht, wenn ihr danach ist.

Kapitel 6

Linn

Zehn Fragen?! Was denkt der sich? Was glaubt er, wer er ist?

Obwohl bereits knapp zwölf Stunden zwischen diesem Gespräch und jetzt liegen, bin ich immer noch sauer. Nachdem ich gestern Abend in die WG zurückgekommen bin, habe ich mich bestimmt drei Stunden mit Smilla und Juna auf die kleine Couch in Smillas Zimmer gequetscht, ihnen erneut mein Leid geklagt und schließlich einsehen müssen, dass ich wohl oder übel auf diesen blöden Deal eingehen muss. Zumindest wenn ich dieses dämliche Porträt schreiben und zu etwas Großem machen will.

Ich würde mich in diesem Augenblick gerne übergeben, so schlecht ist mir. Doch stattdessen stelle ich mein Rad ab, greife nach der braunen Papiertüte vorne im Korb und begebe mich widerwillig ein weiteres Mal auf das gemütliche Haus zu. Das typisch dänische Gebäude aus grau gestrichenem Holz mit weißen Fensterrahmen und einer einladenden weißen Veranda auf der Vorderseite, die mit modernen Korbsesseln ausgestattet ist, passt so gar nicht zu dem Mann, der hier wohnt. Das habe ich mir bereits gestern Abend gedacht, als ich in der Abenddämmerung hier gewesen bin.

Meine ursprüngliche Strategie, ihn davon zu überzeugen, mir vertrauen zu können, verpuffte wie Sternenstaub in dem Augenblick, als er die Tür öffnete und mich grimmig betrachtete. Sein Ausdruck versprach auf jedem Millimeter seiner attraktiven Gesichtszüge, dass er lieber einen Staubsaugerverkäufer in sein Wohnzimmer eingeladen hätte, als mir Zugang zu gewähren. Der Hauch von Arroganz muss etwas in meinem Kopf durcheinandergebracht haben. Statt auf den von Juna vermuteten Kontrollzwang einzugehen, habe ich ihn provoziert. Die Quittung habe ich daraufhin ziemlich deutlich bekommen.

Der Duft frisch gebackener Brötchen steigt aus der Tüte in meiner Hand auf, und ich merke, wie mir immer noch übel ist. Die Nervosität in meinem Magen rebelliert, doch ich weiß, dass ich es tun muss.

Zehn Fragen.

Ich muss den Deal annehmen. Selbst wenn sich alles in mir dagegen sträubt. Denn weigere ich mich, wird aus dieser einmaligen Gelegenheit, mich bei *Morgen* nachhaltig zu beweisen, eine beschämende Katastrophe, die meine Karriere begräbt, bevor sie überhaupt losgegangen ist.

Stundenlange Grübeleien, Minuten voller Selbstmitleid sowie sekundenlanger Trotz im Beisein von Smilla und Juna haben mir heute Nacht schließlich vor Augen geführt, dass es nur einen Weg für mich gibt. Nämlich den nach vorn. Geradewegs auf Los.

Also hebe ich nun meine Hand und betätige die Klingel. Dann trete ich einen Schritt zurück und drehe mich in Richtung des Gartens, durch den ich mit nur wenigen Schritten gekommen bin. Rechts schließt sich eine Garage an, die im selben Baustil wie das Wohnhaus errichtet worden und von Kies umgeben ist. Die weißen Tore sind zu, sodass ich nicht sehen kann, ob und welches Auto Frederik fährt. Mein Blick schweift hinüber auf die linke Seite des Hauses. Ein ordentlich gemähter Rasen umschließt die Veranda und verläuft beidseitig an dem grau-weißen Haus vorbei. Vermutlich befindet sich hinter dem quadratisch angelegten Gebäude ein weiterer Teil vom Garten mit einer Terrasse oder Veranda.

Das Grundstück, das inmitten von anderen Stadthäusern

nahe des Amager Strandes liegt, wird von jungen Birken gesäumt. Vereinzelt blitzen elegante weiße Margeriten zwischen den weiß-grauen Baumstämmen auf, doch die wirken eher, als hätten sie sich selbst ausgesät. Richtige Blumenbeete gibt es nicht, aber unweit der vorderen Veranda erhebt sich ein riesiger Busch, der sich bei genauerem Betrachten als eine wuchernde Pfingstrose entpuppt. Dicke rotlila Kugeln warten darauf, ihre volle Blütenpracht zu entfalten und emsigen Bienen Zugang zu ihrem süßen Nektar zu gewähren.

»Guten Morgen.«

Eilig drehe ich mich um. Nur eineinhalb Meter von mir entfernt steht Frederik in der offenen Tür und mustert mich aufmerksam. Anders als gestern Abend sitzt in seinen braunen Augen heute jedoch keine abgrundtiefe Ablehnung. Er wirkt ein wenig angespannt, aber zum ersten Mal seit unserem Kennenlernen scheint er mich tatsächlich zu erwarten.

»Guten Morgen«, erwidere ich und bemühe mich um eine selbstbewusste und freundliche Stimme. Am liebsten würde ich auf der Stelle wieder zu meinem Fahrrad laufen, mich auf den Sattel schwingen und das Weite suchen. Aber natürlich mache ich das nicht. Im Gegenteil, ich gehe einen Schritt auf Frederik zu und setze ein wohlmeinendes Lächeln auf, während ich die Tüte mit Gebäck hochhalte.

»Tausche Brötchen gegen Kaffee.«

Nachdenklich legt Frederik den Kopf schief. Sein Outfit gleicht dem gestrigen. Jeans, ein Hemd mit aufgekrempelten Ärmeln. Mag er gestern noch darauf hingewiesen haben, dass heute Samstag sei, so scheint er in seiner Kleiderordnung darin keinen Unterschied zu machen.

Ohne den Anflug eines Lächelns erwidert er: »Tausche Kaffee gegen zehn Fragen.«

Natürlich. Er hat seinen eigens vorgeschlagenen Deal nicht vergessen. Das wäre ja auch zu einfach gewesen.

Ich atme tief durch, zupfe an meinem Pferdeschwanz und

nicke schließlich. »Dann fangen wir wohl besser bald an, bevor es sich einer von uns anders überlegt.«

Ein nicht zu deutender Ausdruck legt sich auf Frederiks Gesicht, doch bevor ich länger darüber nachdenken kann, was er aussagen mag, tritt er beiseite und bittet mich wahrhaftig in sein Haus.

»Dein Kaffee wartet draußen auf der Veranda.«

In dem geräumigen Flur befinden sich nur wenige Möbel. Ein weißer Schuhschrank, eine schmale Garderobe, an der eine Regenjacke und ein Jackett jeweils auf einem Bügel hängen, und zwei gerahmte Bilder einer Offshore-Windanlage irgendwo mitten im Meer. Dabei handelt es sich allerdings nicht um Fotografien, sondern um meisterhafte Bleistiftzeichnungen.

Mein Blick gleitet an der nach oben führenden Holztreppe vorbei in den angrenzenden Wohnbereich auf der linken Seite des Hauses. Ich erkenne ein riesiges dunkelblaues Sofa und einen Couchtisch, der im Grunde genommen nur aus einem breiten, geschliffenen Birkenstamm mit einer runden Glasplatte darauf besteht. An der Außenwand des Raumes befindet sich ein schlichter Kamin, daneben fein säuberlich geschichtetes Holz, das auf einer Breite von einem halben Meter in einem in der Wand integrierten Vorsprung bis zur Decke reicht. Oberhalb des Kamins hängt ein Kunstwerk.

Obwohl ich eigentlich geradewegs durch den Flur in die Wohnküche und hinaus auf die Veranda gehen sollte, wende ich mich plötzlich ab und folge meinem Blick ins Wohnzimmer. Langsam gehe ich auf den Kamin zu, das Ölgemälde dabei nicht aus den Augen lassend. Gänsehaut bildet sich auf meinem Rücken, während ich die feinen ineinander übergehenden Pinselstriche betrachte. Dezente Farben, die einen Strand erahnen lassen. Zartes Hellblau zieht sich über das Meer, dezente Rot- und Brauntöne sowie ein verwaschenes Schwarz bilden die Landerhebung im Vordergrund ab. Mittig am Ufer des Strandes befindet sich ein dunkles Ruderboot, das leicht zur

Seite gekippt ist. Dahinter spiegelt sich der helle, runde Mond auf der Wasseroberfläche.

Das Bild ist leise, kühl und warm zugleich. Gleichzeitig wirkt es kraftvoll und ruft in mir die plötzliche Sehnsucht hervor, mit diesem alten Kahn hinaus in den Mondschein zu fahren.

Unterhalb des Gemäldes bleibe ich schließlich stehen. Sekundenlang betrachte ich das Bild, das mir so bekannt vorkommt. Als ich mich fragend umsehe, merke ich, dass Frederik mir überrascht ins Wohnzimmer gefolgt ist.

Ich deute auf das Bild. »Ist das von Anna An…«

»… Ancher«, beendet er meinen angefangenen Satz, und ein Lächeln umspielt seine Mundwinkel, was ich zunächst jedoch gar nicht wahrnehme. Stattdessen drehe ich mich wieder zur Wand und begutachte das Werk der dänischen Malerin aufs Neue. Die Gänsehaut auf meinem Rücken verstärkt sich, und mein Herz beginnt zu stolpern.

»Du kennst ihre Arbeiten?«, fragt Frederik interessiert, als er neben mich tritt und, die Hände in den Hosentaschen, ebenfalls zu dem Bild über dem Kamin blickt.

Ich nicke stumm.

»Ich hätte nicht gedacht, dass du eine Kunstkennerin bist«, bemerkt er neben mir, und ich fühle mich bemüßigt, die Fakten richtigzustellen.

»Das bin ich auch nicht.«

»Dann verwundert es mich umso mehr, dass du das Werk kennst. Anna Ancher ist in Dänemark zwar bekannt, allerdings weniger für ihre Landschaften, sondern mehr für ihre…«

»… gelungene Farbgestaltung sonnendurchfluteter Interieurs«, flüstere ich und spüre, wie sich ein Kloß in meinem Hals festsetzt.

Aus dem Augenwinkel sehe ich, wie Frederik mich mit hochgezogenen Brauen und erstauntem Gesicht mustert. Ich kann nicht anders, als die Luft anzuhalten und meinen Blick starr auf das wunderschöne Gemälde zu richten.

Bevor Frederik das Wort ergreifen kann, komme ich ihm leise zuvor: »Woher hast du das Bild?«

Er überlegt kurz, geht aber schließlich auf meine Frage ein. »Ich habe es vor zwei Jahren in einer Galerie oben in Skagen erstanden. Wie du vielleicht weißt, stammte Ancher von dort.«

»Sie war die einzige Künstlerin der bekannten Künstlergemeinschaft der Skagen-Maler, die tatsächlich in dem Ort geboren worden ist.« Ich werfe Frederik einen undurchdringlichen Blick zu. »Warum hast du dich für dieses Gemälde entschieden?«

»Ich mag ihre Arbeiten. Sie sind von Naturalismus und Impressionismus geprägt, aber ich finde, sie hat in ihren Werken einen anderen Blick auf die Dinge als ihre männlichen Künstlerkollegen zu jener Zeit. Das hier«, er deutet auf das Werk, »hat mich fasziniert. Anchers Landschaftsbilder sind sehr selten, dabei finde ich sie mindestens genauso gut, wenn nicht sogar noch besser als die Interieurs.« Er räuspert sich, als hätte er zu viel über sich verraten. »Woher kennst du die Künstlerin?«

Mein Herz verkrampft sich schmerzhaft und wehrt sich mit aller Macht gegen die aufkommenden Gefühle, die drohen, mich in einen dunklen Schlund zu stürzen. Ich presse die Lippen aufeinander und wünschte, ich hätte das Gemälde nicht bemerkt. Stille breitet sich zwischen uns aus. Ich will nicht antworten. Obwohl es eine berechtigte und nachvollziehbare Frage ist. Doch für mich ist es mehr. Viel mehr.

Eilig wende ich mich ab und laufe auf der anderen Seite vom Sofa zurück zum Flur, um endlich den eigentlichen Weg in Richtung hintere Veranda einzuschlagen. Im Weggehen bemühe ich mich um einen unbeteiligten Ton.

»Ich habe sie … in einer Ausstellung gesehen. Nicht so wichtig«, murmele ich und werfe ihm einen verschlossenen Blick zu, bevor ich das Wohnzimmer verlasse, als wäre ich vor etwas auf der Flucht. »Bleiben noch neun Fragen.«

Mit großen Schritten folgt er mir und protestiert. »Ich bestimme die Fragen. Das hier war ein gewöhnliches Gespräch. Nichts weiter.«

Ich schüttle energisch den Kopf. Das könnte ihm so passen! Er weiß es nicht, aber diese Frage ist wesentlich schmerzhafter als *ein gewöhnliches Gespräch*. Sie droht eine Wunde aufzureißen, die ich seit Jahren mit mir herumschleppe und niemandem zeige. Nicht einmal Smilla oder Juna wissen von ihr.

Hastig gehe ich an einem langen Esstisch aus einem breiten Baumstammquerschnitt vorbei und trete durch eine große gläserne Schiebetür auf die überdachte Veranda. Weißes Holz, wie man es von skandinavischen Terrassen gewohnt ist, umrahmt den erweiterten Außenbereich. Zwei Töpfe mit ebenfalls weißen Petunien hängen von den oberen Querstreben herab und schwingen in der aufkommenden Brise leicht hin und her. Der Duft von salziger Meerluft, gepaart mit frisch gemähtem Rasen, zieht vorüber und verleiht dem Morgen einen umwerfend sommerlichen Touch.

Rechts auf der breiten Veranda reihen sich mehrere Sessel um einen kleinen Tisch aus alten Weinkisten. Links befindet sich ein runder Tisch mit fünf Stühlen. Auf der geölten Holzoberfläche stehen zwei graue Porzellanteller, zwei Tassen und eine elegante Kaffeekanne. Diverse Marmeladen, Butter und aufgeschnittene Melone sowie eine Schale reifer Erdbeeren laden zu einem gemütlichen Frühstück ein, und ich setze mich, ohne eine Einladung abzuwarten, an den Platz, der sich am äußeren Ende der Veranda befindet. Ich lege die Papiertüte mit frischen Brötchen neben meinen Teller, verbanne meine Handtasche auf den Boden und schlage meine Beine nervös übereinander, während Frederik sich ebenfalls setzt.

Er ist wesentlich ruhiger, als ich mich fühle. Mit Adleraugen beobachtet er mich. Er weiß, dass etwas nicht stimmt. Aber ich werde den Teufel tun und ihm sagen, was ich sonst niemandem erzähle. Trotzig hebe ich das Kinn und schaue ihm unumwunden in die Augen.

»Kommen wir zu dir«, fange ich an, aber er unterbricht mich kopfschüttelnd.

»Wenn du schon bestimmst, dass das eben meine erste von zehn Fragen war, lasse ich mich nicht mit einer billigen Ausrede abspeisen.«

Mein Magen vermeldet einen Anstieg brodelnder Säure, die droht, bis hinauf in meine Luftröhre aufzusteigen. Eisern halte ich dagegen und schlucke meine kaum vorhandene Spucke hinunter.

»Wie kommst du darauf?«

»Weil du aussahst, als hättest du ein Gespenst gesehen, während du das Gemälde betrachtet hast.«

Nervös zupfe ich an meinem Pferdeschwanz und frage mich, wie leicht ich offenbar zu durchschauen bin. Großartig. Das geht ja gut los.

Vertrauen. Meine Gespräche mit Smilla und Juna gehen mir durch den Kopf. Frederik muss mir vertrauen, wenn ich will, dass er mir seine Geschichte erzählt.

Ich spüre, wie sich Tränen in meinen Augen sammeln, doch ich halte sie vehement zurück. So weit kommt es noch. Mühsam reiße ich mich zusammen und versuche es mit der halben Wahrheit. Gerade so viel, dass Frederik merkt, dass mehr dahintersteckt, aber nicht so viel, als dass er einen tieferen Einblick in meine zerstörte Gefühlswelt erhält. Denn der steht ihm einfach nicht zu.

Ich bemühe mich um einen neutralen Gesichtsausdruck und ein undefinierbares Lächeln, während ich nach der Kaffeekanne greife und mir etwas von dem tiefschwarzen Gebräu in meine Tasse einschenke.

»Mein Bruder hat sich für Kunst interessiert und sich selbst eine Zeit lang in Ölmalerei versucht. Er war…« Mein Atem reicht plötzlich nicht aus, um weiterzusprechen. Meine Finger beginnen zu zittern, und mein Herz fühlt sich an, als würde es jeden Moment unter meiner Haut hervorplatzen und jeglicher Kontakt zu den lebenswichtigen Adern und Venen abreißen. Ich schlucke mehrfach und zwinge mich, meinen Satz zu beenden. »Er hat sich viel mit den Skagen-Malern und besonders Anna Ancher beschäftigt. Deshalb«, ich deute ungelenk mit dem Daumen in Richtung des Wohnzimmers, »kenne ich das Bild. Das ist alles.«

Obwohl ich in die Tiefen meiner Kaffeetasse starre, die ich inzwischen in Händen halte, spüre ich Frederiks prüfenden Blick auf mir. Es dauert eine ganze Weile, bevor er erwidert: »Dein Bruder hat einen guten Geschmack.«

»Ja, das … Ja«, stimme ich flüsternd zu und beiße mir auf die Unterlippe. Rasch stelle ich meine Tasse auf den Tisch, schnappe mir eine Erdbeere und konzentriere mich wieder auf meine eigentliche Aufgabe, deretwegen ich an einem Samstagmorgen in einem traumhaften Garten voll zwitschernder Vögel sitze und diese Szenerie als Arbeit betiteln darf. Ich hebe den Blick, ignoriere die verletzten Teilbereiche meiner Seele und richte meinen Fokus allein auf Frederik.

»Warum sprichst du so ungern über dich?«

Kapitel 7

Frederik

»Es gibt nicht viel über mich zu sagen, warum es ständig wiederholen?« Eine Untertreibung. Eine Lüge. Andere stapeln zu hoch. Ich untergrabe mich selbst.

Linns zweifelnder Blick lässt mich erahnen, dass sie das offenbar genauso sieht. Sie schüttelt den Kopf.

»Du hast bisher rein gar nichts über dich gesagt. Die Chance, dich zu wiederholen, ist damit ziemlich gering.« Sie beugt sich zu ihrer Tasche hinab und holt ein Notizbuch mit dunkelblauem Cover hervor. Sie schlägt mithilfe eines glänzenden mitternachtsblauen Bandes eine bestimmte Seite in dem Büchlein auf und zückt einen Kugelschreiber in Holzoptik. Dann drapiert sie das Buch auf ihrem Oberschenkel und lächelt. Obwohl sie sich bemüht, bemerke ich, dass sie verunsichert ist.

Das Gemälde. Es hat sie aus der Bahn geworfen. Und damit meine Neugier geweckt. Ich bin normalerweise kein spießiger Kunstsammler. Das Bild ist das Einzige, was sich in diesem Haus unter dem Begriff *Kunst* wiederfinden dürfte. Als ich es damals bei meinem Aufenthalt in Skagen, oben im Norden von Dänemark, gesehen habe, hat es einen unaussprechlichen Zauber auf mich ausgeübt.

Ich kenne die Bilder von Ancher und anderen Künstlern, die der sogenannten Gemeinschaft der Skagen-Maler angehörten. Ebenso mag ich die Arbeit von Impressionisten. Übers Jahr verteilt besuche ich regelmäßig entsprechende Ausstellungen, sofern meine Zeit es zulässt. Es ist ein guter Kontrast zu meiner alltäglichen Arbeit. Aber bevor ich *Boote im Mondschein am Südstrand* – wie das Werk über meinem Kamin heißt –, gesehen habe, hatte ich nie das Bedürfnis, mir hochpreisige Kunst an die Wand zu hängen.

Linns nächste Frage reißt mich aus meinen Gedanken, während mir bewusst wird, dass ich auf ihre letzte Bemerkung mit Schweigen geantwortet habe.

»Warum sperrst du dich so gegen diesen Artikel?«

»Ich stehe nicht gerne im Mittelpunkt.« Ich zucke mit den Schultern.

»Das hättest du dir vielleicht vorher überlegen sollen.«

»Wieso?« Ich schaue Linn direkt in die unschuldigen blauen Augen. »Ich bin weder Schauspieler noch Sänger oder Politiker. Meine Arbeit besteht aus Ingenieurwesen, Nachhaltigkeit und Stadtplanung. Wie hätte ich da auf den Gedanken kommen sollen, damit jemals für die Öffentlichkeit interessant zu sein?«

»Du hast revolutionäre Projekte angestoßen und etwas geschafft, woran viele vor dir gescheitert sind.« Sie spielt offensichtlich unter anderem auf einige meiner Patente in Sachen Energiespeicherung an. Dank neuer Techniken ist es inzwischen möglich, nachhaltig produzierte Energie länger, mit geringeren Verlusten und kostengünstiger zwischenzuspeichern. Ein Meilenstein, um die angestrebte Klimaneutralität Dänemarks zu erreichen. Meine Methoden werden in der ganzen Welt aufgegriffen und bescheren mir damit Riesengewinne durch die Vergabe von Patentlizenzen.

»Na und? Irgendwann wäre vielleicht auch jemand anderes auf die technischen Lösungen gekommen. Es hätte nur noch etwas Zeit gebraucht.«

»Oh, ich rede nicht von deinen hyperintelligenten Patenten.«

Misstrauisch mustere ich sie, bis sie schließlich erklärt: »Du hast dazu beigetragen, dass in nur wenigen Jahren ein neues

Bewusstsein für saubere Energie entstanden ist. Deine Pläne liegen nicht in irgendwelchen Schubladen, sondern bei unserer Ministerpräsidentin auf dem Schreibtisch. Und zwar direkt, nachdem du sie verfasst hast. Ohne Umwege.«

»Und?« Ich verstehe nicht, worauf Linn hinauswill.

»*Und* sie werden direkt umgesetzt. Dänemark wird vermutlich früher klimaneutral als geplant. Wegen deiner Ideen, wie man ein Land in Sachen Verkehr, Energiegewinnung und nachhaltigem Bewusstsein im Alltag maßgeblich beeinflusst.«

Verständnislos schaue ich über den Frühstückstisch zu der Journalistin, die mich nicht aus den Augen lässt. Ihr Tonfall klingt nicht nach Bewunderung, aber dennoch nach einem hohen Maß an Respekt.

»Linn, ich bin kein Held. Wenn du das so sagst, klingt es, als hätte ich einen Plan entworfen, um die Welt zu retten.« Ich stoße ein hölzernes Lachen aus, um zu verbergen, wie viel Wahrheit hinter meinen Worten steckt.

Sie zieht die Stirn in Falten und schreibt etwas in ihr Notizbuch. »Er ist also bescheiden. Natürlich. Warum überrascht mich das nicht?«, murmelt sie vor sich hin und sagt schließlich laut, als sie wieder aufsieht: »Wenn du dir aussuchen könntest, worüber ich schreiben soll, was wäre das?«

»Definitiv nicht mich.«

»Wenn es um *dich* geht. Worüber soll ich schreiben? Deiner Meinung nach?«

Ich seufze und suche nach einer nichtssagenden Antwort. Je länger Linn mich dabei beobachtet, desto schwerer fällt es mir, etwas zu finden, das wichtig, aber genauso unverfänglich klingt.

Da ich eine ganze Minute lang kein Wort sage, versucht sie, mir auf die Sprünge zu helfen.

»Soziales Engagement? Deine Freundschaft zu Ragnar und was er für eine Rolle in deinem Leben spielt? Deine Interessen abseits des Weltrettens? Was würdest du über dich lesen wollen?«

Ich hole tief Luft und lehne mich ein Stück vor. Mein Magen knurrt, aber ich nehme mir nichts von den süßen Köstlichkeiten auf dem Tisch. Stattdessen verschränke ich die Hände, meine Ellbogen auf den Stuhllehnen ablegend.

»Wenn ich es mir frei aussuchen könnte?«, erkundige ich mich und schinde Zeit.

Linn nickt.

Bilder tauchen in meinem Kopf auf, die thematisch überhaupt nicht zu diesem Gespräch passen. Es sind Ausschnitte aus meiner Vergangenheit. Der Moment auf Saltholm, der für mich so vieles verändert hat. Eine Gänsehaut legt sich über meinen Rücken, der altbekannte schale Geschmack breitet sich auf meiner Zunge aus, und es fällt mir schwer, zu atmen. Ein dumpfes Pochen in meiner Schläfe löst in meinem Inneren eine tiefe Dunkelheit aus.

Meine Stimme ist plötzlich rau, als ich eilig anführe: »Meine Arbeit. Schreib über meine Arbeit. Nicht über mich.«

»Warum?« Linn spricht leise. Behutsam, wenn man so will. So als würde sie spüren, dass in mir etwas vorgeht, von dem sie nichts wissen soll. Von dem niemand etwas wissen soll.

Ich starre auf meine ineinander verschlungenen Hände. Es ist eine optische Täuschung, und doch sehe ich, wie sie von Wasser umspült werden. Ich erkenne die blutigen Schrammen. Ich fühle die eisige Kälte. Meine Finger sind starr und unfähig, sich voneinander zu lösen. Eine dritte Hand erscheint vor meinem geistigen Auge. Ich will nach ihr greifen, will sie festhalten, doch sie entgleitet mir. Immer wieder.

Schnell schließe ich die Augen und atme tief durch. Als ich meine Lider wieder hebe, ist das Wasser verschwunden. Ebenso die Schrammen und die fremde Hand. Doch die Kälte ist geblieben. Trotz der Sonnenstrahlen, die nicht mehr nur die Erdbeeren auf dem Tisch in helles Licht tauchen.

»Weil es Menschen gibt, die an den Spielfeldrand gehören, nicht ins Zentrum des Geschehens.« Ich hebe meinen Kopf, um

Linn eindrücklich klarzumachen, dass ich es ernst meine. »Ich bin so ein Mann. Ich gehöre nicht in den Mittelpunkt.«

»Wieso nicht?«

Am liebsten würde ich aufstehen, ins Haus gehen und Linn einfach sitzen lassen. Aber das wäre nicht richtig. Es wäre vielmehr unhöflich. Schließlich habe ich halbwegs zugestimmt, dass sie nachbohren darf. Nun liegt es an mir, einen Weg zu finden, der es mir erträglich macht, mit ihr zu sprechen, ohne zu viel preiszugeben.

Nachdenklich lasse ich meinen Blick über ihre zarten Wangen und die vollen roten Lippen gleiten. Ihr Mund ist leicht geöffnet, weil sie sich so auf unser Gespräch konzentriert.

»Weil ich früh gelernt habe, dass das Konsequenzen mit sich bringt. Folgen, die unumkehrbar sind.«

Linn knabbert unbewusst an ihrer Unterlippe und legt die Stirn in feine Falten. Der Ausdruck auf ihrem Gesicht verrät mir, dass sie weiß, dass diese beiden Sätze viel mehr beinhalten, als ich zugeben will. Abwartend blickt sie mir über den Tisch entgegen.

»Aufmerksamkeit ist nichts, das bleibt. Sie ist kurzweilig. Vergänglich. Manchmal ist sie nicht mal aufrichtig. Trotzdem müssen wir einen Preis für sie bezahlen.« Meine Stimme verändert sich in ein heiseres Flüstern. »In meinem Fall war er zu hoch. Also ziehe ich den Spielfeldrand vor und überlasse es anderen, sich in den Mittelpunkt zu stellen.«

Zu viel. Ich habe zu viel gesagt. Ich werfe unbewusst einen Blick auf meine Armbanduhr, die sich auf einmal viel enger anfühlt als zuvor. Linn ist gerade mal fünfzehn Minuten in meinem Haus, und schon sprechen wir über etwas, das ich sonst so gut verstecken kann. Das ist nicht richtig. Ein Schauer überkommt mich, und ich erhebe mich überstürzt.

»Ich habe die Milch vergessen«, brumme ich und fliehe nun doch ins Haus. Blindlings begebe ich mich in die Küche, reiße den Kühlschrank auf und greife nach der Milchpackung. Mit einem aufgebrachten Poltern stelle ich sie auf die Theke, werfe die Tür wieder zu und starre auf die weiße Oberfläche direkt vor mir. Meine Finger fühlen sich taub an, während ich schwerfällig ein- und ausatme. Ich hasse diese Momente in meinem Leben. Wenn Erinnerungen auftauchen, die ich so vehement versuche, beiseitezuschieben.

Ein kindliches Lachen ertönt in meinen Ohren. Es hallt. So als würde es durch einen Soundeffekt verändert werden. Ich höre die Stimme eines Jungen. Dann die eines Mädchens. Und weitere Kinder im Hintergrund. Ich höre die tapsigen Schritte auf den flachen Felsen, Wellen branden und Möwen kreischen. Knarzendes Holz eines alten Stegs, ein Platschen. Stille. Quälende Stille.

Ich kneife die Augen fest zusammen. Je fester ich sie schließe, desto schneller geht es vorbei, so meine Hoffnung.

»Nein«, flüstere ich. »Nein. Nein. Nein. Nein.«

Ich reiße die Augen auf, atme dreimal tief ein und aus und zwinge mich, die Rückseite der Milchpackung durchzulesen, um meine Gedanken abzulenken. Am Ende der Nährstofftabelle hat sich mein Puls wieder halbwegs normalisiert. Energisch schlucke ich, um meinen trockenen Mund mit neuer Spucke zu befeuchten.

Dann nehme ich die Milch und kehre zurück auf die Veranda. Dort sitzt eine geduldige Linn, die Beine übereinandergeschlagen, das Notizbuch auf dem Schoß und einen sanften Ausdruck in den himmelblauen Augen, die von dichten, dunklen Wimpern umgeben sind.

»Milch?« Ich stelle ihr die Packung neben die Tasse, bevor ich mich wieder an meine Seite des Tisches setze.

»Wo waren wir?«, frage ich betont unbeteiligt.

Den Karton unberührt lassend, mustert Linn mich intensiv.

»Aufmerksamkeit muss nicht automatisch etwas Schlechtes sein.«

»Trotzdem brauche ich sie nicht.«

»Ich werde nicht über deine Arbeit schreiben«, erklärt Linn plötzlich und schüttelt kaum merklich den Kopf.

»Sondern?« Mit viel Mühe schaffe ich es, einen normalen Ton anzuschlagen.

Linn blickt auf ihre Notizen, von denen ich nur zu gern wüsste, worin sie bestehen, und schaut schließlich wieder auf. »Das weiß ich noch nicht. Aber es wird nicht deine Arbeit sein.«

Mein Magen fühlt sich an, als würde man ihn durch einen Fleischwolf drehen, doch ich versuche es mir nicht anmerken zu lassen.

»Warum schreibst du?«

Blinzelnd richtet sie sich auf. »Ist das deine zweite Frage?«

Ich nicke. Eigentlich war es so nicht geplant, aber ich muss mir und meinen aufgewühlten Gedanken eine Pause verschaffen. Sonst wird dieses erste richtige Gespräch bereits mein nervliches Todesurteil. Also bediene ich mich des Plans, den ich gefasst habe: Linn ins Zentrum des Geschehens rücken, wenn ich es während unseres Interviews dort nicht mehr ertrage.

Seufzend lehnt sie sich zurück und zupft das Grün von der Erdbeere, die sie zwischen den Fingern hält. Dann beißt sie die Spitze ab, schluckt sie hinunter und richtet ihr Augenmerk erneut auf die sommerliche Frucht.

»Ich kann nicht viel. Nichts Besonderes. Ich bin eine Niete in Mathe. Naturwissenschaften sind mir ein Graus. Betriebswirtschaft und Finanzen wecken in mir nicht das leiseste Interesse. Ich bin nicht besonders musikalisch oder künstlerisch be…« Sie hält inne und räuspert sich. Mit zarter Stimme fährt sie schließlich konzentriert fort, immer noch den Blick gesenkt. »Was ich kann, ist Schreiben. Sätze formulieren, Worte für etwas finden, was für andere nicht greifbar ist. Wenn ich Interviews führe, höre ich zwischen den Zeilen heraus, was die Menschen wirklich beschäftigt. Also schreibe ich darüber. Es sind Gedanken, die ich wichtig finde. Gedanken, die helfen können, aus uns Menschen eine Gemeinschaft zu formen. Wenn ich schreibe, habe ich das Gefühl, etwas Sinnvolles beizutragen. Während alle anderen um mich herum das Rad am Laufen halten, widme ich mich dem Unausgesprochenen.« Sie schaut auf und schluckt sichtlich.

»Ich weiß, wie naiv das klingt«, rechtfertigt sie sich, ohne dass ich etwas gesagt habe. Sie lacht nervös und lässt den Rest der Erdbeere in ihrem Mund verschwinden. »Ich bilde mir ein, etwas Wichtiges zu machen, während ich mich nur davor drücke, in der harten Realität anzukommen.« Sie verstummt und mustert mich. Ihr Gesicht verschließt sich von einer Sekunde auf die andere. »Aber so machen wir das, nicht wahr? Wir suchen uns alle einen individuellen Weg, um das auszublenden, was wir nicht ertragen.«

Ihre letzten Worte schweben zu mir herüber, landen in meinen Gedanken und lassen sich dort ungefragt nieder. Vorsichtig, behutsam und ohne viel Wirbel. Trotzdem schlagen sie ein wie ein Meteorit. Laut, gefährlich und mit einer unfassbaren Wucht, die nicht nur Staub aufwirbelt, sondern eine Reihe an Ereignissen auslöst, die sowohl mich als auch Linn betreffen werden. Noch ist es mir vielleicht nicht klar, aber eines weiß ich in diesem Augenblick: Linn ist keine gewöhnliche Journalistin. Sie ist keine beliebige Reporterin, die eine Story aus mir machen soll. Linn ist eine Geheimwaffe. Sie wird losgeschickt, wenn man die tief verborgenen Geheimnisse ans Tageslicht zerren will. Mit Stil. Mit Würde. Aber ebenso mit Hartnäckigkeit und dem unbedingten Willen, dieses Ziel zu erreichen.

Es ist ihr vermutlich gar nicht bewusst, aber allein dieses Frühstück beweist, wie gut sie ist. Linn zählt zu den Menschen, die mehr sehen, hören und in einem lesen, als man ihr offiziell gestattet. Sie hat kaum etwas gesagt oder gefragt, trotzdem kramt sie in Bereichen meiner Gedanken herum, die ich seit Jahren gut verschlossen halte. Wenn ich nicht aufpasse, erzähle ich ihr zwischen den Zeilen viel mehr, als ich meinen Worten erlaube, auszusprechen.

Gleichzeitig spüre ich, dass es in ihrem Leben etwas geben muss, das sie selbst versucht, beständig zu verdrängen. Ihr letzter Kommentar hat das nur allzu deutlich gemacht. Nachdenklich beuge ich mich vor, um nach der Tüte mit den Brötchen zu greifen. Über das Rascheln des braunen Papiers blinzle ich zu ihr. Unwillkürlich rutscht mir heraus: »Manchmal ist es vielleicht besser, wenn man die harte Realität ausblendet. Es hilft uns, zu überleben.«

Kapitel 8

Linn

»Geht es dir darum? Ums Überleben?«, frage ich und habe das Gefühl, als würden wir – Frederik und ich – uns abwechselnd den Ball zuwerfen. Der, der ihn fängt, muss sich öffnen. Wenn es zu viel wird, wechselt das runde Lederding wieder den Besitzer. So lange, bis das Spiel von vorne beginnt.

Frederik rückt seine Brille zurecht und öffnet ein Glas Himbeermarmelade. Während er einen Löffel in die sämige rote Flüssigkeit taucht, erwidert er sachlich: »Darum sollte es uns allen gehen, denke ich.« Geschickt lenkt er das Gespräch wieder auf seine Arbeit. »Es ist unumstritten, dass die Welt auf eine Klimakatastrophe zusteuert. Wir sind dafür verantwortlich, also müssen wir auch dafür sorgen, dass wir unser aller Überleben sichern.«

»Mit Windrädern und Fahrradbrücken?« Erleichtert spüre ich, wie sich die intensive Enge um mein Herz zurückzieht. Frederiks veränderter Fokus hilft mir, mich von meinen eigenen bedrückenden Gedanken abzubringen.

»Absolut. Wenn das der Weg zum Ziel ist, warum nicht?«

»Das klingt zu einfach, um wahr zu sein«, erwidere ich absichtlich skeptisch.

»Manchmal sind die Dinge im Grunde ziemlich simpel. Es sind die Menschen, die anfangen, etwas Leichtes zu verkomplizieren. Bei der Energiewende, die in Dänemark übrigens schon sehr weit fortgeschritten ist, ist das nicht anders.«

»Sagt der Mann, der Millionen damit verdient, diese neuen Konzepte hierzulande umzusetzen.« Ein amüsiertes Lächeln gleitet über meine Mundwinkel.

»Stimmt.« Frederik lässt seine Kaffeetasse sinken, die er eben noch an seine Lippen führen wollte. »Weißt du, warum Dänemark Vorreiter in Sachen ›Grün werden‹ ist?«, fragt er auf einmal. Grün werden, so wird es in Dänemark genannt, wenn man darüber spricht, das Land klimaneutral zu machen.

Ich schüttele den Kopf.

»Auslöser war die Ölkrise in den Siebzigerjahren. 1975 haben Lehrer, Schüler und eine Menge Freiwillige in Westjütland geschafft, woran Unternehmen zuvor gescheitert sind. Sie haben eine der ersten funktionstüchtigen Windkraftanlagen gebaut, um zu beweisen, dass wir nicht auf Atomenergie angewiesen sind.« Er lächelt. Kaum merklich, aber ich sehe es. Bewunderung steht in seinen Augen und aufrichtiger Respekt. »Es hat funktioniert, Linn. *Tvindkraft* lieferte danach mehr als vierzig Jahre zuverlässig Strom.« Er lehnt sich nach vorn, um seinen Worten Ausdruck zu verleihen. »Heutzutage basieren fast alle Windanlagen dieser Welt auf dem damaligen Modell. Es war revolutionär.«

»Du bist ein Fanboy«, witzele ich und mache mir Stichpunkte zu der genannten Windkraftanlage, um später dazu zu recherchieren.

Frederik wirft mir einen irritierten Blick zu. »So würde ich es zwar nicht ausdrücken, aber im Grunde ja. Deutschland kann vielleicht tolle Autos bauen, im Silicon Valley kreieren sie am laufenden Band neue Apps, die unseren Alltag revolutionieren sollen, und kein Land investiert so viel Geld in Künstliche Intelligenz wie China oder die USA – aber Dänemark: Wir liefern die Basis für etwas, das die Art der Stromgewinnung unabhängig gemacht hat.« Frederik kommt zum Ende seines überraschend emotional vorgetragenen Referats über Windenergie. »Verdiene ich mit meiner Leidenschaft und diesem Interesse mein Geld? Ja.« Er nickt. »Verdiene ich damit sogar ziemlich viel Geld? Ja. Aber daran ist nichts Verwerfliches. Denn jede Dänische Krone, die auf meinem Konto landet, ist ein Beleg dafür, dass wir einen Schritt in Richtung dieser grünen Zukunft gehen. Die Leistung, die wir verkaufen, hat ein Ziel: Dänemark klimaneutral zu machen. Und das kann nicht falsch sein.« Er lächelt, ohne mich anzusehen. »Wenn du also skeptisch nach Windrädern und Fahrradbrücken fragst, dann lass dir gesagt sein, dass wir keines von beiden unterschätzen sollten.«

Gebannt folge ich Frederiks erstaunlichem Redefluss. Hätte mir bitte vorher jemand sagen können, dass ich nur das Wort »Windrad« in den Mund nehmen muss, um den Kerl im wahrsten Sinne des Wortes in Schwung zu bringen? Wir hätten uns sehr viel Zeit gespart.

»Woher kommt dein Interesse für all das?«, erkundige ich mich in dem Wissen, sichereres Terrain zu betreten als noch zu Beginn meines Besuchs.

Frederik nimmt endlich einen Schluck seines Kaffees. Dann zuckt er mit den Schultern: »Du kannst schreiben. Ich bin gut in Naturwissenschaften.«

Ich lache unwillkürlich. »Das ist eine Untertreibung.«

»Du bist eine hervorragende Menschenleserin, und ich bin ziemlich gut in Naturwissenschaften«, berichtigt er sich, und ein winziges Schmunzeln schummelt sich in seine Mundwinkel. Versteckt sich in diesem Genie etwa doch ein Funken Humor?

Ich kann nicht anders und muss grinsen. Gleich darauf schenke ich Frederik jedoch einen belehrenden Blick. »Nein, im Ernst. Wie bist du dazu gekommen?«

Frederik denkt nach und lässt sich Zeit mit seiner Antwort. Wie so oft.

»Als ich dreizehn Jahre alt war, sollten wir für die Schule ein Windrad bauen. Aus Pappe oder so, nicht höher als einen

Meter. Aber ich habe das ziemlich ernst genommen. Zu ernst, wenn es nach meiner Mutter geht.« Frederik räuspert sich. »Ich sammelte mir allerhand Zeug zusammen und hab's irgendwie hinbekommen, eine funktionstüchtige Miniversion zu bauen.«

»Ach herrje«, rutscht mir unwillkürlich mit einem Lachen heraus.

Frederik erwidert beinahe beleidigt: »Ich konnte meinen MP3-Player damit aufladen!«

»Was für Musik war drauf?«

Irritiert legt Frederik seine Stirn in Falten. Obwohl er meine Anschlussfrage scheinbar eigenartig findet, überlegt er dennoch und meint schließlich: »Nickelback. The Black Eyed Peas. Eminem.«

»Tatsächlich?« Neugierig mustere ich Frederik. Diesen Mix von Musik hätte ich ihm nicht unbedingt zugetraut.

Er zuckt mit den Schultern. »Wofür ist das relevant?«

»Alles ist relevant.« Ich spiele mit dem Kugelschreiber in meinen Händen und lasse den Blick unauffällig in den hinteren Teil des Gartens gleiten. Die ersten blauen und blassrosa Hortensien öffnen ihre zarten kleinen Blüten. Später im Sommer werden die Büsche aussehen, als jonglierten sie mit riesigen Kugeln, bestehend aus zahlreichen winzigen Farbtupfern, die ein großes Ganzes ergeben.

»Wer kümmert sich um deinen Garten?«, erkundige ich mich und weiß, dass meine Fragen zusammenhangslos wirken.

Frederiks Gesicht spricht Bände. »Ein Gärtner. Ich habe dafür kein Händchen.«

»Wie fühlt sich das an?«

»Was?«

»Du bist siebenundzwanzig und beschäftigst einen Gärtner. Andere in deinem Alter sind immer noch dabei, ihren Abschluss zu machen.«

»Wieder andere arbeiten schon seit bald zehn Jahren«, kontert er nüchtern.

»Ja, weil sie sich für einen Ausbildungsberuf entschieden haben. Aber kaum einer von ihnen wird so viel Geld verdienen wie du.«

»Wieso ist es so wichtig, wie viel Vermögen ich habe?« Er legt den Kopf schief. »Mir scheint, als würden wir immer wieder auf dieses Thema zurückkommen.«

»Weil es ungewöhnlich ist.«

»Wieso?«

Ich überlege einen Moment und muss daran denken, wie Smilla nach Frederik gefragt hat. »Wie ist er? Reich, gut aussehend und smart?« Ich schüttele den Gedanken ab und will auf etwas anderes hinaus. Ich schlage mein anderes Knie über und positioniere den Block auf meinem Schoß neu.

»Deine Eltern, erzähl mir von ihnen. Sie stammen nicht aus reichem Hause, oder?«

»Nein.«

»Wer hat dein Studium finanziert?«

»Ich hatte ein Teilstipendium und habe nebenbei gearbeitet.«

»... und in kürzester Zeit einen Doppelmaster mit Auszeichnung abgeschlossen«, ergänze ich für ihn, doch Frederik lehnt sich nur unbeteiligt zurück und schweigt. Ich hole tief Luft und schaue ihm direkt ins Gesicht, um ihm verständlich zu machen, warum ich dieses Thema mit ihm sezieren will.

»Dir wurde nichts geschenkt. Alles, was du hast, hast du dir erarbeitet. Mit deinem Wissen und deinem Können. Das sagt viel über dich aus.«

»Das ist nichts Besonderes.«

Ich verdrehe die Augen über so viel Bescheidenheit und halte dagegen. »Doch, ist es.«

Er schüttelt hartnäckig den Kopf. »Jeder kann das erreichen, Linn. Man muss sich nur hinsetzen, seine Stärken zu nutzen wissen, und dann können wir alle etwas werden, das besser ist als das, wo wir herkommen.«

»Und genau das ist der Unterschied zwischen dir und vielen anderen Menschen.«

Misstrauisch schaut Frederik mich an, sodass ich leise erkläre: »Nicht jeder von uns hat den Mut, genau das zu tun.«

»Das ist nicht mutig. Das ist logisch.«

»Nein«, ich schüttele sanft den Kopf. »Es ist sogar ziemlich mutig.«

Frederik fährt sich mit den Händen über die Jeans und erhebt sich. Mir den Rücken zugewandt, widerspricht er ein weiteres Mal.

»Ich bin nicht mutig, Linn.« Er wirft mir einen Blick über seine linke Schulter zu und schiebt seine Hände in die Hosentaschen.

»Wie hast du es dann geschafft, dein Ding durchzuziehen? Du bist große Risiken eingegangen«, hake ich provokativ nach.

Hastig wendet Frederik sein Gesicht wieder ab und tut, als würde er den Rasen begutachten, der wirklich tadellos gepflegt ist. Der Gärtner scheint einen guten Job zu machen, denke ich und ertappe mich bei der Vorstellung, wie Frederik mit hochgekrempelten Ärmeln und einem Rasenmäher aussehen würde. Unwillkürlich muss ich schmunzeln und schüttle den Kopf kaum merklich.

Auf einmal höre ich Frederiks leise Stimme. Er dreht sich zu mir um und verschränkt die Arme vor der Brust, während er sich an das Geländer der Veranda lehnt. »Ich erzähle es dir. Aber nur, wenn du mir vorher eine Frage beantwortest.«

Angespannt erwidere ich seinen Blick. Es ist wieder so weit. Viel zu schnell, wenn es nach mir geht. Ich klammere mich unbewusst an meinen Kugelschreiber.

»Frage Nummer drei.« Ich nicke vorsichtig und bete, dass es etwas Unverfängliches ist. Wie die Frage nach meinem Lieblingsessen, meiner Studienwahl oder dem Ort, wo ich wohne. Irgendetwas, das mich nicht so aufwühlt wie die ersten beiden Fragen.

Langsam wandern Frederiks braune Augen über mich hinweg. »Warum fehlt es dir an Mut?«

»Was?«, flüstere ich, plötzlich heiser geworden, und starre Frederik entsetzt an.

»›Nicht jeder von uns hat den Mut, genau das zu tun‹«, wiederholt er meine Worte und begründet sogleich sachlich seine Frage. »Vorhin hast du die Formulierung so gewählt, dass es wirkt, als würde es nicht nur anderen, sondern auch dir an Mut fehlen. Warum ist das so?«

»Das war nur so dahingesagt. Das bedeutet nicht, dass …«

»Du bist hervorragend mit Worten.« Er schüttelt den Kopf. »Du würdest es nicht so sagen, wenn du es nicht auch so meinst.«

»Und das weißt du woher?« Ich reagiere aufmüpfiger, als ich es von mir kenne. Kein gutes Zeichen, gestehe ich mir ein und versuche mich innerlich zu beruhigen. Das ist ein Spiel. Und nur weil der Mann vor mir ein Genie ist, bedeutet es nicht, dass er automatisch gewinnt.

»Du beweist es mir Minute für Minute, seit wir uns kennengelernt haben.«

Komplimente kann das sonst eher grimmige Genie offensichtlich auch verteilen, bemerke ich überrascht in einem Anflug von Sarkasmus. Das täuscht jedoch nicht darüber hinweg, dass ich dieses Spiel nicht leiden kann. Angespannt weiche ich seinem direkten Blick aus. Mir gefallen diese Fragen nicht. Auge um Auge, Zahn um Zahn – das ist nichts gegen das, was Frederik mit mir veranstaltet. Das Zittern in meiner Stimme unterdrückend, schinde ich Zeit.

»Herzlichen Glückwunsch zu dieser scharfen Beobachtung.«

Herausfordernd zieht er eine Braue hoch, während er immer noch an der Brüstung lehnt. Ich erhebe mich ebenfalls, obwohl meine Beine mich darum bitten, sitzen zu bleiben. Doch ich will Frederik auf Augenhöhe begegnen, wenn er mir schon solche Fragen stellt, die mehr in mir auslösen, als mir lieb ist.

Langsam gehe ich auf ihn zu und stelle mich schließlich neben ihn, allerdings mit Blick in den Garten. Sein Gesicht zu mir gewandt und auf meine Reaktion wartend.

Ich atme tief durch und lege Halt suchend meine Hände auf die hölzerne Balustrade. Immer wieder sage ich mir, dass ich ein Ziel verfolge. Deshalb bin ich hier, nur deshalb lasse ich Frederik dieses Theater durchgehen. Nur deshalb zwinge ich mich, ihm etwas von dem Vertrauen zu schenken, was ich bei genauerer Betrachtung gar nicht besitze. Bedacht wähle ich meine nächsten Worte.

»Ich will schreiben. Ich bin gut darin. Aber das heißt nicht, dass jeder in meinem Umfeld an mich glaubt oder mich bei meiner Berufswahl unterstützt.« Ich zucke betont locker die Schultern, während es sich anfühlt, als würden bleierne Gewichte darauf sitzen. »Ich versuche trotzdem, meinen Weg zu gehen. Das erfordert sicherlich Mut.« Ich mache eine kurze Pause, dann schlucke ich und spreche weiter: »Dennoch fühlt es sich oft nicht so an, als gehöre ich zu den Mutigen.« Nervös fahre ich mit meinen Lippen übereinander. »Wer kennt sie nicht, die Selbstzweifel und die stete Frage, ob man es richtig macht?«

»Aber kommt es denn darauf an, es richtig zu machen?«

»Natürlich.«

»Wieso?«

»Weil sich die Mühe sonst nicht lohnt«, antworte ich knapp und fühle mich, als würde ich diesem Mann neben mir einen Einblick gewähren, den ich sonst höchstens Smilla und Juna zubillige.

»Für dich oder die anderen?«

Verwirrt drehe ich Frederik den Kopf zu, sodass er ergänzt: »Machst du das für dich oder um den anderen zu beweisen, dass du es kannst, auch wenn sie nicht an dich glauben?«

»Das ist …«, beginne ich, doch ich weiß gar nicht, was ich eigentlich darauf erwidern soll. Mein Herz, das bereits schwer pochend daran erinnert, dass mir dieses Thema nicht gefällt, weist mich mit kurzen Aussetzern darauf hin, dass der Typ neben mir mich zwar nicht im Geringsten kennt, aber dennoch ins Schwarze getroffen hat.

Schnell wende ich den Blick ab und verschränke die Arme schützend vor meinem Oberkörper. Man sollte meinen, dass ich mich besser vor solchen Fragen schützen kann. Aber offensichtlich macht die Security, die sich sonst um meine Seele kümmert, gerade blau.

»Ist das die vierte Frage?«, murmele ich und bemühe mich um einen vorwurfsfreien Ton. Mir ist ungewohnt kalt. Die Gänsehaut hält sich hartnäckig auf meinem Körper.

Frederik überlegt. »Nein. Das ist nur Konversation.«

»Gut, dann muss ich darauf ja nicht antworten. Ich …«, sage ich mit etwas zu viel Erleichterung in der Stimme, doch Frederik unterbricht mich leise.

»Dann mühst du dich also für die anderen ab statt für dich.«

»Das habe ich nicht gesagt!«, platze ich heraus und funkle Frederik aufgebracht an. Doch der scheint die Ruhe in Person zu sein. »Was macht das außerdem für einen Unterschied?«, brumme ich und ärgere mich darüber, dass der Ball offensichtlich wieder in meine Richtung geworfen wurde und ich es nicht habe kommen sehen. Wie ein spontaner Test in der Schule, für den ich nicht gelernt habe, weil ich ihn nicht erwartet habe.

Frederik stößt sich von der Veranda ab und fährt sich mit dem Handrücken über das Kinn. »Es macht einen gewaltigen Unterschied.« Seine Stimme wird leiser, bis sie nur noch einem Flüstern gleicht. »Einen, der über Leben entscheidet.«

Bevor ich darauf reagieren kann, dreht er sich noch einmal zu mir um. »Du wolltest wissen, wie ich es geschafft habe, *mein Ding* durchzuziehen.« Ausdruckslos mustert er mich. »Ich habe aufgehört, mich …« Er holt tief Luft und setzt eine steinerne Miene auf. »Ich habe aufgehört, mich darum zu bemühen, von anderen gemocht zu werden.«

O ja, das kann ich so was von bestätigen, denke ich unruhig und erinnere mich nur ungern an unser erstes Treffen gestern in Frederiks Büro. Ich habe das Gefühl, etwas erwidern zu müssen, während ich Frederik beobachte, wie er an seiner Brille herumnestelt, doch mein Kopf ist leer. Keine Worte, keine Sätze, ich bringe rein gar nichts heraus.

Die Ernsthaftigkeit, mit der Frederik das Gespräch in der vergangenen Minute geführt hat, verstärkt meine immer noch präsente Gänsehaut. Seine Worte wiederholen sich in meinem Inneren ein ums andere Mal. So lange, bis mein Mund plötzlich ungeachtet meines Verstandes die Führung übernimmt.

»Was meintest du mit ›Ein Unterschied, der über Leben entscheidet‹?« Ich versuche, einen Hinweis darauf zu finden, was Frederik mit dieser Aussage im Sinn haben könnte. Und mit der danach. Er hat aufgehört, sich darum zu bemühen, von anderen gemocht zu werden? Lasse ich mein eigenes Empfinden außen vor, so stellt sich mir vielmehr die Frage: Muss man etwas tun, um von anderen gemocht zu werden? Sollte das nicht von ganz allein passieren, um seiner selbst willen?

Frederik zieht sich zurück. Wenn das überhaupt noch weiter möglich ist. Er greift zielstrebig nach seiner Kaffeetasse, hebt sie immer noch stehend an die Lippen und erklärt defensiv: »Genau das, was ich gesagt habe.«

Kapitel 9

Frederik

Leise Wellen schwappen über den Strand hinweg. Sie rollen auf mich zu, doch kurz bevor sie meine nackten Füße erreichen, zieht das Meer sich wieder zurück. Sekunden später kommt mir das Wasser erneut entgegen. Ein mutiger Ausläufer schafft es bis zu meinen großen Zehen, doch dann ruft die Ostsee, und schnell läuft das kühle Nass wieder dorthin, wo es hingehört.

Ganz automatisch grabe ich meine Füße in den körnigen Sand und lege die Arme um meine angewinkelten Knie. Es ist Samstagabend, die Sonne sinkt nur langsam in Richtung Horizont. So ist es immer im Sommer. Es dauert ewig, bis die Dunkelheit anbricht. In manchen Nächten bleibt das Tiefschwarze ganz aus und überlässt der stundenlangen Dämmerung das Feld. So lange, bis die Sonne am nächsten Morgen wieder im Osten auftaucht und sich den Himmel zurückerobert.

Plötzlich höre ich schräg hinter mir Schritte. Ich werfe einen Blick über die Schulter und sehe Ragnar, wie er sich mit zwei Flaschen in der Hand auf mich zubewegt und sich gleich darauf neben mir im Sand niederlässt. Er reicht mir schweigend eines der Getränke, irgendeine dänische Biersorte, und ebenso stumm stoßen wir an und genehmigen uns einen tiefen Schluck. Es dauert immerhin fast eine ganze Minute, bis Ragnar schließlich das Wort an mich richtet.

»Wie lief's heute Morgen?«

»Du hast ihr meine Adresse gegeben«, murmle ich, den Blick weiter auf das Meer gerichtet.

»Jep.«

Vorwurfsvoll schaue ich zu meinem besten Freund. »Wieso?!«

»Weil sie dich überzeugen wollte, die Geschichte doch zu machen. Das war sehr in meinem Sinne.« Er zuckt unschuldig mit den Schultern und zieht eine Braue in die Höhe. Eilig wende ich mein Gesicht wieder ab, bevor ich den berechtigten Tadel sehe, der mich sogleich ereilen wird.

»Ich habe euch kaum eine halbe Stunde allein gelassen und du brichst einfach ab? Es war euer erstes Treffen, du hast ihr nicht mal eine Chance gegeben!«

»Und da kam sie gleich zu dir gerannt und hat sich über mich beschwert?«

Ich höre das Grinsen auf Ragnars Lippen, als er antwortet. »Ehrlich gesagt hat sie mich angerufen und in einem zuckersüßen Befehlston die Herausgabe deiner Adresse verlangt. Dass du ihrem Porträt einen Strich durch die Rechnung machen willst, fiel eher in einem Nebensatz, als ich mich erkundigt habe, wie das erste Interview gelaufen ist.« Ragnar macht eine Pause. »Also, ihr redet wieder miteinander?«

»Hat Linn dir kein Update gegeben?« Ich weiß, dass ich schnippisch reagiere, und trotzdem kann ich in diesem Moment nicht anders. Ragnar hat im Grunde nichts falsch gemacht. Immerhin ist es in der Firma sein Job, auf die Außenwirkung zu achten. Und wenn ich mich nicht an meine Abmachungen halte, muss er eben dafür sorgen, dass ich es tue. Daran besteht kein Zweifel.

Ragnar, der mich seit Ewigkeiten kennt, weiß, dass ich es nicht so meine, und amüsiert sich vielmehr über die Situation.

»Sie schrieb mir nur, dass ihr heute Morgen zusammen frühstückt und sie mit dem Interview fortfährt.«

»Mehr nicht?«

»Gäbe es denn mehr zu berichten?«

Ich denke an meine Bedingungen für das Interview. An den Deal. An die zehn Fragen. An die Irritation und den Schock in Linns Augen, als ich ihr den Vorschlag unterbreitet habe. An den hartnäckigen Willen und den Mut, der die Zweifel und die Sorgen überdeckt hat, als sie sich bewusst wurde, dass dies die einzige Möglichkeit ist, mich zum Reden zu bringen.

Ich bin unfair. Das weiß ich. Doch ich habe schon lange aufgehört, mich darum zu scheren, was andere von mir halten. Es ist besser so. Für alle Beteiligten. Das musste ich auf schmerzhafte Weise lernen. Linn wird es verstehen. Vielleicht. Irgendwann.

»Nein«, beende ich mein Schweigen und hoffe, Ragnar fällt der raue Ton nicht auf, der meine Stimme über das Rauschen der Wellen hinweg begleitet.

»Worüber habt ihr gesprochen?«, fragt Ragnar, der nun doch neugierig wird.

Ich führe die Flasche mit dem bunten Etikett an meine Lippen und überlege, wie ich dieses intensive Gespräch in Worte fassen soll. Ich will gar nicht so viel darüber nachdenken, denn dann würde ich feststellen, dass ich Linn heute einen viel zu tiefen Einblick in mein Leben gegeben habe. Es waren nur Anspielungen, die man auch ganz anders interpretieren könnte. Aber mich verunsichern sie.

Warum?

Weil ich nicht verstehe, wie es dazu kommen konnte. Ich vertraue Linn nicht. Noch nicht. Dennoch kamen die Hinweise aus mir heraus wie zerbrechliche Seifenblasen aus dem kreisrunden Blasring eines Straßenkünstlers.

»Dies und das«, murmele ich und greife mit meiner freien Hand nach einem flachen Stein, der neben mir liegt. Ich drehe ihn zwischen meinen Fingern hin und her.

»Alles okay?« Ragnar mustert mich von der Seite.

Ich nicke automatisch. Nach einer Weile des Schweigens suche ich nach den passenden Worten, um ehrlich mit meinem Freund zu sein.

»Ich weiß nicht, ob dieser Artikel so eine gute Idee ist. Ich bin …« Ich winde mich. »Ich bin nicht dafür gemacht, mich von meiner besten Seite zu präsentieren. Das endet … nie gut.«

»Das hier ist etwas ganz anderes, Frederik«, gibt Ragnar zu bedenken und weiß genau, worauf ich anspiele.

Mein Blick wandert Richtung Horizont. Dort, nicht weit entfernt, liegt wie immer Saltholm. Ich höre in meinen Ohren wieder die Stimmen der Jungen und Mädchen, das Tapsen von nackten Füßen auf flachen Felsen, knarzende Holzdielen des Stegs, das Plätschern der Ostsee – und dann ist sie da. Die panische Stille. Unbewusst werfe ich den Stein in meiner Hand fort in die Wellen. Weit entfernt ertönt das dumpfe Plumpsen.

Während ich aufstehe und meine Schuhe überstreife, erwidere ich schärfer als beabsichtigt: »Nein, ist es nicht.«

Ragnar rappelt sich eilig hoch und läuft mir hinterher. »Warte!«

Ich halte in der Bewegung inne und balle die freie Hand zur Faust. Ragnar taucht neben mir auf und will eine Überzeugungsrede abspulen, doch ich komme ihm zuvor.

»Linn ist gut, Ragnar. Sie ist verdammt gut. Sie wird bohren. So lange, bis sie alles weiß. Und ich werde machtlos sein. Egal, wie viele Bedingungen ich ihr auch stellen mag, um ein Gleichgewicht herzustellen. Ich habe Linn heute beobachtet. Wie sie arbeitet und zuhört, wie sie spricht und handelt. Sie weiß genau, was sie tut und wie sie an die Infos kommt, die sie haben will.«

»Frederik …«

»Nein!« Ich rede mich in Rage. Die pure Angst spricht aus mir. Meine Gedanken lassen sich nicht ordnen, sie schwirren panisch umher und formen Bilder in meinem Kopf, die ich schon so lange zu unterdrücken versuche. Mein Blick schnellt zu der nicht weit entfernten Insel und wieder zurück zu Ragnar.

»Den ganzen Morgen versuche ich mit ihr über meine Arbeit zu sprechen. Aber sie schafft es immer wieder, eine völlig andere

Abzweigung zu nehmen, und ehe ich es mich versehe, sprechen wir darüber, wie mutig ich angeblich bin, was das Überleben ausmacht. Das ist …« Ich atme angespannt ein. »Sie liest in mir, Ragnar! Egal, was ich sage, wie unscheinbar es auch sein mag, sie erkennt darin viel mehr, als sie dürfte.«

Aufmerksam betrachtet Ragnar mich, während ich aufgebracht nach Luft ringe.

»Wie lange habt ihr heute Morgen zusammengesessen?«, fragt mein bester Freund unvermittelt.

»Zwei Stunden.«

»Das kann ja heiter werden …«, flüstert Ragnar überrascht.

Ich zwinge mich, ruhig zu werden, indem ich mir einrede, dass es keinen Grund für mein Panikgefühl gibt. Meine Seele, mein Herz und sogar mein Verstand sehen das allerdings anders. Schnell wende ich mich ab und laufe in Richtung Straße. Weg vom Meer. Weg von der Erinnerung. Weg von der Angst, die mich nach nur einem Gespräch mit Linn beherrscht wie die Gezeiten die See.

Wieder holt Ragnar mich ein, hält mich plötzlich an der Schulter fest, dreht mich zu sich um und rüttelt mich ordentlich durch. Er schaut mir tief in die Augen, und mit klarer, durchdringender Stimme holt er mich zurück in die Realität.

»Du denkst zu viel. Nichts von dem, was passiert ist, wird seinen Weg an die Öffentlichkeit finden. Du fühlst dich unsicher. Okay, das ist verständlich.« Er rüttelt erneut an meinen Schultern, so lange, bis ich ihm ins Gesicht blicke. »Aber du warst schon oft an diesem Punkt. Wir kennen das, und wir wissen, dass es wieder vorbeigeht.« Er neigt seinen Kopf in meine Richtung. »*Du* bestimmst, welche von Linns Fragen du beantworten willst. *Du* lenkst das Geschehen. Aber du musst aufhören, so viel zu grübeln.«

»Sie ist …«, insistiere ich, aber Ragnar unterbricht mich.

»… gut. Ja, das glaube ich dir. Aber sieh das nicht als Bedrohung. Nimm es als Gelegenheit wahr.«

»Gelegenheit wofür?« Irritiert blinzle ich und spüre, wie mein Puls nur ungern wieder in seinen normalen Rhythmus finden will. Immerhin beginnen die Bilder in meinem Kopf zu verschwimmen, die Geräusche werden leiser.

»Um vertrauen zu lernen.«

»Ausgerechnet bei einer Journalistin?« Ich würde lachen, wenn Ragnars Vorschlag nicht so absurd wäre.

»Wie oft sind unsere Konzepte auf Ablehnung gestoßen? Wie oft mussten wir die Leute überzeugen, dass es sich dabei nicht um abstruse Ideen, sondern zukunftsweisende Projekte handelt?« Ragnar klopft mir auf die Schultern und nimmt wieder ein wenig Abstand, seine Stimme bleibt jedoch nachdrücklich. »Wir haben von den Leuten Vertrauen in unsere Konzepte eingefordert. Jetzt ist es an der Zeit, dass du Linns Forderung nach Vertrauen nachkommst. Sie kann nur einen guten Artikel über dich schreiben, wenn du zulässt, dass sie einen Blick auf dein Inneres wirft. Die Arbeit allein macht dich nicht aus, Frederik. Du bist mehr als das. Das dürfen die Menschen sehen. Gib Linn die Chance, die man unserer Firma gegeben hat.«

»Du vergleichst Äpfel mit Birnen.«

»Aber du weißt, dass ich recht habe.« Er lächelt ermutigend. »Ein bisschen mehr Vertrauen in andere Menschen würde dir wirklich guttun.«

»Ich vertraue dir.«

»Genau. Und wem noch?«

»Unseren Leuten in der Firma.«

Ragnar legt zweifelnd den Kopf schief. »Erstens ist das etwas anderes und zweitens: Spricht man von Vertrauen, wenn du jede Präsentation zweimal überprüfst, bevor sie weggeschickt werden darf?«

»Das nennt man Qualitätskontrolle. Sonst passieren Fehler.«

»Und du machst keine?« Ragnar hebt seine Mundwinkel zu einem herausfordernden Grinsen. »Ach ja, ich vergaß. Du bist ja ein Genie. Da gibt es so etwas wie Fehler natürlich nicht.«

»Du weißt, wie sehr ich diese Bezeichnung hasse.«

Ragnar nickt. »Jep. Und ich werde sie so lange benutzen, bis du Linn eine Chance gibst.«

Langsam machen wir uns in der Abenddämmerung auf den Weg zur Straße, die rechts zu unserem Büro und links in Richtung meines Hauses führt.

»Ist dir aufgefallen, dass sie den gleichen Nachnamen trägt wie …«

»Oh, gehst du jetzt unter die Verschwörungstheoretiker? Das ist Zufall. Mit Sicherheit.«

»Warum setzt du dich so für diese Linn ein? Du kennst sie doch gar nicht.«

»Ich hab ein gutes Gefühl bei ihr.« Ragnar zuckt mit den Schultern.

»Das werde ich nie verstehen.«

»Was?«

Ich presse die Lippen aufeinander und zwinge mich, zu Ragnar zu schauen. »Dein Bauchgefühl. Und dass du wahrhaftig darauf vertraust.«

»Solltest du auch mal probieren«, grinst er.

»Wenn ich das tun würde, würde ich ihr ein weiteres Mal absagen und die Story ganz begraben«, brumme ich. Doch dann verstumme ich unwillkürlich. Noch in dem Moment, in dem ich es ausgesprochen habe, regt sich ein winzig kleiner Widerspruch in mir. Irritiert fühle ich dem nach. Linns zarte Gesichtszüge tauchen vor mir auf. Ihr verkniffener Ausdruck, als sie das Gemälde über meinem Kamin im Wohnzimmer erkannt hat. Ihre unsichere Stimme, als wir von dem Mut sprachen, die Dinge für sich zu tun statt für andere.

Zehn Fragen. Drei davon habe ich bereits verbraucht. Linn hat jede davon zwar widerwillig, aber dennoch ehrlich beantwortet. Das konnte ich ihr ansehen. Sie tat sich schwer, lenkte so bald wie nur möglich von sich ab und bemühte sich, ihrerseits mehr über mich in Erfahrung zu bringen. Wenn ich es recht überlege, würde ich gar behaupten, sie redet ebenso ungern über sich wie ich über mich. Was für eine Ironie.

Mir bleiben sieben Fragen. Sieben Fragen, um genügend Vertrauen zu ihr aufzubauen und diese Story in etwas zu verwandeln, das nicht länger ein Gefühl der Panik in mir schürt.

Ich werfe einen letzten Blick auf das Meer und den Strand neben uns, bevor wir in die Straße abbiegen, in der sich mein Haus befindet. Ragnar, der meine Schweigsamkeit geduldig ertragen hat, kickt einen Kieselstein vor sich her.

Leise frage ich: »Was, wenn es schiefgeht?«

»Was genau?«

»Die Story. Alles.«

»Dann akzeptierst du es.«

»Aber …«

Ragnar bleibt stehen und wendet sich zu mir, die freie Hand in die Hosentasche schiebend. Er seufzt und schaut mich offen und ehrlich an. »Du verkriechst dich. Seit Jahren. Ist dir klar, was du alles verpasst, weil du für dich bleibst?«

»Es ist einfa…«

»Es ist feige«, fährt Ragnar mir über den Mund, wie es nur beste Freunde dürfen. Dennoch reiße ich entsetzt und genervt zugleich meine Augen auf und will erneut widersprechen. Ragnar lässt das allerdings nicht zu.

»Sprich mit Linn. Dieser Artikel ist deine Bewährungsprobe, um endlich mit deinen inneren Dämonen zu brechen und sie vor die Tür zu setzen.«

Wachsam mustere ich Ragnar, bis mir die Erleuchtung kommt. »Scheiße, *das* war dein Plan!«

Unschuldig hebt mein bester Freund die Schultern. »Hm?«

»Dieser Quatsch mit dem Porträt. Du denkst, du müsstest den versteckten Therapeuten spielen und mich zwingen, die Dinge anders zu machen.«

»Es ist diesen Sommer fünfzehn Jahre her. Es ist Zeit.«

»Wofür?!«

»Dass du endlich kapierst, dass es nicht deine Schuld war. Und dass es niemanden umbringt, wenn du versuchst, dich mit ihm oder ihr anzufreunden.«

Ich erstarre augenblicklich.

Ragnars Gesicht wird von einem dunklen Schatten dominiert. Beinahe verzweifelt ertönt seine raue Stimme. »Bitte, Frederik. Du bist mein bester Freund. Ich kann nicht zulassen, dass du dich noch länger mit deinen Erinnerungen quälst.« Er deutet mit dem Daumen über seine Schulter. »Während andere in diese Gegend ziehen, weil sie die Nähe zur Stadt und zum Meer genießen, wohnst du hier, weil du dir tagtäglich vor Augen führen willst, was deiner Meinung nach deine Schuld ist.« Er schüttelt den Kopf. »Es war falsch, zuzustimmen, dass wir mit unserem Büro hierherkommen. Ich habe zu spät gemerkt, was du damit wirklich im Schilde führst.« Er wirft mir einen kompromisslosen Blick zu. »Ich lasse nicht zu, dass du dich weiter kaputtmachst. Du wirst mit Linn an deiner Rückkehr ins normale Leben arbeiten. Das bist du dir selbst schuldig.« Er lächelt ermutigend. »So viel solltest du dir selbst wert sein.«

Kapitel 10

Linn

Unschlüssig trete ich von einem Fuß auf den anderen. Ich richte die Kopfhörer in meinem Ohr und lächle unwillkürlich. Es gibt Songs, die verschaffen mir jederzeit dieses Gefühl von Geborgenheit. So wie *Anything Can Happen* der britischen Band Tors. Der eingängige Indie-Sound hilft mir auch jetzt mit meiner Nervosität. Es ist Viertel nach neun. Um halb zehn bin ich mit Frederik verabredet. Eigentlich war unser nächstes Treffen erst für morgen, Montag, geplant. Nach dem aufreibenden Frühstück gestern, das ich mehr oder weniger erfolgreich überstanden habe, indem ich nach dem intensiven Anfang in unverfänglichere Themen wie seine Ausbildung und seine Arbeit abgedriftet bin, hat Frederik erklärt, er hätte heute zu tun und könne erst Anfang der Woche wieder. Offensichtlich haben sich seine Pläne nun geändert. Gestern Abend gegen zehn Uhr schickte er mir eine Nachricht und schlug vor, mir heute ein paar Orte in der Stadt zu zeigen, an denen er gerne Zeit verbringt.

Zu behaupten, ich wäre überrascht gewesen, ist eine maßlose Untertreibung. Also tippten meine Finger schneller, als mein Verstand arbeitete, und sagten für die vorgeschlagene Uhrzeit heute Morgen zu. Sofort bin ich zu Smilla ins Zimmer gerannt, habe ihr panisch erklärt, wir müssten unseren Brunch verschieben und dass ich mentale Unterstützung zur Vorbereitung auf dieses Treffen brauche. Binnen Minuten stand Juna ebenfalls in Smillas Zimmer. Zu dritt gingen wir durch, worauf ich mich bei dem heutigen Gespräch thematisch konzentrieren könnte, um Frederik zum Reden zu bringen.

Und da stehe ich nun, auf der Tietgensgade, der Brücke, die über die Gleise des Hauptbahnhofs führt, und vertreibe mir die Zeit, bis ich mich mit Frederik vor dem Tivoli, dem traditionsreichen Jahrmarkt im Zentrum von Kopenhagen treffe. Der vermutlich letzte Ort, von dem ich erwartet hätte, dass Frederik ihn als Treffpunkt vorschlägt – oder gar gerne Zeit dort verbringt.

Ich lehne mich gegen die Brüstung und starre hinunter auf den Bahnsteig des Bahnhofs, an dem ich letzten Donnerstag eigentlich den Zug nach Hause hätte nehmen sollen. Wäre da nicht Caros Anruf gewesen. Der Sturm, den ich erwartet habe, wütet bereits. Doch ich versuche, dem bestmöglich zu entgehen. Unter mir rattert ein Inlandszug über die Gleise, und ich habe unwillkürlich Frederiks Stimme im Kopf.

»Machst du das für dich oder um den anderen zu beweisen, dass du es kannst, auch wenn sie nicht an dich glauben?«

Diese Frage hat mich gestern noch den ganzen Tag lang beschäftigt. Was mich mehr nervt, als mir lieb ist. Ich bin hier, um über Frederik zu schreiben, nicht um mich mit mir und meinen vermeintlichen Beweggründen auseinanderzusetzen. Aber wie so oft verselbstständigen sich meine Gedanken und gehen ihren eigenen Weg. Um sie zu übertönen, stelle ich die Musik noch etwas lauter.

Ich würde vermutlich lügen, würde ich behaupten, ich mache das alles nur für mich. Natürlich versuche ich, meine Familie davon zu überzeugen, dass das, was ich tue, etwas ist, was ich wirklich gut kann. Selbstverständlich will ich vor ihnen glänzen, um ihnen vor Augen zu führen, dass sie falschliegen.

Klar. Was für eine unnötige Frage.

Aber seit wann macht das Herz das, was der Verstand ihm rät? Womöglich bin ich mutig, weil ich fernab meiner Familie versuche, mir meine Träume zu erfüllen. Und doch bin ich eine

Heuchlerin, weil ich es eben nicht nur für mich tue. Sondern auch für meine Eltern. Für meine Schwester. Weil ich endlich ihre Anerkennung will. Ihre Akzeptanz und ihre Wertschätzung. Egal, wie oft ich mir und anderen sage, es wäre anders.

Tränen sammeln sich in meinen Augen, und ich wische sie unsanft fort. Großartig. Frederik hat sich nicht nur ungefragt Zugang zu meinen Gedanken verschafft, sondern ist kurz davor, eine Sinnkrise in mir auszulösen. Das hat nicht sonderlich lange gedauert … Genervt stopfe ich all diese Überlegungen zurück in die imaginäre Kiste, in die sie gehören. Dann klappe ich den Deckel zu, schiebe sie ganz weit nach hinten und nehme mir vor, sie nicht so schnell wieder zu öffnen.

Das Schicksal scheint allerdings andere Pläne mit mir zu haben. Natürlich.

Im nächsten Augenblick ertönt der Klingelton meines Handys in meinen Ohren. Es ist wieder meine ältere Schwester. Charlotte. Am liebsten würde ich ihren Anruf auch diesmal ignorieren. Aber ich kann einfach nicht. Es ist noch früh am Morgen, aber heute schon ihr dritter Versuch, mich zu erreichen. Schweren Herzens tippe ich auf den grünen Hörer und wappne mich innerlich gegen eine empörte Tirade.

»Hej, Charly.«

»Charlotte! Du weißt, ich hasse diese Abkürzung.«

Ich nicke automatisch. »Guten Morgen.«

Meine Begrüßung übergehend, fällt meine Schwester sogleich mit der Tür ins Haus. »Wie fühlt es sich an, seine Familie bloßzustellen? Erzähl mir davon, Linn.«

»Ich habe euch nicht bloßgestellt«, wehre ich ab. »Ich konnte nicht kommen.«

»Und wieder einmal stellst du dich selbst an erste Stelle. So wie immer. Warum überrascht mich das nicht?«, schimpft Charlotte mit vorwurfsvoller Stimme. Sie ist neun Jahre älter als ich und meinen Eltern viel ähnlicher, als sie je zugeben würde. Wobei das in ihren Augen eigentlich ein Kompliment sein müsste. Aber mit Mitte dreißig hört man wohl nur ungern, man verhalte sich wie seine eigene Mutter.

»Ich habe doch gesagt, dass das ein wichtiger Auftrag ist. Hätte ich ihn abgelehnt, hätte ich auch gleich meine Kündigung unterschreiben können.«

»Besser wäre es! Was soll das überhaupt? Ich verstehe es immer noch nicht. Komm nach Hause, Linn. Schreiben kannst du doch auch hier.«

Ich presse die Lippen aufeinander und bemühe mich, ruhig zu bleiben. »Pressemitteilungen oder Social-Media-Posts sind nun wirklich nicht das, was ich mit meinem Leben machen möchte.«

»*Public Relations* nennt man das«, erklärt Charlotte spitz. »Das ist ein wesentlicher Bestandteil unseres Erfolgs.«

»Aber keiner, zu dem ich gehören will.«

Ein genervtes Seufzen ertönt am anderen Ende. »Wieso bist du so verdammt stur?!«

Je länger ich Charlottes Stimme höre, desto enger fühlt sich mein Herz an. Soll das so sein, wenn man mit seiner Familie telefoniert? Sollte man sich dabei schlecht fühlen? Bedrängt, überrannt und doch unbeachtet?

»Falls du nur angerufen hast, um mir eine Predigt zu halten, können wir das gerne abkürzen. Ich weiß schließlich, was als Nächstes kommt.«

»Ach ja?«

»Ja.« Ich hole tief Luft. »Ich bin undankbar, lasse meine Familie im Stich, und überhaupt ist es lächerlich von mir, zu denken, aus mir könne in der großen Stadt etwas werden. Ich bin ein winziges Rad in einer riesigen Maschinerie, die sich nicht um mich schert«, fasse ich zusammen, was ich mir für gewöhnlich von meiner Familie anhören muss. Plötzlich lache ich auf, doch meine Stimme klingt leer. Unecht. »Ich bin unbedeutend, nicht wahr? Keine Ahnung, warum ihr trotzdem wollt, dass ich wieder nach Hause komme.«

Schweigen.

Dann irgendwann höre ich die leise Stimme meiner Schwester. »Weil wir deine Familie sind. Aber du hältst offensichtlich nicht sehr viel von uns.«

Da rollt sie, die erste Träne, die ich bisher so gut zurückgehalten habe. »Was spielt das für eine Rolle, wenn ohnehin keiner von euch etwas von mir hält. Der Einzige, der je an mich geglaubt hat, war …«

»Erstens stimmt das nicht und zweitens, sprich seinen Namen nicht aus!«, unterbricht mich Charlotte drohend.

»Da haben wir es«, flüstere ich heiser. »Sobald jemand nicht so funktioniert, wie Mama und Papa es erwarten, wird man dafür zurechtgewiesen.« Ich schlucke mehrfach, doch der Kloß in meinem Hals bleibt bestehen.

»Das ist nicht wahr«, hält meine Schwester eisern dagegen.

»Ich sollte zu der dämlichen Feier kommen, damit das tolle Familienbild in der örtlichen Presse erscheint. Nicht weil ihr mich wirklich dabeihaben wolltet.« Es laut auszusprechen, versetzt mir einen Stich, der mehr schmerzt, als ich erwartet hätte.

»Wenn uns angeblich so wenig an dir liegt, warum wollen wir dich dann in der Reederei haben?«, fragt meine Schwester.

Ich schließe die Augen, um weitere Tränen zu verhindern, doch sie kommen trotzdem. Mühsam ringe ich um meine Stimme, doch bringe nur ein heiseres Kratzen hervor. »Weil ihr es nicht ertragt, wenn sich jemand eurer Kontrolle entzieht.«

Erneutes Schweigen.

Dann räuspert sich Charlotte, und ich meine, ein leichtes Zittern in ihrer Stimme zu vernehmen: »Nun, dann wissen wir ja offenbar alle, woran wir sind.« Als ich nichts erwidere, sagt sie nach einer kurzen Pause: »Ich werde Mama und Papa von dir grüßen.«

Unvermittelt frage ich: »Warum sprechen wir nie über ihn, Charlotte?«

Es dauert, bis meine Schwester sich zu einer Antwort durchringt, die mich eigentlich nicht überraschen sollte und dennoch eine tiefe Kerbe in mein Herz ritzt.

»Weil er sich entschieden hat, uns auf die schlimmste Art und Weise im Stich zu lassen, die es auf dieser Welt gibt.«

»Aber ...«

»Lass mich bloß damit in Ruhe, Linn. Das führt zu nichts. Mach's gut.«

Im nächsten Moment ist die Leitung tot. Charlotte hat aufgelegt.

Unter dem beständigen Rattern eines weiteren Zuges atme ich zitternd ein, wühle in meiner Handtasche nach einem Taschentuch und trockne die Tränen, die hartnäckig über meine Wangen fließen. Wie gut, dass ich mich heute gegen Make-up entschieden habe. Sonst sähe ich jetzt noch schlimmer aus als sowieso schon.

Ich sollte mich eigentlich nicht wundern. So verlaufen die Gespräche mit meiner Schwester immer. Hart, ehrlich und niemals verständnisvoll. Ich atme mehrmals hintereinander tief durch und bemühe mich um einen klaren Kopf. Vielleicht war es klüger, dass ich dieses Wochenende in Kopenhagen geblieben bin. Zwar unter dem Vorwand der Arbeit, aber eigentlich war es besser so für mich. Mein Elternhaus ist in meinem Fall kein Zuhause mehr. Es ist der Ort, an dem ich aufgewachsen und von dem ich geflohen bin, nachdem ... Ich beiße mir auf die Lippen und zwinge mich, mich zusammenzureißen. Da der Anruf beendet ist, ertönt die Musik wieder in meinen Ohren, und ich erhöhe die Lautstärke ein weiteres Mal.

In wenigen Minuten muss ich vorne am Tivoli sein und einen undurchschaubaren Frederik Jensen dazu bringen, mir etwas über sich zu erzählen, das nicht ausschließlich mit seiner Arbeit zu tun hat. Ich kann es mir nicht leisten, zusammenzubrechen und mich Dinge zu fragen, auf die ich niemals eine Antwort erhalten werde.

Manchmal denke ich, dass ich nur deshalb Journalistin geworden bin. Weil ich immerzu auf der Suche nach Antworten bin und ich bei diesem Job wenigstens welche finde, wenn ich nur hartnäckig genug dranbleibe.

Ich wische mir ein letztes Mal die Tränen weg und atme erneut tief durch. Antworten. Ich hole sie mir. Wenn schon nicht von meiner Familie, dann verdammt noch mal von Frederik Jensen. Ich werfe einen Blick auf die vor mir liegende Tietgensgade, die auf direktem Weg zum Tivoli führt. Ich hoffe für Frederik, dass er mich heute mit unliebsamen Fragen verschont und stattdessen über sich redet. Denn ich bin absolut nicht in der Verfassung, elegante Ausflüchte zu finden, um von mir abzulenken.

Nur Minuten später finde ich mich mit meinem Fahrrad am Tivoli wieder. Aufgrund der vorausgesagten Temperaturen von gut achtundzwanzig Grad habe ich mich für ein lockeres weißes Kleid mit buntem Blumenmuster entschieden, das mir bis kurz oberhalb der Knie reicht. Um meine Taille schlingt sich ein unscheinbarer brauner Ledergürtel, und meine Füße stecken in weißen Leinenschuhen.

Als ich Smilla und Juna das Outfit gestern Abend präsentiert habe, kam unweigerlich ein freches Schmunzeln und die Frage, um das wievielte Date es sich handle. Ich habe hingenommen, dass die beiden mich damit aufziehen, denn ich weiß, dass sie mich nicht ernsthaft ärgern wollen. Stattdessen versuchen sie, dafür zu sorgen, dass ich diesen Auftrag leichter nehme, als er eigentlich ist. Sie wollen mir etwas von der Anspannung nehmen. Ich weiß, wie viel davon abhängt. Mich verrückt zu machen, hilft mir also nicht. In der Hoffnung, durch ein lockeres Auftreten auch Frederik die Schwere zu nehmen, bin ich also in einem Outfit unterwegs, das einem unentwegt *Som-*

mer zuflüstert. Zu dieser Jahreszeit werden wir schließlich alle irgendwie offener und entspannter.

Ich verstaue die Kopfhörer in meiner Handtasche und schaue auf mein Smartphone. Eine Nachricht von Charlotte. Eigentlich habe ich keine Lust, sie nach dem Gespräch eben zu lesen, trotzdem öffne ich sie.

Tut mir leid wegen vorhin. Das Wochenende und diese ganze Feier waren ziemlich anstrengend. Hatte nur gehofft, dabei auf dich zählen zu können. Ich lege bei Mama und Papa ein gutes Wort für dich ein.

Bevor ich länger über Charlottes Worte nachdenken kann, vernehme ich eine tiefe Stimme vor mir.

»Guten Morgen.«

Rasch blicke ich auf. Frederik kommt auf mich zu, neben sich ein Rennrad. Er trägt weiße Chinohosen, ein hellblaues Hemd mit aufgekrempelten Ärmeln und graue Sneakers. Auf seiner Nase sitzt eine Sonnenbrille statt seiner normalen, und er sieht für seine Verhältnisse ziemlich motiviert aus.

»Guten Morgen«, erwidere ich und umfasse den Lenker meines Fahrrads fester.

»Ich hoffe, ich mache dir keine Umstände, wenn wir uns doch heute treffen.« Er kommt vor mir zum Stehen und mustert mich unauffällig von oben bis unten.

Ich schüttele den Kopf. Einerseits um seine Frage zu beantworten, andererseits um erneut dafür zu sorgen, dass meine Gedanken sich voll und ganz auf Frederik konzentrieren und nicht auf das Gespräch mit meiner Schwester.

»Nein, je mehr Zeit wir zusammen verbringen, desto besser.«

Ein mildes Schmunzeln zieht über Frederiks Mundwinkel, das sogleich durch einen ernsten Ausdruck ersetzt wird. »Wenn du das sagst.«

Mir wird die Zweideutigkeit meiner Antwort bewusst.

»Oh, also nein, ich meine … Ich muss … Es ist einfacher für mich, über dich zu schreiben, wenn ich dich in verschiedenen Alltagssituationen begleiten kann … und so was in der Art.« Ich verstumme und halte mich gerade noch so davon ab, mich vollständig zum Trottel zu machen.

Frederik nickt, als wüsste er, wovon ich spreche, und schiebt eine Hand in seine Hosentasche, mit der anderen hält er den Sattel seines Fahrrads. »Konntest du mit … unserem Gespräch gestern etwas anfangen?«

»Ich denke schon.«

»Gut.« Er nickt erneut. »Falls ich … Falls ich manchmal nicht so kooperativ wirke, dann … geht das nicht gegen dich persönlich.«

Überrascht hebe ich eine Augenbraue. »Ähm … okay.«

Es wirkt an diesem Morgen, als würde Frederik sich zu diesen Worten zwingen, und gleichzeitig scheint er entspannter zu sein als noch bei unserem gestrigen Treffen. Kann man sich noch verwirrender verhalten?

Er schwingt sein Bein über die Mittelstange seines Rads und wendet mir das Gesicht zu. »Bereit für eine kleine Tour durch mein Leben?«

Gerade als er die Frage laut formuliert, zieht sich seine Stirn in Falten. So als würde er von sich selbst überrumpelt werden. Mein Gesichtsausdruck scheint ähnliche Verwunderung auszudrücken, sodass er eilig hinterherschickt: »Deshalb treffen wir uns doch, oder? Weil du mich und mein Leben unter die Lupe nehmen willst.«

Ich nicke unbedarft.

»Schön. Dann bringen wir es hinter uns.«

Kapitel 11

Linn

Kopenhagen. Ich liebe diese Stadt. Besonders jetzt im Sommer. Die vielen eleganten Häuser, die kleinen Kanäle, die Segelschiffe an den Kaimauern und die vielen bunten Fahrräder – alles ruft nach einem Lächeln im Gesicht. Wie die meisten Einwohner der quirligen Stadt nutzen auch Frederik und ich unsere Räder, um schneller von A nach B zu gelangen.

Da heute Sonntag ist, ist auf den Fahrradwegen nicht ganz so viel los wie unter der Woche. Dass es zudem noch recht früh ist, spielt uns ebenfalls in die Karten, um entspannt durch die malerische Innenstadt zu radeln. Wir überqueren gerade den Slotsholmskanalen, als Frederik ein wenig abbremst, um mich aufholen zu lassen.

»Wo fahren wir hin?«, frage ich.

»Nyhavn.«

»Das ist einer der touristischsten Orte in der ganzen Stadt.« Verwundert blinzle ich gegen die Sonne zu Frederik hinüber. »Wieso ausgerechnet dorthin?«

Frederik tut, als hätte er meine Frage nicht gehört, und wechselt das Thema. »Wusstest du, dass Kopenhagen weltweit als Vorbild in Sachen Fahrradstadt gilt?«

Ich nicke, aber er redet einfach weiter.

»Die Stadt Kopenhagen, aber auch Dänemark selbst arbeiten beständig daran, das Netz noch besser auszubauen und weitere Anreize zu schaffen, damit die Leute aufs Rad umsteigen.«

Ich hatte davon gehört, mich aber in der Tat noch nie weiter damit beschäftigt. Als ich damals nach Kopenhagen gezogen bin, war es das Natürlichste der Welt, mir ein altes, aber noch funktionstüchtiges Rad zu besorgen.

»Und, sind wir die weltbeste Fahrradstadt?« Ich könnte das sicherlich recherchieren, aber ich bin froh, dass Frederik etwas zu erzählen hat. Vielleicht komme ich so an ihn heran. Ich lasse ihn über seine Lieblingsthemen sprechen, und dann grätsche ich ab und zu mit persönlichen Fragen dazwischen. Möglicherweise ist das meine heutige Taktik. Gestern hat es bei den Windrädern ja auch funktioniert, überlege ich und trete kräftig in die Pedale meines klapprigen Fahrrads, das definitiv nicht mit dem hypermodernen Ding von Frederik mithalten kann.

»Wir wechseln uns mit Amsterdam und Portland ab, aber meistens führen wir die Tabelle an.« Ich höre eine gewisse Genugtuung in Frederiks Stimme.

Wir sind schon fast am Ende der Havnegade-Promenade. Rechts von uns befindet sich einer der größeren Kanäle, der später in der Ostsee mündet. Das gemütlich ausgebaute Ufer wird linkerhand von schattenspendenden Bäumen gesäumt, die wir nun hinter uns lassen. Vor uns liegt der Nyhavn. Frederik fährt bis zur nächsten Kreuzung und bleibt schließlich mittig der Nyhavnsbroen stehen. Von der kleinen, niedrigen Brücke hat man einen herrlichen Blick in das schmale Hafenbecken, das beinahe jede Postkarte Kopenhagens ziert.

Die Seiten des alten Hafens werden von bunten Häusern gesäumt. Alle unterschiedlich hoch, in knalligen Farben und einfach nur hinreißend. An den Kaimauern schaukeln alte Segler und ein paar Touristenboote. Die Fußgängerpromenade auf der rechten Seite wird von zahlreichen Tischen und Stühlen beherrscht, die die Fläche der Cafés und Restaurants in den alten Häusern bis hinaus in den Hafen erweitern.

Es ist inzwischen kurz vor zehn, und in der Stadt tummeln sich allerhand Menschen. Das Schöne an diesem Ort ist, dass er zwar regelmäßig von Touristen überrannt wird, die Kopenhagener ihn sich aber immer wieder zurückerobern. An lauen Sommerabenden trifft man sich hier, geht essen, gönnt sich einen farbenfrohen Drink und genießt die besondere Atmosphäre, die sich zwischen den eng aneinandergereihten alten Hauswänden Abend für Abend aufbaut. Es ist die Mischung aus historischem Kern und modernem Leben, die ihren ganz eigenen Reiz auf die Menschen ausübt.

Fragend wende ich mich an Frederik.

»Das hier ist einer deiner Lieblingsorte?«

Er nickt und lässt seinen Blick über die sanften Wellen unter uns schweifen.

Irritiert ziehe ich die Stirn in Falten. Frederik wirkt auf mich wie ein zurückhaltender Typ, der lieber seine Ruhe hat, anstatt sich ins wuselige Getümmel zu stürzen. Dieser Ort kann unmöglich einer von Frederiks Favoriten sein. Doch zu meiner Überraschung nickt er ein weiteres Mal.

Ohne nachzudenken, rutscht mir ein »Wieso?« raus.

Frederik schaut auf die bunten Häuser, die sich am Wasser entlangschlängeln, und überlegt eine Weile. Schließlich taucht ein ungewöhnlich weicher Ausdruck auf seinem Gesicht auf.

»Es ist nicht unbedingt mein Lieblingsplatz, aber eben einer, der meine Kindheit geprägt hat. Meine Mutter hat viele Jahre in einem der Restaurants als Kellnerin gearbeitet. Nach der Schule bin ich meistens zu ihr und saß an einem der Tische, habe meine Hausaufgaben gemacht, und nach ihrer Schicht sind wir gemeinsam nach Hause gefahren.«

»Deine Mutter war Kellnerin?«

»Ja. Fünfundzwanzig Jahre hat sie dort drüben bedient.« Er deutet auf eines der Fischrestaurants mit blauen Markisen und bunt bepflanzten Kübeln seitlich der Kaimauern.

»Und du bist jeden Tag dort drüben gesessen und hast gelernt?«

»Nicht jeden Tag, aber an den meisten. Ragnar ist oft mitgekommen, und wir haben zusammen die vorbeilaufenden Leute beobachtet.«

»Was für ein Mensch ist deine Mutter?« Der Fakt, dass sie als Kellnerin gearbeitet hat, fasziniert mich irgendwie.

Frederik hat mich kein einziges Mal angesehen, seit wir angehalten haben. Erst jetzt blinzelt er kurz zu mir, wendet das Gesicht allerdings gleich wieder in Richtung der Lokale.

»Sie ist herzensgut, hat immer hart dafür gearbeitet, dass es unserer Familie an nichts gefehlt hat. Sie beschwert sich nie über irgendetwas, sondern kümmert sich einfach gleich um eine Lösung, wenn es ein Problem gibt.«

»Klingt nach einer tollen Frau.«

»Sie hat es nicht leicht gehabt. Mit ... mir«, gibt Frederik plötzlich zu, und ich wage kaum nachzuhaken. Schweigend warte ich ab und hoffe, dass noch etwas nachkommt. Alles, was mich von meiner eigenen Familie ablenkt und mich in Sachen Frederik weiterbringt, ist gut.

Frederik lehnt sich mit der Hüfte gegen sein stehendes Rad und sieht aus, als würde er in alte Erinnerungen abdriften. Nach einer Weile fängt er endlich an zu reden.

»Wie du vielleicht festgestellt hast, bin ich nicht sonderlich gut im Umgang mit anderen Menschen. Ich bin klug, aber es fehlt mir an ...« Er räuspert sich. »Zwischenmenschliches ist nicht meine Stärke.«

Ich unterdrücke den aufsteigenden Kommentar, der mehr als nur eine einfache Zustimmung gewesen wäre, und konzentriere mich auf Frederik.

»Meine Mutter ist das Gegenteil. Sie braucht nicht lange, um mit Fremden ins Gespräch zu kommen und einen sympathischen Eindruck zu hinterlassen. Man erinnert sich gern an sie, weil ihre Freundlichkeit selbst zurückhaltende Herzen in Rekordgeschwindigkeit erobert. Sie ... Sie hat immer versucht, mir das beizubringen. Aber so großartig sie auch ist, das hat irgendwie nie so recht geklappt.«

»Wärst du gern mehr wie sie?«

»Manchmal habe ich mir das gewünscht. Aber ich denke, so etwas kann man nicht erzwingen. Das musste ich …« Er hält ein weiteres Mal abrupt inne. »Ich bin, wie ich bin, und daran lässt sich nichts ändern.« Seine Worte klingen hart. Hart gegenüber sich selbst.

»Empfindest du das als etwas Schlechtes?«

»Ich habe aufgehört, darüber nachzudenken.« Er klingt endgültig, und ich will mein Glück nicht überstrapazieren. Also mache ich mir gedanklich einen Vermerk und komme zu einem weniger brisanten Thema zurück.

»Was macht deine Mutter heute, wenn sie nicht mehr dort drüben kellnert?«

»Sie hat sich vor einigen Jahren den Knöchel recht kompliziert gebrochen. Seitdem hat sie Schwierigkeiten mit dem Gelenk und musste den Job schließlich aufgeben. Nach fünfundzwanzig Jahren in der Gastro sollte man meinen, sie wäre froh darüber. Aber sie bedauert es immer noch. Sie hat die Arbeit geliebt. Es war anstrengend, aber wenn es nach ihr gegangen wäre, wäre sie nie freiwillig gegangen. Jetzt ist sie in Frührente. Manchmal treffen wir uns hier und gehen gemeinsam bei ihren ehemaligen Kollegen essen.« Er lächelt kaum merklich. »Die Leute dort lieben sie immer noch.«

Ich muss ebenfalls lächeln. Diese Frau klingt wahrhaftig sympathisch.

Frederik schwingt sich wieder auf sein Rad und nickt mir zu. »Zufrieden?«

Ich gebe vor, zu überlegen, und nicke schließlich mit einem provokativen Lächeln. »Weiter so, bitte.«

»Du machst dir heute keine Notizen?«

»Nein, das behalte ich im Kopf. Welche Überraschung hast du als Nächstes für mich parat?«

Frederik wirft mir einen undurchdringlichen Blick zu. Dann stößt er sich mit dem Fuß vom Boden ab und fährt los. »Eine

Überraschung ist keine Überraschung, wenn man sie ankündigt.«

Ich verdrehe die Augen und beeile mich, ihm zu folgen. Langsam suchen wir uns einen Weg vorbei an den vielen Restaurants und Cafés, bis wir schließlich das beschauliche Gewässer und seine Gäste hinter uns lassen und den großen daran angeschlossenen Platz Kongens Nytorv passieren. Kurz darauf führt Frederik mich durch diverse kleinere Straßen, bis wir nur fünf Minuten später vor einem ungewöhnlichen Gebäude halten.

Obwohl ich schon eine Zeit lang in Kopenhagen lebe, kenne ich das alte, rundliche Turmgebilde nur vom Vorbeifahren. Jetzt aber stellt Frederik sein Fahrrad ab und bedeutet mir, es ihm gleichzutun. Wir schließen unsere Räder ab, und ich blicke die gut dreißig Meter hohen Mauern hinauf.

»Was ist das?«

»Der Rundetårn.«

Als würde das alles erklären, geht Frederik zielstrebig auf den Eingang zu, an dem sich eine kleine Schlange gebildet hat. Ich beeile mich, ihm zu folgen, und bemerke, dass er einfach an den Wartenden vorbeiläuft.

»Äh, Frederik? Müssen wir nicht …«, rufe ich, aber er winkt mich nur zu sich. Also komme ich hinterher und höre gerade noch, wie er am Eingang einer Frau, die den Einlass kontrolliert, seinen Namen nennt. Ein erfreutes Strahlen breitet sich auf ihrem Gesicht aus. Dann macht sie ihm Platz und winkt uns durch.

»Viel Spaß! Das Wetter schenkt uns heute eine herrliche Aussicht.«

Ich werfe einen Blick zurück auf zwei Dutzend wartende Touristen.

»Wieso hat sie uns einfach durchgelassen?«

Gemeinsam gehen wir einen eigenartigen Gang entlang, der sich nach oben windet wie die Auffahrt eines Parkhauses – nur für Fußgänger. Massive weiße Mauern und ein Boden aus hellem Stein verwandeln das Innere des ungewöhnlichen Turmes in ein freundliches Gebilde. Ein paar Besucher kommen uns entgegen, und wir begeben uns auf die rechte Seite des Ganges, laufen aber fortwährend nach oben.

»Ich bin hier so etwas wie ein Ehrenmitglied«, meint Frederik und geht mit großen Schritten voraus.

»Du bist was? Ehrenmitglied wovon?« Ich schaue mich um und habe bereits den Überblick verloren, wie oft ich in den letzten beiden Minuten im Kreis gelaufen bin.

»Der Rundetårn ist das älteste funktionsfähige Observatorium der Welt. Während meines Studiums habe ich hier viel Zeit verbracht.«

Wir laufen weiter nach oben und kommen schließlich an einer breiten Tür in der Außenwand vorbei, die offenbar in einen Anbau führt. Frederik deutet hinein. »Der Bibliothekssaal. Ich weiß nicht, wie viele Stunden meines Lebens ich hier abgesessen habe. Früher war hier die gesamte Buchsammlung der Universität untergebracht. Heute nutzen sie den Raum vor allem für Ausstellungen. Neben der Uni habe ich hier oft geholfen, Veranstaltungen zu planen.«

»Du hast als Eventmanager fungiert?«

»Nein, ich war für die wissenschaftlichen Inhalte zuständig. Irgendjemand musste ja helfen, den Kram verständlich aufzubereiten.«

»Und das hat dich zum Ehrenmitglied aufsteigen lassen?«

Frederik grinst zu meiner Überraschung. »Ich war wirklich gut darin.«

Als mir bereits die Puste ausgeht, endet der breite Gang auf einmal und geht über ein Dutzend Stufen in ein extrem schmales Treppenhaus über. Wir schlängeln uns auch dort hinauf, und oben angelangt, scheint uns durch einen Durchbruch die Sonne entgegen. Frederik lässt mir den Vortritt, und vorsichtig schlüpfe ich über die Schwelle hinaus. Der Anblick hinter dem gusseisernen Zaun lässt mich augenblicklich innehalten.

Kapitel 12

Frederik

Keine Ahnung, wie ich es schaffe, diese Tour durchzuziehen, aber irgendetwas in mir scheint nachhaltig dafür zu sorgen, dass es funktioniert. Nachdem Ragnar mich gestern Abend zusammengefaltet hat, versuche ich, mich zusammenzureißen. Mit einem bitteren Beigeschmack, aber ich zwinge mich dennoch dazu.

Die Erkenntnis, dass Ragnar diese dämliche Story für Dänemarks renommiertestes Magazin nur eingefädelt hat, um mir eine Gehirnwäsche zu verpassen, enttäuscht mich. Gleichzeitig ist mir klar, dass er es nur gut mit mir meint. Wie damals bei der Beschreibung meines Charakters in der Uni. Zu lange schon schleppe ich die alten Schuldgefühle mit mir rum. Aber was Ragnar nicht versteht, ist, dass es nicht anders geht. Ich spüre einen Funken Wut in mir aufflammen.

Ich verkrieche mich? Ja! Weil es die einzige Möglichkeit ist, um nicht nur mich, sondern auch andere zu schützen. Der Versuch, anderen näherzukommen oder gar so etwas wie Beliebtheit zu erlangen, ist für mein Leben nun mal nicht vorgesehen. Und das ist okay. Ich habe das akzeptiert. Anders als Ragnar, der immer wieder versucht, mich vom Gegenteil zu überzeugen.

Deshalb ist dieses Porträt gleich in mehrfacher Hinsicht eine Überwindung für mich. Nicht nur, dass ich jemandem wie Linn plötzlich Einblicke in mein Leben und am besten auch noch meine Gefühle geben soll. Nein, ich werde an die Öffentlichkeit gezerrt, und ich merke, wie ein kleiner Teil von mir noch immer darum fleht, die Beliebtheitsskala hinaufzuklettern. Es ist kompletter Schwachsinn, und es nervt mich tierisch, dass dieser innere Zwiespalt entsteht, wo ich es doch besser weiß. Ragnar glaubt, ich bräuchte Menschen um mich herum und müsste mit der Vergangenheit abschließen. Aber das geht nicht. Vergebe ich mir diesen einen Moment von vor so vielen Jahren, würde die Mahnung, die das Leben mir in jenem Augenblick mit auf den Weg gegeben hat, verpuffen. Und das darf nicht sein. Ein Mensch musste dafür sein Leben lassen.

Von der Erinnerung übermannt, trete ich beinahe blind auf das Dach des Rundetårn hinaus. Ich weiß nicht, warum ich Linn gestern Abend, nachdem Ragnar schließlich gegangen war, geschrieben habe. Noch weniger ist mir klar, warum ich ihr den Vorschlag unterbreitet habe, ihr Orte zu zeigen, die eine Rolle in meinem Leben gespielt haben.

Vielleicht war es der schäbige Versuch, einerseits der Bitte von Ragnar nachzukommen, andererseits mit Linn weniger gefährliches Terrain zu beschreiten. Ich muss mich an den Gedanken gewöhnen, auf sie zuzugehen und ihr im besten Fall tatsächlich so etwas Ähnliches wie Vertrauen entgegenzubringen.

Also stehe ich nun hier über den Dächern von Kopenhagen neben einer Journalistin, die zu gut in ihrem Job ist, als dass man sie austricksen könnte. Ich mache es für Ragnar. Für unsere Freundschaft. Nicht für mich.

Da Linn seit einer halben Minute nichts mehr gesagt hat, obwohl dieser Ausblick durchaus eine Würdigung wert ist, werfe ich ihr einen Seitenblick zu. Auf ihrem Gesicht zeichnet sich ein unerwartet sanftes Lächeln ab. Ihre Augen ziehen langsam und konzentriert über die vor uns liegende Skyline von Kopenhagen. Sie ist sicherlich nicht so beeindruckend wie die von New York City, aber sie hat ihren Reiz. Zahlreiche grüne Bäume, elegante

Häuser in unterschiedlichsten Farbschattierungen, rote Ziegeldächer und nicht zu vergessen Schloss Rosenborg und andere namhafte und beeindruckende Wahrzeichen der Stadt.

»Du warst noch nie hier?«, frage ich, obwohl ich die Antwort bereits kenne.

Sie schüttelt den Kopf, den Mund leicht geöffnet und immer noch sprachlos. Wir befinden uns nur sechsunddreißig Meter über dem Boden, trotzdem reicht es aus, um ein bisschen Magie über den Dächern Kopenhagens zu spüren.

Eine kleine Gruppe Touristen drückt sich an uns vorbei, um wieder hinunterzugehen. Wir nutzen den Moment, um ein Stück weiter nach rechts zu gelangen. Vorsichtig steigen wir über die Querstangen, die auf dem Boden verlegt sind.

»Über den Weg, den wir eben hochgegangen sind, haben Pferde früher Wagenladungen voller Bücher hochgezogen. Heute wird das Observatorium nur noch von Hobbyastronomen genutzt, aber es ist weiterhin voll funktionsfähig«, erkläre ich, weil ich nicht so recht weiß, was ich sonst sagen soll.

»Wie oft warst du während deines Studiums hier oben?«

»Oft.« Ich überlege. »Sehr oft, zumindest während der Semester, die ich in Kopenhagen studiert habe. Tagsüber ist es beeindruckend. Nachts ist der Ausblick aber noch besser. Dann leuchtet die ganze Stadt und erscheint in einem malerischen Licht.« Ich lächle. »Ragnar und ich waren mal an Silvester hier oben. Grandios.«

»Was hat dich zum Ehrenmitglied der Einrichtung gemacht? Du bist doch gar kein Astronom.«

»Womöglich habe ich dem Förderverein jedes Jahr, seit ich es mir leisten kann, eine beträchtliche Spende zukommen lassen.«

»Warum?«

»Weil ich den Ort hier mag. Er ist etwas Besonderes und sollte deshalb auch so behandelt werden.«

»Du hast dir also lebenslangen Zutritt gesichert, indem du eine Spende abgegeben hast?«

»Mehrere. Aber ja.« Ich muss unwillkürlich schmunzeln. »Für eine Journalistin drückst du das allerdings nicht besonders wortgewandt aus.«

Lachend dreht Linn sich zu mir. »Ab und zu muss man die Dinge direkt beim Namen nennen.«

»Wo wir gerade bei dem Thema sind«, werfe ich ein und bemühe mich um einen ungezwungenen Ton. »Warum willst du Journalistin werden?«

Augenblicklich erstarrt Linns Lächeln. »Frage Nummer vier, nehme ich an«, flüstert sie und richtet das Gesicht wieder dem herrlichen Sommertag über Kopenhagen zu.

»Frage Nummer vier«, wiederhole ich zur Bestätigung. Einmal mehr spüre ich, wie ungern Linn mir etwas über sich erzählen will. Man sollte meinen, diese Frage wäre unverfänglich. Ihre Finger, die kaum merklich zitternd um den Gurt ihrer Handtasche greifen, so als würde sie sich daran festhalten, widersprechen dem jedoch. Es ist, als würde in dem Moment, in dem es um sie geht, eine unsichtbare Abgrenzung aus undurchdringlichem Stahlbeton um sie herum hochgezogen werden. So fein verarbeitet, dass sie flexibel einsetzbar ist, jedoch jeden fernhält, der es wagt, Linns Gedanken zu nahe zu kommen. Für einen Moment erinnert mich ihre Art an mich selbst. Erschrocken wende ich mich ab und atme unauffällig durch.

»Ich brauche Antworten.« Linns leise Stimme ertönt neben mir. Sie wirkt zerbrechlich, obwohl sie vehement versucht, sich das nicht anmerken zu lassen.

»Antworten worauf?«

»Menschen neigen meiner Erfahrung nach dazu, Dinge totzuschweigen. Sie denken, wenn man nicht darüber spricht, ist es vielleicht gar nicht passiert. Aber das ist Quatsch.« Ihr Ton wird energischer. Wütender. »Indem man schweigt, wird es immer größer und gefährlicher. Wie ein Topf, der überzukochen droht. Man nimmt ihn kurz vom Herd und stellt ihn gleich darauf auf dieselbe heiße Platte zurück, sodass der Inhalt schon bald wieder hochkocht. Man hat nichts an der Situation geändert, aber man ignoriert beständig, dass man vielleicht einfach mal den Deckel abnehmen und umrühren sollte.«

»Man könnte auch einfach die Flamme zurückdrehen«, rutscht mir unbeholfen heraus.

Linn dreht mir indes mit offenem Mund das Gesicht zu. In ihren blauen Augen liegt etwas, das mir bekannt vorkommt. Sie blinzelt, und sofort verschwindet das, von dem ich dachte, es gesehen zu haben.

»Das ist nicht, worauf ich hinauswollte, aber bitte.« Sie überlegt einen Moment. »Wenigstens würde man so auch an einer Lösung des Problems arbeiten, statt es beständig zu ignorieren.«

»Dann treibt dich die Neugier um? Über Dinge, die verschwiegen werden?«

Sie schüttelt den Kopf. »Das hat nichts mit Neugier zu tun. Es ist eher…« Sie hält inne und schürzt die Lippen nachdenklich. Leise fährt sie fort. »Es ist eher das Bedürfnis, nicht im Unklaren gelassen zu werden.« Sie schaut mir direkt in die Augen, reißt den Blick nur wenige Sekunden später jedoch wieder von mir los. Energisch presst sie die Lippen aufeinander, so als müsste sie sie davon abhalten, weitere Hinweise auf ihre Intention zu geben.

Hinter ihren Worten steckt mehr als der Grund für ihre Berufswahl. Dessen bin ich mir sicher.

»Du hättest in die Wissenschaft gehen sollen.«

Irritiert sieht sie mich wieder an. »Wieso?«

»Weil du dort leichter Antworten auf Fragen erhältst. Die Wissenschaft ist berechenbarer als Menschen.«

»Aber nicht so spannend.«

»Von wegen!« In gespielter Empörung hebe ich die Brauen und taxiere Linn, während ich mich mit dem Rücken an die gusseiserne Brüstung lehne. »Stell dir vor, du arbeitest an einem Problem. Einem richtig großen Problem. Und dann kommst du anhand deiner Forschung endlich zu einer Lösung. Deine harte Arbeit zahlt sich aus.« Ich bremse mich und meine Überzeugungen und ergänze ruhig: »Die Wissenschaft kann dich nicht enttäuschen. Anders als Menschen, die dir womöglich niemals die Antworten geben, die du dir erhoffst.«

Von Linns kurzem Lächeln ist nichts mehr übrig. Stattdessen zieht eine eigenartige Leere über ihre Gesichtszüge. Sie versucht es zu verbergen, doch ich merke es trotzdem. Und dann taucht da wieder dieser Ausdruck in ihren blauen Augen auf. Es ist Reue. Schuld. Schmerz.

Eine leichte Brise fährt über uns hinweg und bringt Linns offene schulterlange Locken ein wenig durcheinander. Aber sie scheint es nicht zu bemerken. Ihr Blick ist immer noch auf mich gerichtet, als sie mit rauer Stimme den Ball zu mir zurückspielt: »Bist du deshalb Naturwissenschaftler? Umweltingenieur und Stadtplaner? Weil du in den Bereichen immer Lösungen findest?«

Eine Kälte überkommt mich. Unerwartet. Aus dem Nichts. Linns Frage ist natürlich die logische Konsequenz aus unserem Dialog, und trotzdem wirft sie mich aus der Bahn. Von einer Sekunde auf die nächste.

Eilig wende ich mich ab und gehe an Linn vorbei. Ich will ihrem wissenden Blick entkommen, aber ich habe die Rechnung ohne den schmalen Weg gemacht, der die kreisförmige Aussichtsplattform bildet. Es ist nicht genug Platz, um genügend Distanz zu Linn zu wahren, sodass ich im Vorbeigehen unwillkürlich ihre Hand streife, die nervös den Rock ihres Sommerkleides festhält. Es sind nur Millisekunden, trotzdem reichen sie aus, um bei mir eine Gänsehaut auszulösen. Ich gehe hastig zwei Schritte weiter, bevor Linn etwas merkt.

Dieses Mädchen. Diese Frau. Sie macht etwas mit mir. Ihre Fragen machen etwas mit mir. Verdammt, Ragnar, denke ich und verfluche meinen besten Freund stumm.

Ich räuspere mich, setze ein hoffentlich nichtssagendes

Gesicht auf und drehe mich zu Linn herum. Die mustert mich mit einem Blick, der mir sagt, dass sie nicht lockerlassen wird. Wir haben über sie gesprochen. Jetzt muss ich mich wieder ihren Fragen stellen. So ist der Deal. Der Deal, den ich uns aufgedrückt habe.

»Ich bin ein kluger Typ. Es wäre falsch, mein Wissen nicht für etwas zu nutzen, was am Ende allen zugutekommt.« Lahm. So lahm. Und ein bisschen überheblich. Aber ich bleibe trotzdem dabei und bemühe mich, einen freundlichen Ton anzuschlagen.

Linn zieht ihre Augen zu schmalen Schlitzen zusammen und verschränkt die Arme vor der Brust. »Du weichst mir aus.«

»Ich nenne nur Fakten.«

»Es ist unfair, wenn ich ehrlich sein muss, du es aber nicht bist.«

»Das war ehrlich.« Ich räuspere mich und höre, wie hinter mir eine Familie aufs Dach hinaustritt, um den Ausblick auf dem Observatorium zu erkunden.

»Vielleicht ehrlich, aber eigentlich nicht die Antwort auf meine Frage.«

Darüber ließe sich streiten, aber ich weiß, dass Linn recht hat. Also schiebe ich meine Hände in die Hosentaschen und atme tief durch.

Schweigend pocht Linn darauf, dass ich nachgebe. Ein Seufzen unterdrückend, leiste ich ihrer Erwartung schließlich Folge. Nicht weil ich es will. Sondern weil es logisch ist.

»Bei meiner Arbeit geht es schlicht und ergreifend darum, Lösungen zu finden und weiterzuentwickeln. Ich habe ein Ziel und Ideen. Ich brauche die fachliche Herausforderung, sonst langweile ich mich. Menschen sind …« Ich zucke mit den Schultern. »Menschen sind unberechenbar. Und damit kann ich nicht besonders gut umgehen. Also lass ich es sein und konzentriere mich auf das, was ich kann.« Ich werfe Linn einen aussagekräftigen Blick zu. »So wie du.«

»Aber du musst deine Lösungen verkaufen, andere davon überzeugen. Das bringt dich doch zwangsweise mit Leuten in Kontakt.«

»Dafür ist Ragnar zuständig. Ich bin der Typ hinter den Ideen, er verkaufte sie. Ragnar ist neben dem Finanziellen auch in diesen emotionalen Dingen gut. Er hat ein Gespür dafür, was er sagen muss, um die Skeptiker ins Boot zu holen und die Überschwänglichen auf dem Boden der Tatsachen zu halten.« Ich nehme meine Brille ab und mustere die schmalen schwarzen Bügel. Dann setze ich sie wieder auf, der erhoffte Durchblick bleibt jedoch aus.

»Du versteckst dich.« Kritisch mustert Linn mich. »Wovor?«

»Es gibt Leute, die bleiben lieber im Hintergrund.«

»Ist das wirklich alles?« Linn kommt einen Schritt auf mich zu. Auf ihren Wangen schimmert die vormittägliche Sonne und taucht die hellblauen Augen in ein zauberhaftes Licht. Der klare Himmel über uns kann dagegen einpacken, denke ich unwillkürlich und zwinge mich, den Blick abzuwenden.

Die Kälte, die vorhin über mich hinweggekrochen ist, verweilt inzwischen in meinem Nacken. Sie ist da, bleibt und fühlt sich wie eine beständige Drohung an, nicht zu weit zu gehen. Langsam deute ich schließlich zu der schmalen Tür, die zu der engen Wendeltreppe führt.

»Wir sollten weiter. Es gibt noch viel zu sehen.«

Ich will gehen, doch just in dem Augenblick, als ich loslaufen will, spüre ich plötzlich eine kühle Hand auf meiner Haut. Linns schlanke Finger umfassen mein Handgelenk. Sanft hält sie mich zurück und schaut von der Seite zu mir auf.

»Ich will Antworten«, wispert sie. Ihr zarter Gesichtsausdruck steht im krassen Gegensatz zu der deutlichen Warnung, die sie mir vor die Füße wirft. »Und ich werde sie bekommen. Auch von dir. Wir haben einen Deal, Frederik.«

Kapitel 13

Linn

»Kennst du Ida Davidsen?« Frederik dreht den Kopf zu mir herum, während wir den breiten Gang des Rundetårn entlanglaufen und schon fast wieder ganz unten sind. Ich könnte schwören, er würde am liebsten rennen, wenn es nicht seltsam wirken würde.

Auf meinen letzten Kommentar oben auf dem Observatorium hat Frederik übrigens kaum reagiert. Ein abruptes Nicken, das eher einem Mikroausdruck glich, war das Einzige, das er mir zukommen hat lassen. Als ich meine Hand von seiner genommen habe, floh er augenblicklich in Richtung Ausgang.

Bin ich zu weit gegangen? Vielleicht. Gleichzeitig habe ich das Gefühl, Frederik deutlich machen zu müssen, dass er nicht darum herumkommen wird, sich mir zu öffnen. Ich beiße mir auf die Unterlippe. Charlotte. Es war das Telefonat mit ihr, das mich in diese Situation gebracht hat – ich weiß immer noch nicht, wo mir eigentlich der Kopf steht. Zu viele Gefühle pulsieren durch meinen Körper, wirbeln mich durch die Luft und lassen mich ebenso hart auf dem Boden der Realität aufkommen.

Frederik ist derjenige, der meinen Frust und mein Unverständnis abbekommen hat. Es lag gar nicht in meiner Absicht, aber der Dialog hat sich verselbstständigt. Als er schließlich auf billige Art und Weise meiner Frage ausgewichen ist, musste ich ihm einfach klarmachen, dass unsere Abmachung eine andere ist.

Wenn ich schon seine aufreibenden Fragen ehrlich beantworte, erwarte ich Gleiches von ihm. Das ist nur fair!

Für den Moment jedoch gehe ich auf Frederiks Ablenkungsmanöver ein.

»Du meinst die Smørrebrød-Königin?«

Frederik nickt. »Genau.«

»Was ist mit ihr?«

»Wir statten ihrem Nachfolger einen Besuch ab.«

»Aber musste das Lokal nicht vor Kurzem schließen?«, gebe ich zu bedenken und meine, so etwas in den Medien gelesen zu haben.

»Das stimmt. Sie suchen derzeit einen neuen Laden.« Frederik verabschiedet sich von den Mitarbeitern am Ticketschalter und steuert geradewegs auf unsere Fahrräder zu. Als er sein Schloss geöffnet hat, schwingt er sich gleich darauf auf den Sattel. »Wer hat gesagt, dass wir ein offizielles Lokal besuchen?«

»Wo willst du hin?« Zügig mache ich mein Rad ebenfalls los.

Frederik mustert mich einen Moment lang. Dann setzt er zu einem erhabenen Ton an und zitiert frei heraus: »›Die Menschen dagegen haben eine Seele, die ewig lebt, die lebt, auch wenn der Körper zu Erde zerfallen ist. Sie steigt auf in der klaren Luft und zu all den schimmernden Sternen empor!‹«

Verblüfft erwidere ich seinen Blick. »Hast du gerade aus *Die kleine Meerjungfrau* zitiert?«

Er lächelt anerkennend. »Herzlichen Glückwunsch, damit weißt du, wo wir als Nächstes hinfahren.« Und weg ist er.

Hastig folge ich ihm. »Seit wann stehen Genies auf Märchen von Hans Christian Andersen?«

Meinen ironischen Seitenhieb ignorierend, tritt Frederik weiter in die Pedale. »Auch ich hatte eine Kindheit. Überraschend, ich weiß.« Mir entgeht sein leicht sarkastischer Unterton nicht, und einmal mehr muss ich zu meiner Verwunderung feststellen, dass wohl doch so etwas wie Humor in diesem Kerl lauert.

Minuten später biegen wir am Naturhistorischen Museum Dänemarks nach rechts in die Øster Voldgade. Rechts von uns liegt das beeindruckende Gelände von Schloss Rosenborg, dem Wohnsitz der dänischen Königsfamilie. Auf der anderen Seite befindet sich der Botanische Garten mitsamt dem Palmenhaus, einem weiteren Observatorium, dem Staatlichen Naturhistorischen Museum sowie der Dänischen Nationalgalerie.

Während wir an all den Sehenswürdigkeiten vorbeifahren, gibt Frederik immer wieder irgendwelche Fakten dazu von sich. Er könnte auch ein wandelnder Reiseführer sein, denke ich und frage mich, woher er all diese Dinge weiß.

Mit dem Fahrtwind auf meiner Haut schüttele ich meine Haare auf und genieße für einen kurzen Moment die Leichtigkeit. Für viele ist das Fahrrad ein Fortbewegungsmittel. Es ist etwas Nützliches. Ich habe jedoch jedes Mal das Gefühl, einen Hauch von Freiheit zu verspüren, wenn ich in die Pedale trete. Die Strecke. Die Geschwindigkeit. Die Dauer. Es gibt kein Benzin und keinen Strom, der mich zwingt, Pausen einzulegen. Es sind allein mein Wille und meine Energie, die mich einschränken könnten. Heute ausnahmsweise auch ein Typ, den ich seit nicht ganz drei Tagen kenne und der mich zunehmend verwirrt – aber auch ebenso neugierig macht.

Ich werfe einen Blick zu Frederik, der neben mir herfährt und konzentriert den Straßenverkehr im Auge behält. In diesem Moment gibt er mir ein Zeichen, dass wir rechts abbiegen. Wir umrunden das berühmte Kastell von Kopenhagen. Eine Zitadelle in Form eines Fünfecks, das innerhalb von herrlichen Wassergräben angelegt worden ist. Wir fahren durch eine sommerliche Grünanlage, und schon bald blitzt am Ende des Weges Yderhavnen auf. Die offene Bucht schlängelt sich seitlich der Burganlage vorbei und grenzt diese von der offenen See ab. Frederik lotst mich zu einer nahe gelegenen Stelle, an der wir unsere

Räder abstellen. Als wir Richtung Wasser laufen, fallen mir die zahlreichen Touristen auf, die sich wie so oft am Ufer drängen.

»Ich versteh's nicht«, murmle ich und achte darauf, dass meine Handtasche eng an meinem Körper liegt.

»Was?«

»Alles, was du mir heute zeigst, sind Orte, die in jedem Kopenhagener Reiseführer unter den Hauptattraktionen vermerkt sind.« Ich schaue zu Frederik. »Du versteckst dich vor den Menschen, und doch sind das die Plätze, die dir etwas bedeuten? Das passt nicht zusammen.«

»Was hast du erwartet? Die Uni-Mensa und den Computer-Club?«

Ich grinse unwillkürlich amüsiert. »Ja, irgendwie schon.«

»Tut mir leid, wenn ich dich enttäusche.« Er schenkt mir etwas, das einem Schmunzeln ähnelt.

»Im Ernst, Frederik. Das hier?« Ich deute auf die kleine Bronzestatue, die auf einem ebenso kleinen Findling am Ufer sitzt. Die kleine Meerjungfrau.

Frederik zuckt unbedarft mit den Schultern und blickt sich suchend um. Als er offenbar gefunden hat, wonach er Ausschau gehalten hat, wirft er einen Blick auf die Uhr an seinem Handgelenk.

»Kurz vor elf. Hast du Hunger?« Er schaut auf. »Wie wäre es jetzt also mit einem Smørrebrød à la Ida Davidsen?«

»Wie bitte?«

»Ich hole uns was an dem Stand da drüben. Setz dich doch irgendwo dort an die Promenade. Ich finde dich dann schon.« Und weg ist er.

Ich seufze. Diesmal wirklich genervt. Diese Sightseeingtour mag ja ganz nett sein, aber ich würde aus diesem Typen gerne schlau werden. Doch bevor ich in Grübeleien über sein eigenwilliges Verhalten versinke, tue ich, wie mir geheißen, und suche uns einen Platz am Ufer. Ein Stück von der kleinen Meerjungfrau entfernt werde ich schließlich fündig. Ich setze mich in den Schatten eines großen Baumes und schicke Frederik kurzerhand meinen Standort, damit er mich in dem Getümmel auch wirklich wiederfindet.

Es dauert eine ganze Weile, bevor er endlich wieder in meinem Sichtfeld auftaucht. Für einen Moment hatte ich schon befürchtet, er würde nicht zurückkehren.

Er reicht mir einen Pappteller, auf dem sich ein voll beladenes Roggenbrot befindet. Auf der kernigen Scheibe tummeln sich hübsch drapiert zwei gekochte Eihälften, ein Haufen schwarzer Kügelchen, bei denen es sich um Kaviar handeln dürfte, sowie eine halbe Zitronenscheibe und ein Fähnchen Dill. Darunter blitzt ein Hauch Butter hervor.

Während mir der Duft des traditionellen dänischen Mittagessens in die Nase steigt, setzt Frederik sich neben mich und hält mir Holzbesteck hin.

»Ich hoffe, du magst Idas Take-away-Version eines Smørrebrøds.«

Immer noch ein wenig angesäuert, dass er auf und davon ist, erwidere ich: »Das wüsstest du, wenn du statt loszulaufen noch mal nachgehakt hättest.«

Plötzlich grinst Frederik. »Dafür würde ich aber nicht meine wertvollen Fragen vergeuden.« Er senkt den Blick und kümmert sich um sein eigenes, gut gefülltes Smørrebrød.

Ich versuche währenddessen einzuordnen, ob der Kerl neben mir inzwischen doch Gefallen an diesem Deal findet. Er ist mir ein Rätsel, wirklich. In meiner Vorstellung ist Frederik ein Mann, der nichts außer seiner Arbeit im Kopf hat. Nichts außer Windrädern, Energiespeichern und Fahrradwegen. Ein Mensch, der lieber zurückgezogen lebt und jeden vermeidbaren Kontakt nach außen vermeidet. Aber je länger ich heute mit ihm unterwegs bin, desto verwirrter bin ich. Wie passen diese lauten Orte zu so einem leisen Mann?

»Warum, Frederik?«

»Warum was?«

»Warum sind wir hier? Welches Geheimnis hast du mit der kleinen Meerjungfrau dort drüben?« Ich deute mit meiner Gabel auf die Bronzestatue, die sich schüchtern auf dem Findling rekelt und keine Chance hat, den vielen neugierigen Blicken der Touristen zu entkommen. Ein Ausstellungsstück, das wirkt, als wäre es eigentlich gern woanders.

Ich schaue zu Frederik. Er schindet Zeit. In seinen nussbraunen Augen glitzern die Wellen, auf die er hinausstarrt, und für einen kurzen Moment habe ich das Gefühl, dass es das ist, was die Meerjungfrau und er gemeinsam haben. Sie wären viel lieber woanders.

Schließlich wandert Frederiks Blick hinüber zu dem glatten Felsen, der die Menschen aus aller Welt magisch anzieht, wenn sie Kopenhagen besuchen.

»Sie ist viel kleiner, als die meisten erwarten.« Nach einer kurzen Pause fährt er fort. »Als Kind habe ich mir vorgestellt, dass sie nachts ihren Platz verlässt und hinab ins Meer schwimmt. Und bevor morgens die ersten Jogger vorbeikommen, ist sie wieder zurück und sieht aus, als hätte sie sich nicht vom Fleck gerührt.«

Das Gemurmel der Touristen an der Promenade unweit von uns wirkt wie eine leiser werdende Geräuschkulisse. Wie das beständige Rauschen eines Radios im Hintergrund. Ich vernehme nur Frederiks warme Stimme, die sich auf das kleine Bronzewesen konzentriert.

»Ich kannte mal …« Er hält inne und atmet tief durch. »Ich kannte mal ein Mädchen, das konnte die Geschichte der kleinen Meerjungfrau erzählen, als wäre es die abenteuerlichste Story auf der ganzen Welt.« Überraschender Schmerz flackert in seinen Augen auf, und er blinzelt sofort. Eilig wendet er den Kopf ab und macht sich an seinem Mittagessen zu schaffen. »Eigentlich sind wir wegen des Smørrebrøds hier. Mein Vater war ein lausiger Koch. Aber er machte neben Ida Davidsen die weltbesten Brote.«

»Dann hättest du mir vielleicht lieber ihn vorgestellt, statt mir nur das zweitbeste zu präsentieren«, rutscht mir unwillkürlich heraus, während ich meine Gabel in den Kaviar tauche und davon probiere.

Frederik wendet mir sein Gesicht zu und erstarrt. Schließlich nickt er mit gerunzelter Stirn. »Das wird nicht passieren.«

Fragend schaue ich auf. »Wissen deine Eltern von dem geplanten Artikel?«

»Nein. Und da ich das Porträt eigentlich begraben wollte, war es nicht nötig, etwas davon zu erzählen.«

»Und jetzt?«

»Es wird sich wohl nicht vermeiden lassen.«

»Ist das ein Problem?«

»Das werden wir sehen, wenn du es geschrieben hast.«

»Was für ein Verhältnis hast du zu deinen Eltern?«

Frederik zuckt mit den Schultern, und seit der Erwähnung seines Vaters ist mir, als würde eine stille Trauer auf seinem Gesicht liegen. »Sie hatten es nicht leicht mit mir. Aber sie haben ihr Bestes gegeben und haben hart gearbeitet, um mir alle Optionen bieten zu können, die es für jemanden wie mich gab.«

So ähnlich hatte Frederik es schon einmal formuliert, und doch komme ich nicht umhin, auch diesmal nachzuhaken.

»Jemanden wie dich?«

»Das Ausnahmetalent.«

Sein verächtlicher Ton erschreckt mich.

»Wenn du es sagst, klingt es negativ und abwertend.«

Frederik zieht eine Braue hoch und konzentriert seinen Blick auf das restliche Brot auf seinem Teller.

»Ich war ein Überflieger. In der Schule. Im Studium. Bei allem, was mit Lernen zu tun hat. Ich begreife die Dinge schneller und komme auf Lösungen, an die andere nicht mal im Traum zu denken wagen. Das ist toll«, erklärt er tonlos. »Aber man kann nicht in allen Bereichen so begabt sein. Es gibt zwangsweise etwas, in dem man nicht gut ist.« Er holt tief Luft, so als müsste er sich überwinden, die nächsten Worte laut auszusprechen. »Ich bin ein Versager in Sachen Sozialkompetenz.«

Ich atme scharf ein. »Das ist sicherlich eine Übertreibung.« Ich weiß nicht, warum ich versuche, ihm zu widersprechen. Aber etwas in mir sagt mir, dass Frederik zu hart mit sich selbst ins Gericht geht.

Doch er schüttelt den Kopf und sieht mich an. »Sei ruhig ehrlich, Linn. Wie ist es, mit mir zu arbeiten? Für deinen Artikel? Wie oft hast du dir schon gewünscht, du würdest beispielsweise über Ragnar schreiben statt über mich?«

Ertappt presse ich die Lippen aufeinander und senke sofort den Blick. »Aber das heißt nicht, dass ...«

»Das ist okay.« Er klingt weder überrascht noch beleidigt. »Ich wäre auch dafür, dass du ihn statt meiner ausfragst, aber mein bester Freund ist der Meinung, ich bräuchte es mehr als ...« Frederik stockt mitten im Satz. Abwesend murmelt er: »Das ist etwas, was mich zeit meines Lebens begleitet. Die Suche nach sozialer Anerkennung. Die Hoffnung auf Anschluss. Meine Intelligenz hat mich als Kind von Gleichaltrigen abgesondert. Und das eine Mal, als ich versuchte, das zu ändern, gipfelte ... Fakt ist, es ist für alle Beteiligten besser, wenn ich mich nicht um die Gunst der Menschen bemühe, sondern für mich bleibe.«

Geschockt über diese Aussage starre ich zu Frederik und bemerke, wie er wieder zur kleinen Meerjungfrau starrt. Auf seinem Gesicht liegt ein eigenartiger Ausdruck. So als hätte er ... ja, als hätte er Schmerzen. Als würde er an etwas denken, das ihm schier das Herz aus der Brust reißt. Binnen Sekunden verwandelt sich der Schmerz in seinen Augen in etwas, das meiner Meinung nach wie Schuld aussieht. Angst folgt nur einen Moment später, und dann springt er auf einmal auf. Sein halbes Smørrebrød noch auf dem Teller balancierend, sagt er aufgewühlt: »Wir hätten nicht herkommen sollen. Unsere Tour ist für heute zu Ende.«

»Hey, was ist los?«, frage ich, um zu verhindern, dass er mich einfach sitzen lässt.

Er verharrt neben mir und wirkt wie eine seltene Pflanze, die sich bei Berührung zusammenzieht und sich vergeblich vor äußeren Einwirkungen zu schützen versucht. Von dem Anblick ergriffen und irritiert zugleich, spüre ich, dass Frederik und ich nicht weiterkommen. Nicht, wenn er nicht endlich anfängt, mir zu vertrauen. Dieser Typ hat ein Problem? Okay, gehen wir es endlich an! Ich bin nicht hier, um ihn zu therapieren, aber ich lasse mir nicht die Chance nehmen, dieses Porträt zu schreiben und damit meinen journalistischen Durchbruch zu schaffen.

Ich strecke meinen Rücken durch, straffe die Schultern und schaue ihm fest in die Augen.

»Frage Nummer fünf. Stell sie mir. Stell mir eine Frage, deren Antwort dich dazu bringt, zu bleiben.«

Kapitel 14

Frederik

Ich will weg. Ich will einfach nur weg. Ich will meine Ruhe. Ich will …

Linns blaue Augen sind fest auf mich gerichtet, während sie mich wachsam und bittend mustert.

Es war falsch, hierherzukommen. Was hat mich nur annehmen lassen, dass es eine gute Idee wäre? Ich weiß um die Bedeutung, die der Ort für mich hat, und doch dachte ich, es wäre ein guter Plan? Ich bin so naiv und obendrein schrecklich dumm.

Die kleine Meerjungfrau. Sie birgt ebenso viele gute wie schlechte Erinnerungen. Offenbar hatte ich die Hoffnung, dass die guten heute überwiegen würden. Aber das tun sie nicht. Stattdessen habe ich das Gefühl, in einen Strudel der Vergangenheit zu geraten. Einen, der mich umherwirbelt, kopfüber, mit weit aufgerissenen Augen und ohne Erbarmen. Meine Beine wollen rennen. Bloß fort von diesem Chaos. Weg von der Vergangenheit, die ich nicht mehr rückgängig machen kann und die mich in ihren Klauen hält.

Und dann spüre ich die kühlen, zarten Finger, die nach meiner Hand greifen. Fragend, beschützend und herausfordernd. Alles zugleich. Durch den dichten Nebel hindurch erkenne ich Linns sanfte Stimme, und unbewusst nimmt mein Hirn auf, was sie mir zu sagen hat. Je länger sie neben mir sitzt, mit diesem festen Blick, dem zärtlichen Ausdruck im Gesicht und doch mit so viel Stärke, desto ruhiger werde ich. Ich verinnerliche ihr Angebot, und obwohl ich mich nicht in der Lage fühle, darauf einzugehen, scheint etwas in meinem Kopf genau darauf gewartet zu haben.

Wie von selbst formt mein Mund daraufhin eine Frage, von der ich nicht weiß, dass ich sie Linn hätte stellen wollen. Als ich sie laut ausspreche, wird mir jedoch klar, dass es jene Frage ist, die die alles entscheidende sein wird, wenn es darum geht, Vertrauen zu Linn aufzubauen.

»Was bereust du am meisten in deinem Leben?«

Ernst betrachtet Linn mich, und ich muss meine ganze Energie aufwenden, um ihrem sanften Blick standzuhalten, der sich plötzlich verdunkelt. Sie zieht die Stirn kraus und löst die Berührung. Sofort vermisse ich ihre Fingerspitzen auf meiner Haut, die sich in der Junisonne zunehmend erhitzt. Nachdenklich bearbeitet Linn ihre Unterlippe mit den Zähnen. Sie wägt ab, ob sie ehrlich sein oder etwas Nichtssagendes anführen soll. Doch wenn ich ihr vertrauen soll, muss sie mir mehr geben. Mehr als eine verpasste Chance, die sie bereut. Mehr als ein Date, das sie bereut. Mehr als eine Notlüge, die sie bereut. Ich brauche so dringend mehr als das, dass es mir geradezu Angst macht.

Leise setze ich nach: »Sag mir, was du in deinem Leben am meisten bereust. Etwas, das dir wirklich etwas bedeutet hat und was du sonst niemandem erzählen würdest.« Ich schlucke. »Dann bleibe ich.«

Sofort wird das Blau in ihren Augen noch eine Spur dunkler, sodass es mich an einen trüben Wintertag am Meer erinnert. Tiefblau, verletzlich und distanziert.

Linn entzieht sich meinem Blick und schaut sich um. Sie verschränkt die Arme schützend vor ihrem schlanken Körper in dem hübschen weißen Sommerkleid mit den bunten Blüten drauf und nimmt die vielen Menschen wahr, die ich mühsam ausblende. Ohne in ihren Kopf gucken zu können, spüre ich, dass sie sich unwohl fühlt. Unsere halb aufgegessenen Brote liegen auf den Papptellern neben uns am Boden. Die ersten Möwen gieren bereits danach.

Mein Blick wandert zurück zu Linn, die mich in dieser Sekunde ebenfalls wieder direkt ansieht. Blässe zieht über ihre Wangen, und in ihren Augenwinkeln sitzt ein Gefühl, das ich von ihr sehen wollte und das jetzt, wo es leibhaftig auftaucht, mir nun doch die Luft abschnürt.

Reue. Linn bereut. Aus tiefstem Herzen. Voller Schmerz. Voller Trauer. Voller Wut. Sie weiß genau, was sie mir erzählen soll, und ich frage mich bei diesem Anblick, ob ich das Recht habe, das von ihr zu verlangen.

Ihre Lippen beginnen zu zittern, wenngleich sie vehement darum bemüht ist, es nicht zuzulassen. Doch die Erinnerung ist so stark, sie hat keine Chance. Man sieht ihr an, wie sie leidet. Von einem Moment auf den anderen. Mein eigener Schmerz verblasst für einen Augenblick, was mich einerseits erleichtert, andererseits macht es mich zu einem schrecklichen Arsch. Denn Linn durchlebt offenbar eine furchtbare Erinnerung. Meinetwegen. Weil ich es von ihr einfordere. Damit ich mich besser fühle.

Ich suche nach den richtigen Worten, um ihr irgendetwas zu sagen, das den schrecklich schmerzhaften Ausdruck in ihren Augen mildert, doch in dieser Sekunde erwidert Linn mit belegter Stimme: »Gut.« Sie nickt langsam und blinzelt. »Aber nicht hier.«

Sogleich habe ich das Gefühl, ich müsste ihr widersprechen. Ich öffne den Mund, bringe jedoch keinen Ton heraus. Meine Finger werden klamm, und ich ringe nach Luft. Ich wage einen zweiten Versuch, aber Linns Blick bringt mich sofort zum Schweigen.

»Ich verstehe, dass es dir nicht leichtfällt, dich anderen zu öffnen. Deshalb bin ich diesen Deal eingegangen.« Ihre Stimme zittert, aber sie fährt stur und tapfer fort, als würde sie sich auf einem unumkehrbaren Pfad befinden. »Ich sage dir, was du wissen willst, aber nicht hier. Nicht so. Und ...« Sie verstummt und atmet angestrengt ein. »... nur wenn du schwörst, es niemals gegen mich zu verwenden.«

Obwohl die Sonne auf uns herabscheint, überzieht meine zuvor noch warmen Arme eine Gänsehaut. Linn ist um Welten mutiger, als ich es bin. Während ich mich hinter diesem Deal verstecke und ihn immer wieder anführe, um von mir abzulenken, geht sie sehenden Auges in das Epizentrum des Sturms und stellt sich der Gefahr. Und alles, was sie im Gegenzug dafür verlangt, ist meine Ehrlichkeit. Und ein Versprechen, das im Vergleich zu meinen Forderungen geradezu lächerlich scheint.

Ich nicke ungeschickt, unfähig, etwas zu sagen.

»Okay«, flüstert Linn und bemüht sich um ein Lächeln, doch es will nicht recht klappen.

»Linn«, murmle ich heiser und kann mir nicht erklären, was ich hier eigentlich mache.

Sie schiebt den Riemen ihrer Handtasche auf der Schulter hin und her und deutet dann mit dem Kopf in die Richtung, wo unsere Fahrräder parken.

»Komm, sonst überlege ich es mir anders. Und das wäre für meine Karriere der Todesstoß.« Sie versucht, einen ironischen Ton anzuschlagen, aber es klappt nicht. Etwas hat sich in diesem Moment zwischen uns verändert. Ihre Bereitschaft, auf den Deal einzugehen, hat in diesem Augenblick eine neue Ebene erreicht, von der ich nicht sicher bin, ob sie ihr guttut. Oder mir.

Gleichzeitig bin ich neugieriger denn je, was es mit dieser Flut an Gefühlen auf ihrem Gesicht auf sich hat. Was trägt diese kluge Frau mit sich herum, das innerhalb von Minuten diese emotionale Veränderung bei ihr auslöst?

Linn steht auf, entsorgt unsere Essensreste und setzt sich rasch in Bewegung. So schnell, dass ich Mühe habe, ihr zu folgen. Schweigend bahnen wir uns einen Weg durch die Touristen, schließen unsere Fahrräder auf und schwingen uns auf die

Räder. Bevor Linn losfährt, frage ich endlich mit halbwegs normaler Stimme: »Wo willst du hin?«

»Komm einfach mit.« Ihre Stimme zittert nicht mehr, vielmehr bilde ich mir ein, eine gewisse Resignation herauszuhören. So als würde sie es schnell hinter sich bringen wollen. Noch bevor ich ein weiteres Mal nachhaken kann, stößt sie sich mit dem Fuß vom Boden ab und fährt los. Sie nimmt denselben Weg, den wir hergekommen sind. Eilig fahre ich ihr nach und versuche, meine Schuldgefühle zu unterdrücken.

Linn weiß, worauf sie sich eingelassen hat, rede ich mir immer wieder ein. Sie musste damit rechnen, dass ich keine x-beliebigen Fragen stelle. Es war ihre Entscheidung, dem Deal zuzustimmen.

Nicht mal zehn Minuten später biegt Linn in einen Schotterweg ab. Wir fahren durch eine elegante Grünanlage, und ich erkenne überrascht, worauf Linn zusteuert. Wir befinden uns vor der Dänischen Nationalgalerie.

Wenig später lassen wir den Einlass hinter uns und laufen durch die riesigen Gänge und Räume des eleganten Museumsgebäudes.

Nach unzähligen Fluren drosselt Linn ihr Tempo. Die Sohlen ihrer Leinenschuhe werden leiser. Statt forsch voranzugehen, wirken ihre Schritte plötzlich zögerlich.

Sie steuert langsam auf einen bestimmten Türrahmen zu, bleibt kurz davor stehen und dreht sich das erste Mal, seit wir das Gebäude betreten haben, zu mir um. Schockiert nehme ich die emotionale Wucht in ihrem Blick wahr.

»Ich erzähle dir gleich etwas, worüber ich sonst nie spreche. Und ich will deine Zusicherung, dass du niemals darüber redest. Mit niemandem. Nirgends. Unter keinen Umständen.«

Ich nicke.

Sie mustert mich sekundenlang, als würde sie sichergehen wollen, dass ich es wirklich ernst meine. Schließlich kommt sie offenbar zu genau diesem Schluss. Sie wendet sich wieder dem

Durchbruch zu, und mein spontaner Verdacht wird bestätigt. Sie steuert geradewegs ein Gemälde von Anna Ancher an.

Linn hält einen guten Meter vor einem Bild inne, das ich unter dem Titel *Kleines Mädchen mit Blumen* kenne. Es zeigt die Profilansicht eines blonden Mädchens, den Kopf leicht nach vorn geneigt, in den Händen vor seiner Brust eine kleine gelbe Blume, die es eingehend betrachtet. Der Hintergrund ist in hellen, verwaschenen Grün- und Gelbtönen sowie hellblauen Akzenten gehalten, die perfekt auf das himmelblaue Oberteil des Mädchens abgestimmt sind. Eine blonde Strähne fällt ihm in die Stirn, der Rest seines Schopfes ist in einen winzigen Knoten am Nacken geschlungen. Die kräftigen Farben, die für das Gemälde verwendet wurden, strahlen über das Bild hinaus und ziehen den Betrachter geradezu in einen magischen Bann.

Linn geht mit einem kaum wahrnehmbaren Seitenblick sicher, dass ich ihr gefolgt bin. Außer uns befinden sich im Raum nur zwei weitere Besucher, die sich bereits auf den Weg in den nächsten Teil des Museums machen.

Als wir alleine sind, mustert Linn Anchers Gemälde und verschränkt die Arme vor der Brust.

»Es gibt eine Sache in meinem Leben, die ich zutiefst bereue«, wispert sie und verstärkt den Griff um ihren Körper. Den Blick starr auf das Gemälde gerichtet, fährt sie leise fort. »Mein Bruder hat die Bilder von Anna Ancher geliebt.« Sie neigt den Kopf kurz nach vorn. »Das hier mochte er am liebsten. Er hat immer gesagt…« Linn atmet tief ein. »Er hat immer gesagt, das Mädchen erinnert ihn an mich.«

Ein verstecktes Lächeln huscht über meine Lippen, als ich meinen Blick zwischen Linn und dem Mädchen auf der Leinwand hin- und hergleiten lasse. Der Vergleich kommt nicht von ungefähr, denke ich, sage jedoch nichts. Der Schmerz in Linns Stimme hält mich davon ab, sie zu unterbrechen.

»Petter, mein Bruder, wollte Kunst studieren. Er wollte malen wie die Skagen-Maler. Nur mit moderneren Motiven. Wenn er gezeichnet hat, hat er stets die Welt um sich herum vergessen. Es war, als würde er in einer glänzenden Seifenblase sitzen, die ihn von der Außenwelt abschirmte.« Linns Stimme klingt erstickt, doch sie hält den Blick tapfer auf das kleine Mädchen mit der Blume in Händen gerichtet. »Die Einzige, die ihn auf seinen Streifzügen auf der Suche nach neuen Motiven begleiten durfte, war ich.« Als würde sie von Erinnerungen übermannt werden, verstummt Linn.

Obwohl meine Vermutung, dass sie etwas mit dieser Malerin verbindet, zutrifft, bin ich nicht glücklich darüber, recht behalten zu haben. Ich habe das Gefühl, als würde ich Linn zu etwas zwingen, das ihr nicht guttut. Doch es ist zu spät, um einen Rückzieher zu machen.

Zögernd nimmt Linn den Faden wieder auf. »Petter war älter als ich, fast acht Jahre. Ich war erst elf, als er mit der Schule fertig war. Er wollte damals unbedingt nach Kopenhagen an die Königlich Dänische Kunstakademie. Er hat immer nur davon geredet. Doch anstatt die Koffer zu packen, ging er am Tag vor seiner geplanten Abreise wandern. Er … er war … Petter war nicht lange …« Linn beginnt zu stottern. Hilfe suchend sieht sie auf einmal zu mir herüber, und ich verspüre das Bedürfnis, ihr bei diesem schwierigen Weg beizustehen. Ich trete einen winzigen Schritt näher an sie heran und lächle ihr aufmunternd zu, während sie mich matt mustert.

Während ich sie beobachte, ist nichts mehr von dem toughen Mädchen übrig, das an meine Tür klopfte und mir die Pistole auf die Brust setzte, um mich zu dem Artikel zu bewegen, den man ihr versprochen hatte. Stattdessen sitzt in jedem Zug ihres faszinierenden Gesichts von den himmelblauen Augen bis zu den wagemutigen Mundwinkeln tiefer Schmerz. Trauer. Reue. Verzweiflung. Und ein Hauch von Wut.

Sie wendet den Blick wieder zum Gemälde und atmet tief durch. »Er kam nicht wieder«, flüstert Linn kaum hörbar.

Dann folgt Stille.

Nach einer guten Minute hake ich behutsam nach. »Warum nicht?«

Linn streicht sich abwesend eine Strähne aus der Stirn, ähnlich kurz wie die des Mädchens auf dem Gemälde vor uns.

»An diesem Tag hat er an seinem Lieblingsplatz, dort, wo ich ihm so oft beim Zeichnen zugesehen habe … Er hat sich … Er hat sich das Leben genommen.«

Geschockt reiße ich die Augen auf. Ich habe schon bemerkt, dass Linn von ihrem Bruder nur in der Vergangenheit spricht, trotzdem hat mein Verstand irgendwie gehofft, dass es eine andere Erklärung dafür gibt.

»Das tut mir leid«, flüstere ich und komme mir wie ein Tyrann vor. »Es tut mir leid, ich wollte nicht …«, stammle ich, unfähig, eine angemessene Reaktion abzurufen.

Davon unbeeindruckt fährt Linn mit brüchiger Stimme fort, als hätte sie mich nicht gehört. »Die Welt stand ihm offen. Sein Traum war zum Greifen nah. Doch er hat sich den stärksten Ast der alten Eiche ausgesucht und …«

Langsam wendet sie mir ihr Gesicht zu. Stumme Tränen laufen über ihre Wangen, und in ihrem Blick liegt unendliche Reue, die so tief greift, wie kein anderes Gefühl es jemals vermögen wird.

»Du willst wissen, was ich am meisten in meinem Leben bereue?« Sie atmet zitternd durch, und ich sehe, wie anstrengend dieses Geständnis für sie ist. »Ich wollte Petter an diesem Tag begleiten. So wie sonst auch. Aber er hat mich nicht gelassen. Er war nervös. Aufgewühlt. Er hat mich das erste Mal in seinem Leben angeschrien. Er meinte, dass ich nicht mitkommen darf, weil er heute allein sein will. Und … dann habe ich ihn gehen lassen.« Sie unterdrückt mit aller Kraft ein aufkommendes Schluchzen. Zur Strafe überhäuft ihr Körper sie mit neuen Tränen, die sie vehement von den Wangen wischt. Ihr Blick ist auf meine Brust geheftet, als sie zugibt: »Ich habe ihn allein gehen lassen. Ich habe es nicht verhindert. Und das bereue ich zutiefst.«

Mein Mund ist trocken. Ich kann nicht sprechen. Mein Hirn ist im Schockzustand, und ich kann keinen einzigen klaren Gedanken fassen. Ich sehe nur das gequälte Gesicht von Linn, die feuchten Wangen, die verkrampften Arme um ihren Körper und die Wut, die sich immer stärker in ihr Bahn bricht.

Ich blinzle und sehe aus dem Augenwinkel das Mädchen mit dem blonden Haar und der kleinen gelben Blüte in den Händen. Die Mundwinkel nach unten geneigt, den Blick auf die Blume konzentriert.

»Linn«, flüstere ich und greife vorsichtig nach ihrer Hand, während sie mit tränenüberströmten Wangen zu mir aufblickt. Ich weiß nicht, was ich tue. Ich spüre nur, wie sich meine Arme heben, sich um Linn legen und ich sie sanft an mich ziehe. In dem Augenblick, in dem ich sie fest in meiner schützenden Geste halte, schluchzt sie erstickt auf, und ein krampfhaftes Schütteln erfasst ihren Körper, gefolgt von weiteren heißen Tränen.

Ich dachte, ich wäre kaputt. Aber in diesem Moment wird mir klar, dass ich damit nicht allein bin. Und diese Erkenntnis ist angsteinflößender als alles, was Linn mir soeben erzählt hat.

Kapitel 15

Linn

Ich habe Kopfschmerzen. Zwischen meinen Ohren dröhnt es, und in meiner Stirn pocht es dumpf. Immer wieder. Meine Konzentration liegt irgendwo unter dem langen Tisch, der den Meetingraum dominiert, in dem ich mich befinde, und ist nicht bereit, heute irgendwann noch wieder zu mir zurückzukriechen.

Das weiß ich, obwohl es erst zehn Uhr morgens ist. Aber seien wir realistisch. Nichts an diesem Montag ruft danach, ein guter Tag zu werden. Schon gar kein Tag, an dem meine Hirnzellen in der Lage sind, Unfassbares zu leisten. Dummerweise wird genau das von mir erwartet. Da hilft es auch nichts, so zu tun, als würde ich mich mit gesenktem Kopf auf meine nicht vorhandenen Notizen fokussieren. Streng genommen befinden sich in meinem kleinen Büchlein nur ein paar Skizzen diverser fantasiebehafteter Blumen, keine bahnbrechenden Stichpunkte für die nächste Ausgabe unseres Magazins.

»Linn, wie läuft es mit deinem Porträt?«, ruft Caro vom Ende des Tisches und bezieht mich damit in die Morgenkonferenz der Redaktion ein. Meine Chefin, die mir diese einmalige Chance mit Frederik Jensen überhaupt erst ermöglicht hat, blickt mich in ihrer orangenen Bluse und der klobigen Bernsteinkette um den Hals erwartungsfroh an.

»Ähm … gut«, murmele ich und trommle mit dem Kugelschreiber auf meinen Notizblock, während sich die Blicke aller Anwesenden auf mich richten. »Es läuft gut.«

Nicht. Gar nicht. Aber ich werde den Teufel tun und das ehrlich sagen. Meine Kollegen aus der Redaktion warten auf ein ausführlicheres Update, und ich zwinge mich, ihnen eines zu geben, das mir genug Spielraum gibt, die Wahrheit zu umschiffen.

»Er ist nicht ganz einfach, aber ich denke, wir werden langsam miteinander warm.« Die letzten beiden Worte bleiben mir beinahe im Hals stecken. Ein Schauer, der zwischen eiskalt und brennend heiß hin und her wechselt, zieht über meinen Rücken und bringt mich dazu, mich aufrecht hinzusetzen.

»Wir brauchen bis Ende der Woche deinen Entwurf. Schaffst du das?«

»Ende dieser Woche?«, versichere ich mich, obwohl ich mein Abgabedatum genau kenne.

»Richtig.«

»Klar!« Ich bemühe mich um ein Lächeln. »Kein Problem.«

Der Rest der Konferenz zieht an mir vorüber, ohne dass ich viel davon wahrnehme. Ich flüchte mich in weitere geheime Zeichnungen in meinem Notizbuch. Als das Meeting endet, schieße ich aus meinem Stuhl hoch und will schleunigst an meinen Schreibtisch zurück, doch Caro hält mich auf.

»Linn! Warte doch bitte einen Moment.« Sie stöckelt auf ihren High Heels und in weißen Leinenhosen auf mich zu, und ich erstarre förmlich in ängstlicher Erwartung.

Für gewöhnlich mag ich Caro. Sie ist eine gute Chefin, eine faire Redaktionsleitung, und sie gibt Anfängern eine Chance. Wie man an mir sehen kann. Aber zugleich fordert sie im Gegenzug ein, dass man sein Bestes gibt. Zu jeder Zeit. In ihren Augen gibt es keine Ausrede, eine Deadline zu reißen. Passiert es, so liegt das stets in der Verantwortung des Redakteurs oder der Journalistin. Man hätte zeitiger anfangen, schneller arbeiten oder gleich anders planen müssen.

Ich klammere mich an mein Notizbuch und warte darauf, was Caro von mir möchte.

Sie zieht mich von den anderen Kollegen weg, die bereits den Konferenzraum verlassen. Freundlich mustert sie mich.

»Also, wie geht es voran?«

»Gut. Ja, ich denke, ganz gut.«

»Was habt ihr gemacht? Was hat er erzählt? Irgendetwas Brauchbares?«

»Na ja, er ist recht… verschlossen. Aber… wir haben… Also… ich denke, ich habe einen Weg gefunden… mit ihm klarzukommen.« An dieser Aussage ließe sich so vieles korrigieren. Bleibt zu hoffen, dass es Caro dennoch reicht. Vorerst.

Die lächelt zufrieden. »Sehr schön. Ich wusste, dass du der Aufgabe gewachsen bist.«

»Hm.« Ich setze ein bestätigendes Lächeln auf, das mir die Kehle zuschnürt.

»Denk dran, dass wir am Donnerstag das Covershooting mit ihm machen. Er weiß Bescheid, oder?«

Ach, du Sch…!

»Ja!« Ich nicke eilig. »Er… freut sich schon drauf«, erkläre ich unbeholfen und bemerke Caros skeptischen Blick.

Sofort versuche ich, meinen Patzer mit Ironie zu überspielen. »So sehr, wie sich ein introvertierter Mensch eben auf ein Fotoshooting freut, das sich allein um ihn dreht.«

»Natürlich.« Caro lacht. »Wirst du ihn vorher noch mal treffen, oder hast du bereits alles, was du zum Schreiben brauchst?«

Ich habe genau: nichts. Nichts Verwertbares. Na gut, vielleicht nicht nichts. Aber es fühlt sich so an. Spätestens seit… Ich bremse meine Gedanken.

»Vielleicht noch ein oder zwei Treffen«, gebe ich mit möglichst fester Stimme zu und hoffe, dass Caro sich bald verabschiedet. »Da ist…« Ich räuspere mich. »Da ist noch etwas, das ich gern aus ihm rausholen würde.«

»Wunderbar.« Caro nickt, warnt mich jedoch: »Verkünstle dich nicht. Ein schlichtes Porträt kann manchmal viel ergreifender sein als zu viele Details, die lose zusammenhängen.

Konzentriere dich auf einen zentralen Aspekt und bau deine Geschichte drum herum auf.«

»Mach ich, danke.«

»Schön, ich muss dann auch weiter! Melde dich, wenn du Hilfe brauchst!«, ruft sie im Weggehen, und ich spüre, wie mein ganzer Körper endlich loslässt und zusammensackt, nachdem die Redaktionsleitung auf Zehn-Zentimeter-Absätzen im Flur verschwunden ist.

Ich atme tief durch und schließe die Augen. Der Konferenzraum ist inzwischen leer, und ich bin allein. Allein und völlig verloren. Verloren in meinen Gedanken, die wirr umherfliegen und ungeachtet jeglicher Regeln emsig durcheinanderwispern.

In diesem Moment vibriert mein Smartphone, und ich hole es automatisch aus der Seitentasche meiner Stoffhose. Ich tippe reflexartig auf das Nachrichtensymbol und bekomme augenblicklich eine Gänsehaut. Eine WhatsApp von Frederik. Als hätte ich ihn heraufbeschworen …

Hej, ich wollte nur fragen, ob alles okay ist?

Zitternd tippe ich eine Antwort, die unehrlicher nicht sein könnte.

Ja, alles in Ordnung. Komme eben aus der Redaktionskonferenz.

Sekunden später blinkt die nächste Nachricht auf.

Wie lief's?

Gut. Viel zu tun.

Ich sende die Nachricht ab und frage mich, warum ich ihm und mir etwas vormache. Dann tippe ich erneut.

Was machst du heute Abend?

Es dauert einige Sekunden, bevor Frederik drauf antwortet. Mit klopfendem Herzen lese ich die Nachricht schließlich.

Unsere Vereinbarung einhalten und deine Fragen beantworten.

Bevor ich mich selbst aufhalten kann, schreibe ich:

Ich brauche mehr als Ausflüchte und Andeutungen. Das ist die Abmachung, die wir hatten.

Wieder dauert es einen Moment, bevor Frederik reagiert. Währenddessen weiß ich kaum, wohin mit mir. Ich will ihn nicht sehen und muss es doch. Und bei alldem werde ich ständig im Hinterkopf haben, dass dieser Typ, der nichts von sich preisgibt, meine dunkelsten Abgründe kennt.

Er hat mich mit seinem Deal in die Ecke gedrängt. Das war okay. Zunächst. Gestern noch wollte ich ihm beweisen, dass er mir vertrauen kann. Ich wollte ihm Sicherheit schenken, weil ich gemerkt habe, dass er mehr braucht als das, was ich ihm bisher gegeben habe. Ich war bereit dazu. Doch dann, als ich ihm Frage Nummer fünf ehrlich beantwortet habe, da habe ich die Kontrolle verloren.

Es hat mir den Boden unter den Füßen weggerissen. Ich wollte rennen, wollte fliehen und mich mit meinem Kummer verstecken. Aber ich war wie gelähmt. Ausgerechnet Frederik fing mich auf, nahm mich in den Arm und hielt mich fest, bevor ich die Nerven vollends verlieren konnte.

Aber das hätte nicht passieren dürfen. Nichts davon. Ich habe mich angreifbar gemacht. Ich habe mich verletzlich gezeigt. Und ich habe Frederik viel mehr erzählt, als er je hätte erfahren dürfen. Jetzt bin ich ihm ausgeliefert. Und deshalb will ich nicht zu ihm. Ich habe Angst vor dem, was kommt. Vor seiner Meinung über mich, vor seinem Urteil. Ja, ich weiß nicht mal, welche Reaktion ich mir von ihm wünschen würde. Denn alles, was ich will, ist, dass ich dieses Kapitel hinter mir lassen kann.

Petter. Er war mein Bruder. Und ich habe ihn über alles geliebt. Er war anders. Anders als meine Eltern. Anders als meine Schwester. Anders als diese Familie, die immer nur das Business im Sinn hat. Seine sensible Art, sein kreatives Wesen und seine liebevollen Gesten standen im krassen Gegensatz zu allem, was bei uns Mikkelsens zum Standardrepertoire gehört. Er war ein Aussätziger. Ich wusste schon als Kind, dass er sich Dinge stärker zu Herzen nahm als andere. Er fühlte intensiver als andere. Er machte sich mehr Gedanken als andere. Deshalb war er der Kunst auch so verbunden. Sie war für ihn ein Mittel, um sich auszudrücken und die Flut an Emotionen in seinem Inneren zu kanalisieren.

Das Bild, das mich seit seinem Tod verfolgt, taucht vor meinem inneren Auge auf, und ich spüre, wie es mich noch immer erschüttert. Dann plötzlich vibriert das Handy in meiner Hand. Eine Nachricht von Frederik.

Ich gebe dir mehr. Heute Abend. Versprochen.

Oh, wirklich?! Er verspricht es? Super. Toll. Großartig.

Ich seufze und weiß nicht, ob ich mich darüber freuen oder lieber nach einer Ausrede suchen soll, warum ich heute Abend kurzfristig doch nicht kann.

Ich habe keinen Schimmer, wie lange die Umarmung von Frederik andauerte, doch ich weiß, dass ich danach schweigend mit ihm zusammen rausgegangen bin und irgendetwas von »etwas Abstand« gefaselt habe. Ich erinnere mich noch, dass er gefragt hat, ob er mich nach Hause begleiten soll, doch das habe ich abgewehrt. Und so habe ich mich allein auf den Weg gemacht, habe mich schweigend in mein Zimmer zurückgezogen und war froh, dass Smilla und Juna noch unterwegs waren. Dadurch musste ich mich nicht ihren besorgten Fragen stellen. Und heute Morgen bin ich extra früh aufgestanden, um vor ihrem Wachwerden die Wohnung zu verlassen. Ich schaffe es einfach nicht, mich ihnen so zu zeigen, obwohl sie meine besten Freundinnen sind. Der Schmerz. Er tut so furchtbar weh.

Smilla und Juna wissen so gut wie alles über mich und meine Familie. Aber das … das ist mein Geheimnis. Der Moment im Museum beweist, wie schwer es mir selbst nach über zehn Jahren fällt, die Dinge beim Namen zu nennen.

Schmerz über den Verlust eines Menschen, den mir nie jemand ersetzen würde können. Einen Menschen, über den seit seinem Tod nie wieder jemand gesprochen hat. Einen Menschen, über den ich dachte, mehr zu wissen als alle anderen, und mich seit Jahren nun doch frage, was ich übersehen habe.

Ich war sein kleines Mädchen mit Blumen. Ich. Ich allein. Aber ich habe nicht bemerkt, dass er lieber den Tod wählt als die Erfüllung seiner Träume.

Tränen fließen lautlos über meine Wangen. Die Trauer zerreißt mir mein Inneres, und ich weiß nicht, wie ich dieses Pulverfass wieder schließen soll. Ich hätte es nicht öffnen dürfen. Nicht für meine Karriere. Nicht für den Wunsch, mich meiner Familie endlich zu beweisen. Und schon gar nicht für Frederik.

Energisch reiße ich mich zusammen. Ich befinde mich schließlich immer noch im Büro. Doch statt hinzuschmeißen, mache ich meinen Job.

Ohne auf Frederiks Antwort einzugehen, frage ich ihn nur:

Wann und wo?

19 Uhr. Bei mir.

Also gut. Gehen wir es an.

Kapitel 16

Linn

Wie nennt man es, wenn man eigentlich nur nach Hause will und trotzdem dorthin geht, wo es einen überhaupt nicht hinzieht? Bescheuert. Genau. Ich bin bescheuert.

Der Tag auf der Arbeit hat sich nur so dahingeschleppt. Wie es in Redaktionen nun mal so ist, arbeite ich nicht einzig und allein an Frederiks Porträt. Und so habe ich mich trotz baldiger Deadline nicht die gesamte Zeit über mit Recherchen zu Frederik beschäftigt. Um ehrlich zu sein, tat es gut, mich auch um andere Themen zu kümmern. Trotzdem wollte die Zeit einfach nicht rumgehen.

Mittags überraschte mich Smilla mit einem spontanen Essen. Sie war in der Nähe und wollte, wie sonst auch in solchen Fällen, die Gelegenheit nutzen. So viel zu meiner Strategie, meinen Freundinnen aus dem Weg zu gehen. Natürlich bemerkte Smilla sofort, dass etwas los war. Unumwunden beobachtete sie mich, während ich lustlos und abwesend in meiner Pasta herumstocherte. Auf ihre behutsame Frage, ob alles okay sei, hob ich den Kopf, ließ die Gabel aus Versehen fallen und gab ihr eine mehr als kryptische Antwort: »Auf der Arbeit ist derzeit einfach viel zu tun.«

Sie glaubte mir nicht. Aber sie beließ es dabei. Vorerst.

Jetzt ist es kurz vor sieben, und ich fahre zum dritten Mal innerhalb einer Woche mit dem Fahrrad vor dem eleganten Holzhaus von Frederik vor. Das kühle Grau empfängt mich in der warmen Abendsonne, und gerade als ich die Veranda betrete, vibriert mein Smartphone in der Hosentasche. Ich hole es hervor und stelle überrascht fest, dass Smilla mich per Videoanruf erreichen will. Irritiert nehme ich den Call an und halte das Smartphone vor mich.

Auf dem Display erscheint nicht nur Smilla, sondern auch eine winkende Juna.

»Hej!«, rufe ich erstaunt. »Was ist los?«

»Oh, wir wollten dir viel Erfolg wünschen«, ruft Juna und zwinkert mir über die Kamera zu. Da ich meine Kopfhörer eben schon in der Handtasche verstaut habe, höre ich die beiden über Lautsprecher.

»Wofür?«

»Du erwähntest beim Mittagessen nur kurz, dass du heute Abend bei Frederik für ein weiteres Interview bist. Uuuuuund«, setzt Smilla bedeutungsschwer an, »da du heute nicht so gut drauf warst, dachten wir, könnte es nicht schaden, dir ein bisschen gute Laune mit auf den Weg zu geben. Also, was auch immer dich gerade beschäftigt, wir sind uns sicher, dass es bald vorüber ist und du mit deiner Titelgeschichte die Leserherzen erobern wirst.«

Unwillkürlich muss ich lachen. »Das ist ein Porträt, keine Lovestory über das Kronprinzenpaar.«

»Aber dein Genie hat doch fast den gleichen Stellenwert in Dänemark wie ein Kronprinz. Insofern …« Juna grinst. »Du findest schon einen Dreh, der die Menschen begeistern wird.«

Ich überlege einen Moment und werde auf einmal seltsam nachdenklich. »Geht es denn darum? Die Menschen zu begeistern?«

»Etwa nicht?« Smilla hebt fragend eine Braue.

In meinem Kopf herrscht plötzlich Aufruhr. Smillas Nachfrage hat mir gerade etwas klargemacht. Caro hat mich heute Morgen bereits darauf hingewiesen, doch nun habe ich es noch deutlicher vor Augen. Nämlich dass ich herausfinden muss, worum es bei dem Porträt von Frederik geht. Ich brauche einen roten Faden, der sich durch meine Geschichte zieht. Ein zentrales Thema. Eine Sache aus Frederiks Leben, von seiner Persönlichkeit, seiner Art, zu leben.

»Ich denke nur …« Ich bearbeite meine Unterlippe mit den Zähnen und ziehe die Stirn in Falten. »Was, wenn es bei dieser Geschichte nicht darum geht, jemanden zu begeistern, sondern … wenn es vielmehr darum geht, der Welt etwas begreiflich zu machen?«

»Und das wäre?«, fragt Juna skeptisch.

»Keine Ahnung«, murmle ich und weiche den wachsamen Blicken meiner besten Freundinnen aus. Innerlich frage ich mich, ob ich es jemals herausfinden werde. Mir graut es vor dem Treffen. Ich weiß nicht, wie ich Frederik gegenübertreten soll nach dem, was gestern im Museum passiert ist. Wir sind keine Freunde. Keine Partner. Wir sind Fremde. Und trotzdem weiß er mehr über mich als meine beiden Mädels, die extra anrufen, weil sie gespürt haben, dass mich etwas belastet.

Junas optimistischer Ton reißt mich aus meinen Gedanken. »Dann hast du für dein Interview heute Abend doch ein brauchbares Ziel. Finde heraus, was du den Menschen über Frederik begreiflich machen willst.«

Ich zucke zusammen, als ich ein Geräusch hinter mir vernehme. Die Haustür wird abrupt aufgerissen, und schon steht Frederik im hölzernen Rahmen und mustert mich interessiert.

»Hej! Hab ich irgendetwas verpasst?«

»Oh!« Ich schaue mich hastig um, lasse mein Handy sinken und höre dummerweise lautes Gekicher von Smilla und Juna, die immer noch im Call sind.

»Ich … äh …« Überrumpelt überlege ich, was ich zuerst tun soll. Frederik die Situation erklären oder meinen Freundinnen die Liveschalte abstellen. Ich entscheide mich für Letzteres. Allerdings dauert es, bis meine nervösen Finger den roten Button zum Auflegen richtig erwischen.

In der Zeit ruft eine freche Juna fröhlich: »Grüß Frederik von uns!«

Gleich darauf zischt Smilla mahnend und doch lachend: »Lass das, er hört dich doch!«

»Okay, das ist peinlich«, flüstere ich und schaffe es endlich, den Videoanruf zu beenden, ohne mich von den beiden zu verabschieden. Angespannt sehe ich von meinem Smartphone auf und blicke in Frederiks von der Brille umrandete braune Augen. Sie schauen freundlich zu mir, und ich bin mir ziemlich sicher, dass ein Schmunzeln seine Mundwinkel umspielt.

»Hej«, zwinge ich mich, ihn zu grüßen, als wäre nichts gewesen.

Er nickt mir zu. Dann lehnt er sich mit einer Schulter gegen den Türrahmen. »Freundinnen von dir?« Er deutet mit dem Kopf auf das Handy in meiner Hand, das von meinen Fingern beinahe in seine Einzelteile zerlegt wird, so fest drücke ich zu.

»Ähm … ja.« Ich räuspere mich und fahre mir nervös durch die Locken. »Und meine Mitbewohnerinnen.« Keine Ahnung, warum ich ihm diese Info mitteile, aber ich bin furchtbar unsicher und scheine zu vergessen, wie man ein sinnvolles Gespräch führt.

»Worum ging's?« Er lächelt. Schon das zweite Mal an diesem Abend.

»Um …« Ich halte inne. Nein, das sollte ich ihm wohl kaum erzählen. Schlimm genug, dass er von dem Anruf etwas mitbekommen hat. Schnell drehe ich den Spieß um und frage in einem Anflug von Panik: »Wieso hast du uns überhaupt gehört? Hast du hinter der Haustür Wache gestanden?«

Frederik grinst. Ein ungewohnter Anblick. Warum ist dieser Typ plötzlich so gut drauf? Ich verstehe es nicht, und das verwirrt mich nur noch mehr.

»Ich war oben und kam gerade die Treppe runter.« Er deutet mit dem Daumen hinter sich in den Flur. »Da habe ich Stimmen vor der Tür gehört.«

»Hast du …« Ich zwinge mich, normal zu sprechen. »Hast du etwas von dem gehört, worüber wir gesprochen haben?« Unruhig drehe und wende ich das Smartphone in meinen Händen.

»Bedauerlicherweise nicht.«

Erleichtert atme ich auf. Das hätte mir gerade noch gefehlt. Ich will auf ihn zugehen, als mir seine Erwiderung bewusst wird. Skeptisch hebe ich den Kopf.

»Bedauerlicherweise?«

Frederik stößt sich vom Türrahmen ab und geht einen Schritt zur Seite, um mir Platz zu machen. »Ja.« Er schmunzelt erneut, sagt jedoch nichts weiter.

Ich bleibe, wo ich bin, und unterziehe ihn einer kritischen Musterung. Er trägt eine graue Hose und ein dunkelgrünes Poloshirt, dessen obere beide Knöpfe offen stehen. Er sieht gut aus. Schlank, attraktiv, und in seinem Gesicht hat sich irgendetwas verändert, seit wir uns das letzte Mal gesehen haben, was streng genommen erst gestern gewesen ist. Ich überlege, was es sein könnte, doch ich komme nicht drauf.

»Du hast nichts verpasst«, murmele ich schließlich und beeile mich, an ihm vorbei ins Haus zu gehen.

Sobald ich den Flur betrete, weht mir ein würziger Duft entgegen. Neugierig und einen Moment vergessend, was zwischen uns steht, wende ich mich Frederik zu, der hinter mir die Tür schließt.

»Wonach riecht es hier?«

»Ich habe noch nicht gegessen und dachte, du hast vielleicht auch Hunger. Deshalb habe ich ein bisschen was bestellt.« Er deutet in die Küche. »Wollen wir?«

Dieser Besuch ist so anders als meine vorherigen. Ich spüre nichts von der Ablehnung, die mir noch beim Frühstück am Samstag entgegengebracht worden ist. Auch finde ich keine Spur der Feindseligkeit, die mich noch bei meinem spontanen abendlichen Überfall am Freitag zuvor erwartet hat.

Irritiert und verunsichert laufe ich durch den schmalen

Durchgang geradeaus in die Küche. Absichtlich schaue ich nicht ins Wohnzimmer, denn dort würde ich das Gemälde von Ancher sehen, und wir stünden wieder dort, wo ich nicht sein will. Unter der alten Eiche auf dem Feld, das Petter so gern gemalt hat.

In der Küche bemerke ich eine Reihe runder Pappschalen, wie sie von Lieferdiensten häufig verwendet werden. Doch ich entdecke nirgends etwas zu essen. Frederik öffnet indes den Kühlschrank, holt eine Flasche Weißwein heraus und greift in der nächsten Bewegung nach zwei Gläsern, die bereits auf der Anrichte stehen. Dann umrundet er den Küchentresen und geht an mir vorbei zur Tür, die hinaus auf die hintere Veranda führt.

»Ist draußen okay?«, fragt er und hält mir die Schiebetür zuvorkommend auf.

Sprachlos starre ich ihn an. Wer ist dieser Mann?! Und wo ist Frederik?! Der Typ, der am liebsten für sich ist, kaum eine Frage beantworten und mich eigentlich gar nicht hier haben will?

»Was wird das?«, frage ich perplex.

»Was meinst du?«

»Ich …« Meine strapazierten Nerven schonend, atme ich tief durch. Gleichzeitig entscheide ich mich dafür, diese Wandlung lieber doch nicht zu hinterfragen. Es ist einfacher so. Also schüttele ich den Kopf und bemühe mich um ein Lächeln, das man vermutlich höchstens als zaghaft betiteln kann.

»Ach nichts.«

Ich gehe voraus auf die Veranda mit den lasierten Bodendielen und umrunde den gedeckten Tisch. Und wenn ich gedeckt sage, dann … Wow.

Mit offenem Mund lasse ich mich auf meinem Stuhl nieder. »Wie lange hast du nichts mehr gegessen?!«

Unschuldig zuckt Frederik mit den Schultern, stellt mir und sich jeweils eines der Gläser hin und öffnet die Weinflasche gekonnt mit einem Korkenzieher. Das leise Plopp im Hintergrund, erwidert er: »Ein bisschen Vielfalt kann nicht schaden, dachte ich.«

»Ein *bisschen Vielfalt?*« Ich starre auf die Porzellanschüsseln und Teller voller Köstlichkeiten. Ich entdecke Pizza, indisches Curry, Sushi, vietnamesischen Gemüsereis, Oliven, Baguette und, mit einem Blick auf das Etikett der Flasche, spanischen Wein.

»Ist das deine Art, die Welt zu bereisen?«, spekuliere ich und beobachte, wie Frederik tatsächlich belustigt lacht.

»Wenn du so willst.« Er setzt sich und lehnt sich zurück. »Ist etwas für dich dabei?«

Als ich vorhin auf der Vorderveranda stand, hatte ich nicht den geringsten Appetit. Jetzt, wo ich all diese Köstlichkeiten sehe und deren intensiver Duft in meiner Nase kitzelt, knurrt mein verräterischer Magen. Ich bediene mich ungefragt an der Pizza und werfe Frederik einen Seitenblick zu.

»Ich denke, ich finde das ein oder andere, das mir zusagt.«

Zufrieden lächelt er. »Sehr gut. Dann steht dem Foodkoma ja nichts mehr im Weg.« Er zieht die Schüssel mit Curry zu sich, und während er sich etwas davon auf den Teller lädt und einen höchst konzentrierten Ausdruck aufsetzt, fragt er in beiläufigem Ton: »Wie geht es dir?«

»Gut.« Vorsichtshalber senke ich den Blick. »Natürlich geht es mir gut.«

»Es wäre okay, wenn ...«

Ich lege die Pizza auf meinen Teller und unterbreche Frederik sogleich. Mit klopfendem Herzen und nervöser Atmung, weil ich Angst vor dem habe, was er meinen könnte.

»Es geht mir gut. Und mehr gibt es nicht zu sagen.« Ich atme tief durch und spüre, dass ich den falschen Weg einschlage. Mehrmals blinzle ich und zwinge mich, Frederik direkt anzusehen, der abwartend das Weinglas an die Lippen führt und mich eingehend beobachtet.

Nicht darüber zu reden ist das Motto meiner Familie. Nicht meines. Ich sollte es eigentlich besser machen. Ich versuche, nicht so zu sein wie die Menschen, die mich großgezogen haben.

»Das gestern … im Museum …« Ich presse die Lippen fest aufeinander. »Es tut mir leid, wenn das … wenn es unangenehm gewesen ist. Ich hätte irgendwie nicht gedacht, dass …«

»Entschuldige dich nicht«, meint Frederik plötzlich, setzt sein Glas ab und schiebt die Schüssel mit dem Curry zurück in die Mitte des Tisches.

Erschrocken halte ich inne.

»Niemand sollte sich dafür entschuldigen, um einen geliebten Menschen zu weinen. Egal, wo. Egal, wann.«

»Ich …«, beginne ich und weiß doch nicht, was ich sagen soll. Der vertraute Schmerz stülpt sich über meine Seele, und ich will nicht wieder in dieses Loch fallen, das ich seit Jahren beständig zu umrunden versuche.

»Es tut mir leid, dass ich dich gestern in diese Situation gezwungen habe«, erklärt Frederik mit rauer Stimme und mustert mich mit reumütigem Blick. »Mir hätte klar sein müssen, dass …« Er lächelt unwillkürlich. »Dass du die Sache ernst nimmst und mir nichts von einem geklauten Apfel erzählst. Ich habe nur nicht damit gerechnet, dass …« Er verstummt.

Ich senke den Blick und bin nicht sicher, ob ich überhaupt eine Entschuldigung hören will. Während wir hier sitzen und einvernehmlich schweigen, wird mir auf einmal klar, was der Moment im Museum gestern in mir ausgelöst hat. Ich bin den ganzen Tag davor weggelaufen und wollte deshalb auch gar nicht herkommen. Denn mir diese eine Sache einzugestehen, würde bedeuten, anzuerkennen, dass ich womöglich zu viel von Frederik verlangt habe. Aber jetzt, unter seinem zärtlichen Blick, zeichnet es sich ganz deutlich vor meinem inneren Auge ab.

Verständnis.

Ich verstehe, wie Frederik sich fühlt. Er wird von mir dazu gezwungen, über sich zu sprechen. Über Privates. Über Gefühle. Über Dinge, die ihn ausmachen und geprägt haben. Und das alles, weil ich öffentlich darüber schreiben will. Ich gebe praktisch eine Bewertung über ihn ab. Über den Menschen, der er geworden ist. Über die Person, die er sein will. Über die Arbeit, die ihm so viel bedeutet.

Wie kann ich erwarten, dass er sich mir öffnet, wenn er rein gar nichts über mich weiß? Ob ich ihm dafür die schlimmsten Abgründe zeigen muss? Darüber lässt sich gewiss streiten. Trotzdem ist mir klar, dass Frederik sich nicht entschuldigen sollte.

Wir haben einen Deal.

Ich hätte ihn ablehnen können. Aber das habe ich nicht. Ich war mir der Risiken bewusst. Und nun habe ich ein geöffnetes Pulverfass, und es liegt allein in meiner Verantwortung, wie ich es wieder verschließe, bevor die herausgefallene Zündschnur daran in Brand gerät.

Leise seufze ich und blicke möglichst selbstbewusst hinüber zu Frederik. Ich setze mich kerzengerade auf und recke mein Kinn in die Höhe. »Du solltest dich ebenso wenig entschuldigen. Ich bin fünfundzwanzig. Alt genug, meine eigenen Entscheidungen zu fällen. Ich habe mich auf diese Vereinbarung eingelassen, Frederik. Also muss ich auch mit den Konsequenzen klarkommen.«

Frederik erwidert meinen Blick erstaunt. »Viele würden das anders sehen.«

Ich versuche, meinen Schmerz zu ignorieren, der mein Herz fest in Händen hält. Wo wir nun schon mal dabei sind, ehrlich zueinander zu sein, kann ich gleich damit weitermachen, denke ich und lasse leise verlauten: »Ich habe meinen Bruder damals gefunden. Als er … Diese Erfahrung verändert einen. Deshalb bin ich nicht wie andere.«

Kapitel 17

Frederik

War es das, was ich von Beginn an bei Linn gespürt habe? Sie ist anders. Womöglich aufgrund der Erfahrungen, die sie schon als junges Mädchen machen musste? Wie verarbeitet man die Tatsache, dass sich der eigene Bruder nicht nur das Leben genommen, sondern man ihn auch noch im Anschluss daran gefunden hat?

Ich bemühe mich, mir meinen Schock über Linns Geständnis nicht allzu sehr ansehen zu lassen, aber ich fürchte, es gelingt mir nicht sonderlich gut. Statt einfühlsame Worte für sie zu finden, wie es normale Menschen mit halbwegs passabler Sozialkompetenz tun würden, drängt sich mir eine Frage auf, die ich nicht zurückhalten kann.

»Was hat es noch mit dir gemacht?«, flüstere ich und weiß, dass ich in einer Wunde bohre, die wir ruhen lassen sollten. Aber ich schaffe es nicht.

Zögernd legt Linn den Kopf schief und mustert mich aufmerksam. »Ist das Frage Nummer sechs?«, erkundigt sie sich nach einer Weile leise.

Ich hole Luft, sage jedoch nichts. Stattdessen wird mir klar, dass es Grenzen gibt. Also schüttele ich hastig den Kopf.

Linn überlegt und fängt zu meiner Überraschung nach ein paar Sekunden trotzdem an zu sprechen. Sie müsste nicht antworten. Und doch tut sie es. Aus freien Stücken. In ihrem Blick bemerke ich ein Schimmern, so als würden sich Tränen darin sammeln. Aber sie schert sich offenbar nicht darum. Vielmehr konzentriert sie sich auf die zuckende Flamme auf dem weißen Kerzenstumpen, der in der Mitte des Tisches steht. Ihre Hände liegen in ihrem Schoß, und ich kann erkennen, wie sie sie ineinander verknotet und beständig mit einem Daumen über den anderen streicht. Eine Geste, die sie selbst vermutlich gar nicht wahrnimmt, aber für mich ein deutliches Zeichen ihrer Anspannung ist.

»Ich … Seit … Seit dieser Sache verlasse ich mich nicht auf das, was andere sagen. Ich kann es einfach nicht. Ich bin eine Einzelkämpferin, die die Dinge selbst in die Hand nimmt.« Sie macht eine Pause, und ich vernehme, wie sie nach Luft ringt. »Ich weiß, dass nichts von Dauer ist. Egal, wie sehr man sich darum bemüht.«

Langsam sieht sie auf und blickt mir direkt ins Gesicht. »Ich weiß, dass äußeres Auftreten rein gar nichts mit dem gemein haben muss, wie es in einem Menschen innerlich aussieht. Ein Lachen sagt nichts über uns aus. Es sind die Tränen, die wirklich zeigen, wer wir sind. Und das anschließende Lächeln. Denn nur das ist wirklich aufrichtig.« Sie zuckt mit den Schultern und wischt sich eine verirrte Träne von der Wange. »Sind das genügend Weisheiten für einen Tag von einer Fünfundzwanzigjährigen?« Sie lächelt schüchtern und räuspert sich hastig.

Doch ich bleibe bei dem Lächeln hängen, dessen Überreste noch in ihren Mundwinkeln sitzen.

Sie hat es nicht bemerkt. Nicht wissentlich. Aber Linn hat mir gerade ihr aufrichtiges Lächeln nach den Tränen gezeigt.

Ergriffen starre ich sie an. Dieses Lächeln, es war sanft. Liebevoll. Zärtlich. Und frei von Vorurteilen, Zweifeln oder Bitterkeit. Ein bisschen traurig, aber ebenso lebensmutig. Es war wundervoll und ehrlich.

Jetzt, in diesem Moment, in dem sie mich ansieht, versteckt sie all das wieder hinter einer ernsten Fassade. Doch ich habe das andere Lächeln gesehen. Das eine. Und ich werde es nicht vergessen. Nie.

Die Sonne nimmt ihren gewohnten abendlichen Lauf und verschwindet seitlich meines Hauses. Dennoch spenden ein paar letzte Strahlen das diffus goldene Licht, wie es im Juni so oft vorkommt. Man kann die Mücken im Garten tanzen sehen, doch nichts davon nehme ich wirklich wahr. Denn alles, was ich sehe, sind die blauen Augen von Linn. Ich kann den Blickkontakt nicht unterbrechen. Ich kann einfach nicht.

Mein Mund wird trocken, und ein nervöses Flattern greift in meinem Magen um sich. Und sosehr Linn es offenbar auch versucht, sie schafft es ebenso wenig, ihren Blick abzuwenden. Wir schauen uns über den Tisch hinweg an und sagen kein Sterbenswort. Eine Gänsehaut überzieht meine Unterarme, und ich fühle mich, als hätte man mich aus der Realität gerissen und in eine Parallelwelt gesetzt, in der es nur Linn und mich gibt. Ich kenne sie keine Woche, und doch fühle ich mich ihr plötzlich näher, als ich es je für möglich gehalten hätte.

In mir passiert etwas, das ich nicht benennen kann. Es ist, als würden Barrieren überwunden, Mauern eingerissen und Abwehrsysteme überlistet werden. Und das in einem Tempo, dass ich es – was auch immer *es* ist – kaum aufhalten kann. Es rast durch mein Inneres hindurch, passiert dabei all die Grenzen, die ich selbst gesteckt habe, und bevor ich etwas dagegen unternehmen kann, ist es da. An einem Ort, der sonst niemandem zugänglich ist. Meinem Herzen. Und dann, von einer Sekunde auf die andere, erkenne ich es. Es ist Linn. Sie hat sich Zugang verschafft. Mit dieser Ehrlichkeit. Mit der berührenden Vergangenheit und ihrem Charakter. Mit diesen blauen Augen, die mich zunehmend in ihren Bann ziehen.

Ich kenne Linn kaum. Wir sind uns vor vier Tagen das erste Mal begegnet, und jetzt lasse ich zu, dass sie sich Zugang zu meiner Seele verschafft? Das ist lächerlich! Das … Das darf nicht sein. Es ist zu gefährlich. Für mich. Für sie. Für uns.

Ich schlucke und versuche, meine Gedanken zu ordnen und mich der aufsteigenden Angst zu entziehen. Was ist nur los? Was geht hier vor sich?

In meinem Kopf stehlen sich vertraute Stimmen durch die Gänge. Laute Jungenstimmen. Warnende Mädchenstimmen. Das Tapsen der Füße auf den Felsen. Das Platschen des Wassers. Und dann ist da wieder diese schwermütige Stille.

Die unerwartete Verbindung, die sich zwischen Linn und mir aufgebaut hat, katapultiert mich in einen Zustand völliger Zerrissenheit. Nichts davon darf ich zulassen. Ich blinzle unsicher. Ohne den Vorsatz gefasst zu haben, spüre ich, wie meine Augen auf einmal etwas aussagen, das einer gut gemeinten, ja einer verzweifelten Warnung gleicht.

Auch in Linns Blick verändert sich plötzlich etwas. Ihre Lippen öffnen sich leicht, und ein irritierter Schimmer zieht über ihr Gesicht. Sosehr ich mich auch bemühe, es will sich mir nicht erschließen, was gerade geschehen ist. Ich weiß nur, dass sich ein warmes Gefühl über mein ängstliches Herz gelegt hat und ich nichts dagegen tun kann.

»Was bedeutet dir die kleine Meerjungfrau?« Linns zarte Stimme dringt an meine Ohren, und ich hebe bei meinen Gedanken ertappt den Kopf. Um meine innere Verwirrung zu überspielen, nehme ich einen Schluck von dem Weißwein. Es fühlt sich irgendwie so an, als würden wir einen Ringkampf führen, bei dem beide Seiten einstecken müssen. Linn hat den Anfang gemacht, und nun bin ich wieder an der Reihe.

Mein Blick trifft auf die himmelblauen Augen des Mädchens, das vielleicht erst Mitte zwanzig ist, aber mehr in ihrem Leben durchmachen musste als viele andere in ihrem Alter. Es ist daher keine große Überraschung, dass sie reifer wirkt. Ich bin mir sicher, auch ihre Vorgesetzten haben erkannt, welche Qualität diese Reife mit sich bringt. Ein weiteres Mal wird mir klar, warum man Linn mit dem Artikel über mich beauftragt hat.

Ich lasse den Blick über ihre geröteten Wangen schweifen. Sie versucht, es zu verbergen, aber auch sie ist von diesem Moment eben durcheinandergebracht worden. Ihre Frage an mich ist der Versuch, wieder von sich abzulenken. Und das ist nur fair, wie ich unwillkürlich zugeben muss.

Nun liegt es an mir. Neben dem warmen Gefühl um mein Herz hat sich nach dem gestrigen Museumsbesuch noch etwas in mir verwurzelt. Etwas, das ich nicht kenne und das sich deshalb furchtbar ungewohnt anfühlt. Obwohl es noch nicht lange da ist, so fühlt es sich bereits so stabil an, dass es mich irritiert. Denn es ist … Es ist Vertrauen.

Ich fange an, Linn zu vertrauen.

Erschüttert gestehe ich mir in dieser Sekunde ein: Wir führen keinen Ringkampf. Linn und ich haben uns nach nur vier Tagen und fünf offiziellen Fragen auf einen Tanz eingelassen. Einen Sommersonnentanz, bei dem jeder weitere Ausfallschritt, jede Drehung, jede Hebefigur nur so vor Mut, Ängsten und Risiken strotzt. Trotzdem lassen wir uns beide mehr und mehr darauf ein.

Nun bin ich allerdings derjenige, der eine gute Figur machen muss. Mit der ehrlichen Antwort auf Linns Pirouette, der so viel Schmerz vorausgegangen ist.

Unruhig tippen meine Fingerspitzen auf meinen Oberschenkel. Ich schweige schon viel zu lange, und so gibt Linn mir eine Hilfestellung für meine Figur in unserem Tanz, der uns einfach alles abverlangt.

»Es hat mit dem Mädchen zu tun, nicht? Dem Mädchen, das Andersens Märchen so gern mochte.«

Die Gänsehaut zieht von meinen Armen hinauf auf meine Schultern. Es ist sommerlich warm, aber mir wird kalt.

Ich nicke. Das Einzige, was mir in diesem Moment möglich erscheint. Schließlich reiße ich mich zusammen. Ich muss die Figur nicht zur Perfektion bringen. Es reicht vielleicht auch, wenn ich sie andeute und später vollende.

»Ihr Name war Gyda.«

»Die Göttin«, flüstert Linn und benennt lächelnd die dänische Bedeutung des Mädchennamens.

»Ja.«

»Woher kanntest du sie?«

»Ein Ferienlager. Auf… Drüben auf Saltholm.« Ich deute mit dem Kopf in die Richtung, in der die Insel von hier aus gesehen liegt.

»Wie war sie?«

»Sie war …« Ich halte inne. Jedes Wort würde mir die Lippen verbrennen, mich an etwas erinnern, das ich vergessen will – und doch zwinge ich mich, daran zu denken. Weil ich ihre Stimme in meinem Kopf höre und weiß, dass sie da ist. In meiner Erinnerung. In meiner Angst. In meiner Reue.

»Sie war witzig. Übermütig. Beliebt. Nicht aufzuhalten. Und …« Ein bitterer Ausdruck legt sich auf mein Gesicht. Ich sehe ihn nicht, aber ich spüre jeden Zug davon auf meiner Haut. »Sie war das personifizierte Leben. Sie war das absolute Gegenteil von meinem zwölfjährigen Ich.«

Ein Lächeln umspielt Linns Mundwinkel, und es ist, als würden meine Worte ihren Schmerz überschreiben und ihr die Möglichkeit geben, wieder Kraft zu sammeln, statt an ihren verstorbenen Bruder und die damit verbundenen Folgen für ihr Leben zu denken.

»Mochtest du sie?«

Ich nicke abwesend und spüre, wie sogleich ein brennender Schmerz durch mich hindurchzuckt. Er entzündet sich an der Wärme, die mein Herz seit Kurzem umgibt, und droht es in Brand zu setzen. Leise murmle ich: »Ich und so ziemlich jeder andere Junge in dem Feriencamp.«

»Wusste sie davon?«

»Natürlich.« Ich bemühe mich um ein Lächeln, während meine Stimmbänder kurz davor sind, in Streik zu treten.

»Hat sie sich für einen von euch entschieden?«

»Entschieden?«, wiederhole ich mit rauer Stimme, und Linn nickt mit einem leichten Schmunzeln auf den Lippen.

»Nein«, murmle ich. »Nein, dazu ... dazu hatte sie zu ... wenig Zeit.«

»Trotzdem ist sie dir all die Jahre in Erinnerung geblieben. Warum?«

Mir wird schwindlig. Die Figur, in die ich mich zwingen wollte, aus Fairness gegenüber Linn – ich schaffe sie nicht. Etwas hindert mich daran, den letzten Schritt zu gehen. Mir fehlt es an Schwung und Haltung. Und so breche ich mitten in der Bewegung ab, reiße den Kopf herum und starre Linn entschuldigend an. Ich kann es nicht aussprechen. Also versuche ich es mit einem Hinweis. Nicht mehr. Einem winzigen Hinweis, der mir über die Lippen kommt, ohne mir dabei die Luft abzuschnüren.

»Weil sie der Grund ist, warum ich beschlossen habe, dass es besser für mich und mein Umfeld ist, wenn ich für mich bleibe.«

»Sie?« Überrascht hebt Linn ihre Brauen. »Wie das?«

In der imaginären Tanzhaltung in meinem Kopf hebt Linn das Gesicht und verstärkt den Griff um meinen Oberarm. Sie will mich führen, mir helfen, aber ich weigere mich. Etwas in mir blockiert jede weitere Bewegung, und so verharren wir starr in dieser Position und schauen einander nur an, während das Rauschen der Birken im Hintergrund unsere Musik darstellt, die keiner von uns wirklich registriert.

In der echten Welt versuche ich, mich zu erklären, ohne etwas zu erklären.

»Es ging nicht mehr.«

Schweigend mustert Linn mich. Dann scheint ihr plötzlich ein Licht aufzugehen. Einfühlsam erhebt sie ihre Stimme zu einem Flüstern.

»Hatte ... War ...«, wiederholt sie meine Formulierungen, presst die Lippen aufeinander und beweist ihr gutes Gespür für Sprache. »Was ist mit ihr passiert, dass du denkst, es wäre besser, allein zu bleiben?«

Ohne nachzudenken, erwidere ich: »Es ist nicht nur das *Was*. Es ist das *Warum*, Linn.« Ich räuspere mich. »Du solltest nach dem *Warum* fragen«, wispere ich verzweifelt.

Abrupt erhebe ich mich. Was rede ich da?! Ich liefere mich aus. Einfach so. An eine quasi Fremde. Eine Fremde, die auf dem besten Weg ist, eine Titelstory über mich zu schreiben. Verzweiflung übermannt mich. Wut auf mich selbst gesellt sich dazu. Und um das Trio perfekt zu machen, meint auch die Angst, sich einen Platz an meinem Stammtisch namens Gefühlschaos sichern zu müssen.

Nervös laufe ich auf der Veranda herum, bis ich merke, wie Linn mich dabei beobachtet. Schweigend. Eine ganze Weile lang.

Schließlich bleibe ich entgeistert stehen. »Wieso hakst du nicht nach? Deshalb bist du doch schließlich hier. Um meine Geheimnisse zu erfahren, oder nicht?« Mein Ton ist schärfer als beabsichtigt. Allerdings ist er nicht ansatzweise so gemeint. Nicht Linn gegenüber. Zu mir selbst vermutlich schon. Aber das kann sie nicht wissen. Und doch bleibt sie vollkommen ruhig und lehnt sich in ihrem Stuhl zurück, während sie mich mitfühlend betrachtet.

»Du hast Angst, nicht?«

Stumm starre ich sie an und weiß nicht, was ich darauf sagen soll. Ich wollte Linn heute Abend entgegenkommen. Ihren Mut würdigen, dass sie sich mir im Museum geöffnet hat. Ich wollte meinen schwierigen Start bei ihr wiedergutmachen. Ich wollte Ragnar einen Gefallen tun und mich um dieses Porträt bemühen, mich irgendwie mit der Vergangenheit auseinandersetzen.

Und jetzt? Ich stehe hier, werde innerlich von meinen Dämonen zerfressen und habe das Gefühl, als würde sich die Vergangenheit so tief in meiner Seele vergraben, dass es geradezu unmöglich ist, ihr gegenüberzutreten, ohne Schaden zu nehmen.

Die Wärme, die Linn um mein Herz herum ausgelegt hat wie Brotkrumen, die eine Wegmarkierung darstellen, ist das Einzige, das mich davon abhält, Reißaus zu nehmen. Meine Hände zittern, und ich will, dass Linn geht. Gleichzeitig will ich, dass sie bleibt. Ich verstehe die Welt nicht mehr.

Linn schiebt ihren Stuhl leise zurück, steht auf und kommt langsam auf mich zu. Nur wenige Zentimeter von mir entfernt bleibt sie stehen und betrachtet mich mit ihren gütigen Augen.

»Es ist okay, Angst zu haben, Frederik. Es ist okay.« Sie streckt zögernd ihren rechten Arm aus und nimmt meine linke Hand in ihre. Ihre kühlen Finger legen sich sanft um meine, behutsam drückt sie zu, und ich spüre den Halt, den sie mir anbietet. Das Verständnis, das sie mir schenkt. Die Sicherheit, die mir fehlt.

Leise murmelt sie mit schimmernden Augen: »Wir haben viel mehr gemeinsam, als ich je für möglich gehalten hätte. Kann das sein?«

»Ich weiß nicht. Ich …«

Sie schenkt mir wieder dieses Lächeln, das sowohl traurig als auch mutig ist. »Ich werde dich nicht nach dem Warum fragen, Frederik.«

»Aber …« Verständnislos zucken meine Augen über ihr gutmütiges Gesicht. »Bist du nicht deshalb hier? Um ebensolche Dinge über mich herauszufinden?«

Sie überlegt einen Moment und nickt. »Doch.« Einen Blick auf unsere Hände werfend, die sich immer noch berühren, flüstert sie: »Aber ich weiß, wie es ist, ein Warum mit sich zu tragen, das einen für immer verändert. Damit geht man nicht hausieren.« Ihre Augen kehren zurück zu meinen. »Du wirst es mir erzählen. Wenn du bereit dafür bist.«

Kapitel 18

Linn

Bewusst wie nie fühle ich seine Berührung. Ich spüre das Prickeln, das meinen Arm hinaufwandert, und schaue Frederik in seine bitterschokoladenbraunen Augen. In ihm arbeitet es wie verrückt, und es tut weh, das mitanzusehen. Was hat es mit diesem Mädchen auf sich, das einen so bleibenden Eindruck bei Frederik hinterlassen hat? Und noch viel wichtiger: Wie kann sie der Auslöser sein, weshalb er so ein zurückgezogenes Leben führt?

Fragen über Fragen rauschen durch meinen Kopf, und am liebsten würde ich für jede einzelne augenblicklich eine Antwort einfordern. Aber mir ist klar, dass das nicht geht. Wenn ich eine Erklärung bekommen will, muss ich diesem Mann Zeit geben. Zeit und einen Grund, mir weiterhin zu vertrauen.

Zu dumm, dass mir Erstere davonläuft. Wir haben Montagabend. Ende der Woche muss ich meinen ersten Entwurf für die Story bei Caro abgeben. Ich schreibe schnell, doch selbst, wenn ich erst Freitag in aller Früh mit dem Text anfange, bleiben mir nur noch drei Tage, um Frederik zum Reden zu bringen.

Es gibt allerdings noch ein weiteres Problem. Denn ich fange an, diesen undurchschaubaren Kerl mir gegenüber zu mögen. Ich weiß nicht genau, wieso. Zumal ich ihn absolut nicht einschätzen kann. Aber irgendetwas ist da, was mir das Gefühl gibt, als wäre etwas zwischen uns, das man mit Worten nicht beschreiben kann. Und das sage ich als angehende Journalistin, die einen riesigen Fundus an Formulierungen im Kopf hat.

Ungeschickt ziehe ich meine Hand zurück, als ich merke, dass er nicht länger nervös zittert. Unter seinem beständigen Blick deute ich mit dem Kopf auf den gedeckten Tisch.

»Wir sollten noch etwas davon essen, bevor es kalt wird.«

Als würde ich ihn aus einer tiefgreifenden Überlegung heraus wecken, schreckt Frederik hoch und nickt eilig.

»Ja, du hast recht.« Er fährt sich mit der Hand, die eben noch meine berührt hat, über das Gesicht und rückt seine Brille zurecht.

»Ich …« Er schüttelt verwirrt den Kopf. »Danke.«

»Wofür?« Ich begebe mich langsam zu meinem Platz zurück und schaue zu Frederik, der sich ebenfalls wieder auf seinen Stuhl setzt.

»Dass du mich nicht bedrängst.«

»Das kommt noch, wenn mir die Zeit ausgeht.«

»Wann wird das sein?«

Huch, das ging schnell. Ich räuspere mich unangenehm berührt und suche nach einer positiven Formulierung, doch es fällt mir ungewohnt schwer. Also gebe ich ihm lieber einen dezenten Tipp, statt eine direkte Ansage zu machen. »Die Redaktionsleitung hätte gern Ende der Woche meinen Entwurf.«

Kritisch zieht Frederik seine Brauen zusammen. »Einen Entwurf von …?«

Ich atme tief ein und halte die Luft an. »Deinem Porträt.«

»Dann bleiben uns …« Er rechnet im Kopf nach und braucht überraschend lang für so einen intelligenten Mann, um zu dem wenig konkreten Schluss zu kommen: »Das sind ja nicht mal mehr eine Handvoll Tage …«

Ich kämpfe meine eigene Sorge in Bezug auf meine Deadline runter und bemühe mich um einen unbekümmerten Ton. »Für gewöhnlich braucht es auch nur zwei bis drei Termine, um alles Notwendige …« Ich verstumme, als mir Frederiks angespannter Blick auffällt.

»Ich koste dich mehr Zeit als üblich.«

»Ja, aber das … Das macht nichts.«

»Werden dir diese Stunden eigentlich bezahlt? Oder als Überstunden angerechnet?«

»Welche Stunden?« Ich nehme endlich wieder meine Pizza zur Hand und beiße ab.

Frederik tut es mir gleich und widmet sich seinem Curry, während er erklärt: »Heute Abend. Unser Treffen.«

Ich verschlucke mich an einem Basilikumblatt und huste einige Male.

»Geht's wieder?«, fragt Frederik besorgt, und ich nicke eilig.

»Ja«, krächze ich. Ich räuspere mich mehrfach und nehme einen großen Schluck von dem Weißwein.

»Darf ich deiner Reaktion entnehmen, dass das nicht der Fall ist?«

»Meine Arbeitszeiten sind relativ.«

»Relativ?«

»Na ja, ich gehe dahin, wo meine Geschichte ist. Und ich investiere so viel Zeit, wie ich für notwendig erachte, um eine wirklich gute Story daraus zu machen.«

»Obwohl du nicht dafür bezahlt wirst …«

Herausfordernd funkle ich Frederik an, während er sein Curry löffelt. »Wirst du für jede Minute finanziell entschädigt?«

»Ich bin selbstständig. Das ist etwas anderes.«

»Wieso? Dein Job, deine Arbeit bedeutet dir mehr als das Geld, das du damit verdienst. Du willst die Welt verändern, willst Dänemark klimaneutral machen. Aber ich wette, du führst keine Excel-Tabelle mit den Stunden, die du dafür aufbringst. Richtig?«

Er nickt lächelnd. »Richtig.«

»Ich mache es nicht viel anders. Ich will, dass meine Reportagen, meine Berichte oder Porträts und Interviews genau das widerspiegeln, was ich in den Menschen sehe, über die ich schreibe. Und wenn das bedeutet, mehr dafür zu arbeiten, als vertraglich vereinbart ist«, ich zucke mit den Schultern, »dann ist das so. Dafür kann ich hinterher wenigstens zufrieden und vielleicht sogar stolz auf die Zeilen blicken, die abgedruckt und online gestellt werden.«

»Du bist engagiert«, stellt Frederik anerkennend fest.

»Mit ganzem Herzen dabei«, korrigiere ich ihn, lege den Rand meines Pizzastücks zurück auf den weißen Porzellanteller und greife nach der danebenliegenden Serviette.

»Du verbringst so viel Zeit mit der Arbeit. Bleibt da noch viel Raum für anderes? Hobbys? Familie? Freunde?« Ich beiße mir auf die Lippe. So viel zu seichteren Themen.

Frederik schluckt seinen Bissen herunter und nimmt das Weinglas in die Hand. Anstatt einen Schluck davon zu nehmen, lässt er die Flüssigkeit darin umherkreisen und beobachtet genau, wie sie an den Rand des Glases schwappt. »Mein bester Freund sitzt im Büro nebenan. Wir verbringen so viel Zeit zusammen, da fällt es nicht auf, dass die meiste davon auch unter die Definition Arbeit fällt.«

»Was ist mit Hobbys?«

Er grinst schelmisch. Nichts erinnert mehr an den panischen Ausdruck von vorhin. »Meine Arbeit ist mein Hobby.«

»Aber …«

»Du solltest wissen, wovon ich spreche.« Er mustert mich über den Rand seines Weinglases und nimmt schließlich einen kräftigen Schluck.

Ich muss lächeln und ziehe mir das Schälchen mit Oliven näher heran. »Das tue ich.« Während ich eine davon mit der Gabel aufspieße und mir in den Mund schiebe, höre ich die Grillen im Gras zirpen.

»Also keine anderen Hobbys? Tetris? Computer-Clubs?« Ich hebe ironisch die Mundwinkel.

Auch Frederiks Lippen ziert ein zurückhaltendes Schmunzeln. »Du denkst in Klischees?«

»Ich versuche nur, dich aus der Reserve zu locken«, gebe ich lachend zu und nehme mir eine weitere Olive. »Okay, also … Was machst du, wenn du nicht im Büro bist oder eine geniale Idee auf deiner Veranda ausarbeitest?«

»Ich bin viel am Strand.«

Vage erinnere ich mich daran, dass Ragnar erwähnt hat, das Büro sei nur wegen Frederik außerhalb der Innenstadt hier draußen am Amager Strand.

»Was machst du? Surfen? Schwimmen? Joggen?«

»Von allem etwas, aber nichts richtig konsequent«, meint Frederik und zuckt mit den Schultern.

»Wieso dann der Strand?«, hake ich nach und schlage die Beine unter dem Tisch übereinander. Die Sonne ist inzwischen fast ganz verschwunden, und die Luft wird kühler.

»Ist dir kalt?«, fragt Frederik unvermittelt, und ich bemerke meine Gänsehaut an den Unterarmen.

»Es geht schon«, wehre ich ab, doch er springt ungefragt auf und verschwindet im Haus. Eine Minute später kehrt er mit einer beigen Tagesdecke zurück und reicht sie mir. Widerwillig, aber doch wohlwollend nehme ich sie an.

»Danke.«

Stille breitet sich zwischen uns aus, und ich traue mich nicht, meine Frage nach dem Strand zu wiederholen. Ich habe das Gefühl, als wäre Frederik mit Absicht auf und davon gelaufen, als ich mich danach erkundigt habe.

Nachdenklich und unauffällig mustere ich ihn, wie er sich zwei Röllchen von der Sushiplatte nimmt und sie schweigend nacheinander verspeist.

Die kleine Meerjungfrau. Das Mädchen im Ferienlager. Der Amager Strand, der den Blick auf Saltholm freigibt, wo jenes Camp stattfand – ich werde die Vermutung nicht los, dass Frederik mir bewusst oder unbewusst Hinweise hinterlässt, die allesamt mit seinem Geheimnis zusammenhängen. So als würde er mir zwar nicht davon erzählen wollen, mir gleichzeitig aber doch auf verkappte Weise die Chance geben, es selbst herauszufinden.

»Bücher«, meine ich plötzlich wie aus dem Nichts. »Ich habe in deinem Wohnzimmer Bücher gesehen. Das bedeutet, entweder du liest oder du hast sie gekauft, damit dein Haus wohnlicher wirkt.«

Frederik mustert mich amüsiert. »Was glaubst du?«

»Letzteres. Du hast keine Zeit zum Lesen.« Ich schenke ihm ein provokatives Lächeln. »Oder du nimmst sie dir nicht.«

Frederik lacht leise und nimmt mich in den Fokus seiner braunen Augen. »Okay, reden wir darüber. Also, da gäbe es diesen einen Roman in meinem Bücherregal, der …«

Während es zunehmend dunkler wird, sprechen wir in den nächsten Stunden über beinahe jedes Buch, das sich offenbar in diesem Haus befindet.

Als ich unwillkürlich gähnen muss, schaut Frederik auf seine Armbanduhr. »Ich fürchte, ich habe ziemlich viel deiner privaten Zeit beansprucht.«

Müde blicke ich zu den inzwischen fast leeren Schüsseln. Die Gespräche haben uns hungrig gemacht, sodass kaum etwas übrig geblieben ist. Ich schlage die Decke zurück, in die ich mich eingewickelt habe, und greife nach meiner Handtasche samt Arbeitslaptop.

»Ich sollte mich auf den Heimweg machen.«

»Natürlich.« Frederik erhebt sich ebenfalls und begleitet mich durch Küche und Flur vor zur Haustür. Wieder vermeide ich es, ins Wohnzimmer zu blicken. Stattdessen halte ich das Gesicht gen Boden und gehe unwillkürlich auch einen Schritt weiter nach links, so als würde ich einen Bogen um den gefährlichen Ort machen müssen. Dummerweise habe ich nicht bedacht, dass ich dadurch geradewegs in Frederik hineinstolpere, der soeben die Tür geöffnet hat und mir den Vortritt lassen wollte.

»Oh, entschuldige«, murmle ich und hebe die Hände, um mich abzustützen. Meine Finger berühren Frederiks Brust, und reflexartig legt er die Arme um meine Taille, um mich zu halten.

Sie dauert nur Sekunden, und doch ist mir, als würde ich in eine sichere Umarmung gezogen werden, die mich vor allem schützt, was mein Herz zu Fall bringen könnte. Hastig löse ich mich aus der Berührung. Nicht weil sie sich unangenehm anfühlt. Nein. Vielmehr weil sie mir so vertraut vorkommt.

»Alles in Ordnung?«, erkundigt sich Frederik, und ich bilde mir ein, einen sanften Tonfall zu vernehmen.

»Ja!«, rufe ich und sause an ihm vorbei nach draußen. Ich bin auf einmal verwirrt und habe das Gefühl, als würde die professionelle Distanz zwischen Frederik und mir gänzlich verschwunden sein. Eilig nehme ich die Stufen hinab, gerate beinahe wieder ins Stolpern und verdrehe im Dunkeln die Augen über mich selbst.

Ich höre, wie Frederik mir in normalem Tempo folgt, und nestle bereits an dem Fahrradschloss herum. Als ich es endlich geöffnet habe, drehe ich mich zu ihm herum und will mich verabschieden. Doch im Schein der Verandalichter bemerke ich seine gerunzelte Stirn.

Er deutet auf das Hinterrad meines Fahrrads. »Kann es sein, dass du einen Platten hast?«

»Was?!« Erschrocken folge ich seinem Blick. Tatsächlich! Ich hocke mich hin und fühle nach dem Schlauch.

»Wie kann das denn passieren?«, seufze ich genervt auf.

»Vielleicht ein Splitter, über den du gefahren bist und der sich erst jetzt bemerkbar macht?«

»Gut möglich. Das bedeutet wohl, ich schiebe den ganzen

Weg nach Hause.« Das hat mir gerade noch gefehlt. Es ist nach Mitternacht. Frederik und ich haben uns viel länger unterhalten, als ich erwartet habe. Eigentlich ist das etwas Gutes, aber in diesem Fall? So ein Mist!

Frederik holt Luft und setzt zum Sprechen an, doch bevor ein Wort über seine Lippen kommt, hält er inne.

»Wie teuer wird wohl ein Taxi sein?«, überlege ich indes laut und verwerfe die Idee sogleich wieder. Mein Rad muss ich ja trotzdem irgendwie nach Hause bringen. Ich werde nicht ums Schieben herumkommen. »Shit!«, murmele ich und seufze ein weiteres Mal auf.

»Du könntest …« Frederiks zögerliche Stimme ertönt leise neben mir. »Du könntest auch hierbleiben, und ich besorge morgen früh einen Ersatzreifen.«

»Ich soll …« Irritiert starre ich Frederik an.

Der hebt defensiv die Schultern und scheint sich selbst nicht sicher zu sein, ob das eine gute Idee ist. »Ich weiß nicht, wo du wohnst, aber …«

»Vesterbro«, murmele ich. Mit dem Rad wäre es eine halbe Stunde. Aber zu Fuß? Mindestens eindreiviertel Stunden! Normalerweise mag ich das Szeneviertel, in dem unsere WG liegt. Heute wäre es allerdings praktischer, ich würde näher am Wasser wohnen.

Frederik zählt seinerseits eins und eins zusammen. »Ich würde dich ja mit dem Auto fahren, wenn ich eins hätte, aber …«

Ich gehe im Kopf meine Optionen durch, als Frederik wiederholt: »Das Angebot steht, aber ich verstehe auch, wenn du …«

»Okay, ich bleibe«, unterbreche ich ihn und weiß erst, was ich sage, als ich es bereits laut ausspreche. Erschrocken reiße ich die Augen auf und wundere mich über mich selbst. Wie bitte? Ich will bleiben? Wo kommt das denn her?! Bin ich jetzt völlig übergeschnappt?!

Er zieht die Augen zu schmalen Schlitzen und mustert mich aufmerksam. »Sicher?«

Nein!

»Ja.« Ich lache nervös. »Wann hattest du das letzte Mal Gäste über Nacht?« Ich will die Situation mit Ironie lösen, doch stattdessen wird mein Mund trocken, und Frederiks Blick wird dunkler.

»Das ist eine Weile her«, murmelt er.

Eine Viertelstunde später sitzen wir in der Küche, haben beide eine Tasse Tee vor uns stehen, und während ich mich frage, warum ich nicht schnurstracks im Gästezimmer verschwunden bin, schicke ich schnell eine Nachricht an Smilla und Juna. O Gott, ich werde mir furchtbare Fragen von ihnen zu dieser spontanen Übernachtung anhören müssen. Als ich mein Handy in die Handtasche stecken will, fällt auf einmal mein Notizbuch heraus. Ich will es schon aufheben, als Frederik mir gentlemanlike zuvorkommt.

»*Das* kritzelst du in dein Buch?« Überrascht sieht er von den durch den Sturz aufgeschlagenen Seiten zu mir, und seine Anspannung, die man draußen noch deutlich gespürt hat, legt sich von einer Sekunde auf die andere.

»Jep.« Ich greife eilig nach dem Büchlein, doch Frederik weicht mir aus und lässt seinen Blick erneut über die Zeichnungen schweifen.

»Und ich dachte, du machst dir Notizen über *mich.*«

»Mache ich auch«, erwidere ich leichtfertig.

»Wo?!«

Ich tippe an meine Stirn. »In meinem Kopf.« Und vereinzelt auch wirklich in dem kleinen Buch, aber das ist zugegebenermaßen eher selten.

»Das ist richtig gut.« Er deutet auf die floralen Muster. »Das machst du also, wenn du so tust, als würdest du mir zuhören.« Er grinst, und ich spüre, wie auch meine Nervosität wegen dieser eigenartigen Übernachtungssituation in den Hintergrund rückt.

Ich lache auf. »Ich brauch das eben manchmal.«

»Warum?«

»Weil es Spaß macht. Jeder braucht irgendein Hobby. Andere backen. Ich zeichne in kleine Notizbücher.«

»Meintest du nicht, du seist künstlerisch nicht begabt?«

»Ich bin auch nicht begabt.«

Argwöhnisch sieht Frederik von den Zeichnungen auf. »Unbegabt würde ich es aber auch nicht nennen.«

»Es ist nur ein Hobby. Ich kann mich nebenbei besser konzentrieren oder auch mal abschalten. Mehr nicht.« Ich schnappe mir das Büchlein und stopfe es zurück in meine Tasche.

Schmunzelnd führt Frederik seinen Tee an die Lippen und beobachtet mich über den Rand seiner Tasse hinweg.

»Hast du die Zeichnung im Flur gesehen? Von der Offshore-Anlage?«

Ich nicke und erinnere mich an die zarten Bleistiftlinien in dem weißen Bilderrahmen.

Er lächelt kaum merklich. »Ragnar hat sie gemacht.«

»Wirklich?«

»Ja, er hat auch unser Logo entworfen. Freihand.«

»Auf einer Serviette?«

Frederik grinst. »Asia-Lieferdienstbox.«

»Nicht im Ernst …«

»Doch.«

Lachend schüttele ich den Kopf. »Das ist so ein Klischee!«

»Ich weiß«, nickt Frederik und holt tief Luft. »Okay, ich verrate dir was.«

Aufmerksam mustere ich ihn, und ich habe das Gefühl, als würde ich nicht länger mit einem Fremden ein Interview führen, sondern mich mit einem alten Freund unterhalten. Locker. Ungezwungen. Alles andere als hochemotional und darauf bedacht, sich selbst zu schützen.

»Du wolltest wissen, welche Hobbys ich habe …« Frederik erhebt sich, geht zu einer Kommode hinter mir und zieht eine Schublade auf. Bevor er rausholt, was er mir zeigen will, meint er warnend: »Du darfst nicht lachen.«

Ich nicke grinsend.

»Und nicht darüber schreiben!«

Erneut nicke ich und bin nun wirklich neugierig, was das werden soll.

Er zieht ein Album hervor und reicht es mir. Gespannt nehme ich es entgegen, lege es vor mir auf den Tisch und schlage es behutsam auf. Ordentlich eingeklebte Fotos reihen sich nebeneinander. Ein paar lose Bilder stecken zwischen den Seiten. Es sind alte Aufnahmen. Man erkennt es an der schlechten Qualität und dem Farbton, der wie ein Filter wirkt. Ich erkenne ein Kleinkind, junge Eltern, Straßen, Häuser. Ist das Kopenhagen? Erstaunt schaue ich zu Frederik, der sich in diesem Moment neben mich setzt.

»Was ist das?«

»Mein Leben.« Ein sanftes Lächeln liegt auf seinen Lippen. »Meine Mutter hat früher so viele Fotos geschossen, es aber nie geschafft, sie ordentlich zu sortieren. Als …« Er verstummt und setzt neu an. »Vor einiger Zeit habe ich die Bilder in einem Karton entdeckt und angefangen, sie chronologisch zu sortieren. So gut ich kann. Meine Mutter hilft mir ab und zu bei einem gemütlichen Glas Wein dabei.«

Kapitel 19

Frederik

Ich klopfe meine Hände an den Hosenbeinen meiner Jeans ab und greife nach dem Tuch, das quer über dem geöffneten Werkzeugkasten hängt. Ringsherum höre ich das helle Zwitschern zahlreicher Vögel, die es sich in den Birken und Ahornbäumen gemütlich gemacht haben und ihrer Morgenroutine nachgehen.

Noch einmal prüfe ich, ob die Fahrradkette sitzt, wo sie sitzen soll, und alles reibungslos funktioniert. Dann hebe ich Linns auf dem Sattel stehendes Rad in die Höhe, drehe es um und stelle es wieder in seine eigentliche Position. Mit dem Fuß drücke ich den Metallständer nach unten, lehne das Rad darauf und sammle schließlich das Werkzeug zusammen, das auf dem Boden verstreut liegt.

Als ich damit fertig bin, räume ich den Koffer in die Garage und begebe mich zurück ins Haus. Gerade als ich in den Flur trete, höre ich Schritte auf der Treppe. Gleich darauf erscheint Linn auf den Stufen.

»Guten Morgen.« Ich nicke ihr mit einem Lächeln zu. »Wie hast du geschlafen?«

Unsicher zupft sie an einer noch feuchten Locke, die ihr ins Gesicht gefallen ist. »Zu gut dafür, dass es ein Gästebett ist.«

Ich verziehe die Mundwinkel zu einem zufriedenen Grinsen und deute mit dem Kopf in die Küche. »Ich habe Kaffee gemacht. Schnapp dir einen der To-go-Becher, wenn du willst. Falls du vor der Arbeit noch frühstücken willst, es ist noch Knäckebrot da. Und Oliven von gestern.«

»Ich denke, Kaffee reicht«, erwidert Linn und stellt ihre Handtasche neben der Treppe ab. Unentschlossen verschränkt sie die Arme vor der Brust. »Ich … Danke.«

»Dafür nicht.« Ich ignoriere das Klopfen in meinem Herzen. »Ich hoffe, du hast alles gefunden, was du brauchst.«

Verwundert lächelt Linn mich an. »Für jemanden, der angeblich kaum Gäste beherbergt, bist du aber überraschend gut ausgestattet.«

»Danke lieber meiner Haushälterin, die das jede Woche überflüssigerweise überprüft. Nicht mir.« Ich hebe unschuldig die Hände, was auf Linns Stirn sogleich Falten aufkommen lässt.

»Was hast du mit deinen Händen …« Sie hat offenbar die dunklen Schmierflecken entdeckt und schaut durch die offene Tür hinaus in den Vorgarten. Augenblicklich sieht sie zu mir zurück. Mit offenem Mund starrt sie mich an. »Hast du etwa …?« Sie wirft einen Blick auf das Smartphone in ihrer Hand. »Es ist halb acht! Wo hast du so früh einen neuen Reifen herbekommen? Und wie früh bist du dafür bitte aufgestanden?«

»Mach dir darüber keinen Kopf.« Ich zucke unbekümmert mit den Schultern und gehe in die Küche, um mir dort die Hände zu waschen. Während ich lauwarmes Wasser über meine Knöchel laufen lasse, höre ich Linns überraschte Stimme hinter mir.

»Das hättest du nicht tun müssen.«

Über den Wasserhahn hinweg erwidere ich betont gelassen: »Wie gesagt, mach dir keinen Kopf.«

»Wo hast du den neuen Reifen her?« Neugierig mustert sie mich, als ich nach einem Handtuch greife und mich zu ihr umdrehe.

»Wir haben im Büro immer ein paar Ersatzteile rumliegen, falls jemand mal was braucht.«

»Du warst heute Morgen bereits im Büro und hast …« Linns Augen werden noch größer.

Lachend lehne ich mich gegen den Küchentresen. »Das nennt man Nächstenliebe, Linn. Warum machst du da so eine große Sache draus?«

Stumm lässt sie ihren Blick über mich gleiten, was mich daran erinnert, mir eine saubere Hose anzuziehen, bevor ich zurück ins Büro fahre.

Nachdenklich erklärt Linn schließlich: »Weil es eine Menge über dich aussagt.«

Ich will darüber lachen, aber ich kann nicht. Linns Blick, ihr Gesichtsausdruck sowie ihre Haltung machen es mir unmöglich.

Leise meint Linn: »Du bist ein Gentleman. Ein Partner. Ein guter Freund.« Sie schüttelt kaum merklich den Kopf. »Es ist eine Schande, dass du anderen diese Freundschaft vorenthältst und dich immerzu verkriechst.« Sie lächelt, während ich gleichzeitig vollkommen erstarre. »Du solltest dir das vielleicht noch mal überlegen. Du bist gar nicht so grimmig, wie man im ersten Moment meinen mag. Arbeit allein wird dich auf Dauer nicht glücklich machen. Du brauchst Freunde, die dir den Rücken stärken und mit denen du die schönen Momente des Lebens teilen kannst.«

»Ich habe Ragnar«, werfe ich mit rauer Stimme ein.

Doch Linn lächelt nur darüber hinweg. »Und sonst?«

Dich, schießt es mir durch den Kopf, aber ich halte mich gerade noch rechtzeitig zurück. Es wäre verrückt. Und doch spüre ich, wie mein Herz sich danach sehnt, es auszusprechen. Mühsam versuche ich mich in einem lockeren Lächeln, doch es rutscht ab und wirkt dadurch nicht annähernd so lässig, wie ich es mir vorgenommen habe.

»Ich komme zurecht.«

Ernst betrachtet Linn mich. »Du bist ein guter Kerl, Frederik. Lass zu, dass Menschen dich gern um sich haben, statt ihnen die kalte Schulter zu zeigen.«

»Du sollst nur ein Porträt über mich schreiben, Linn«, warne ich sie heiser. »Du bist nicht meine Therapeutin.«

»Ich weiß«, nickt sie und will noch etwas hinzufügen, doch sie entscheidet sich um und schweigt. Sie fährt sich durch die feuchten Haare, und ich ertappe mich bei dem Gedanken, wie es sich wohl anfühlen würde, wenn es meine Finger wären, die sanft durch ihre Strähnen streichen.

Schnell wende ich den Blick ab. »Kaffee?«

Ohne auf eine Antwort zu warten, gieße ich ihr etwas von dem schwarzen Gebräu in einen der Thermobecher und schraube ihn zu. Als ich ihn ihr reiche, berühren sich unsere Fingerspitzen, und mir ist, als würde sich zwischen uns eine seltsame Spannung aufbauen. Ich hebe den Blick und schaue direkt in Linns blaue Augen. Sie mustert mich mit einem Ausdruck, der mir bewusst macht, wie viel sie inzwischen über mich weiß. Und ich über sie. In so kurzer Zeit.

»Ich …«, fange ich an, obwohl ich keine Ahnung habe, was ich sagen soll.

Linn umfasst den Becher und löst unsere Berührung, indem sie den Arm samt Kaffee zu sich heranzieht. »Ich muss dann mal los«, flüstert sie.

»Ja.« Ich nicke.

Nach einem langen Blick auf mich, der sich anfühlt, als würde sie direkt in mein Inneres sehen und erkennen, dass ich nicht will, dass sie geht, wendet sie sich ab und läuft zurück in den Flur. Dort nimmt sie ihre Tasche und zögert.

»Fahren wir das Stück bis zu deinem Büro gemeinsam?«

Es ist ein Angebot. Eine Chance. Eine Gelegenheit. Ich spüre es. Gleichzeitig irritiert es mich, wie sehr ich mich zu Linn hingezogen fühle.

»Lass mich noch kurz etwas Sauberes anziehen, dann können wir los.« Ich hebe fragend eine Augenbraue. »Falls du noch so viel Zeit hast.«

»Hab ich.« Sie lächelt.

Zwanzig Minuten später bremsen Linn und ich unsere Räder, und ich steige vor dem Gebäude, in dem sich das Büro von hej. fremtid befindet, ab.

»Danke noch mal für den Reparaturservice. Du musst mir noch sagen, was ich dir dafür schulde.«

Ich überlege einen Moment und bemerke ein unruhiges Flattern in meiner Leistengegend. Nicht gut, denke ich und versuche, mich auf das Gespräch mit Linn zu konzentrieren.

»Nichts«, erkläre ich schnell. »Betrachte es als Wiedergutmachung.«

»Wofür?« Linn trägt dieselben Klamotten wie gestern. Eine dunkle Stoffhose sowie ein weißes Top, darüber einen dünnen, schräg geschnittenen Pullover, der nur bis zum Bauchnabel reicht.

Mich von meinem Rad entfernend, werfe ich ihr einen bedeutenden Blick zu. »Ich bin nicht Ragnar. Mit ihm hättest du dein Porträt sicherlich schon längst im Kasten.«

Energisch schüttelt sie den Kopf. »Dafür solltest du dich nicht entschuldigen.« Sie schaut kurz auf den Boden, dann wieder zu mir. In ihren Augen liegt ein verständnisvoller Blick, geprägt von einem Ausdruck, der mich daran erinnert, wie viel sie von sich selbst bereits offenbart hat. »Ich verlange viel von dir. Aber wir machen gute Fortschritte. Es ist ein Artikel. Eine begrenzte Zeichenzahl. Ich werde kein Buch über dich schreiben. Also sind wir …« Sie räuspert sich. »Wir bekommen das schon hin.«

»Ich … Ja, du hast recht.« Ich verstumme und zwinge mich, ihren Blick zu erwidern, obwohl es in meinem Herzen zu einer gefährlichen Fusion kommt. Zuneigung und Angst. Erleichterung und Sorge. Sie rauschen aufeinander zu wie Wellen an den nahen Strand, fließen über den grobkörnigen Sand und nehmen eine Schippe davon mit zurück ins Meer. Wasser und Erde. Beide Elemente sind miteinander verbunden und doch voneinander getrennt.

»Wir sehen uns.« Sie lächelt mir zu und stößt sich dann ab, um mit Schwung weiter Richtung Innenstadt zu fahren. Dann plötzlich bremst sie ab und dreht sich noch einmal zu mir um. »Oh, ich habe ganz vergessen, dir zu sagen, dass wir am Donnerstag den Termin für das Covershooting haben. Meine Kollegin aus der Bildredaktion meinte aber, man hätte dich darüber schon informiert?«

Irritiert schaue ich auf. »Covershooting?«

»Ja.« Sie nickt. »Du bist schließlich unsere Titelstory. Du weißt doch davon, oder?«

Shit! Da war ja was. Obwohl ich absolut keine Ahnung habe, wann ich am Donnerstag wo sein muss, stimme ich ihr zu. »Ja, sicher. Donnerstag. Hab ich auf dem Schirm.«

»Super! Bis dann!« Linn macht sich endgültig auf den Weg. Ich sollte dringend einen Blick in meinen Kalender werfen – oder unseren Assistenten fragen, was er wann mit der Redaktion von *Morgen* vereinbart hat.

Wenig später sitze ich in meinem Büro und versuche, mich auf meine Arbeit zu konzentrieren. Doch heute will es mir einfach nicht gelingen. Linn kreuzt immer wieder meine Gedanken und …

»Guten Morgen zum Zweiten!«, ruft eine nur allzu bekannte Stimme, und plötzlich steht Ragnar in meinem Büro, lässt sich kurzerhand auf einem der Sessel nieder und kreuzt die Fußknöchel. »Wo bist du heute Morgen hin verschwunden?«

»Woher weißt du, dass ich schon mal da war?«

»Erika hat's mir erzählt.«

Ah ja, Erika. Unsere Frühaufsteherin. Bei hej.fremtid kann jeder kommen und gehen, wann er will, solange alle Mitarbeitenden zu einer gewissen Kernzeit für unsere Kunden erreichbar sind.

Unschuldig zucke ich mit den Schultern. »Hab zu Hause etwas vergessen und musste noch mal los.«

»Wozu der Reifen?«, hakt Ragnar neugierig und amüsiert zugleich nach.

Ich verdrehe die Augen. Erika ist engagiert, klug und vor allem aufmerksam. Aber sie redet einfach zu viel. Ich überlege, ob ich mich in einer schlechten Ausrede versuchen soll, allerdings weiß ich, dass Ragnar zu intelligent für derlei Ausflüchte ist. Also entscheide ich mich für die Variante Augen-zu-und-durch und hoffe, dass Ragnar mich nicht ins Kreuzverhör nimmt.

»Linns Fahrrad hatte einen Platten.«

»Linns Fahrrad hatte …«, wiederholt Ragnar erstaunt und lehnt sich nach vorn, so als würde er aus der Nähe besser verstehen können, was ihn gerade verwirrt. »Ich habe viele Fragen.« Er lacht gut gelaunt und verschränkt die Arme vor der Brust, während er mich wachsam mustert.

»Schön, dann kannst du Linn ja die Hand reichen. Sie nämlich offensichtlich auch.«

»Wieso …«, setzt Ragnar an, doch da mein nächster Termin gleich ansteht – und Ragnar den ganzen Tag nicht lockerlassen wird –, kürze ich dieses Gespräch ab und falle ihm ins Wort.

»Linn war gestern Abend zum Essen bei mir. Sie brauchte noch Infos wegen des Artikels. Es wurde spät, und als sie nach Hause fahren wollte, haben wir an ihrem Rad einen Platten bemerkt. Sie hat im Gästezimmer übernachtet, und ich habe heute Morgen ihren Reifen gewechselt. Ende der Geschichte.« Eilig wechsle ich zu einer geschäftlichen Frage. »Hast du mit Hagen wegen der Ideen für die Reederei gesprochen?«

Ragnar geht, wie zu erwarten, nicht auf meinen Themenwechsel ein.

»Linn hat in deinem Gästezimmer übernachtet?«

»Das sagte ich eben, ja.« Ich nicke und versuche erneut mein Glück. »Konnte Hagen mit meinen Vorschlägen etwas erreichen?«

»Worüber habt ihr gesprochen? Was bedeutet ›Es ist spät geworden‹?«

»Nichts weiter.«

»Oh, natürlich!« Ragnar lacht und hält plötzlich erstaunt inne. »Du magst sie.«

»Tue ich nicht«, wehre ich energisch ab und gebe auf Ragnars vielsagenden Blick hin schließlich zu: »Sie ist eine gute Journalistin.«

»Lässt du gute Journalisten neuerdings immer bei dir schlafen?«

Ich verdrehe genervt die Augen. »Hör auf, Ragnar. Im Ernst.«

»Womit und wieso?«

»Du weißt genau, was ich meine. Es geht hier lediglich um den blöden Artikel, den du mir in deiner therapeutischen Überzeugung aufgehalst hast«, fahre ich angespannt hoch.

Ragnars Grinsen entwickelt sich zu einem nachdenklichen Grübeln. Mit schmalen Augen betrachtet er mich abschätzend. »Du hast einen Draht zu ihr gefunden«, stellt er leise fest.

Ich winde mich. Trotzdem nicke ich notgedrungen. »So etwas in der Art.«

Von dem Deal mit den zehn Fragen sage ich jetzt lieber nichts, denke ich und nestle an meiner Brille herum. Ragnar schiebt seine Hände in die Hosentaschen und lächelt milde. »Lass es zu.«

Angestrengt atme ich durch. »Es gibt nichts, das ich zulassen müsste. Wie gesagt, da ist kein Raum für Interpretationen. Ende der Woche ist der Artikel geschrieben, und dann hat sich die Sache für mich erledigt.«

Was für eine Lüge. Ich presse die Lippen unauffällig zusammen und fühle, wie sich alles in mir zusammenzieht. Ich weiß nicht, was es ist, aber etwas an Linn fasziniert mich, und ich laufe sehenden Auges ins Verderben. So viel steht fest.

Ragnar will etwas erwidern, doch in diesem Augenblick steckt unser Assistent den Kopf ins Büro. »Ich habe Mikkelsen für dich in der Leitung, Ragnar.«

Kapitel 20

Linn

Auf meinem Handy warten mindestens zehn neue Nachrichten im Gruppenchat mit Smilla und Juna. Wie zu erwarten, habe ich eine Lawine an Fragen losgetreten.

Seufzend lege ich mein Smartphone zur Seite und lehne mich in meinen Bürostuhl zurück. Vor mir auf dem Computerbildschirm starrt mir ein geöffnetes Dokument entgegen. Es ist leer. Kein einziger Buchstabe ziert den weißen Hintergrund. Eigentlich wollte ich mich an dem Text zu Frederik versuchen. In der naiven Hoffnung, dass mein bisheriges Wissen über ihn womöglich schon für ein gutes Porträt reicht.

Aber meine Gedanken schweifen ständig zum vergangenen Abend zurück. Frederik und ich bringen es auf eigenartige Weise fertig, zwischen schmerzhaften und unverfänglichen Themen hin und her zu springen, ohne dass es seltsam wirkt.

Was mich zum nächsten Punkt bringt, der mich unruhig werden lässt. Petter.

Frederik von meinem Bruder zu erzählen, sollte sich befremdlich anfühlen. Aber das tut es nicht. Es ist stattdessen so, als würde Frederik es mir endlich ermöglichen, darüber zu sprechen. Seit mehr als zehn Jahren schweige ich. Weil man es mir so beigebracht hat. Nach dem Tod von Petter nahm eine Schockstarre meine Eltern und meine Schwester in Besitz.

Obwohl ich noch so jung war, spürte ich, dass etwas nicht stimmte. Petters Tod musste doch einen Auslöser gehabt haben.

Niemand nahm sich einfach so das Leben. Meine beharrlichen Nachfragen wurden von meiner Familie beständig ignoriert, kleingeredet und irgendwann auf gewisse Art und Weise abgestraft.

Wagte ich einmal zu oft, nachzuhaken und das Thema erneut auf den Tisch zu bringen, so erhielt ich irgendwann Aufgaben, die ich anstelle meiner Fragen lösen sollte. Es war wie eine Beschäftigungstherapie. Ich wurde nicht in den Arm genommen, man erklärte mir nichts. Nein, stattdessen wurde ich gezwungen, mich mit physikalischen Formeln und betriebswirtschaftlichen Rechnungen auseinanderzusetzen.

Petter und mich verband etwas. Mit Charlotte, die inzwischen als fester Bestandteil der Geschäftsführung zählt, ist es anders. Familie ist in ihren Augen nichts, das auf einer liebevollen Zuneigung beruht. Es ist ein praktisches Konstrukt, dem man unterliegt.

Sie versteht mich nicht. Ich verstehe Charlotte nicht. Es ist, als würden wir verschiedene Sprachen sprechen. Mit Akzent.

Selbst Frederik ist mir in den wenigen Tagen nähergekommen, als meine Familie es in den letzten Jahren jemals war.

Mein Verständnis für ihn ist so immens groß geworden, dass ich mich frage, wie ich ein Porträt über ihn schreiben soll. Es geht nicht mehr nur darum, wie ich die notwendigen Informationen dafür beschaffe. Oder in anderen Worten, wie ich Frederik zum Reden bringe. Nein, es geht plötzlich auch darum, wie ich das, was er mir womöglich erzählt, überhaupt in dem Porträt verarbeite.

Das *Warum*. Es wird zunehmend zum Dreh- und Angelpunkt meiner Geschichte. Und ich bin mir nicht sicher, ob das gut oder schlecht ist. Nur eines ist mir klar. Wenn ich das Warum herausfinde, ist Frederik fortan ein offenes Buch für mich. Das Warum ist der Schlüssel. Zu allem. Die Frage ist nur, wird Frederik bereit sein, mir davon zu erzählen? Aus freien Stücken?

In meinem Kopf spielt sich die morgendliche Szene aus der Küche ab. Wie Frederik mich ansah, der Moment, in dem er mir den Kaffeebecher reichte, die zufällige Berührung unserer Finger. Die intensive Auseinandersetzung mit diesem undurchschaubaren Mann und dessen unerwartet zuvorkommende Art bringen mich durcheinander. Sie lenken mich von dem eigentlichen Ziel ab. Eine Titelstory. Nicht mehr und nicht weniger.

Professionelle Distanz. Die beiden Wörter schnellen durch meine Überlegungen, und ich fahre in meinem Stuhl hoch. Je mehr Fragen Frederik mir stellt und je mehr ich davon beantworte, um seine harte Schale zu knacken, desto weiter entferne ich mich von der Professionalität, die in meinem Job so wichtig ist.

Ich bin gefangen in einer Zwickmühle. Wie viel darf ich über mich verraten, ohne Schaden dabei zu nehmen? Wie viel kann Frederik mir erzählen, ohne von mir enttäuscht zu werden? Wie weit ist es mir erlaubt zu gehen, um mein Ziel zu erreichen? Das Porträt, das mein journalistischer Durchbruch werden sollte, entpuppt sich als die schwerste Aufgabe, die man mir hätte auferlegen können. Wenn sie nicht sogar unmöglich zu meistern ist.

Drei Stunden später warten noch immer die Nachrichten von Smilla und Juna darauf, von mir beantwortet zu werden. Wie so oft sitze ich in meiner Mittagspause oben auf der Dachterrasse der Redaktion, lasse mir den sommerlichen Wind um die Nase wehen und esse meinen Salat, den ich mir in der Nähe in einem Lokal zusammengestellt habe.

Immer wieder fange ich an, zu tippen, lösche dann doch wieder alles und entscheide mich schließlich für eine Sprachnachricht.

Ich tippe auf das Aufnahmesymbol und lege los. Mit Schweigen. Typisch!

»Ähm … okay. Also das war gestern … nicht geplant. Ich meine, ihr kennt das, man fährt irgendwohin, dann hat man einen Platten, weiß nicht, wie man zu später Stunde nach Hause kommen soll – ich hätte einfach fast zwei Stunden zu Fuß laufen müssen!«, begründe ich eilig und seufze. »Ich habe wirklich nur im Gästezimmer geschlafen, wenn du es genau wissen willst, Juna«, erkläre ich und beantworte damit die freche Frage meiner Freundin. Dann plötzlich verstumme ich. Ich spüre ein Flattern in meiner Magengegend. Ein Kribbeln. Bei dem Gedanken an Frederik verstärkt es sich, und ich vergesse, was ich Smilla und Juna hatte sagen wollen. Die Sekundenanzeige der Aufnahme zählt fröhlich weiter. Nervös setze ich erneut an.

»Genau, also ich weiß, dass das komisch wirkt. Ähm … na ja. Jedenfalls sitze ich jetzt im Büro und arbeite. Beziehungsweise mache Mittagspause. Und irgendwie … also … Ich weiß nicht. Ich bin … Also, diese Story mit Frederik ist … schwierig? Ja … Also … ähm … Sehen wir uns … heute Abend?«, beende ich die Sprachnachricht und schließe seufzend die Augen. Ich überlege, ob ich die Nachricht nicht lieber löschen soll, doch die Haken springen bereits auf blau um, was bedeutet, dass beide sie bereits gesehen haben oder sogar schon dabei sind, sie abzuhören.

Angespannt lege ich das Smartphone neben meine Salatbox und frage mich, wieso ich keine vernünftige Antwort zustande bekommen habe.

Nicht mal eine Minute später vibriert mein Smartphone und kündigt einen Anruf an. Mist. Jetzt ruft bestimmt eine von beiden an. Ich hätte die Nachricht nicht schicken sollen, denke ich von mir selbst genervt und greife zum Telefon.

Überrascht lese ich den Namen des Anrufers, und sofort jagt mein Puls in die Höhe.

Ich atme tief durch und gehe ran.

»Hej!«

»Hej.« Frederiks markante Stimme ertönt in meinem Ohr. »Störe ich?«

»Nein, ich bin im Büro und mache gerade Pause.«

Stille am anderen Ende. Als ich fragen will, weshalb er anruft, meint er: »Hast du heute noch viel zu tun?«

»Wie meinst du …?«, frage ich und beiße mir sogleich auf die Zunge. Was bitte erwarte ich denn? Er ruft aus beruflichen Gründen an. Genau.

»Ich dachte, wir könnten vielleicht unsere Treffen in deine Arbeitszeit verlegen. Also deine offizielle Arbeitszeit.« Eine kurze Pause. »Damit du nicht noch mehr unbezahlte Überstunden machen musst.«

Bevor ich mich bremsen kann, widerspreche ich nervös lachend. »Ach, das ist schon okay. So ist der Job. Ich richte mich nach der Zeit meiner Ansprechpartner. Es ist ganz normal, dass ich nicht zu den Nine-to-five-Beschäftigten gehöre.«

Ich bilde mir ein, ein Lächeln auf Frederiks Lippen herauszuhören, als er sagt: »Dann gehören sechsstündige abendliche Treffen, die bis nach Mitternacht andauern, zu deinem geregelten Arbeitstag?«

Das unruhige Prickeln in meiner Magengegend wird stärker, und mir wird auf einmal ungewöhnlich warm – und das hängt nicht mit der Sonne zusammen, die auf mich herabscheint, während ich beginne, eine Furche in den Betonboden auf dem Dach der Redaktion zu laufen.

»Wie gesagt, ich richte mich nach meinen …« Mir will kein passender Begriff einfallen, und so verstumme ich schließlich und warte nervös auf die Erklärung, was Frederik mit diesem Anruf bezweckt. »Also, was wolltest du?«

Er räuspert sich. »Ich könnte dich gleich abholen und … Bist du schwindelfrei?«

»Ja, wieso?«

»Gut. Und du hast den Rest des Nachmittags Zeit?«

»Theoretisch«, erwidere ich vorsichtig. Eigentlich nicht.

»Sehr gut, ich hole dich ab.« Seine Stimme ist überraschend charmant, aber duldet definitiv keinen Widerspruch. »In einer halben Stunde. Bis gleich!«

»Ich …«, beginne ich, doch er hat bereits aufgelegt.

Was hat Frederik vor? Und wieso kommt er von sich aus auf mich zu? Dieser Mann verwirrt mich. Das. Ist. Nicht. Gut. Gar nicht gut!

Kapitel 21

Linn

»Nervös?«

»Nervös?!« Entsetzt schaue ich zu Frederik und reiße die Augen auf, während ich mich darum bemühe, einen entspannten Eindruck zu vermitteln. »Ich bin … höchstens aufgeregt.« Ich versuche mich an einem Lachen, allerdings klingt es eher nach einer Möwe, die dabei ist, abzustürzen.

Frederik legt seinen Kopf in den Nacken und sieht nach oben. »So hoch ist es gar nicht. Es sind nur um die sechzig Meter.«

Das Motorboot, auf dem wir uns seit einer halben Stunde befinden, schaukelt mithilfe des Elektromotors sanft in den seichten Wellen des Öresunds auf und ab. In diesem Moment rollt jedoch ein Ausläufer eines größeren Schiffes auf uns zu. Der weiße Rumpf schwankt stärker hin und her, sodass ich automatisch auf der Suche nach Halt bin. Reflexartig greife ich nach dem nächstbesten und erwische ausgerechnet Frederiks Arm. Ich beiße mir auf die Unterlippe und ziehe meine Brauen kritisch in die Höhe.

»Klar. Sechzig Meter. Auf offener See. Ein Kinderspiel.«

Herausfordernd blitzt Frederik mich von der Seite an. »Ich verspreche dir, es ist den Mut wert.«

»Sicher«, versuche ich, überzeugt zu sagen, hebe den Blick gen Himmel und betrachte das meterhohe weiße Gebilde, an dessen oberem Ende drei Rotorblätter angebracht sind. Aufmerksam wende ich mich wieder an Frederik. »Warum genau wolltest du mit mir auf eine Windkraftanlage?«

»Du wolltest mich doch kennenlernen. Mehr über mich erfahren. Das hier«, er deutet mit dem Kopf zu dem vor uns in die Höhe ragenden Windrad, »ist nicht nur ein Aspekt meiner Arbeit.«

»Sondern?«, hake ich nach, als er nicht weiterspricht.

Er schweigt, doch dann schaut er mir direkt in die Augen. »Da oben ist alles anders. Und ich will, dass du dieses Gefühl kennenlernst.«

Sprachlos starre ich den Kerl an meiner Seite an und spüre erneut dieses Kribbeln auf meiner Haut. Der Wind fährt mir durch die Haare und zerrt an den Strähnen, die ich in einen unordentlichen Knoten auf den Hinterkopf verbannt habe.

»Seid ihr bereit?« Eine energische Stimme ertönt hinter uns, und ich sehe zu Kristian. Frederik hat mir den Mann vorgestellt, nachdem er mich am Verlag abgeholt hat und wir mit den Rädern zum Hafen gefahren sind. Dort führte Frederik mich direkt zum Boot und begrüßte freundlich den Techniker, der sich offenbar um die Wartung der Windräder kümmert, zu welchen wir zu meiner großen Überraschung schließlich aufgebrochen sind.

Jetzt, eine halbe Stunde nach Ablegen vom Kai, sind wir nun also etwa dreieinhalb Kilometer von Kopenhagen entfernt und haben an einer der zwanzig Anlagen festgemacht, die sich allesamt nebeneinander im Öresund aufreihen. Der Anblick erinnert mich an die Bleistiftzeichnungen in Frederiks Flur.

Frederik blickt indes fragend zu mir, und ich nicke.

»Wir sind startklar.«

Das Zittern in meiner Stimme hat hoffentlich niemand gehört. Ich habe im Grunde weder Höhenangst noch ein Problem mit dem Meer. Aber diese Kombination … Wir wollen auf sechzig Meter rauf, um dann unsere Köpfe aus einer geöffneten Luke herauszustrecken und – ja, was eigentlich? Den Ausblick genießen? Technische Details durchgehen? Ich bin mir noch nicht sicher, was Frederik mir hier zeigen will. Gleichzeitig bin ich beeindruckt, dass er es offenbar fertigbringt, mal eben zu ermöglichen, dass wir allein auf eines dieser meterhohen Dinger hinaufdürfen.

Kristian klettert über eine Leiter auf den Sockel der Anlage, an dem das Boot festgeleint ist. Frederik folgt ihm mit sportlichen Bewegungen. Dann dreht er sich zu mir um und reicht mir die Hand, um mich die letzten beiden Sprossen zu ihm raufzuziehen. Ich lege meine Finger automatisch in seine, und mit einem sanften Ruck lande ich neben ihm sicher auf meinen Füßen.

»Du kennst dich noch aus?«, fragt Kristian und fährt sich mit der Hand über seinen dunklen Bart, der perfekt getrimmt ist. Er trägt eine dieser typischen blauen Hosen und Jacken, die mit neongelben Flächen und silbernen Steifen versehen sind. Es ist die Kluft eines Arbeiters, der an gefährlichen Orten unterwegs ist und gut gesehen werden sollte. So wie im Hafen oder eben auf einem Windrad.

Frederik nickt und nimmt einen der sonnengelben Bauhelme entgegen. Den zweiten drückt Kristian mir in die Hand. Er prüft noch einmal die Sicherheitsgurte, die wir bereits am Hafen angelegt haben, und scheint zufrieden zu sein. Dann schließt er eine Tür auf und grinst: »Dann mal viel Spaß da oben.« An Frederik gerichtet, erinnert er: »Denk dran, dass ich heute noch zum Fußballspiel meiner Tochter will.« Er lacht.

»Wir bleiben nicht allzu lange. Danke dir!«, erwidert Frederik und hakt den Karabinerhaken des Sicherungsgurts an der ersten Leiter ein.

Unsicher, was mich erwartet, schaue ich mich um. Ehrlicherweise sieht es noch recht unspektakulär aus. Diverse Kabel, Metallkästen an den Wänden sowie eine Leiter, die mit dem Rücken zur Wand nach oben führt. Frederik umfasst die Sprossen und hebt bereits den Fuß, als ich alarmiert frage: »Wir klettern über …«, ich starre die Leiter an, »das da rauf?!« Es hat immerhin eine schützende Abgrenzung rundherum, sodass man nicht völlig frei an der Leiter hängt, und wir sind beide mit einem Seil und Karabinerhaken gesichert, aber trotzdem …

»Ja, was dachtest du denn?«

»Ich …« Ein wenig peinlich berührt zucke ich mit den Schultern. »Na ja, ich dachte an einen Fahrstuhl … oder so …« Dass Frederik mir vorhin ebenfalls einen Sicherungsgurt angelegt hat, habe ich gekonnt ignoriert.

Frederik schüttelt amüsiert den Kopf. »Die modernen Anlagen haben in der Tat schmale Aufzüge. Wir müssen allerdings noch unsere Muskeln für uns arbeiten lassen.«

O Gott, denke ich, dafür bin ich so was von nicht passend angezogen. Ich trage immer noch die dunkle Stoffhose und das Top und den halblangen Pulli. Alles halbwegs bequem, aber trotzdem nicht das perfekte Outfit für ein Work-out. Zumal ich gerade zusätzlich zum Sicherungsgurt noch eine überraschend schmale Schwimmweste über einer Windjacke trage. Beides hat Frederik mir am Hafen gegeben. Die Jacke ist ein bisschen zu groß, aber wenn ich daran denke, wo wir hinwollen, ist es sicherlich nicht verkehrt, sie anzubehalten.

Als würde es besser werden, je öfter ich es wiederhole, frage ich: »Wir klettern jetzt rund sechzig Meter nach oben? Auf Leitern?«

Frederik nickt. »Bereit?«

Nein. Das würde ich am liebsten sagen. Mir ist ein wenig mulmig zumute. Aber hey, ich bin Journalistin, oder? Wir sind geboren, um uns ins Ungewisse zu stürzen, darin rumzugraben und eine großartige Story daraus zu machen. Wir gehen an Orte, die sonst niemand betritt. Zum Beispiel auf ein Windrad. Auf offener See. Ich kratze meinen Mut zusammen und seufze: »Jep.«

Und so klettern wir los. Frederik voraus, ich hinterher. Doch nach etwa der Hälfte merke ich, dass von der Kondition, von der ich mir einbildete, sie zu besitzen, nicht mehr viel übrig ist. Meine Arme werden zunehmend schwerer, ebenso meine Beine, insbesondere meine Oberschenkel. Ich bin aus der Puste und brauche zwischendurch immer wieder kleinere Pausen.

Als wir schließlich auf Stockwerk Nummer zehn ankommen, schwitze ich und habe bestimmt schon rote Flecken im Gesicht von der Anstrengung.

»Wie viel haben wir noch vor uns?«

Frederik, der zwar angestrengt wirkt, aber nicht ansatzweise so fertig zu sein scheint wie ich, rechnet im Kopf nach. »Drei Leitern dürften es noch sein.«

»Ufff…« Ich lasse meinen Atem entweichen, binde mir den Knoten auf meinem Kopf neu und setze im Anschluss daran den Sicherheitshelm wieder auf. Okay. Drei Stockwerke. Das schaffe ich. Ich kann das. Mein Körper kann das. Ich *will* das!

»Alles okay?«

Ich werfe Frederik einen funkelnden Blick zu. »Ein paar Höhenmeter und das bisschen körperliche Anstrengung bekommen mich nicht klein!«, rufe ich, hänge meinen Karabinerhaken oben ein und greife nach den Sprossen vor uns. Mit einer frischen Energie, von der ich keine Ahnung habe, wo ich sie hernehme, erklimme ich das nächste Stockwerk.

Irgendwie fühlt sich diese Fitnesseinheit gut an. Es ist, als würde ich mich von all den anderen Gedanken abnabeln und mich nur hierauf konzentrieren. Ein ungewöhnliches Abenteuer an einem gewöhnlichen Dienstagnachmittag.

Oben angekommen, führt Frederik mich über einen schmalen – verdammt schmalen – Gang zum Hauptgewerk der Turbine, und ich spüre, wie mir eine Böe ins Gesicht bläst. Es ist, als befänden wir uns auf einer Dachterrasse mitten auf dem Meer. Ich nehme die salzige Luft tief in meine Lunge auf und spüre einen Hauch von Freiheit, der mich umgibt. Einen Augenblick lang schaue ich nach oben und sehe den strahlend blauen Nachmittagshimmel über uns. Ich atme mehrmals tief durch, bis schließlich Frederiks Stimme neben mir ertönt und ich mich wieder auf ihn konzentriere.

»Wir befinden uns in der Gondel der Windkraftanlage. Das dort drüben ist die Bremse. Das ist das Getriebe, und da vorne ist der Generator.« Er hebt die Hand und zeigt auf ein paar kleine sich drehende Minipropeller. »Das sind diverse Messwerkzeuge für die Anlage.«

»Und das?«, frage ich und nicke in Richtung eines orangeroten Gebildes, das wie der Arm eines Roboters aussieht.

»Ein Kran für Wartungsarbeiten.« Frederik erklärt mir noch allerhand technische Details, und ich versuche, mir so viel wie möglich davon zu merken. Einen Notizblock habe ich nicht dabei, und mein Handy ist in meiner Handtasche, die ich im Boot gelassen habe.

Dann sieht er mich plötzlich mit einem begeisterten Ausdruck an, der mich an einen Jungen erinnert, der soeben das erste Mal ein Technikmuseum besuchen darf.

»Komm.« Er greift ungefragt nach meiner Hand und nimmt mich ein Stück zur Seite. Dann dreht er sich um, zieht mich sanft vor sich und ermöglicht mir den Blick vorbei an den geöffneten Klappen der Gondel. »Ich präsentiere den besten Ausblick, den es gibt.«

Bevor ich seinem Blick folge, drehe ich mich grinsend zu ihm um. »Besser als vom Rundetårn?«

Er mustert mich nachdenklich. Dann kommt er zu dem Schluss: »Viel besser.«

Lächelnd wende ich ihm den Rücken zu und überprüfe schließlich Frederiks kühne Behauptung. Ich will bereits einen ironischen Kommentar abgeben, als ich mich auf die Zehenspitzen stelle und bemerke, wovon Frederik gesprochen hat. Man kann ganz Kopenhagen von hier oben sehen. Aufgrund des fabelhaften Sommerwetters hebt sich die Stadt deutlich vom blauen Himmel ab. Ich erkenne den Hafen, aber auch einige der imposanten Bauten der Innenstadt.

»Das ist… Wow«, hauche ich beeindruckt und blicke über das tiefblaue Wasser hinweg, das uns auf allen Seiten umgibt. Kopenhagen liegt dort wie ein magischer Streifen Land, der sich im Scheinwerfer der Junisonne rekelt und allen beweist, wie wundervoll er ist. Die Dächer, das Grün dazwischen, die wuseligen Hafenanlagen – von hier aus hat man einen ganz anderen Blick auf das Geschehen. Man ist weit weg und kann doch so viel von dem dort stattfindenden Leben erahnen.

Frederik legt sanft eine Hand an meine Schulter, dreht mich ein wenig und deutet mit dem Finger in die gegenüberliegende Richtung. Sein Mund dicht an meinem Ohr, flüstert er: »Was hältst du davon?«

Gebannt lasse ich den Blick schweifen. Obwohl mir das Motiv vertraut ist, habe ich das Gefühl, es zum ersten Mal zu sehen. Neunzehn weitere Windkraftanlagen reihen sich neben der unseren auf und bilden eine leichte Kurve. Mit den drehenden Rotorblättern macht es von hier oben den Eindruck, als wären sie eine Kompanie von Tänzern, die eine eng abgestimmte Choreografie performen und sich von nichts aus der Ruhe bringen lassen. Sie treten auf einer Bühne auf, die sich in sanften Wellen an sie schmiegt und eine Aufmerksamkeit auf sie richtet, die es so nirgendwo sonst geben kann. Statt Scheinwerfern umringen sie leichte weiße Schaumkronen und der beständige Wind, der den Auftritt mit seinem Lied untermalt.

Es ist atemberaubend.

»Ich weiß«, flüstert Frederik, und mir wird bewusst, dass ich den Gedanken eben laut ausgesprochen haben muss.

Ich spüre den Wind auf meiner Haut und bewundere den Ausblick über ein Stück dänischer Energiegeschichte. Ich muss unwillkürlich lächeln. Wer hätte gedacht, dass Energie so viel mehr ist als der Strom, der aus der Steckdose kommt? Wenn man Frederik zuhört, geht es dabei um Kreativität, Mut und Vertrauen. Es ist mehr als ein technisches Patent. Energie ist… Gemeinschaft.

Ohne mich umzudrehen, frage ich: »Was bedeutet dir die Energiewende, an der du so hart arbeitest?«

»Sie bestimmt unsere Zukunft.«

Ich schüttele den Kopf und reiße den Blick von den beeindruckenden Bauwerken auf dem Wasser los. Während ich mich umdrehe, werde ich klarer: »Du bist ein Weltverbesserer. Schon verstanden. Aber … warum?«

Ich habe das Gefühl, als hätten wir ein ähnliches Gespräch schon einmal geführt. Doch diesmal ist mir, als würde es um etwas Größeres gehen. Um etwas Persönliches.

Frederik starrt mich an, und mir wird bewusst, wie dicht wir beieinanderstehen. Es ist dem wenigen Platz hier oben in der Gondel geschuldet. Das rede ich mir hartnäckig ein und hoffe, dass das Klopfen meines Herzens ebenso dem letzten Quäntchen Aufregung um die Höhe und den vielen erklommenen Sprossen geschuldet ist.

Es dauert eine ganze Weile, bis Frederik sich entschließt, mir zu antworten.

»Möglicherweise habe ich das Gefühl, ich schulde es der Welt.«

Irritiert blinzle ich. »Wieso?«

Der Schatten in Frederiks Augen breitet sich auf seinem gesamten Gesicht aus, während er schweigend den Blick hinter mich auf das Meer richtet.

»Erzähl es mir«, wispere ich und weiß, dass die Distanz, über die ich vor wenigen Stunden noch nachgedacht habe, in diesem Augenblick dabei ist, sich vollständig aufzulösen. Es ist die Art, wie wir einander ansehen. Ein Moment der Aufrichtigkeit. Der Transparenz. Schmerzhafte Transparenz, die unumkehrbar ist.

An seinen Halsmuskeln sehe ich, wie Frederik schluckt. »Ich habe der Welt etwas genommen. Deshalb schulde ich es ihr, alles daranzusetzen, es wiedergutzumachen.«

»Was meinst du damit?«

Frederik umschließt meine rechte Hand mit seinen Fingern

und wirft einen letzten Blick über meine Schulter hinaus auf die anderen Windräder.

»Wir müssen runter. Kristian wartet auf uns.«

»O nein! Speis mich jetzt nicht ab«, rufe ich aufgebracht.

Der Druck seiner Hand verstärkt sich, und während ich ihn anfunkle, verstärken sich auch das Kribbeln auf meiner Haut und das Flattern in meinem Magen. Ich werde plötzlich nervös. Die Nähe zu Frederik ist wie ein Magnet, ich kann mich ihr nicht entziehen. Selbst wenn ich wollte – und ich weiß nicht mal, ob ich will.

Frederik, der in diesem Moment wieder zu mir sieht, neigt den Kopf neben meinen.

»Nicht hier.« Er atmet neben meinem Ohr kaum merklich durch. »Lass uns diesen Ort nicht damit kaputtmachen.«

»Aber ich will …« Weiter komme ich nicht, denn plötzlich spüre ich die sanften Lippen von Frederik auf meinen. Mein Herzschlag setzt aus. Mein Verstand verstummt. Ich sollte mich wehren, aber ich kann nicht. Denn es fühlt sich an, als würde ich es … wollen.

Kapitel 22

Frederik

Bittersüße Spritzer von Granatapfel in Kombination mit einem Hauch Honig. Das ist es, was mir in den Sinn kommt, während ich Linns weiche Lippen unter meinen spüre. Mein Verstand scheint irgendwo mit der letzten stärkeren Windböe abhandengekommen zu sein. Trotz des Risikos, das damit einhergeht, hat er etwas das Feld überlassen, von dem ich nicht weiß, was es ist. Doch es bringt mich dazu, Linns Nähe zu suchen und eine Grenze zu überschreiten, die so wichtig ist, dass wir sie nie hätten niederreißen dürfen.

Und obwohl ich genau das in diesem Moment im Kopf habe, höre ich nicht auf, in Richtung Verderben zu marschieren. Meine Lippen tasten vorsichtig über Linns leicht geöffneten Mund. Er fühlt sich weich an, gibt nach, und wie von selbst finden sich unsere Zungenspitzen. Noch während der ersten Berührung zucken sie beide scheu wieder zurück, doch dann nähern sie sich wieder an. Langsam, behutsam und fragend. So als würden sowohl Linn als auch ich wissen, dass das, was wir hier tun, nicht richtig ist – wir uns dem aber nicht entziehen können.

Meine Hand, die immer noch Linns kühle Finger umfasst, streicht vorsichtig über ihre zarte Haut. Ich spüre, wie sie sich minimal versteift. Gleichzeitig kommt ihr Körper mir ein winziges Stück entgegen. Aufgrund der bereits bestehenden Nähe gibt es allerdings kaum mehr Abstand zwischen uns, den es zu überwinden gilt. Wir sind uns so nah, dass sich unsere Oberkörper beinahe vollständig berühren, wären da nicht die flachen Schwimmwesten und die Windjacken.

Meine andere Hand legt sich wie von selbst um Linns Taille, so als müsste ich sie vor der nächsten Böe schützend an mich binden.

Während ich versuche, mich zur Ordnung zu rufen, breitet sich das warme Gefühl, das mein Herz seit diesem Morgen umgibt, im Rest meines Körpers aus. Als würde die Berührung von Linn eine Schnittstelle überbrücken und es überhaupt erst ermöglichen, dass sich die Zuneigung ihren Weg durch mich hindurch bahnt. Wie ein Stromkreis, der durch die Berührung vervollständigt wurde.

Unsere Münder, die sich von Sekunde zu Sekunde näher kennenlernen, spielen ein Spiel. Sie erkunden einander, forschen und fordern heraus. Zeitgleich nehmen sich beide Seiten immer wieder zurück, überdenken die Situation und kommen schließlich doch nicht voneinander los. Es ist wie verhext.

Der Kuss dauert vermutlich nur Sekunden, aber es fühlt sich an, als würde die Welt um uns herum stillstehen. Wir sind im Hier und Jetzt und sind es doch nicht.

Plötzlich ertönt ein lautes Poltern, und wir fahren erschrocken auseinander. Linns Helm ist auf den Boden gefallen. Eilig bückt sie sich, um ihn aufzuheben. Ohne mich anzusehen, setzt sie ihn wieder auf und beißt sich auf die Unterlippe.

Mein Herz, das eben noch stillstand, fängt auf einmal an zu rasen. Mein Verstand legt den ersten Gang ein und tritt eine Flut von Gedanken los. Rationale Gedanken.

Ich habe Linn geküsst. Eine Frau, die ich seit nicht mal einer Woche kenne. Eine Frau, die eine Titelstory über mich schreiben soll. Eine Frau, die … die ich näher an mich herangelassen habe, als ich sollte.

»Linn, ich …«, flüstere ich gegen den Wind, dessen Böen ich nun wieder wahrnehme. »Ich weiß nicht, wie ich …«

Unsicher hebt Linn ihren Kopf und mustert mich zurückhaltend. Ihre Arme vor dem Körper verschränkend, als würde sie einen Schutzwall benötigen, murmelt sie: »Wir sollten runter. Kristian wartet auf uns.«

Sie schiebt sich vorsichtig an mir vorbei, darauf bedacht, mich nicht zu berühren. Reflexartig greife ich nach ihrem Arm und halte sie sanft auf.

»Es tut mir leid.« Meine Stimme ist heiser, doch ich kann nichts dagegen tun. Alles in mir wehrt sich gegen diese Entschuldigung, aber ich weiß, dass ich sie aussprechen muss. Was ich getan habe, gehört sich nicht. Ebenso wenig darf es sich wiederholen, selbst wenn ich das dringende Bedürfnis verspüre, genau das zu tun. Ich will Linn näherkommen. Noch näher als bei diesem Kuss. Aber … in meinem Kopf erklingen plötzlich wieder meine ständigen Begleiter. Die Stimmen. Von Jungen und Mädchen. Die Füße auf den glatten Felsen. Das Wasser, das zur Seite spritzt. Das Schweigen.

Linn deutet die Reaktion falsch. In ihren blauen Augen bildet sich ein verletzter Schimmer. Mit ihrer vorgeblich selbstbewussten Stimme versucht sie darüber hinwegzutäuschen.

»Ich glaube, wir machen beide gerade eine emotionale Reise durch. Meine Fragen … deine Fragen … unser Deal … Vielleicht haben wir es übertrieben. Wir sollten … Ein wenig professionelle Distanz wäre vielleicht ganz gut.«

Ich weiß, dass sie recht hat. Trotzdem fühlt sich jedes ihrer Worte wie eine harte Zurückweisung an. Energisch reiße ich mich am Riemen. Ihr Vorschlag ist der einzig richtige.

»Du hast recht.« Ich räuspere mich und blicke zu Boden. »Verzeih, dass …«

Linn unterbricht mich. »Keine Entschuldigungen.« Ihre Stimme klingt erstickt. »Bitte.«

Überrascht sehe ich auf. Linn presst die Lippen, deren weiche Form sich in meine Erinnerung gebrannt hat, aufeinander und schüttelt kaum merklich den Kopf. Dann geht sie voran und beginnt mit dem Abstieg nach unten.

Ich atme ein letztes Mal die frische Meeresluft hier oben ein und kümmere mich dann um die Schließung der Gondel. Den gesamten Weg nach unten legen Linn und ich schweigend zurück. Meine Gedanken drehen sich, und ich versuche herauszufinden, was zur Hölle mich dazu gebracht hat, Linn dort oben zu küssen.

Natürlich könnte ich es mir einfach machen und es damit begründen, dass ich ihr nicht sagen wollte, was sie wissen wollte. Nämlich, warum ich das Gefühl habe, etwas wiedergutmachen zu müssen.

Die Stimmen in meinem Kopf werden wieder lauter. Die Erinnerung an jenen verhängnisvollen Tag schiebt sich vor mein inneres Auge, und ich übersehe davon umnebelt die nächste Sprosse. Mein Fuß tritt ins Leere, und ich verliere für einen Moment den Halt. Glücklicherweise handelt es sich um die letzte Sprosse dieser Leiter, und nach einem Moment des Schocks, in dem das Adrenalin durch meinen Körper schießt, spüre ich festen Boden unter dem irregeführten Bein. Zur Sicherheit halte ich mich noch einen Moment an der metallenen Leiter fest. Ich schließe die Augen und atme tief durch.

Als ich die Lider wieder hebe, bemerke ich Linn, die meinen Stolperer mitbekommen hat und mich unauffällig von der Seite beobachtet. Da ich mich nicht rühre, kommt sie einen Schritt auf mich zu.

»Alles in Ordnung?«

Ich zwinge mich zu einem Lächeln. »Ja.« Einen Blick auf die Stockwerknummer werfend, lenke ich von mir ab. »Noch zwei Etagen. Dann sind wir unten.« Ich bedeute Linn voranzugehen.

Sie wirft mir einen prüfenden Blick zu, kommt meiner Aufforderung jedoch nach, und nacheinander nehmen wir uns die letzten Meter nach unten vor. Dort erwartet uns Kristian bereits mit einem strahlenden Grinsen.

»Na, beeindruckt?«, fragt er an Linn gerichtet. Die nickt und gibt ihm den Helm zurück. Den Helm, der unseren Kuss brachial unterbrochen hat. Was wäre wohl passiert, wäre er nicht runtergefallen? Schnell wende ich den Blick ab und verbiete mir diesen Gedanken. Er ist nicht hilfreich. Überhaupt nicht hilfreich.

»Es ist ein ganz besonderer Ausblick.« Linns aufrichtige Stimme ertönt hinter mir, während ich bereits zurück auf das Boot klettere. Als ich an Deck ankomme und den Blick hebe, bemerke ich, dass Linn vom Sockel der Anlage zu mir sieht. Ein nachdenklicher Ausdruck zieht über ihr hübsches Gesicht, dann wendet sie sich an Kristian.

»Warum lässt du Frederik einfach so hierherkommen?«

»Ihm gehört das Ganze gewissermaßen.« Kristian lacht. »Außerdem bekomme ich jedes Jahr zu Weihnachten eine gute Flasche Bourbon von ihm. Da macht man gerne mal eine Ausnahme.«

Erstaunt hebt Linn ihre Brauen und starrt zu mir rüber. Sie öffnet den Mund, um etwas zu sagen, doch Kristian kommt ihr unabsichtlich zuvor.

»So, wir müssen dann. Meine Kleine hat heute ein wichtiges Spiel. Da muss ich auf der Tribüne sitzen und lauthals anfeuern, wenn ihr versteht. Väterliche Pflichten.« Er grinst, und man hört deutlich den Stolz in seiner Stimme.

Linn lässt sich daraufhin nicht zweimal bitten und kommt an Bord. Kristian löst die Taue, folgt ihr an Deck, und kurz darauf schlagen wir den Kurs Richtung Kopenhagen ein.

Wir brauchen knapp zwanzig Minuten zurück zum Hafen. Dort angekommen bedanke ich mich bei Kristian für den spontanen Trip.

Zurück bei unseren Rädern stehe ich etwas unschlüssig am Kai und überlege, wie es nun weitergehen soll. Gerade als ich ansetze, etwas zu sagen, meldet sich Linn zu Wort.

»Danke für den Einblick in deine Ar…« Sie verstummt und wirft einen Blick auf die Windkraftanlage in der Ferne. »Dir gehört ein Teil davon?«, fragt sie und schaut mich irritiert an.

»Meine Eltern gehörten zu den Bürgern, die sich zusammengeschlossen haben und für den Bau der Anlage eingetreten sind.«

»Das ist …« Sprachlos starrt Linn mich an. »Als hätte man es dir in die Wiege gelegt«, überlegt sie laut und lächelt. »Wieso sagt Kristian, dass die Anlage quasi dir gehört, wenn deine Eltern aber eigentlich …«

Bevor sie ihre Frage beendet, setze ich bereits mit einem Stich im Herzen zu einer Antwort an. »Die entsprechenden Dokumente liefen auf den Namen meines Vaters. Er hat sie mir kurz vor seinem Tod überschrieben.«

»Oh.« Betroffen zuckt Linn zusammen. »Ich wusste nicht, dass dein Vater …«

Ein altbekannter Schmerz überkommt mich. Ich vermisse meinen Vater. Besonders die Gespräche mit ihm, der Zuspruch und sein fortwährender Glaube an mich fehlen mir. Aber ich habe gelernt, seinen Tod zu akzeptieren. Es fällt jeden Tag schwer, doch ich weiß, dass er irgendwo sitzt, mich beobachtet und ein Auge auf mich hat.

Deshalb lächle ich milde. »Krebs. Er hat sich gut versteckt. Mein Vater hat lange Zeit kaum etwas gespürt. Er war fit wie ein Turnschuh, aktiv, und erst, als es zu Ende ging, entdeckte man, dass er offensichtlich schon lange einen Tumor mit sich herumtrug. Zwei Monate nach der Diagnose starb er.«

»Das tut mir leid. Du hast es gestern gar nicht erwähnt, als wir die Fotos …«, wispert Linn und kommt einen Schritt auf mich zu, bleibt dann jedoch abrupt stehen. Distanz. Sie wahrt den Abstand, den sie uns oben auf dem Windrad auferlegt hat. Sanft mustert sie mich mit dem Verständnis, das nur jemand zeigen kann, der selbst schon mal jemanden verloren hat.

»Ich komme klar«, erkläre ich eilig und räuspere mich. Meine Behauptung stimmt. Trotzdem gibt es Tage, an denen ich die Welt verfluche und mir den Moment zurücksehne, in dem die Küchentür meiner Eltern offen stand und mein Vater einen

Kaffee aufsetzte. Er wusste stets, wo meine Mutter die guten Kekse versteckte, und ließ mich an dem Schatz teilhaben, wann immer er es für richtig hielt, gegen die Regeln zu verstoßen.

»Wie lange ist es her, dass …«

Es scheint sich zur heutigen Gewohnheit zu entwickeln, dass Linn ihre Fragen nicht bis zum Ende stellt, sondern vorher verstummt und mich stattdessen fragend ansieht.

»Nächsten Monat sind es zwei Jahre.« Ich richte mein Rad aus und schwinge mich auf den Sattel. »Meine Eltern waren …« Ich beobachte zwei Möwen, die sich um ein gefundenes Fressen streiten. »Sie waren ein Team. Sie haben sich der Welt gemeinsam gestellt, und egal, wie schwer es zwischendurch war, sie haben nie aufgehört, zusammen zu kämpfen.« Während ich den kreischenden Vögeln zusehe, verselbstständigen sich meine Worte, und ich rede einfach weiter, obwohl Linn nicht danach gefragt hat.

»Die beiden haben jung geheiratet. Sie haben sich gesehen und wussten, dass sie den Partner gefunden haben, der sie durchs Leben begleiten soll. Sie kamen beide aus armen Verhältnissen, doch das hat ihre Stimmung nie getrübt. Wir hatten wenig Geld, aber ich glaube, ich kenne niemanden, der so viel gelacht hat wie meine Mutter. Jeden Morgen vor der Schule musste ich mit ihr und meinem Vater eine Runde durch die Küche tanzen. Sie war der Meinung, so würde man dafür sorgen, dass der Tag gut wird.«

Bei der Erinnerung an all die morgendlichen Tanzeinheiten muss ich unwillkürlich lachen. »Mein Vater hasste tanzen. Trotzdem hat er immer mitgemacht. Weil es meiner Mutter so viel bedeutet hat.«

»Was ist mit dir?«

»Meine Mutter hatte eine schreckliche Country-Phase. Je älter ich wurde, desto schlimmer fand ich es.« Vor meinem inneren Auge taucht das strahlende Gesicht meiner Mutter auf, wie sie in der viel zu engen Küche steht, die Arme durch die Luft wirbelt und meinen Vater zum Schmunzeln bringt, während er so tut, als würde er ihre Begeisterung teilen. »Einmal weigerte ich mich. Ich war spät dran und hatte keine Lust, schon wieder zu Hank Williams' *Born to Boogie* auf der Stelle zu zappeln.« Die Szene erwacht in meinem Geist zum Leben, während ich Linn davon erzähle. »Mein Vater hat es mir am Gesicht angesehen, als ich mich in die Küche geschlichen habe und nur schnell mein Pausenbrot einstecken und dann verschwinden wollte. Er hielt mich zurück, beugte sich zu mir und flüsterte mir etwas ins Ohr, das mich bleiben ließ.«

»Was hat er gesagt?« Neugierig lehnt Linn sich gegen ihr Fahrrad.

Ich hole tief Luft und muss lächeln. »›Wenn es etwas gibt, das eine Frau glücklich macht, solltest du es ihr nie verwehren. Du weißt nie, wann du auf ihre Gutmütigkeit angewiesen bist.‹« Die Stimme meines Vaters im Ohr, spüre ich einmal mehr, wie sehr ich seine beruhigende und kluge Art vermisse.

Leise bringe ich meine Geschichte zu Ende. »Also habe ich mich gefügt und getanzt. Ich kam eine Viertelstunde zu spät zum Matheunterricht. Aber ich hatte verstanden, dass es das wert war. Weil meine Mutter, die sich nie über das harte Leben beschwerte, ein Lächeln auf den Lippen trug, als sie meine Hände in ihre nahm und mich durch die Küche wirbelte, während mein Vater im Takt dazu klatschte und mich mit einem weisen Grinsen beobachtete.«

Ich hebe den Blick und blinzle zu Linn, auf deren Gesicht ein eigenartig wehmütiger Ausdruck erscheint. Nach einem Moment der Stille erhebt sie leise das Wort. »Wie hat deine Mutter den Tod ihres Mannes verkraftet?«

Ich presse die Lippen zusammen und rufe mir das Bild der Frau in Erinnerung, die nur noch ein Schatten ihrer selbst ist. Ganz gleich, wie wenig Sorgen sie sich dank meines Vermögens heute um Geld machen muss. Doch finanzielle Sicherheit kann nicht über den Verlust des wichtigsten Menschen im Leben hinweghelfen. Das musste ich schweren Herzens einsehen.

An Linn gerichtet murmle ich: »Nicht besonders gut. Sie ist … Es ist, als hätte man ihr einen Teil ihrer Seele entrissen, ohne den sie nicht mehr weiß, wie man ein Lächeln zustande bringt.«

Linn senkt den Kopf, und ich bilde mir ein, sie dabei zu beobachten, wie sie unauffällig versucht, sich eine Träne aus dem Augenwinkel zu wischen. Mit brüchiger Stimme und den Blick auf den Boden gerichtet, flüstert sie: »So fühlt es sich an, nicht wahr? Der Tod ist wie ein Schwert, das sich in unser Herz gräbt, etwas herausschneidet und es für immer von uns fortreißt. Es hinterlässt eine Leere, die sich mit nichts wieder füllen lässt.«

Nein, es ist ein anderes Loch in meinem Herzen, das mein Leid verursacht. Schuld sprudelt daraus hervor. Tief sitzende Schuld und die verzweifelte Hilflosigkeit eines Jungen, der eine falsche Entscheidung getroffen hat. Eine Entscheidung, die von dem Drang geprägt war, ein Mädchen für sich zu gewinnen, dessen Lachen er jeden Tag hören wollte. Eine Entscheidung, die dieses Mädchen das Leben gekostet hat und dem Jungen vor Augen geführt hat, dass es besser ist, für sich zu bleiben. Für immer.

Kapitel 23

Linn

Wo ist der Cut, wenn man ihn braucht? Der Cut, wie sie ihn am Set eines Films oder einer Serie setzen, wenn die Szene gerade am emotionalen Höhepunkt angelangt ist und man hart zu einer anderen Situation wechselt. Ich wünschte, man würde dieses Stilmittel bei Frederik und mir anwenden. Aber wir befinden uns in der Realität. Da gibt es weder einen Cut noch eine Nachbearbeitung oder die Chance, die Szene neu einzusprechen. Wir sind hier, ohne Drehbuch und ohne dramaturgische Anweisungen. Wir sind auf uns selbst gestellt.

Und das ist viel wörtlicher gemeint, als mir lieb ist.

»Hast du Hunger?« Frederiks Stimme holt mich aus meinen Gedanken.

Unschlüssig zucke ich mit den Schultern. »Ich weiß nicht.« Ich sehe ihn an und werde bei seiner ebenfalls unsicheren Ausstrahlung an den Kuss erinnert, den wir vor nicht allzu langer Zeit geteilt haben.

Distanz. Ich muss Distanz herstellen, rede ich mir ein. Gleichzeitig frage ich mich, ob Frederik mir erzählt hätte, was er mir soeben offenbart hat, wenn ich den Abstand zwischen uns beibehalten hätte. Aber … Ich unterdrücke ein Seufzen. Ich fühle mich zu diesem rätselhaften Mann hingezogen. Sosehr er auch versucht, den Unnahbaren zu spielen, so sehr spüre ich, dass uns etwas verbindet. Liegt es an dem Deal?

Würde ich ebenso empfinden, wenn ich meinerseits nicht

auf diese intimen Fragen von Frederik antworten müsste? Wir erzählen uns Dinge, die man niemals bei einem gewöhnlichen ersten Date ansprechen würde. Haben wir dadurch womöglich eine ganze Reihe an Ebenen übersprungen? Sind unsere Treffen deshalb so intensiv? Ist dieser Kuss ein Ergebnis der Geheimnisse, die wir einander anvertrauen, ohne uns lange genug dafür zu kennen?

Ich bin verunsichert.

»Wir könnten …«, beginnt Frederik.

»Ich denke, ich muss …«, murmle ich und verstumme, als ich merke, dass wir beide gleichzeitig losgeredet haben.

Frederik hält ebenso inne und bedeutet mir mit einem Nicken, ich solle zuerst sprechen.

»Ich habe noch ein bisschen was für die Arbeit aufzuholen. Daher denke ich, ist es besser, wenn ich jetzt …« Ich schlucke. »Ich sollte mich auf den Weg machen.«

Frederik starrt mich einen Moment lang an. Dann stimmt er mit rauer Stimme zu. »Selbstverständlich. Du hast sicherlich viel zu tun. Ich beanspruche sowieso schon zu viel deiner Zeit. Ich …« Defensiv weicht er meinem Blick aus, und es tut mir im Herzen weh, ihm das Gefühl zu vermitteln, ihn abzuweisen. Aber ich denke, dass ich es muss. Um meinetwillen, aber auch für ihn. Wir balancieren auf einem Drahtseil, das sich zwischen zwei Windrädern spannt, und die zunehmenden Böen drängen uns einerseits immer enger zusammen, andererseits bringen sie das Seil unter unseren Füßen gefährlich ins Schwanken. Ich brauche eine Pause, bevor wir diesen anspruchsvollen Balanceakt fortsetzen.

»Frederik, ich …«, setze ich an, ohne zu wissen, was ich sagen soll. Ich will nicht, dass er meinen Rückzug missversteht. Aber wie soll ich ihm erklären, was ich selbst nicht verstehe?

»Melde dich einfach, wenn du noch etwas für das Porträt brauchst. Ich bin jederzeit erreichbar.« Er setzt ein distanziertes Lächeln auf. Er weiß, dass es besser ist, auf Abstand zu gehen.

Er weiß es. Ich weiß es. Und trotzdem fällt es mir schrecklich schwer. Allein der Gedanke, ihn jetzt ziehen zu lassen, rührt etwas in meinem Herzen.

Energisch kämpfe ich dieses Gefühl zurück und bemühe mich, rational zu handeln. Ich tue das Richtige, wenn ich uns beiden einen Moment zum Überlegen und Gedankensortieren gebe. Das rede ich mir ein, während wir losfahren und zurück Richtung Innenstadt radeln.

Als wir an eine Kreuzung kommen, an der sich unsere Wege scheiden, bremse ich ab, und Frederik kommt neben mir zum Stehen. Uns trennen nur wenige Zentimeter. Würde ich meine Hand ausstrecken, würde ich sogleich auf seinen Arm treffen und ihn berühren können. Aber ich tue es nicht. Es wäre nicht richtig. Obwohl sich alles in mir nach ebenjenem Körperkontakt sehnt.

»Danke für den Ausflug. Ich glaube, ich verstehe langsam, warum du tust, was du tust.« Ich will freundschaftlich-professionell wirken, habe aber vielmehr das Gefühl, als würde es furchtbar hölzern klingen.

Frederiks Kiefermuskulatur spannt sich an, und er weicht meinem Blick erneut aus. Leise flüstert er: »Nein, Linn. Ich fürchte, du hast nicht die geringste Ahnung von meinen Beweggründen.« Er räuspert sich und sieht mich schließlich doch direkt an. »Darf ich dich etwas fragen?«

Abwartend mustere ich ihn. »Frage Nummer sechs?«

Er überlegt und nickt. Ein Kribbeln zieht über meine Haut, und mein Magen zieht sich zusammen. Ich nicke ebenfalls und warte auf die nächste emotionale Welle, die über uns hinwegschwappen wird.

»Wird der Schmerz irgendwann besser?«

»Welcher Schmerz?«

Frederik schluckt. »Um den Verlust eines geliebten Menschen. Die Schuldgefühle. Werden sie irgendwann besser? Je mehr Zeit vergeht?«

Er spielt auf Petters Tod an, der mehr als zehn Jahre zurückliegt, wesentlich länger als der Tod seines Vaters. In Frederiks Augen, die mich inzwischen wieder anschauen, bemerke ich eine gewisse Resignation. So als hätte er die Hoffnung längst aufgegeben, dass es eines Tages besser werden könnte. Ich spüre, wie ich ihm das Gegenteil versichern will. Ich will ihm sagen, dass der Schmerz nachlässt. Dass es erträglicher wird. Dass es irgendwann einen Sinn ergibt. Dass sich die entsetzliche Leere wieder füllen lässt.

Doch ich kann ihn nicht anlügen.

Tränen rinnen über meine Wangen, bevor ich sie davon abhalten kann. Ich schüttele den Kopf. »Es tut mir leid«, wispere ich erstickt.

»Das dachte ich mir.« Als wüsste Frederik, wofür ich mich entschuldige, nickt er verständnisvoll. Auf seinem Gesicht breitet sich nun noch etwas aus. Es wirkt wie … Ich überlege angestrengt, bis ich es plötzlich erkenne, weil ich es von meinem eigenen Spiegelbild so gut kenne. *Reue.*

»Du hättest nichts tun können, Frederik«, sage ich leise, während meine Tränen trocknen. »Gegen Krankheiten haben wir kaum eine Chance. Es ist nicht deine Schuld.«

»Ich weiß.« Frederik nickt automatisch, dann hält er inne und schaut mir direkt in die Augen. »Du würdest womöglich anders denken, wenn …« Er wendet den Kopf ab und macht den Eindruck, als würde er losfahren wollen. Doch er bleibt weiterhin neben mir stehen.

Ich starre ihn an und denke plötzlich an die vielen Anspielungen, die Frederik in den vergangenen Tagen gemacht hat. Die Momente, in denen wir auf ein Thema zusteuerten, das er nicht eindeutig benennen wollte. Dabei ging es nicht um den Tod seines Vaters. Aber es gibt etwas in seinem Leben, das ihn ebenfalls sehr geprägt hat. Davon bin ich in diesem Moment vollkommen überzeugt.

Ich denke nach und springe gedanklich von einem Gespräch

zum anderen und sammle all die Hinweise zusammen. Das Mädchen. Die kleine Meerjungfrau. Die Insel. Das *Warum*.

Ohne nachzudenken, erhebe ich die Stimme. »Das Mädchen, das das Märchen von der kleinen Meerjungfrau so mochte«, wispere ich, und Frederik dreht ruckartig den Kopf in meine Richtung. »Sie lebt nicht mehr. Und du denkst, du bist schuld daran.« Ich weiß nicht, wie ich zu dieser Schlussfolgerung komme, aber jetzt, wo ich sie ausgesprochen habe, ergibt es einen Sinn. Die Schuld, die Reue – diese Gefühle haben nichts mit Frederiks verstorbenem Vater zu tun. Daran hätte er nichts ändern können, und als logisch denkender Mensch weiß er das. Nein, es geht um das Mädchen.

Fassungslos starrt Frederik mich an. Sein Gesicht wird blass, und seine Lippen verziehen sich augenblicklich zu einem dünnen Strich.

»Ich muss los«, murmelt er und tritt plötzlich in die Pedale. Er lässt mich stehen. Meine Schultern verspannen sich, ebenso wie die Muskeln um meinen Nacken und meine Wirbelsäule. Es läuft mir eiskalt den Rücken hinunter, und statt auf meinen Verstand zu hören, der mir sagt, ich solle ihn ziehen lassen, folge ich meinem Bauchgefühl und fahre Frederik hinterher, der bereits einen großen Vorsprung hat.

Ich habe keinen Schimmer, wo er hinwill, aber ich weiß, dass ich ihn nicht einfach so davonfahren lassen kann. Mein Herz, das sich mitsamt meiner Seele zu diesem Mann hingezogen fühlt, weiß, dass er jetzt nicht allein sein sollte. Er ist verwundet. Verletzt. Verloren.

Und ich habe das Gefühl, dass ich es bin, die ihn davor bewahren muss, einen Fehler zu begehen. Ich habe Petter damals gehen lassen. Weil er es so wollte. Und auch wenn ich bezweifle, dass Frederik auf dem Weg zu einer alten Eiche ist, so kann ich nicht verhindern, dass sich das Gefühl in mir wiederholt, ihn vor einer dummen, furchtbar dummen Entscheidung bewahren zu müssen.

In meine Sorge mischt sich auf einmal Wut. Warum rennen immer alle davon? Warum spricht nie jemand über seine Beweggründe? Warum lassen wir zu, dass uns innerlich etwas zerfrisst, dem wir uns mithilfe anderer entgegenstellen könnten?

Und dann, während wir eine scharfe Kurve nehmen und mein Rad gefährlich zur Seite kippt, wird mir klar, dass ich nicht anders bin. Ich habe nie mit Smilla und Juna über den Tod von Petter gesprochen. Und ich hatte es auch nicht vor. Dabei hätten sie mir vielleicht helfen können, damit umzugehen. Ich bin nicht besser als alle anderen. Neue Tränen laufen über meine Wangen, und in meinen Gedanken untergehend, rase ich Frederik blindlings hinterher. Ich übersehe eine rote Ampel und höre das Hupen eines empörten Autofahrers, doch ich beachte es nicht. Als ich fast zu ihm aufgeschlossen habe, überquere ich einen Zebrastreifen und kollidiere beinahe mit einem herannahenden Moped. Trotz des Schockmoments bleibe ich nicht stehen und setze die Verfolgungsjagd fort. Ich darf ihn nicht aus den Augen verlieren. Das sage ich mir immer wieder und merke kaum, wie ich eine Verkehrsregel nach der anderen ignoriere. Es ist ein Wunder, dass mich niemand über den Haufen fährt. Plötzlich bremst Frederik ab und biegt in eine Seitenstraße ein.

Ich erkenne die Birken und die Ahornbäume. Am Seitenrand blühen Pfingstrosen. Vor uns schimmert das zarte Grau des modernen Holzhauses, in dem ich heute Nacht geschlafen habe. Wir sind bei Frederik zu Hause.

Er stellt sein Rad neben der Veranda ab und kommt schnellen Schrittes auf mich zu. Sein Blick ist aufgewühlt und sein Ton harsch.

»Was zum Teufel machst du? Willst du dich umbringen?!«

Außer Atem springe ich von meinem Sattel, lasse das Fahrrad fallen und stemme empört die Hände in die Taille. Das Adrenalin und die intensiven Gefühle in mir lassen mich ebenfalls aus der Haut fahren. Im Gegensatz zu ihm allerdings zu Recht.

»Das sagt der Richtige! Du fährst wie eine gesenkte Sau!«

Er mustert mich aufgebracht und presst zwischen den Zähnen hervor: »Eber.«

»Wie bitte? Das ist …« Ich starre ihn verständnislos an. »Blödsinn! Was fällt dir ein, einfach abzuhauen? Ich …«

»Du«, ruft Frederik und stürmt Richtung Veranda, »wolltest dich um deine Arbeit kümmern.«

Ich ignoriere mein am Boden liegendes Rad, reiße reflexartig meine Handtasche aus dem Korb und eile Frederik hinterher.

»Ja, aber das war, bevor …« Ich renne blindlings in Frederik hinein, der die Tür aufgesperrt hat und sich im Flur zu mir umdreht. Sein stählerner Körper nimmt kaum Notiz davon, während sich auf meine Haut eine Hitze legt, die in dieser Situation mehr als unangebracht ist.

»Bevor was?!«, wispert er mit erstickter Stimme. Neben die Entrüstung über meine waghalsige Verfolgungsjagd mischt sich Verzweiflung in seinen Blick.

Atemlos schaue ich ihn an und spüre noch immer die Wut in mir arbeiten. »*Bevor* du weggerannt bist und mich gezwungen hast, dir zu folgen.«

»Ich bin nicht …«, wehrt Frederik ab.

Wütend und mit Tränen in den Augen fahre ich ihn an. »Doch! Bist du! Du kannst mir doch nicht solche Sachen sagen und mich dann einfach stehen lassen! Du hast … Dein Gesicht. Du hättest dein verdammtes Gesicht sehen sollen! Ich musste dir hinterherfahren. Ich musste sichergehen, dass …«, rufe ich wütend und ängstlich zugleich, während mir bewusst wird, wie nah wir einander sind. Ich fühle seinen Atem auf meinen Wangen, so wie er meinen auf seiner Haut spüren muss, während ich zu ihm aufblicke und ihn anfunkle.

»Ich bin nicht wie Petter, Linn«, flüstert er mit dem Hauch eines schlechten Gewissens. Doch seine Worte machen mich nur noch wütender.

»Das weißt du nicht!« Inzwischen schreie ich ihn regelrecht

an. Es ist, als hätte Frederiks Abgang bei mir etwas getriggert. Ich habe Angst. Ich bin panisch. Ich bekomme keine Luft, und ich fürchte, dass ein Fehler von mir dazu führt, dass Frederik eine falsche Entscheidung fällt. Und das darf er nicht. Dafür bedeutet er mir zu viel. Ich … Entgeistert schüttle ich den Kopf, doch ich kann meinen Gedanken nicht zurücknehmen. Kaum fähig zu sprechen, wiederhole ich flüsternd: »Das weißt du nicht …«

Stumm starren wir uns gegenseitig in die Augen. Sekundenlang. Ich verliere mich in dem satten Braun, suche nach Auswegen, doch alles, was ich fühle, ist der Drang, bei Frederik zu bleiben. Ich kann nicht gehen, obwohl ich es sollte.

Langsam hebt Frederik seine rechte Hand und legt sie an meine Wange. Ich spüre die vom Radfahren kühlen Fingerspitzen auf meiner erhitzten Haut und beiße mir auf die Unterlippe, um zu verhindern, dass sie anfängt zu zittern.

»Ich würde dich niemals in diese Situation bringen, Linn«, verspricht Frederik dicht vor mir. Seine Augen sind ehrlich und sein Blick aufrichtig, doch ich tue mir furchtbar schwer, ihm zu glauben. Meine Angst, meine Reue und mein Schmerz sitzen so tief, dass ich nicht anders kann, als seine Worte anzuzweifeln.

»Wie kannst du das wissen?«, frage ich und spüre Tränen über meine Wangen laufen. Ich will sie fortwischen, doch Frederik kommt mir zuvor.

Mit belegter Stimme flüstert er: »Weil ich das Gefühl habe, dass ich diesen Weg mit dir zusammen gehen muss.« Er zieht die Brauen mit einem schmerzlich sehnsüchtigen Ausdruck zusammen. »Ich sollte dich von mir stoßen, aber ich kann es nicht, Linn. Ich brauche dich.« Dicht vor mir schüttelt er den Kopf. »Es ist verrückt. Wir kennen uns kaum …«

Ich blicke ihm entgegen und habe das Gefühl, als würde er genau verstehen, wie ich mich fühle. Meine Wut ebbt langsam ab, nur ein kleiner Rest bleibt, sodass ich ihn anblitze und von Angst geprägt erwidere: »Lass mich nie wieder so stehen.

Schließ mich nie wieder auf diese Art und Weise aus. Nicht wenn …« Meine Stimme bricht, doch ich reiße mich zusammen. »Nicht wenn du dabei bist, *diesen* Weg zu gehen.«

»Das werde ich nicht. Verzeih mir. Bitte, verzeih mir«, wispert Frederik an meinen Lippen, und bevor ich mich dagegen wehren kann, streift sein Mund den meinen. Ich ringe nach Atem und lehne mich ein Stück nach vorn.

Die Distanz. Ich kann sie nicht aufrechthalten. Frederik hat sich in mein Herz geschlichen. Er bestimmt meine Gefühle, und ich habe nicht die geringste Ahnung, wie ich mich dagegen wehren soll. Uns verbindet etwas Unaussprechliches. Etwas, das ich sehnlichst brauche und das gleichzeitig schrecklich gefährlich für mich ist.

Kapitel 24

Linn

Zärtlich fahren Frederiks Lippen über meine Mundwinkel, liebkosen sie und kehren in die Mitte zurück, um sich vollkommen in meinem leicht geöffneten Mund zu verlieren. Ich spüre, wie er mit sich ringt und sich zurückhalten will, doch er kann nicht anders. So wie ich. Wir wissen es beide besser, und trotzdem kommen wir einander immer näher, sehnen uns nach der Berührung des anderen und können nicht aufhören … obwohl wir es sollten.

Wir sind wütend, verzweifelt und vollgepumpt mit Emotionen, die wir nicht am anderen auslassen wollen und dennoch nicht verhindern können, dass genau das passiert. Er war aufgebracht. Ich habe ihn angeschrien. Dabei sind wir beide in unseren Gefühlen gefangen. Unsere Vergangenheit hat uns geprägt, und nun stehen wir hier, völlig überfordert und mit dem innigen Bedürfnis, sich an den anderen anzulehnen, Halt zu finden und sich für einen Moment zu verlieren. Abseits der Realität. Weit weg von den Dingen, die unser Leben bestimmen. Wir verstehen einander blind, auch wenn wir alles dafür tun, uns das nicht eingestehen zu müssen.

Ich ziehe mich unwillkürlich ein Stück zurück und blicke zu Frederik auf.

»Was machen wir hier?«, frage ich kaum hörbar.

Frederik schließt einen Moment lang die Augen. Als er sie wieder öffnet, sehe ich all das Leid, das er mit sich herumschleppt. Er zeigt es mir zum ersten Mal ungeschönt und ohne den Versuch, es zu verstecken.

»Ich weiß es nicht«, flüstert er heiser. »Du bringst meine Welt durcheinander, und das nach nur wenigen Tagen.« Sanft streicht er mit dem Daumen über meine Wange. »Ich will dich bei mir haben, und gleichzeitig weiß ich, dass es besser wäre, dir aus dem Weg zu gehen.« Seine andere Hand wandert zärtlich über meine Hüfte hinauf zu meiner Taille. Ich spüre die Wärme, die sein Körper ausstrahlt und von meinem begierig aufgesogen wird. Was wie eine liebevolle Geste begann, löst mit jeder verstrichenen Sekunde und jedem erkundeten Millimeter ein Verlangen in mir aus, das mich komplett einnimmt.

Schweigend starre ich in Frederiks Augen. Ich bin kein Typ für One-Night-Stands, dennoch erwacht in mir der Wunsch, diese Regel über Bord zu werfen. Es ist unvernünftig. Unklug. Und mir ist bereits in diesem Moment klar, dass es nur für Ärger sorgen wird. Doch der Blick in dieses intensive Schokoladenbraun, die Chance auf Zuflucht und das Gefühl von bedingungsloser Nähe lassen mich alle meine Prinzipien vergessen.

»Wir werden es bereuen«, murmle ich und ahne, dass Frederik ebenso klar ist, worauf wir beide gerade zusteuern.

»Ich weiß«, sagt er und schluckt. »Wenn du gehen willst, musst du es jetzt tun. Aber wenn du bleibst, dann … dann, weil *du* es willst.«

Sein Blick weicht keinen Deut von mir, während er flüsternd fragt: »Linn, willst du bleiben?«

Hin- und hergerissen versuche ich, eine Entscheidung zu fällen.

»Ist das Frage Nummer sieben?«, frage ich und blinzle, während ich meinen Blick langsam hebe und zurück in Frederiks Augen schaue.

Langsam nickt er. »Weil du ehrlich zu uns sein musst.«

Ich weiß, was er meint. Ich weiß, was er bezweckt. Ich weiß, dass er recht hat. Und trotzdem hasse ich ihn in diesem Moment ein kleines bisschen dafür. Er hat sich entschieden. Doch nun muss ich ebenfalls Stellung beziehen. Wie eine Erwachsene. Und ich habe Angst, dass ich das nicht kann. Ich will in Frederiks Berührungen versinken, sie spüren und von ihnen abgelenkt werden. Ich will Frederiks Kern, den er sonst niemandem zeigt, sehen und mir ein Bild von ihm machen. Ich will Frederik ohne Worte und trotzdem offen und ehrlich. Ich will …

Ich schließe die Augen – und habe mich entschieden. Wir haben die Grenze längst überschritten, und ich bin offenbar bereit, noch weiter darüber hinauszugehen. Ungeachtet der Konsequenzen. Für mich. Für Frederik. Für uns.

In diesem Augenblick bewegt Frederik seinen Daumen über meine Hüfte. Unabsichtlich. Doch dieser kurze Ausrutscher reicht, um meinen Verstand endgültig auszuschalten.

»Ich bleibe.«

Erleichterung flammt in Frederiks Gesicht auf. Ein schmales Lächeln erscheint auf seinen Lippen, und ich bilde mir sogar einen Schimmer in seinen halb geschlossenen Augen ein. Doch bevor ich dem nachgehen kann, neigt er den Kopf zu mir und verschließt meine Lippen mit einem erneuten Kuss. Diesmal ist er jedoch nicht mehr so zurückhaltend. Er ist fordernd, intensiv und genau das, was ich will. Mein Herz pocht in meiner Brust, und mir ist, als würde mich jeder Schlag näher an Frederik herantragen. Meine Arme legen sich wie von selbst um seinen Nacken, sodass ich mich unwillkürlich auf die Zehenspitzen stelle, um Frederik entgegenzukommen. Nicht dass da noch viel Raum gewesen wäre, den man zwischen uns überbrücken hätte können.

Meine Tasche, die lange vorher bereits auf den Fußboden des Flurs gefallen ist, liegt auf einem meiner Füße und kippt schließlich um. Frederik kickt seine Schuhe zur Seite, während ich mit einer Hand die noch immer offen stehende Tür zuwerfe. Als müsste er trotzdem sichergehen, dass ich genau dort bleibe, wo ich bin, legt er beide Hände um meine Taille und zieht mich eng an seinen Körper.

Währenddessen lassen unsere Lippen nicht voneinander ab. Als auch ich aus meinen Sneakers geschlüpft bin, will Frederik mich langsam Richtung Wohnzimmer navigieren, doch mitten in der Bewegung hält er plötzlich inne. Er mustert mich langsam von oben bis unten, wirft dann einen Seitenblick in den Raum mit der eleganten Sofagarnitur.

»Nein«, flüstert er und zieht mich in Richtung Treppe. »Komm mit.«

Mein Blick gleitet ebenfalls für wenige Sekunden hinüber in den Wohnraum und streift das Gemälde über dem Kamin. Augenblicklich entzündet sich ein Funken Panik in meinem Herzen. Erinnerungen drohen mich zu überfallen und mich aus der Bahn zu werfen. Doch bevor sich die Bilder zusammensetzen können, ist Frederik da, zwingt mich liebevoll die Stufen hinauf, und oben im ersten Stock angekommen, zieht er mich beschützend an sich und verdrängt die schmerzhaften Gedanken mit einem Kuss, der gar nicht zulässt, an etwas anderes als diese Berührung zu denken. Es fühlt sich an, als würde Frederik genau wissen, was mich aufwühlt. Während seine Zunge ein zärtliches Spiel mit meiner beginnt, wird mir klar, was Frederik gerade getan hat.

Ich kann den Gedanken nicht zu Ende führen, denn in diesem Moment entzieht sich Frederik meinem Mund und wandert mit dem seinen langsam über meine Kieferpartie zu meinem Hals. Dabei hinterlässt er eine Spur zärtlicher, fordernder Küsse. Gleichzeitig stößt er die nächstbeste Tür hinter sich auf, und ohne zu merken, wie meine Füße sich fortbewegen, stehen wir plötzlich in seinem Schlafzimmer. Alles, was ich aus den Augenwinkeln erkennen kann, sind nüchterne weiße Möbel, schlichte Lampen auf den beiden Nachttischen, eine graue Decke auf dem Bett.

Nervös fahre ich mit den Lippen übereinander. Ich suche

Frederiks Blick und bemerke die gleiche Unsicherheit in seinem Gesicht. Ich neige den Kopf zur Seite, umfasse seine Hände mit meinen und wappne mich für den nächsten Schritt. Scheu wandern meine Augen über Frederiks vielversprechenden Körper, während er seinerseits seinen Blick über mich gleiten lässt und vorsichtig lächelt. »Sag mir, dass du auch Angst hast.«

Langsam nicke ich. »Es ist nicht das erste …«

»Nein, bei mir auch nicht. Aber …« Frederik fährt sich nervös durch die Haare und setzt seine Brille ab. Er legt sie auf eine nahe stehende Kommode und dreht sich zurück zu mir. »Frag mich nicht, wieso, aber es fühlt sich an, als wäre es das erste Mal.«

Plötzlich muss ich lächeln. Mir gefällt der Gedanke, dass ein hochintelligenter Mann wie Frederik unsicher ist – und es auch noch zugibt. Aufmerksam betrachtet er mich, während ich mich in Zeitlupe an den Knöpfen seines Hemds zu schaffen mache. Er lässt es zu und wartet.

»Ich werde dich fragen«, fange ich leise an. »Sag mir, warum es sich wie das erste Mal anfühlt.« Die ersten beiden Knöpfe stehen offen. Als er schweigt, fordere ich ihn erneut auf. »Sag es mir.«

Mit einem Hauch von Belustigung und gleichzeitiger Erregung beobachtet Frederik meine Finger und sieht dann wieder in mein Gesicht. »Wieso?«

Ich halte inne. »Weil ich Antworten brauche.«

»Jetzt?«

»Ja, und du brauchst sie auch.« Ich streiche mir eine Strähne aus der Stirn und lege meine Hände wieder an seine Brust, wo ich den dritten Knopf öffne. »Wir tun etwas, das wir keinesfalls tun sollten. Lass uns herausfinden, warum wir es tun.« Ich mache eine kurze Pause, in der ich den vierten Knopf überliste. »Wir beide haben ein Problem mit dem Warum in unserem Leben.« Ich hebe den Blick und mustere ihn mit einer Mischung aus Verlangen und Verzweiflung. »Dieser Moment … Ich will mich danach nicht mit dem Warum auseinandersetzen. Nicht mit *diesem* Warum.«

Frederik überlegt einen Augenblick, den ich wiederum nutze, um Knopf fünf und sechs zu öffnen. Schließlich beugt er den Kopf zu mir herab, sanft streichen seine Lippen über meine Stirn.

Seine Stimme ertönt kurz darauf in leisen Worten an meinem Mund. »Es fühlt sich wie das erste Mal an, weil ich unbedingt alles richtig machen will.«

Während er mich gleich darauf küsst, schiebe ich den Stoff über seine Schultern und höre, wie das Hemd zu Boden raschelt, genieße den Anblick seiner sonnengebräunten Haut. In der nächsten Sekunde spüre ich, wie er mit den Händen unter mein Top fährt und es mir mit einer kurzen Unterbrechung über den Kopf zieht. Beinahe zeitgleich entledigen wir uns unserer Hosen und stehen schließlich nur in Boxershorts und Unterwäsche voreinander. Zum Glück habe ich mich für die schöne Spitzenunterwäsche entschieden.

Frederiks Hände machen sich mit meinem Körper vertraut. Ein Streicheln hier, eine sanfte Geste dort. Jede seiner Berührungen rückt mich ein Stück näher an den Abgrund, und doch will ich unbedingt mehr davon, will mich nicht gegen das warme Gefühl wehren, das durch meine Adern strömt. Es macht es sich in jedem Winkel meines Körpers gemütlich und befeuert mein Verlangen nur noch mehr.

Frederik lässt seine Fingerspitzen über meinen Hals hinab zu meinen Schultern gleiten. Ein Schauer erfasst meinen Körper, und ich kann ein leises Seufzen nicht länger unterdrücken. Frederik reagiert sogleich und widmet sich ein weiteres Mal meinen Lippen. Zeitgleich lotst er mich langsam in Richtung Bett, lässt mich darauf niedersinken und folgt mir. Das feine Rascheln der Bettwäsche und unser beider unregelmäßig gehender Atem sind das Einzige, was ich höre. Eine stille Anspannung breitet sich zwischen uns aus. Erwartung liegt in der Luft, ebenso die Erlaubnis, sich einen Moment lang fallen zu lassen.

Seine Arme neben meinen Kopf abstützend, beginnt Frederik, meinen Körper behutsam mit seinen Lippen zu bedecken. Ich halte die Luft an und schließe die Augen. Mir ist heiß, und wie auch Frederik längst festgestellt hat, bringen mich seine Berührungen beinahe um den Verstand. Langsam wandern seine Lippen über meinen Oberschenkel, meine Hüfte, meine Taille und meinen BH zurück nach oben.

Im nächsten Moment stoße ich ihn sacht zur Seite und verändere unsere Position. Mit einem unheimlich intensiven Blick mustert Frederik mich, während er nun derjenige ist, der auf dem Rücken liegt.

Ich zahle ihm die vielen kleinen, aufreibenden Berührungen zärtlich heim, lasse meine Hand langsam über seinen flachen Bauch wandern und nur für Sekunden mit der Erhebung unter seiner Boxershorts spielen. Scharf atmet Frederik ein und legt in einer schnellen Bewegung eine Hand um meinen Nacken, zieht mich sanft zu sich hinab und wispert an meinen Lippen: »Linn … Wir wissen beide, dass es nur dieses eine Mal geben kann. Oder?«

Ist es so? Ich will es nicht bejahen. Die Vorstellung, dass er recht behalten könnte, zerrt an der sowieso schon präsenten Verzweiflung, die mein Herz bestimmt. Frederik muss gemerkt haben, wie sehr mich seine Äußerung irritiert. Seine Finger streifen langsam durch meine Locken, spielen mit ihnen, und noch während er tief einatmet und mich mit seinen Gesten von seiner letzten Frage ablenkt, setzt er zu seiner nächsten an, die keine andere ist als die meine: »Warum tun wir das hier, Linn?«

Meine Stimme gleicht einem Krächzen. Der erste Ton verhallt, ohne ein sinnvolles Wort hervorzubringen. Ich lege meinen Kopf an Frederiks starker Schulter ab, und ohne zu überlegen, erwidere ich aus dem Bauch heraus: »Weil ich mit dir vor den Warums in unserem Leben weglaufen will.« Für immer, setze ich in Gedanken hinzu und drohe die gesamte Stimmung zu verderben. Angst überkommt mich. Noch mehr Verzweiflung. Sehnsucht. Und das Gefühl, nur hier bei Frederik diese Gefühle zulassen zu können. Weil er der Einzige ist, der sie versteht und mir ermöglicht, sie für einen Moment hinter mir zu lassen.

Als würde Frederik spüren, dass die Atmosphäre kippt, umfasst er mit beiden Händen meinen Oberkörper, dreht mich mit einer eleganten Bewegung herum, sodass ich wieder diejenige bin, die mit dem Rücken auf der Matratze liegt. Sanft küsst er mich, und während wir beide von Sekunde zu Sekunde mehr Verzweiflung in diesen Moment hineinlegen, befeuern wir damit gleichzeitig unser gegenseitiges Verlangen. So lange, bis wir schier vergessen, uns überhaupt Gedanken über die Konsequenzen gemacht zu haben. In meinem Schoß zieht es fast schon schmerzhaft. Ich spüre, wie das Blut pulsiert und mein Körper die versprochene Erlösung einfordert.

»Frederik«, hauche ich heiser und innerlich brennend.

Ich bekomme kaum mit, wie er seine Boxershorts abstreift, seine Finger unter meinen Slip gleiten lässt und ihn mit einer geschickten Bewegung so weit hinunterzieht, dass ich ihn von selbst loswerde. Dann greift er in den Nachttisch, zieht sich, ohne zu fragen, ein Kondom über und widmet sich gleich darauf wieder mir und meinem vor Erwartung erzitternden Körper.

Im nächsten Augenblick hebt er seinen Kopf, schaut mir tief in die Augen und geht wortlos ein letztes Mal sicher, dass wir das hier beide wollen. Ich nicke und unterstreiche meine Aussage, indem ich meine Schenkel langsam öffne. Ich spüre den kühlen Lufthauch, der auf feuchte Stellen trifft, und schließe die Augen, als Frederik sich beinahe geräuschlos in Position bringt.

In dem Moment, als er an meinen Lippen wieder um Einlass bittet, stößt er mit seinem Becken kräftig zu und zieht mich in einen rhythmischen Bann, den nur wir beide bestimmen. Unsere Münder sind miteinander verschmolzen. Wir ringen nach Atem, stoßen heiße Luft aus unseren Lungen und klammern uns aneinander. Der Rhythmus wird stärker, energischer und fordernder. Zeitgleich fühlt es sich so vorsichtig und rücksichtsvoll an, dass es mir plötzlich die Tränen in die Augen treibt. Ich will es nicht, und doch kann ich nichts dagegen tun.

Es ist die Verzweiflung. Die Hoffnung. Die Sehnsucht.

Frederiks Stöße werden eins mit meinem Körper, der ihn begierig in sich aufnimmt und einfordert, was ihm gehört. In diesem einen Moment, der ihm gestattet ist.

Eine meiner Hände löst sich von Frederiks Rücken, greift nach dem Kissen hinter mir, und während ich meinen Kopf abwende und nach Erlösung wispere, spüre ich nichts und fühle doch alles. Ich bin stumm und schreie doch auf. Ich bin kraftlos und doch voller Energie. Es ist ein einziger Widerspruch in sich, während ich einen Blick über den Abgrund werfe und überlege, ob ich loslassen und springen darf. Plötzlich bemerke ich, wie sich eine warme Hand über meine auf dem Kissen neben mir legt, sie kraftvoll umschließt und mir nicht nur Halt gibt, sondern ein Versprechen ablegt. Ein Versprechen, das mir sagt: »Wir machen das zusammen. Nur zusammen.«

Ich höre Frederiks schweren Atem, der meinem in nichts nachsteht, und dann – von einer Sekunde auf die andere – erwidere ich seinen Händedruck. Ich lasse es zu. Ich lasse los. Im nächsten Augenblick fallen wir gemeinsam, werden durch die Luft gewirbelt, von Emotionen getragen und von einem Funkeln umgeben, das sonst niemand sehen kann.

Kapitel 25

Frederik

Es ist ihr Duft. Sie riecht nach Jasmin, süßen Orangen und einem Hauch Vanille. Ich atme tief ein und verlagere das Gewicht. Mein Arm liegt eng um Linns Taille, sodass ich nicht nur ihre weiche Haut spüre, sondern auch, wie sich ihr Brustkorb sanft unter ihrer Atmung hebt und senkt.

Seit einer halben Stunde liegen wir hier Seite an Seite, regulieren unseren Atem, kontrollieren unseren Blutrausch und schweigen einvernehmlich. Ich will nicht zulassen, dass mich Reue überfällt. So lange wie es mir nur möglich ist, will ich die Realität außen vorlassen und verdrängen, dass das eben nicht hätte passieren dürfen.

Es ist geschehen. Und ich habe jede Sekunde davon gebraucht, genossen – ja, vielleicht sogar geliebt. Ich schlucke und ziehe Linn noch etwas enger an mich. Stumm hebt sie den Kopf, sodass ich meinen linken Arm auf das frei gewordene Kissen legen kann und sie sich gleich darauf mit der Wange an meinen Oberarm schmiegt. Ein warmes Gefühl durchströmt mich und setzt sich in jeder noch so kleinen Zelle meines Körpers ab. Unwillkürlich schließe ich die Augen und atme erneut ihren sommerlichen Duft ein.

Meine Zurückhaltung bringt es mit sich, dass ich, anders als Ragnar, nicht viele Frauen zu mir nach Hause einlade, geschweige denn mit ihnen schlafe. Okay, seien wir ehrlich. Man kann sie an einer Hand abzählen. Ich bin nicht für Small

Talk gemacht, ich schaffe es nicht, auf andere zuzugehen, und ich bin schon gar nicht in der Lage, die wenigen guten Seiten an mir in die Welt hinauszuposaunen. Ich habe es versucht. Früher. Aber ich bin gescheitert. Schmerzlich. Tödlich. Also habe ich damit abgeschlossen und anerkannt, dass Beliebtheit niemals zu den Substantiven gehören wird, die mich beschreiben. Das hatte allerdings auch zur Folge, dass Frauen und ich …

Annäherungsversuche von meiner Seite gab es so gut wie nie, und jene, die von sich aus auf mich zugekommen sind, hatten Mühe, einen Zugang zu mir zu finden. Nur wenigen ist es im Ansatz gelungen. Aber keine hat es geschafft, zu mir durchzudringen. Also gab es keine Beziehungen. Es blieb hin und wieder bei einem One-Night-Stand, von dem ich selbst meist überrascht war, dass es überhaupt dazu kam.

Meine Erfahrungen sind also eher dürftig, und doch weiß ich, dass das, was zwischen mir und Linn soeben geschehen ist, nicht mit dem zu vergleichen ist, was ich bisher erlebt habe. Dieses eine Mal. Es war ganz anders. Die offenen Zweifel. Die aufrichtige Angst. Der ehrliche Umgang. Das alles war so neu. Als würde Linn genau verstehen, was meiner Art zugrunde liegt, obwohl sie höchstens die Spitze des Eisberges kennt. Trotzdem hatte sie Verständnis. Sie hat es akzeptiert. Sie hat *mich* akzeptiert.

Ich will sie nicht gehen lassen, schießt es mir plötzlich durch den Kopf. Ich will sie genau hier behalten, in meinen Armen, in meiner Nähe, in meinem Inneren. Von einer Sekunde auf die andere erstarre ich förmlich. Anspannung legt sich über meinen Körper, und Angst umgibt mein Herz. Sie breitet sich rasend schnell aus, und noch bevor ich ausgeatmet habe, hat sie jeden Winkel meines Seins erfasst.

In diesem Moment dreht Linn sich zu mir um, zieht die dünne Decke, die uns inzwischen umgibt, enger um sich und blickt mit ihren herrlich blauen Augen zu mir. Eine ihrer blonden Locken kitzelt meine Armbeuge, doch ich unternehme nichts dagegen. Ich kann nicht.

»Was jetzt?«, wispert sie und blinzelt mit dem dichten Wimpernkranz, der ihre Augen umgibt.

Ich ziehe meinen Arm, der um ihre Taille liegt, zurück und hebe die Hand, um ihr sanft eine Strähne hinter das Ohr zu streichen. Meine Fingerspitzen berühren ihre Wange dabei, und allein diese kurze Berührung löst etwas in mir aus, von dem ich weiß, dass ich es verdammt schnell beenden sollte.

»Jetzt schreibst du dein Porträt über mich«, erwidere ich mit rauer Stimme.

Linn mustert mich mit einem Blick, der so viel mehr sieht, als er sollte. »Du musst mir erzählen, was mit dem Mädchen passiert ist«, flüstert sie.

Mein Herzschlag setzt aus, und innere Panik erfasst mich. Sie gesellt sich zu der Angst, die bereits Wurzeln schlägt.

»Warum willst du das unbedingt wissen?«

»Weil sie *dein Warum* ist. Und dich zu dem Menschen gemacht hat, der du heute bist. Wie kann ich über dich schreiben, wenn ich ausgerechnet davon keinen Schimmer habe?«

Linn hat recht. Und genau das ist das Problem. Ich atme tief durch, sauge ein weiteres Mal den süßlichen Duft ein, der ein sachtes Herzklopfen in mir auslöst und sich der Angst in meinem Körper entgegenstellt. Doch er wird keine Chance haben. Denn er ist zart, sensibel und verwundbar. Die Angst hingegen ist massiv, unerbittlich und nicht bereit, nachzugeben.

»Wenn du jetzt über mich schreiben müsstest, was würdest du schreiben?«

Linn beißt sanft auf ihrer Unterlippe herum, die ich eigentlich am liebsten schon wieder küssen würde, und sieht mich mit großen Augen an. »Frage Nummer acht?«

»Ich habe nicht mehr viele übrig, aber …« Ich nicke. »Ja. Frage Nummer acht.«

Linn überlegt eine Weile, geht im Liegen ein wenig auf

Abstand und sieht mich mit intensivem Blick an. »Du bist hochintelligent, loyal und lebst für deine Arbeit. Du willst diese Stadt, dieses Land zu einem besseren Ort machen. Dafür tust du alles. Du bist…« Sie zieht die Stirn in Falten, holt tief Luft und setzt erneut an. »Trotzdem versteckst du dich vor ebendieser Welt, die du zu retten versuchst. Du setzt dich unter enormen Druck und lässt nicht zu, dass man ihn dir abnimmt. Du bist ein Mann, der denkt, die Zukunft aller lastet auf seinen Schultern, während du selbst in deiner eigenen Vergangenheit feststeckst. Du tust all diese Dinge aus einem bestimmten Grund. Du fühlst dich schuldig. Du fühlst dich verpflichtet. So sehr, dass du dir selbst im Weg stehst. Du wehrst jegliche Freundschaften ab. Außer Ragnar und deiner Mutter gibt es kaum jemanden, der dir nahesteht. Dabei bist du überraschend humorvoll, einfühlsam…« Sie verstummt und senkt den Blick, sanft fährt sie fort: »Du bist ein sensibler Mensch, der sich quält und denkt, er hätte genau das verdient. Du bestrafst dich für etwas aus deiner Vergangenheit. Und damit nimmst du bei genauerem Hinsehen deinem edlen Genie-Mythos den Zauber. Denn du tust all diese bewundernswerten Dinge für eine grüne Zukunft nicht aus Leidenschaft. Du tust es, weil du denkst, du schuldest es jemandem.«

Entgeistert starre ich Linn an. Mein Mund ist trocken, und ich bringe keinen Laut heraus. Mein Kopf ist vollkommen leer, dafür ist mein Herz übervoll an Emotionen. Angst. Panik. Entrüstung.

Ich mache mich von Linn los, ziehe im blinden Nebel meine Boxershorts über und springe aus dem Bett. Entgeistert setze ich meine Brille auf und funkle Linn an. Ich will ihr etwas entgegensetzen, aber ich kann nicht. Mein Mund ist offen, doch meine Stimmbänder haben verlernt, Buchstaben aneinanderzureihen.

Linn setzt sich, zieht ihre Knie dicht an sich heran und schlingt die Arme darum, die Decke oberhalb ihrer Brüste unter die Achseln geklemmt. Mitfühlend schaut sie mich an. »Du wolltest ehrliche Antworten auf deine zehn Fragen, Frederik.«

Ich nicke, und trotzdem würde ich am liebsten irgendwo gegentreten. Weil Linn recht hat. Doch das will ich mir und vor allem ihr gegenüber verdammt noch mal nicht eingestehen. Mühsam ringe ich um Fassung, und nur unter massiver Anstrengung bringe ich meinen nächsten Kommentar zustande.

»Das ist es, was du über mich schreiben würdest? Genau so?«

Linn legt den Kopf schief, sodass ihre Locken ihre zarte Kinnpartie umspielen. »Es kommt darauf an.«

»Worauf?«, poltere ich und kann nicht nachvollziehen, dass Linn noch immer so ruhig bleibt. Sie sollte sich angegriffen und verletzt fühlen, weil ich auf ihre ehrliche Antwort reagiere, wie ich reagiere. Übertrieben und wütend. Doch stattdessen sitzt sie nackt in meinem Bett und ist die Ruhe selbst.

»Auf dein *Warum*.«

»Wieso …?!«

»Wenn ich verstehe, warum du bist, wie du bist, kann ich die Geschichte über dich anders aufbauen.«

»Du willst es der ganzen Welt erzählen.« Mein Ton nimmt einen drohenden Klang an, für den ich mich noch im selben Moment schäme.

Aber Linn zuckt ruhig mit den Schultern. »Man kann eine Geschichte auch erzählen, ohne sie zu erzählen.«

»Wie bitte?« Fassungslos starre ich zu Linn und will sie eigentlich nur mit einem Kuss zum Schweigen bringen und den Zustand wiederherstellen, den wir hatten, bevor dieses Gespräch begonnen hat.

»Das …« Linn setzt an, um mir zu erklären, was sie meint, doch in diesem Augenblick wird sie jäh unterbrochen. Von der Klingel an der Haustür.

Erschrocken hält sie inne und schaut nervös zwischen mir und der Schlafzimmertür hin und her. Ihre eben noch von mir bewunderte Ruhe verwandelt sich ins Gegenteil. Hastig schlägt sie die Decke zurück und greift panisch nach ihrer Unterwäsche.

»Du erwartest Besuch?«

»Nein, ich …«, beginne ich irritiert, und dann fällt es mir plötzlich ein. Ich verdrehe die Augen, schließe sie für wenige Sekunden und seufze auf. Als ich die Lider wieder hebe, ist Linn beinahe vollständig angezogen. Ich angle meine Hose vom Boden und streife sie über. Als ich den Knopf schließe, erkläre ich ihr: »Das ist meine Mutter.«

»Was?!« Linns Stimme ist nicht mehr nur panisch, sondern auch schrill. Entsetzt kommt sie auf mich zu und versucht währenddessen, ihre Haare in Ordnung zu bringen. »Was macht deine Mutter hier?«

»Es ist Dienstag«, murmle ich und ziehe ein sauberes Hemd aus der Kommode hinter mir. Für eine Dusche reicht die Zeit nicht, also begnüge ich mich mit einer dezenten Dosis Deo.

»Das ist keine Erklärung«, brummt Linn und versucht mit tiefen Atemzügen, ihre offensichtliche Aufregung niederzukämpfen.

Wir benehmen uns wie Teenager, die man bei verbotenen Dingen erwischt hat, denke ich und versuche, Linn zu beruhigen.

»Sie kommt jeden Dienstag zum Abendessen her. Das ist unser Ritual seit dem Tod meines Vaters. Damit sie …«, ich knöpfe das Hemd zu und stecke es in den Bund meiner Hose, »… wenigstens an einem Abend der Woche in Gesellschaft isst.«

»Okay, das ist … Das ist wirklich nett von dir«, presst Linn hervor. Im nächsten Moment klingelt es erneut, und ihr aufgewühlter Blick sucht meinen. »Was machen wir jetzt?«

»Wir klären noch, welchen Blödsinn du verdammt noch mal

der Welt über mich erzählen willst«, erwidere ich eine Spur zu ärgerlich und gleichzeitig so selbstverständlich, als sei das der logische nächste Schritt.

Linn sieht das offenbar anders. Entrüstet funkelt sie mich an. »Deine Mutter steht …«

»… vor der Tür. Ja, das weiß ich. Und deshalb wirst du mit uns essen. Und wenn meine Mutter wieder weg ist, besprechen wir …« Ich suche nach dem richtigen Wort, finde es aber nicht und lasse den Satz unvollendet in der Luft hängen. Mit großen Schritten laufe ich an Linn vorbei und bin bereits am Treppenabsatz, als sie mich mit einem festen Griff um den Oberarm aufhält.

»Spinnst du?« Sie starrt mich mit großen Augen an. »Das meinst du nicht ernst?«

Meine ich es ernst? Ich habe keine Ahnung. Ich weiß nur, dass ich nicht will, dass Linn dieses Haus verlässt, bevor wir unsere vorangegangene Diskussion beendet haben und uns vor allem darüber einig sind, was sie schreiben wird.

Und ich will … Ich will, dass der Duft von Jasmin, Orangen und Vanille dafür sorgt, dass ich mich wieder beruhige, und wir zu dem Punkt zurückkehren, an dem Linn sich an mich gekuschelt, mir ihre Wärme geschenkt und mich akzeptiert hat. So wie ich bin.

Ausdruckslos erwidere ich ihren Blick und fühle mich wie ein Mistkerl, als ich sie leise, aber bestimmt dazu zwinge, zu bleiben.

»Du bleibst. Oder du kannst dich von deinem Artikel verabschieden.«

»Das ist doch …« Linn ringt nach Luft.

»Sieh es als Extra-Recherche. Jetzt hast du die einmalige Gelegenheit – und glaub mir, es wäre mir nicht im Traum eingefallen, das zuzulassen –, meine Mutter über mich auszufragen.«

Linn will bereits dagegen anwettern, als sie überrascht den

Mund wieder schließt. Ich kann sehen, wie es in ihrem Kopf arbeitet. Plötzlich fangen ihre Augen an zu funkeln, einer ihrer süßen Mundwinkel hebt sich, und sie schürzt die Lippen.

»Du hast ja so recht!« Sie scheucht mich zur Seite und läuft die Stufen hinab ins Erdgeschoss. »Mach Platz, deine Mutter und ich müssen reden!«

»Linn, warte! Du hast…«, rufe ich und eile ihr hinterher. Aber ich komme zu spät. Mit einem unerwarteten Siegeslächeln in meine Richtung öffnet sie die Haustür.

»Hej!« Linn strahlt meine Mutter an, und ich beeile mich, an ihre Seite zu kommen. »Ich bin Linn, ich…«

»Linn isst heute mit uns, wenn du nichts dagegen hast«, falle ich ihr ins Wort.

Höflich lächelnd mustert meine Mutter uns mit dennoch unverhohlener Neugier. »Das ist ja nett. Und Linn ist…?« Fragend sieht sie von Linn zu mir.

»Ich bin…«, setzt Linn bereits an, doch wieder fahre ich ihr über den Mund.

»Eine aufstrebende Journalistin.«

»Ach?« Der Blick, den sie mir zuwirft, sagt mehr als tausend Worte.

»Ja, ich dachte, wir könnten heute Abend mal ein wenig Abwechslung vertragen. Komm rein.« Ich trete zur Seite, ziehe Linn mit mir und winke meine Mutter ins Haus. »Geh doch schon mal nach hinten. Ich hol noch einen Wein aus dem Keller. Weiß oder rot?«

»Weiß wäre nett. Ich hoffe, du magst Sushi, Linn.«

Linn nickt, und meine Mutter geht zufrieden in die Küche, um das mitgebrachte Essen auszupacken. Als sie außer Hör- und Sichtweite ist, drehe ich mich augenblicklich zu Linn, fasse mit beiden Händen nach ihren Schultern und schaue ihr tief in die Augen.

»Du bleibst heute Abend hier, bis wir das geklärt haben. Von mir aus kannst du mit meiner Mutter über meine Sandkastenerlebnisse sprechen, wenn du das für dein verdammtes Porträt brauchst, aber du erwähnst mit keinem Wort etwas von deiner …« Ich rede schnell, leise und in einem kompromisslosen Ton und gerate doch ins Stocken. Um Ruhe bemüht, beende ich meinen Vortrag: »Kein Wort von dem, was zwischen uns passiert ist.«

Fragend mustert Linn mich. »Du denkst, ich gehe zu deiner Mutter und erkläre ihr, dass ich gerade mit ihrem Sohn geschlafen habe, kurz bevor sie geklingelt hat?«, flüstert sie gepresst.

»Ich habe keine Ahnung, was du vorhast. So wie ich keine Ahnung hatte, dass du offenbar all diese Dinge über mich denkst und darüber schreiben willst.«

»Will ich doch gar nicht!«, sagt Linn lauter, dämpft ihre Stimme jedoch im nächsten Augenblick.

»Darüber sprechen wir noch.« Ich wende mich ab und will die Tür hinunter in den Keller nehmen. Doch bevor ich gehe, drehe ich mich noch einmal zu Linn. Ihr Anblick rührt etwas in mir, das sich sogleich hinter den süßen Duft stellt, der immer noch versucht, sich gegen die Angst und Panik in meinem Herzen durchzusetzen.

Ich hebe meine Hand und streiche mit den Fingerspitzen über ihr Schlüsselbein, das unter dem Rand ihres Pullis hervorlugt. Ein mildes Lächeln wandert unwillkürlich über meine Lippen und vertreibt für einen Moment den Ärger, der sich vielleicht sogar ungerechtfertigt in mir breitgemacht hat.

Linn rührt sich nicht, während meine Finger über ihre zarte Haut gleiten, erst als ich leise wispere: »Du hast da was …«

Entsetzt reißt Linn ihre Augen auf, wendet sich zu dem schmalen Spiegel im Flur und dreht sich empört wieder zu mir. »Wie konntest du …!«

»Ich muss den Wein holen«, rede ich mich eilig heraus und nehme die erste Stufe in den Keller. Während ich runtergehe, rufe ich Linn zu: »Meine Mutter heißt übrigens Sylvie.«

Kapitel 26

Linn

Ein Knutschfleck. Frederik hat mir einen lächerlichen Knutschfleck verpasst. Wie alt ist er? Siebzehn? Und wie konnte ich das nicht merken? Das lila angehauchte Etwas prangt fein säuberlich auf meinem rechten Schlüsselbein und wird gerade so von meinem ausgefransten Pulli verdeckt, der nach zwei Tagen zunehmend knittrig und alles andere als frisch wirkt. Mache ich nur eine falsche Bewegung, verrutscht der Stoff und erzählt jedem, dass ich mit einem offensichtlich unreifen Kerl zusammen gewesen bin.

Ich hebe den Blick, als besagter Typ die Küche betritt. Sylvie hat mir gerade die unterschiedlichen Sushiboxen präsentiert und zuvorkommend erklärt: »Falls es nicht reicht, bestellen wir einfach noch etwas nach.« Ihre Überraschung über meine Anwesenheit scheint längst abgeklungen zu sein, bemerke ich erstaunt. Oder sie überspielt es gut.

Höflich widerspreche ich beim Anblick der zahlreichen Häppchen und in dem Wissen, wie schnell man von Sushi satt werden kann: »Oh, das wird bestimmt reichen.« Meine Stimme klingt nervös, das muss ich dringend abstellen.

»Wie war dein Tag?«, fragt Frederik in Richtung seiner Mutter und öffnet die Weinflasche.

Diese Szenerie ist so absurd. Ich stehe hier, bemühe mich, unauffällig diesen dämlichen rotlila Fleck zu verbergen, und Frederik lehnt lässig am Küchenschrank und macht sich am

Weinkorken zu schaffen. Und zwischen uns hantiert Sylvie Jensen mit Schachteln und Tellern, als wäre es das Natürlichste der Welt, in der Küche ihres Sohnes zu stehen und das Abendessen vorzubereiten. In Anwesenheit einer fremden Frau, deren Beziehungsstatus zu ihrem Sohn weder geklärt noch erfragt worden ist, aber auf gewisse Art offensichtlich sein muss.

Gut, vermutlich ist es für sie genau das. Normal. Wenn sie jeden Dienstag hier ist, haben die beiden sicherlich eine Routine entwickelt, was dieses Abendessen angeht. Aber heute bin ich dabei. Man merkt es Sylvie kaum an. Nur dann und wann spüre ich einen neugierigen Seitenblick, den sie jedoch gekonnt zu verstecken weiß. Ganz die zuvorkommende Kellnerin, die gelernt hat, wie man an den Tischen hinhört und dennoch den Eindruck erweckt, rein gar nichts mitzubekommen.

»Unspektakulär«, erklärt Sylvie und positioniert die drei Teller gekonnt auf ihren Händen und Unterarmen. »Wollen wir draußen essen? Die Sonne scheint so herrlich heute Abend.« Sie sieht mich fragend an. Nicht Frederik. Mich.

Ich zucke mit den Schultern. »Gern.«

»Sehr schön.« Sie nickt, und ich erkenne Ähnlichkeiten zu ihrem Sohn. Sie haben die gleichen braunen Augen, die gleichen schmalen Wangen, und ihre Art, ein Lächeln zu unterdrücken, erinnert mich an meine ersten Treffen mit Frederik.

»Bist du so weit?«, richtet sie sich an ihren Sohn und läuft um die Küchentheke herum hinter mir vorbei zur Schiebetür, die auf die Veranda hinausführt.

»Komme«, ruft Frederik und drückt mir drei Gläser in die Hand, die ich aufgrund der kurzen Berührung unserer Fingerspitzen beinahe fallen lasse. Er geht dicht an mir vorbei, sagt kein Wort, aber allein seine Nähe sorgt in meinem Körper für eine heftige Reaktion. Hitzewellen schießen von oben nach unten und sammeln sich in meinem Schoß. Ein Kribbeln wandert über meine Haut, und mein Mund wird trocken.

»Hör auf damit«, zische ich kaum hörbar und funkle ihn aufgebracht an.

Er bleibt an meiner Seite stehen und sieht mich unschuldig an. »Ich mache doch gar nichts.« Seine sanfte Stimme löst ein erneutes Kribbeln in mir aus, was mich unbedacht erwidern lässt: »Dann hör eben *damit* auf.«

»Mit dem Nichts?«

»Ja!«

Amüsiert mustert er mich, doch dann wird er plötzlich ernst. Jegliche Belustigung entweicht seinem Gesicht, und ich bemerke einen Ausdruck, den ich so noch nie bei ihm gesehen habe. Unerbittlich, stur und ängstlich zugleich. Leise erhebt er seine Stimme, sodass nur ich ihn hören kann.

»Ich will, dass du hierbleibst. Aber wag es nicht, meiner Mutter einen Anlass zur Sorge zu geben.«

Nachdenklich lasse ich Frederiks Worte wirken. Er sieht mitgenommen aus. Für einen Moment sogar überfordert. Und dann kommt es mir. Die Erkenntnis über sein widersprüchliches Verhalten innerhalb der letzten halben Stunde.

»Du weißt gerade selbst nicht, was du eigentlich willst, oder? Ich bin wie ein großer Störfaktor, dessen Gebrauchsanweisung dir nicht vorliegt, stimmt's?« Das auszusprechen, tut weh, und doch habe ich das Gefühl, dass ich es erwähnen muss.

Entsetzt mustert er mich, aber dann nickt er. »Möglicherweise.«

Ich schaue ihm direkt in die Augen. Mehrere Sekunden starren wir uns wortlos an. Dann atme ich tief durch und konzentriere mich auf die Fakten.

Ich habe mit Frederik geschlafen. Ich will ein Porträt schreiben, das diesem vielschichtigen Mann gerecht wird. Und ich will wissen, was es mit diesem Mädchen aus seiner Vergangenheit auf sich hat. Aber dafür muss ich ihm weiterhin beweisen, dass er mir vertrauen kann. Auch nach diesem Zwischenfall, der in seinem Schlafzimmer endete. Mein Blick wandert hinaus zu seiner Mutter, die geduldig in den Garten hinausschaut und sich nicht im Geringsten darüber zu wundern scheint, dass wir so lange brauchen, um rauszukommen.

»Ich werde über dich schreiben, Frederik.«

Blitzartig zuckt sein Kopf zurück zu mir, doch bevor er etwas sagen kann, lege ich ihm eine beruhigende Hand auf den Arm.

»Aber jedes einzelne Wort, das veröffentlicht wird, muss vorher von dir freigegeben werden. Das verspreche ich dir. Ich werde dich nicht bloßstellen. Nicht vor der Welt. Nicht vor Ragnar. Nicht vor deiner Mutter. Ich will …« Ich werde eigenartig nervös und habe das Gefühl, als würde ich mehr über meine Emotionen verraten, als mir lieb ist. »… dass die Menschen den Frederik kennenlernen, den ich in den letzten Tagen kennenlernen durfte.«

Ungläubig mustert Frederik mich. Seine braunen Augen gleiten nach einer Erklärung suchend über mein Gesicht, bis sie an meinen Lippen hängen bleiben.

»Denn dieser Frederik ist ein herzlicher Mann, der verzweifelt für etwas kämpft und vor etwas davonläuft, was ihn droht, kaputtzumachen. Aber das dürfen wir nicht zulassen, die Welt braucht dich, aber auf eine für dich gesunde Art und Weise.« Ich nicke zu Sylvie hinüber. »Deine Eltern haben offensichtlich einen großartigen Job gemacht. Ist es für dich nicht an der Zeit, das zu würdigen und der Schuld, die du für was auch immer verspürst, den Rücken zu kehren?«

Sprachlos starrt Frederik mich an. Die Finger um den Hals der Weinflasche verstärken den Griff, sodass seine Knöchel beinahe weiß hervorstechen.

»Du weißt nicht, wovon du da redest«, presst er zwischen zusammengebissenen Zähnen hervor.

»Doch. Weil ich es selbst nicht hinbekomme und weiß, wie es sich anfühlt, sich für etwas verantwortlich zu fühlen, von dem andere behaupten, es läge nicht in meiner Verantwortung.« Ich lächle traurig. »Komm, deine Mutter wartet auf uns.«

Damit schlüpfe ich an einem immer noch versteinerten Frederik vorbei und atme noch einmal tief durch, bevor ich mich schließlich auf die Veranda begebe und ein aufrichtiges Lächeln aufsetze.

»Frederik hat erzählt, du hast lange in einem Restaurant in Nyhavn gearbeitet?«, erkundige ich mich und setze mich zu Frederiks Mutter an den gedeckten Tisch.

Bestätigend nickt Sylvie, zupft ihr rotes Longshirt zurecht und schlägt die schlanken Beine in den weißen Jeans übereinander. Sie trägt einen goldenen Ring am Ringfinger und ein dezentes Make-up, das sie jünger wirken lässt, als sie vermutlich ist. Ich schätze sie auf Anfang fünfzig. Sie muss noch recht jung gewesen sein, als Frederik auf die Welt gekommen ist. Sylvie schenkt mir ein vielsagendes Lächeln und beginnt sogleich, mir von einem kuriosen Gast zu erzählen, den sie eines Sommers bedient hat. Ihre Art ist herzlich, wenn auch höflich distanziert, sodass sie nicht aufdringlich wirkt.

Aus dem Augenwinkel sehe ich Frederik, der sich auf seinen Standardplatz setzt, unsere Gläser füllt und sich angespannt zurücklehnt und mich beobachtet. Er will locker wirken, aber ich kenne ihn inzwischen besser. Seine rechte Braue zuckt immer wieder unauffällig in die Höhe, er nestelt an seiner Brille herum und hantiert andauernd an den Knöpfen seiner Hemdsärmel.

Mein Herz beginnt aufgeregt zu klopfen, als er mich unumwunden ansieht und ein sehnsüchtiger Ausdruck auf seinem Gesicht auftaucht. Doch bevor ich sichergehen kann, dass ich mir diesen nicht eingebildet habe, senkt Frederik den Blick und rückt seinen Stuhl zurecht.

Die Erzählung von Sylvie endet, und ein amüsiertes Lächeln zieht über ihren Mund, als sie mich neugierig mustert. »Und du bist also Journalistin?«

Ich nicke. »Ja.«

Sie wirft einen Blick zu ihrem Sohn und schaut dann wieder zu mir, als würde sie klarstellen, dass sie die Antwort auf ihre nächste Frage von mir hören will. »Woher kennt ihr zwei euch?«

Ich höre Frederik bereits Luft holen, doch ich trete unter dem Tisch unauffällig nach ihm, sodass er überrascht innehält und ich den Moment nutzen kann, um selbst für mich zu sprechen.

»Ich arbeite für *Morgen*, das Magazin, und soll ein Porträt über Frederik schreiben.«

»Ach ja?« Erstaunt sieht sie zwischen Frederik und mir hin und her, bis ihr liebevoll strenger Blick bei ihrem Sohn hängen bleibt. »Davon hast du gar nichts erzählt.«

»Es ist noch gar nicht sicher, ob dieser Artikel überhaupt erscheint«, erklärt Frederik defensiv.

Ich lehne mich verschwörerisch zu Sylvie. »Das wird er. Definitiv. Frederik braucht aber noch eine Weile, um das zu akzeptieren. Ich lasse ihm Zeit, sich daran zu gewöhnen.«

»Das werden wir noch sehen«, murmelt Frederik und bedient sich an dem herrlich angerichteten Teller. Man merkt, dass Sylvie in einem hochkarätigen Haus tätig gewesen ist. Maki, Rolls und verschiedene Nigiri sind fein säuberlich und mit Bedacht angeordnet. Eine kleine Schüssel mit Sojasoße ziert die Mitte des Tellers, und der eingelegte Ingwer sieht eher aus wie ein kleines Kunstwerk statt wie eine gewöhnliche Beilage.

»Wie schwer macht mein Sohn es dir, etwas über ihn in Erfahrung zu bringen?« Sylvie nickt mir zu und schiebt sich gekonnt mit zwei Stäbchen eine Crispy Salmon Roll in den Mund.

Aufmerksam betrachtet Frederik mich, und ich bin mir ziemlich sicher, dass er in diesem Moment nicht besonders glücklich darüber ist, mich gezwungen zu haben, zum Essen zu bleiben. Ich schaue kurz zu ihm, dann wende ich mich an seine Mutter.

»Er ist gewiss eine Herausforderung.« Wieder sehe ich zu ihm. Frederik räuspert sich leise und presst die Lippen zusammen. Ruhig füge ich hinzu: »Aber ich glaube, er lässt mich an mehr Gedanken teilhaben, als ihm bewusst ist.«

»Hat er erzählt, wie er dieses Haus gekauft hat?«

»Mama, nein, das ist nicht …«, ruft Frederik dazwischen, schweigt jedoch augenblicklich, als seine Mutter eine Augenbraue hebt. Ich unterdrücke ein Grinsen. Diese Frau mag vom Tod ihres Mannes gebrochen worden sein, aber sie hat ihren erwachsenen Sohn immer noch im Griff. So verletzlich, wie Frederik sie dargestellt hat, erscheint sie mir nicht. Ja, man sieht die tief liegende Trauer in ihren Augen. Man bemerkt sehnsüchtige Blicke, wenn sie ihren Sohn betrachtet und womöglich Züge ihres verstorbenen Mannes in ihm wiedererkennt. Aber ich habe das Gefühl, sie ist stärker, als Frederik glaubt.

Ich lehne mich zurück und warte darauf, dass Sylvie mich einweiht. Ja, denke ich, vielleicht ist dieses erzwungene Abendessen doch gar keine so schlechte Idee.

Ungeachtet Frederiks Protest, beginnt Sylvie zu meiner Begeisterung zu berichten. »Noch während seines Studiums hat er bereits die ersten Projekte abseits der Universität entwickelt und einige Patente angemeldet. Zu seinem Glück gehören sie allesamt ihm und nicht der Uni, an der er zu jener Zeit studiert hat. Das macht juristisch und finanziell einen wichtigen Unterschied. Frederik kam schließlich von seinem Studium aus London zurück und zog vorübergehend wieder bei uns ein. Nun hatten wir allerdings nur eine sehr kleine Wohnung.« Sylvie nimmt einen Schluck von ihrem Wein, und Frederik lehnt sich kopfschüttelnd in seinem Stuhl zurück, während seine Mutter fortfährt.

»Man hat gemerkt, dass Frederik durch die Zeit im Ausland erwachsen geworden ist. Gleichzeitig hat er sich geweigert, den nächsten Schritt zu wagen. Nachdem er mit seinem Vater einige Male aneinandergerumpelt ist, hat mein Mann sich schließlich eine Zeitung geschnappt und Wohnungsbesichtigungen für Frederik organisiert.«

»Du wolltest nicht von zu Hause ausziehen?« Amüsiert funkle ich Frederik an. Ich hätte ihn gewiss nicht für ein Muttersöhnchen gehalten, das die Annehmlichkeiten der elterlichen Versorgung nicht gegen ein bisschen Unabhängigkeit tauschen will.

»Ich war einundzwanzig!«, ruft er.

Verwirrt ziehe ich die Brauen zusammen, doch Sylvie klärt mich bereits auf.

»Frederik hat die Schule mit sechzehn abgeschlossen und ist mit siebzehn an die Uni in Kopenhagen und später nach London gegangen. Dort hat er parallel zwei Bachelorabschlüsse sowie in der Hälfte der Zeit zusätzlich noch ein Masterstudium absolviert.«

Ich kenne Frederiks Lebenslauf, und doch ist mir offenbar nie aufgefallen, wie jung er bei alldem gewesen ist. Ich hatte es schwarz auf weiß vor mir, und doch hat mein Kopf automatisch einen gewöhnlichen Zeitraum daraus gemacht. Meine journalistische Sorgfalt lässt offenbar zu wünschen übrig.

»Er kam mit einem Doppel-Bachelor, einem Master und einer Handvoll bahnbrechender Patente für den Bau von Windkraftanlagen und potenziellen Lösungen für die Energiezwischenspeicherung zurück in sein Kinderzimmer. Das konnte nicht gut gehen.« Sylvie schüttelt den Kopf. »Zudem hat er direkt nach seiner Rückkehr mit Ragnar die Firma gegründet, die schnell einen Erfolgskurs einschlug.«

»Ist Frederik in eine der Wohnungen gezogen, die sein Vater ausgesucht hat?«, frage ich und bediene mich an meinem Sushiteller.

Gütig lächelnd mustert Sylvie ihren Sohn, der sie ebenfalls mit einem milden Schmunzeln ansieht. »Nein. Er kam eine Woche nach der ersten Wohnungsbesichtigung mit zwei Schlüsseln nach Hause. Er legte sie auf den Küchentisch und erklärte uns, er habe zwei Häuser gekauft. Mit dem Geld, das er durch den Verkauf eines seiner Patente erhalten habe.«

»Zwei Häuser?«

Frederik schürzt die Lippen und senkt den Blick, während seine Mutter zu mir sieht. »Dieses hier für ihn. Und ein zweites, etwa vier Querstraßen weiter, für meinen Mann und mich.« Ein Schimmer glänzt in ihren braunen Augen. »Er sagte damals: ›Wenn ich ausziehe, müsst ihr es auch. Denn es kann nicht angehen, dass ich mir ein großes Haus leisten kann und ihr weiterhin in einer winzigen Wohnung versauert.‹ Mein Argument, dass ich gerne in dieser Wohnung lebe, hat er nicht gelten lassen und erklärt: ›Entweder wir ziehen alle um, oder wir bleiben alle hier.‹«

Kapitel 27

Frederik

Drei Stunden später sitzen wir immer noch mit meiner Mutter auf der Veranda, das Sushi ist längst aufgegessen und die Flasche Wein leer getrunken. Wohlweislich bin ich nach zwei Gläsern auf Leitungswasser umgestiegen. Ich brauche einen klaren Kopf. Mein Blick schweift wie so oft an diesem Abend rüber zu Linn. Sie lacht über etwas, das meine Mutter gerade gesagt hat, und fährt sich unbewusst durch die offenen Haare. Sie ist geblieben, und verdammt, ich weiß nicht, was sie macht, aber es muss ihre Anwesenheit sein, ihre Art, die meine Mutter heute in einen gelösten Zustand versetzt. Ich habe sie lange nicht so amüsiert gesehen wie bei den Gesprächen mit Linn.

In diesem Augenblick rückt Mama ihren Stuhl nach hinten und schenkt Linn ein herzliches Lächeln. »Es war mir eine große Freude, dich kennenzulernen, Linn.« Sie sieht zu mir, und ich erhebe mich ebenfalls. »Gib ihr eine Chance, Frederik. Sie weiß, was sie tut.«

Überrascht steht Linn auf, doch bevor sie etwas darauf erwidern kann, komme ich ihr mit einem leisen Flüstern zuvor. »Das ist ja das Problem.« In normaler Lautstärke erkläre ich: »Wir werden sehen.« Um eine lockere Stimmung bemüht, frage ich meine Mutter: »Willst du wirklich, dass mein Gesicht auf einer Titelseite am Kiosk prangt?«

»Aber natürlich. Das ist das erklärte Ziel. Deshalb bekommen wir doch Kinder«, scherzt sie, und sowohl ich als auch Linn folgen ihr hinein in den Flur.

Mit ein paar schnellen Handgriffen hat meine Mutter ihre Sachen zusammengesammelt und mustert Linn eingehend, aber nicht unverschämt. Ihr Blick bleibt an Linns Hals hängen, und ein amüsiertes Funkeln tritt in ihre Augen. Ohne ein weiteres Wort zu verlieren, wendet sie sich mir zu, und ich bemerke aus dem Augenwinkel, wie Linn sich beschämt an den Stoff ihres Pullis fasst und die Augen verdreht. Meine Mutter bekommt davon nichts mit. Sie umarmt mich bereits herzlich und verabschiedet sich.

»Danke für das nette Essen.«

Dann reicht sie Linn die Hand, die sich offenbar wieder gefangen hat, und erklärt zu meiner Überraschung: »Frederik mag unnahbar wirken. Besonders auf Menschen, die ihn nicht so gut kennen. Aber ich denke, du weißt, was ich meine, wenn ich sage, dass ihn mehr ausmacht als eine unantastbare Oberfläche.«

Linn nickt wortlos und wirft mir einen vielsagenden Seitenblick zu.

Schließlich lächelt meine Mutter und öffnet die Haustür, an der sie Stunden zuvor ziemlich lange von uns warten gelassen wurde.

»Gute Nacht, ihr zwei«, höre ich sie sagen, als auf einmal Linns Stimme neben mir ertönt.

»Ja, ich werde dann auch gleich gehen.«

In diesem Augenblick dreht Mama sich zu Linn um und lacht. Ja, wirklich. Sie lacht. Aus tiefstem Herzen ertönt dieser fröhlich-amüsierte Laut. Bei dem vertrauten Klang, der mir viel zu lange gefehlt hat, erstarre ich und betrachte meine Mutter, als würde ich sie heute zum ersten Mal sehen.

Als sie ihr Lachen schließlich einstellt, schüttelt sie grinsend den Kopf. »Ihr müsst mir doch nichts vormachen. Ihr seid jung. Nutzt es, solange ihr könnt.«

Mit diesen Worten drückt sie mir einen Kuss auf die Wange und eilt hinaus zu ihrem Rad. Ich verspüre den bekannten Stich in meinem Herzen, gefolgt von der Leere, die der Tod meines Vaters verursacht hat. Schnell schiebe ich den Gedanken beiseite und konzentriere mich auf das bevorstehende Gespräch mit Linn. Ich bin ihr etwas schuldig. Mehr als schuldig. Besonders nach diesem aufreibenden Tag und diesem Abend.

Wir sehen meiner Mutter nach, wie sie über das vordere Grundstück läuft, an der Straße auf ihr Rad steigt und mit einem letzten Winken davonfährt. Vier Querstraßen weiter zu ihrem Haus, das ich ihr gekauft habe.

»Sie weiß es«, platzt Linn heraus und durchbricht die Stille.

Ich lasse die Tür ins Schloss fallen, schiebe die Hände in die Hosentaschen und hole zustimmend nickend Luft. »Ja.«

»Das ist peinlich. So peinlich.« Linn verschränkt die Arme unsicher vor sich und bearbeitet einmal mehr ihre Unterlippe, die ich viel lieber küssen würde. »Ist das … ein Problem?«

Sogleich schüttele ich den letzten Gedanken ab, ignoriere ihre Frage und fokussiere mich stattdessen auf eine, die mich seit mindestens zwei Stunden beschäftigt.

»Wie hast du das gemacht?«

»Was?«

Ich laufe irritiert ins Wohnzimmer. Nur zögernd folgt Linn mir.

»Meine Mutter hat heute Abend …« Ich hebe verwirrt den Kopf. »Ich habe sie schon lange nicht mehr so entspannt gesehen. So … so gut drauf. Wie hast du das angestellt?«

Erstaunt zuckt Linn mit den Schultern. »Keine Ahnung, ich habe nichts anders gemacht als sonst. Warum auch?«

»Ich verstehe das einfach nicht.«

Vorsichtig kommt Linn einen Schritt auf mich zu. »Sieh es doch einfach positiv. Du wolltest, dass sie einen schönen Abend hat, und den hatte sie offensichtlich. Also … Mission erfüllt.«

Mission erfüllt? Welche von den vielen? Und ist sie das wirklich? Ein Abend, und alles ist cool? Wohl kaum. Und doch stellt Linn etwas Gutes in meinem Leben dar, obwohl sie erst seit Kurzem ein Teil davon ist. Ein Teil, der mich in manchen Momenten vergessen lässt, welche Last ich mit mir herumtrage, und mich in anderen Augenblicken genau daran erinnert. Aber auf eine Weise, die irgendwie heilsam ist. Es ist verrückt, denn das kann nicht sein. Dennoch ist es das, was mein Herz mir in dieser Sekunde zuflüstert. Ist es also vielleicht an der Zeit, ihr endlich reinen Wein einzuschenken? Wir haben miteinander geschlafen. Sie ist geblieben. Weil ich es so wollte. Und verdammt, sie hat meine Mutter zum Lachen gebracht. Etwas, das ich seit dem Tod meines Vaters nicht mehr geschafft habe. Egal, wie sehr ich es versucht habe.

»Danke.« Ich gehe ebenfalls einen Schritt auf Linn zu und bleibe dicht vor ihr stehen.

»Wofür?«

»Dass du geblieben bist und …« Ich verstumme, hebe meine Hand und fahre sanft über Linns Wange. Ich muss sie einfach berühren.

»… und ich kein Drama veranstaltet habe?«, ergänzt sie milde lächelnd und lässt ihre verschränkten Arme sinken.

Ich nicke wortlos.

»Ich will dir nichts Böses, Frederik. Versteh das doch.« In ihren klaren Augen sehe ich, dass sie mir die Wahrheit sagt. Wie so oft in den letzten Tagen, wann immer ich es von ihr verlangt habe. Als Gegenleistung für meine Antworten auf ihre Fragen. Sie ist mir in so vielen Dingen entgegengekommen. Ja, sie hat mir selbst ihr größtes Geheimnis verraten. Und ich?

»Ich weiß«, murmle ich und verliere mich in dem intensiven Blau, das ihren Blick beherrscht. Meine Finger wandern von ihrer Wange hinüber zu ihrem Nacken, und ich spüre, wie sie gegen die Anziehungskraft, die sich zwischen uns aufbaut, ankämpft. Leise seufzend wendet sie den Kopf ab, und ich ziehe meine Hand zurück. Es ist eine Abweisung. Eine, die es geben muss. Das sollte ich am besten wissen.

»Ich sollte jetzt nach Hause«, wispert Linn und will sich ganz abwenden, doch ich streife mit meiner Hand über ihren Unterarm und halte sie schließlich sanft an ihrem Handgelenk zurück.

»Wir müssen noch etwas klären, bevor du gehst.«

Langsam dreht sie sich zu mir um und setzt einen einfühlsamen Ausdruck auf. »Ich habe dir gesagt, du wirst jedes Wort persönlich freigeben, das veröffentlicht wird. Das bedeutet, du …«

»Darum geht es nicht«, unterbreche ich sie. Auf ihren fragenden Blick hin erkläre ich gedehnt: »Ich denke, das habe ich inzwischen verstanden. Wenn ich auch nicht weiß, wie du es anstellen willst, aber … Du weißt, was du tust. Und ich vertraue darauf.« Das zuzugeben, fällt mir unfassbar schwer, doch ich bin mir sicher, dass Linn diese Worte von mir hören muss. Besonders wenn sie gleich erfährt, was sie schon die ganze Zeit wissen will.

Mit großen Augen starrt sie mich an, und mir wird klar, dass es gleich kein Zurück mehr gibt. Wir haben heute in diesem Flur und anschließend im Schlafzimmer eine Grenze überschritten. Nun reißen wir eine weitere Hürde ein, die ich aus Selbstschutz um mich herum aufgebaut habe. Ich habe keine Ahnung, ob ich das wirklich tun sollte, aber eines ist klar: Ich schulde es Linn. Also nehme ich all meinen Mut zusammen, höre die Stimmen der Jungen und Mädchen in meinem Kopf aufleben und lasse sie auf mich zukommen. Immer näher, immer lauter, immer drängender.

Auf der Suche nach einem Fixpunkt wandert mein Blick über Linns Gesicht hinweg und bleibt schließlich an einer ihrer blonden Locken hängen. Da das Wohnzimmer von einer Reihe durchdacht platzierter Lampen in sanftes Licht getaucht wird, liegt auf ihrem Gesicht ein sanftes Leuchten, das ihr einen zauberhaften Schimmer verleiht.

Mein Puls steigt, meine Atmung wird unregelmäßig, und

ich bekämpfe die Angst, die sich in mir ausbreitet. Ich schaffe es nicht, sie zurückzuhalten. Ich muss Linn zeigen, worum es wirklich geht, und dazu gehören all diese Gefühle. Nur dann habe ich die Chance, dass sie mein *Warum* verstehen wird. Dass sie mich verstehen wird. Mich und meine Art, zu sein.

»Das Mädchen«, beginne ich mit rauer Stimme. »Gyda …«

Wachsam mustert Linn mich mit angehaltenem Atem. Sie sagt kein Wort. Vermutlich aus Sorge, ich würde nicht weiterreden. Und womöglich hat sie sogar recht. Gebannt starre ich auf die süße Locke neben ihrer rosigen Wange und blinzle mehrfach, bevor ich fortfahre.

»Wir wollten alle ihre Aufmerksamkeit. Sie hat die Jungs im Ferienlager verrückt gemacht. Mich eingeschlossen. Aber ich habe nie leicht Freunde gefunden. Die meisten meines Alters waren mit meiner Intelligenz überfordert, und Ältere hielten verständlicherweise nicht viel davon, mit mir rumzuhängen. Mit dem Ferienlager auf Saltholm haben meine Eltern gehofft, mir einen anderen Zugang zu Kindern meines Alters zu geben. Richtig gut hat es mit den Jungs aber nicht funktioniert. Wir wurden nicht warm miteinander. Ohne Ragnar wäre ich verloren gewesen. Und dann war da eben Gyda. Ihr Lächeln und ihre Lebhaftigkeit haben mich fasziniert. Sie mochte mich. Zumindest war sie nett zu mir, und das allein war schon viel wert. Aber ich wollte mehr.«

Ein starrer Zug bildet sich um meine Mundwinkel, und ich spüre, wie Linn mir einen ermutigenden Blick zuwirft. Nach einem Räuspern zwinge ich mich, weiterzusprechen, aber die Stimmen in meinem Kopf und das schmerzhafte Pochen meines Herzens machen es mir beinahe unmöglich, meine eigene Stimme wahrzunehmen.

»Ich wollte mich vor den Jungs beweisen und mir damit ihren Respekt und ihre Anerkennung sichern, ihnen zeigen, dass ich so sein kann wie sie. Also schlug ich eine Mutprobe vor. Am Ufer des Ferienlagers gab es einen kleinen Sandstrand mit einer Reihe glatter Felsen, die ins Wasser hineinragen, und einen alten Holzsteg. Wir vereinbarten eine Strecke zwischen Felsen und Bootssteg, die es hin- und herzuschwimmen galt. Fast alle Jungs waren einverstanden und machten mit.«

»Ein Wettbewerb«, murmelt Linn, doch ich schüttle abwesend den Kopf.

»Eine Mutprobe. Die unterschwelligen Strömungen an der vereinbarten Strecke konnten einen leicht hinaus aufs Meer ziehen. Egal, wie gut man schwimmen konnte. Deshalb durften wir auch nie allein an diese Stelle des Ufers.« Ich hole tief Luft und habe die Bilder von damals viel zu deutlich vor Augen. »In der Abenddämmerung haben wir uns weggeschlichen. Die Jungs, um den Sieg einzufahren, die Mädchen, um uns dabei zu beobachten. Nur Gyda tauchte ebenfalls im Badeanzug auf. Sie erklärte, wenn man schon eine Mutprobe veranstaltete, wolle sie auch mitmachen.

Wir versammelten uns alle auf dem alten Steg, stellten uns in der Reihe auf, und nach dem Startsignal sprangen wir zeitgleich, Gyda mitten unter uns, kopfüber ins Wasser. Es war Sommer und der Abend dadurch verhältnismäßig hell. Wir schwammen und kämpften uns die vielen Meter zwischen Steg und Felsen hin und wieder zurück.«

»Wer hat das Rennen gewonnen?«

Mein Blick zuckt unruhig hin und her. Schließlich senke ich die Lider und kann kaum aussprechen, was ich zu sagen habe. Die Schuld drückt mich zu Boden, und ich habe keine Chance, auch nur einen Zentimeter dagegen anzugehen.

»Ich. Ich war der Erste, der seine Hand am Steg hatte. Mein Plan war aufgegangen. Meine vorgeschlagene Mutprobe hatte mich zum Sieger gekürt.« Meine Stimme zittert, und meine Finger, die stetig über Linns Handrücken streichen, halten inne. Die Berührung hat mir Kraft gegeben, doch nun ist mir, als dürfte ich sie nicht länger für meine Zwecke ausnutzen. Nicht bei dem, was ich nun zugeben muss.

»Als alle zurück waren, wurde fair anerkannt, was ich geschafft hatte. Die Jungs sahen mich mit anderen Augen an. Doch eines der Mädchen wies aufgeregt darauf hin, dass Gyda noch nicht zurück sei. Wir haben gewartet. Und gewartet. Und schließlich das ganze Ufer nach ihr abgesucht, den Strand, einige liefen sogar zurück zum Ferienlager, um zu sehen, ob sie sich vielleicht dort verstecken und uns nur einen Streich spielen würde. Irgendwann wurde aus den nervösen Rufen eisige Stille. Sie war fort …« Meine Stimme bricht, während die schrecklichen Bilder und die Geräusche in meinem Kopf überhandnehmen. »Gyda muss von der Strömung erfasst und fortgezogen worden sein. Sie ist …« Zitternd atme ich ein. »Gyda ist ertrunken, weil ich genauso cool wie die anderen Jungs im Camp sein wollte. Es ist meine Schuld.« Abrupt lasse ich Linns Hand los. Mein Mund ist trocken, meine Spucke aufgebraucht, und die Schuld hat sich mit der Panik verbrüdert. Sie zerren mich zu Boden, halten den Fuß auf mein Gesicht gedrückt und verhindern einen klaren Gedanken in meinem Kopf.

Aus dem Augenwinkel sehe ich Tränen über Linns Wangen laufen, was mich nur noch mehr darin bestätigt, welch grausames Schicksal über mir hängt. Wird sie es verstehen? Wird sie mich verstehen? Ich fürchte mich vor ihrer Reaktion, weil mir genau in diesem Moment klar wird, wie viel mir diese Antwort bedeutet. Ich starre zu Linn.

Ich brauche sie. Es überkommt mich wie ein Blitz, gefolgt von Donnerrollen und einem heftigen Regenfall. Ich kenne sie kaum eine Woche, doch … Ich muss dem ein Ende bereiten, bevor es auf schreckliche Weise endet. So wie damals. Blindlings und von meinen Emotionen getrieben, stürme ich kurzerhand an Linn vorbei und flüchte die Treppe hinauf ins Schlafzimmer.

Ich habe keine Ahnung, wie lange ich schließlich auf der Bettkante gesessen habe, als ich die knarzenden Stufen höre und kurz darauf die Tür geöffnet wird.

»Du solltest gehen, Linn«, murmle ich mit rauer Stimme. Ich sage es, weil ich sie schützen will.

»Wieso?« Ihre liebevolle Stimme trifft direkt in mein verkommenes Herz und löst eine erneute Flut an Gefühlen für sie aus.

»Du weißt jetzt, weshalb ich bin, wie ich bin. Du kannst dein Porträt schreiben und es der Welt erzählen. Tu, was du tun musst.«

»Du denkst, es geht mir nur um diesen Artikel?«

Ich räuspere mich und versuche unauffällig, einige Tränen von meinen Wangen zu wischen. Ich weine. Vor einer Frau, die eine Titelstory über mich schreiben soll. Shit!

Behutsam legt sie eine Hand auf meinen Unterarm, und ich hebe unwillkürlich den Kopf in ihre Richtung. Angespannt mustere ich sie.

»Deshalb stellst du mir doch all diese Fragen. Deshalb haben wir diesen Deal.« Ich bleibe stur dabei, obwohl mein Herz mich in eine andere Richtung weisen will. Doch diesen Weg darf ich keinesfalls einschlagen. Er ist zu gefährlich. Sowohl für mich als auch Linn. Für uns beide.

Sie hockt sich vor mich und sieht mich mit ihren schimmernden blauen Augen an. »Du bist so intelligent«, flüstert sie, während sie eine Hand an meine feuchte Wange legt. »Und so schrecklich dumm.«

Kapitel 28

Linn

Ich spüre die Tränen, die Frederik vergossen hat und für die er sich noch im selben Moment furchtbar schämt. Er weicht meinem Blick aus und scheint verwundert zu sein, dass ich noch hier bin. Aber wie könnte ich jetzt gehen? Ausgerechnet jetzt, nachdem er mir das alles erzählt hat?

Der Schmerz in seinem Gesicht, die Schuld, die immerwährende Angst und die Reue sitzen so tief in seinem Wesen, als wären sie ein untrennbarer Teil von ihm. Frederiks Abschottung von der Welt. Seine Zurückhaltung. Seine Vorsicht. Ich zähle eins und eins zusammen, und je länger ich darüber nachdenke, desto verständlicher wird es mir.

Frederiks *Warum*.

Er war sich zeitlebens bewusst, dass er anders ist. Seine Intelligenz und die Schwierigkeit, Freunde zu finden, haben ihn in einem sensiblen Alter zu drastischen Mitteln greifen lassen. Er war zwölf. Zwölf! Und alles, was er wollte, war die Anerkennung Gleichaltriger. Während die Erwachsenen um ihn herum ihn vermutlich bereits als Genie bezeichnet und ihm damit womöglich sogar unbewusst eine Sonderrolle zugeschrieben haben, war er unter seinesgleichen auf der verzweifelten Suche nach Anschluss.

Er hat sich unbedingt integrieren und abseits seiner Intelligenz in den Vordergrund rücken wollen. Und dann stirbt dieses Mädchen, das ihm mehr geschenkt hat, als er für möglich gehalten hätte, wegen seiner initiierten Mutprobe. Kein Wunder, dass er von jenem Moment an dachte, er müsse das Leben eines Einzelgängers führen. Denn sobald er versucht, Anschluss zu finden, bringt er die Menschen um sich herum in Gefahr. Das ist Frederiks *Warum*. Er glaubt, er ist zur Einsamkeit verdammt, weil eine Freundin wegen ihm ums Leben gekommen ist.

Bloß keine Fehler mehr, bloß kein Versuch der Annäherung. Man weiß ja nie, was das diesmal zur Folge haben könnte. Frederik vertraut niemandem, weil er sich selbst nicht vertraut.

»Frederik«, flüstere ich und weiß, dass ich kaum zu ihm durchdringen kann, und doch muss ich meine nächsten Worte an ihn richten. Ich kann nicht anders. »Gydas Tod ist nicht deine Schuld.«

Augenblicklich schießt sein Kopf hoch, und ich bemerke den Widerspruch in seinem Gesicht, noch bevor er ihn laut formuliert. »Es ist meine Schuld. Darüber brauchen wir nicht zu diskutieren, Linn«, presst er hervor und entreißt mir seine Hände. Hastig steht er auf, und ich erhebe mich ebenfalls langsam. Eine eigenartige Kälte überkommt mich, während es in meinem Inneren nur so vor Hitze zu brodeln beginnt.

Nervös läuft Frederik hin und her. »Ich hätte dir nicht davon erzählen dürfen. Ich hätte nicht …«

»Doch«, schreite ich liebevoll, aber nachdrücklich ein und halte ihn bei seiner nächsten aufgebrachten Drehung durchs Schlafzimmer fest. Die zerwühlten Laken auf dem Bett bestmöglich ignorierend, schaue ich Frederik unumwunden an. Qual, Leid und Schuld spiegeln sich in seinen Augen wie Mondschein auf der nächtlichen See. Nur dass das Glitzern nichts Zauberhaftes innehat, sondern ein Ausdruck tief sitzender Überzeugungen ist.

»Gyda *wollte* mit euch um die Wette schwimmen. Niemand hat sie dazu überredet oder gezwungen. Es war ihre freie Entscheidung. Ihr freier Wille.« Meine Stimme kündigt absolute Kompromisslosigkeit in dieser Sache an.

Wütend fährt Frederik mich an. »Du warst nicht dabei! Du weißt gar nichts über sie! *Ich* habe diese Scheißmutprobe vorgeschlagen. *Ich* habe die Strecke vorgeschlagen. *Ich* habe Gyda überhaupt erst auf die Idee gebracht.«

»Kannten die anderen die Strömungen unter Wasser? War ihnen bewusst, wie gefährlich es werden könnte?«

»Natürlich«, nickt Frederik, »sonst wäre es ja keine Mutprobe gewesen.«

Eindringlich suche ich seinen Blick und greife erneut nach seinen Händen, um sie in meine zu nehmen. Ich stehe dicht vor ihm und wünschte, ich könnte ihm diese schreckliche Vergangenheit abnehmen und sie aus dem nächstbesten Fenster werfen. Doch sie lastet nach wie vor auf seinen Schultern.

»Jeder, der mitgemacht hat, hat selbst entschieden, sich in Gefahr zu begeben. Euch allen war das Risiko bewusst. Auch Gyda. Ihr Tod ist schrecklich.« Ich schüttle den Kopf und spüre, wie sich Tränen über meine Wangen stehlen. Frederik starrt mich nur an, und ich erkenne den vehementen Widerspruch in seinen Augen. Er glaubt mir kein einziges Wort, trotzdem – oder gerade deswegen – fahre ich fort.

»Es war deine Idee. Aber Gydas Wahl. Du bist nicht für die Entscheidungen anderer verantwortlich.« Wispernd setze ich nach. »Du warst erst zwölf...«

»So wie Gyda«, bringt Frederik aufgebracht hervor. »Ich hätte sie abhalten sollen, Linn. Ich hätte diesen Vorschlag niemals machen dürfen.« Aus seinen Augenwinkeln treten ebenso feine Tränen, wie sie auf meinem Gesicht zu finden sind. Es ist seltsam, diesen Mann weinen zu sehen. Es bricht mir das Herz.

»Frederik«, wispere ich verzweifelt, und ein Schluchzen entringt sich meiner Kehle.

»Du solltest gehen«, wiederholt er mit rauer Stimme. Er klingt nicht unhöflich. Vielmehr wirkt er wie ein verletztes Tier, das sich verzweifelt zurückziehen und seine Wunden lecken will – und keinesfalls zeigen darf, wie hart es ihn getroffen hat. Vielleicht sollte ich seiner Aufforderung nachkommen, aber …

»Nein«, erwidere ich kaum hörbar. Ich kann nicht gehen. Ich will nicht gehen. Ich will bei ihm sein, seine Nähe spüren und ihm klarmachen, dass er aus diesem Albtraum einen Ausweg finden kann. Es ist nicht meine Aufgabe, dennoch fühlt es sich so an, als wäre genau jetzt der Moment gekommen, diese Mauer zu durchbrechen. Maße ich mir zu viel an? Womöglich. Ziemlich sicher sogar. Trotzdem kann ich mich dem nicht entziehen.

Frederik und ich, wir sind wie Wellen auf dem Meer. Wir werden vom Wind getragen, in die Höhe katapultiert und mit einem tiefen Brausen wieder hinabgeschleudert. Wir stoßen an Felsen, Strände und Ufer, und doch kommen wir nie an. Wir gehen verloren. Jedes Mal, wenn wir auf Land treffen. Und dann tauchen wir an anderer Stelle wieder auf, und das Spiel beginnt von vorn. Wir sind gefangen in einem Rhythmus, den niemand verstehen kann, der ihn nicht selbst durchlebt hat.

Frederiks Warum. Es ist die Schuld an Gydas Tod.

Mein Warum. Es ist der Tod meines Bruders.

Wir fühlen uns beide verantwortlich. Wir spüren die Schuld. Wir wissen um die Verzweiflung und die Hilflosigkeit. Und während wir uns gegenseitig versuchen zu überzeugen, dass keiner von uns die Verantwortung für das Geschehene trägt, wollen wir es beide nicht wahrhaben. Wir lassen nicht zu, dass man uns freispricht. Wir sind so verschieden. Und doch genau gleich. Das ist die Verbindung zwischen uns. Dieses Gefühl. Dieses Verständnis.

Frederik holt Luft und will mir ein weiteres Mal an diesem Abend etwas entgegensetzen. Doch ich hebe den Blick, schaue ihm in die dunkel gewordenen Augen, und noch im selben Moment schließt er den Mund und schweigt.

»Ich bleibe«, flüstere ich irgendwann und komme Frederik einen letzten kleinen Schritt entgegen. Ein wenig wackelig stelle ich mich auf die Zehenspitzen und lehne meine Wange gegen seine. »Lass mich bleiben. Bitte.«

Unter der Berührung spüre ich, wie Frederik sich anspannt und gegen seine inneren Dämonen kämpft. Langsam wende ich ihm das Gesicht zu, und just in dieser Sekunde sehe ich die Sehnsucht in seinen Augen. Es ist der unausgesprochene Wunsch, aus einem Muster auszubrechen, das er sich selbst aufgezwungen hat.

Vorsichtig überbrückt er die letzten Millimeter zwischen uns, streift meine Lippen mit seinen und raunt: »Wenn du jetzt bleibst, kann ich dich nie wieder gehen lassen.«

Ich bin hundemüde, fühle mich, als hätte ich die Nacht durchgemacht, und muss zugeben, dass das fast der Wahrheit entspricht. Frederik und ich haben kaum geschlafen. Als gestern spätabends diese Flut an Emotionen über uns hereingebrochen ist, bin ich geblieben. Frederik hat es zugelassen. Es hat ihn viel Überwindung gekostet, und im Nachhinein denke ich, dass auch ich einen Schritt von immenser Bedeutung auf ihn zugegangen bin.

Von all den Gefühlen überfordert und den zärtlichen Berührungen in einen Zustand versetzt, von dem wir beide nicht wissen, wie wir dorthin gekommen sind, haben wir ein weiteres Mal miteinander geschlafen. Es war anders als das erste Mal. So als würden wir uns viel besser kennen, als hätten wir uns die sensiblen Stellen des anderen genau gemerkt. Zwischen uns war eine neue Vertrautheit, die die Hilflosigkeit beiseitegeschoben und der puren Zuneigung Platz gemacht hat. Wir hatten keine Angst mehr. Wir wollten nicht die Bedürfnisse des anderen erfüllen. Wir haben nicht an das Genie und die Journalistin gedacht. Wir wollten uns. So wie wir sind. Mit all unseren schrecklichen Erfahrungen und den damit verbundenen Eigenheiten, die unseren Lebensweg bestimmen. Wir haben einander akzeptiert. Bedingungslos.

Allein der Gedanke an diesen intimen Moment sorgt in mir für ein erneutes Aufkeimen absoluter Verletzlichkeit, während ich die Treppen hinauf zu meiner Wohnung laufe. Es ist halb sieben Uhr morgens, und noch nie ist es mir so schwergefallen, nach Hause zu kommen. Denn ich wollte bei Frederik bleiben. Die restliche Nacht lagen wir dicht beieinander und haben geredet, geschwiegen, wieder geredet und erneut geschwiegen. Es ist, als hätten wir uns unser ganzes Leben erzählt. Mit Frederiks Geständnis und der Erkenntnis, wie ähnlich wir uns in Wirklichkeit sind, schien auch die letzte Barriere zwischen uns zu fallen.

Und so haben wir bis vier Uhr morgens einander dabei beobachtet, wie wir dem jeweils anderen von unseren Ängsten, unseren Methoden, durch den Tag zu kommen, und dem Gefühl erzählt haben, mit niemandem jemals über ebendiese Dinge sprechen zu können. Nicht mal mit unseren besten Freunden.

Als mir beinahe die Augen zufielen, weigerte ich mich, einzuschlafen. Ich wollte diesen Moment zwischen uns nicht aufgeben. Ich habe mich so sicher und geborgen gefühlt, als würden wir uns in einem zeitlosen Raum befinden, in dem nur wir beide zählen. Es gab kein Gestern, kein Heute und kein Morgen. Doch Frederik hat mir sanft einen Kuss auf die Stirn gedrückt, meinen Kopf an seine Brust gebettet und geflüstert: »Schlaf jetzt.«

Stumm habe ich auf ihn gehört und meinen müden Augen nachgegeben. Allerdings nicht, bevor ich mir den Wecker gestellt habe. Denn ich musste dringend nach Hause und endlich meine Klamotten wechseln, bevor ich wieder ins Büro fahren konnte.

Als ich mich schließlich nach nur wenigen Stunden widerwillig aus Frederiks Armen befreit habe, hat er weiterhin tief und fest geschlafen. Auf seinem Gesicht lag ein unberührter Frieden, von dem ich wünschte, ich hätte ihn dort für immer bleiben lassen können. Also ließ ich ihn in Ruhe, statt ihn zu wecken. Ich schrieb ihm eine Nachricht, warum ich so früh wegmusste, und bin nun gerade dabei, leise die alte Tür zu unserem Apartment aufzusperren. Trotz meiner Vorsicht knarzt das alte Ding in gefühlt doppelter Lautstärke. Als sie ins Schloss rumpelt, bin ich mir sicher, dass Smilla und Juna davon geweckt werden. Ich halte inne, höre jedoch nichts. Also haste ich den Flur runter, hole mir aus meinem Zimmer frische Kleidung aus dem Schrank und springe unter die Dusche. Ich verzichte aufs Föhnen, um nicht doch zu riskieren, dass meine Mitbewohnerinnen wach werden, und lege mein übliches Make-up auf. Dann husche ich zurück in mein Zimmer, sammle meine Sachen zusammen und will mich bereits wieder auf den Weg machen, als ich mich beinahe zu Tode erschrecke.

»Beehrst du uns auch mal wieder?« Juna und Smilla lehnen in ihren Schlafanzügen an meinem Türrahmen, eine links, eine rechts, haben die Arme vor dem Oberkörper verschränkt und mustern mich streng, aber offensichtlich amüsiert.

»Hej«, erwidere ich mit einem nervösen Lachen und fahre mir durch die feuchten Haare, während ich mich darum bemühe, nichts von all den Dingen in meinem Arm fallen zu lassen. »Wieso seid ihr schon wach?«

Juna dreht den Kopf zu Smilla und tut, als wäre ich nicht anwesend. »Hat sie gerade wirklich gefragt, warum *wir* schon wach sind?«

Smilla nickt. »Ja, dabei war sie doch diejenige, die seit zwei Tagen nicht nach Hause gekommen ist und plötzlich in aller Herrgottsfrühe zur Tür hereinschleicht.«

Juna schürzt die Lippen, und gleichzeitig wenden sich beide mir zu. »Also, Linn. Dann erzähl mal.«

Es ist eine Aufforderung. Keine Frage. Keine Bitte.

»Jetzt?«, hasple ich nervös und weiß, dass ich ihnen irgendwann alles beichten muss. Sie sind meine besten Freundinnen. Aber muss es ausgerechnet jetzt sein?

Beide nicken und positionieren sich so, dass ich nicht einfach so zwischen ihnen hindurchstürmen und vor dem Gespräch davonlaufen kann.

Smilla mustert mich. »Du warst nie der Typ, der nächtelang wegbleibt.«

»Das bin ich auch immer noch nicht. Das hier ist …«, ich winde mich und suche an der Decke nach einem Begriff, der diese Sache zwischen mir und Frederik beschreibt. Doch ich komme nur auf ein lahmes »… anders«.

»Wie *anders?*«, hakt Juna nach und lässt mich nicht aus den Augen.

Seufzend sehe ich ein, dass ich meinen besten Freundinnen eine Erklärung schulde. Selbst wenn ich nicht weiß, wie ich sie in Worte fassen soll.

»Frederik und ich haben eine Abmachung«, beginne ich zögerlich, und sofort flackert in den Augen meiner Mitbewohnerinnen unverhohlene Neugier auf. Langsam fange ich an, ihnen Stück für Stück zu erzählen. Allerdings lasse ich manches weg. Nicht weil ich ihnen nicht vertraue, sondern weil die Zeit zu knapp ist, um diese Themen anzugehen. Das muss warten. Den Tod meines Bruders sowie die Sache mit Gyda lasse ich daher außen vor.

Dennoch zeichne ich den beiden ein recht genaues Bild von der seltsamen Verbindung, die sich durch diesen Deal zwischen Frederik und mir entwickelt hat. Ich erzähle mit Blick auf den Boden von dem ersten Mal, das wir beide nicht geplant haben, vom anschließenden Besuch seiner Mutter sowie dem Augenblick, in dem ich ihn nicht allein lassen konnte – ohne zu sagen, warum. Nach rund zehn Minuten und einer beeindruckenden Schnellfassung der letzten Tage verstumme ich. Drei Meter von mir entfernt höre ich ein aufgeregtes Luftschnappen und ein leises »O mein Gott …«.

Unsicher sehe ich auf und zucke hilflos mit den Schultern. »Ich weiß, dass ich ihn nicht mal eine ganze Woche kenne, aber wirklich, es ist …«

»… anders«, beendet Smilla meinen Satz, und während mir plötzlich Tränen über die Wangen laufen, kommt sie eilig zu mir und nimmt mich in den Arm.

»Ich würde gerne fragen, ob du dich verliebt hast«, murmelt Juna, folgt Smilla und stellt sich dicht zu uns. Als ich den Blick aus Smillas Umarmung hebe und zu Juna blinzle, flüstert sie: »Aber das muss man ja gar nicht mehr fragen.«

Erschrocken erstarre ich und reiße mich sogleich aus der tröstenden Geste los und fliehe zwei Schritte in Richtung Flur. »O nein! Ich … Nein! Das geht nicht … Das wäre ja …« Ich mache noch einen erschrockenen Schritt rückwärts Richtung Türrahmen. »Ich kenne ihn seit Freitag! Das sind …« Ich zähle im Kopf nach. »Heute ist Mittwoch. Das sind fünf Tage! Ich bin nicht in ihn verliebt«, stelle ich eisern fest und spüre, wie sich mein Herz krampfartig zusammenzieht. »Ich bin fünfundzwanzig. Ich weiß doch nicht mal wirklich, was Liebe ist. Wie soll ich jemanden wie Frederik also nach so kurzer Zeit und zwei …« Ich verstumme mitten im Satz und ringe entsetzt nach Luft.

Juna und Smilla werfen sich einen vielsagenden Blick zu, während ich spüre, wie mir das Blut aus dem Gesicht weicht. Langsam kommen meine Freundinnen auf mich zu.

»Das ist lächerlich«, flüstere ich heiser und den Tränen nahe. »Wir teilen höchstens ein paar Herausforderungen, die uns das Leben auferlegt hat. Wir sind nicht … Er kann gar nicht … Ich …« Ich bin unfähig, meine Gedanken zu sortieren.

»Was wirst du jetzt tun?«, fragt Juna und mustert mich mitfühlend.

»Ich schreibe das Porträt. Und dann …« Ich versuche zu atmen. »Dann werden wir sehen.« Ich stopfe die Unterlagen in meine Handtasche, die unweit von der Tür auf dem Boden liegt. »Ich muss jetzt los in die Redaktion«, murmle ich und spüre noch beim Hinausgehen die Blicke von Smilla und Juna in meinem Rücken. Als ich die Haustür bereits mit dem üblichen Knarzen geöffnet habe, halte ich zitternd inne, und im nächsten Moment stehen die beiden wieder neben mir und drücken mir eine Gruppenumarmung auf.

An meinem Ohr flüstert Smilla: »Wir sind für dich da. Immer.«

»Ich weiß, aber ich kann das gerade einfach nicht in Worte fassen. Es ist …«

»… anders«, beendet Juna meinen Satz und lächelt mich aufmunternd an. »Aber das bedeutet nicht, dass es falsch ist.«

Kapitel 29

Linn

Der Vormittag fliegt geradezu an mir vorbei. Ich stürze mich mit allen Sinnen in die Arbeit und versuche so, mich von dem Gespräch mit Smilla und Juna heute Morgen abzulenken. Ich habe ihnen kaum etwas von Frederik erzählt, wie sollen sie ahnen, was in mir vorgeht? Wo ich es ja selbst nicht weiß! Es ist so verwirrend. Ja, ich mag Frederik. Ich fühle mich zu ihm hingezogen, und ich habe das Gefühl, als würde nur er gewisse Dinge aus meinem Leben verstehen und nachvollziehen können. Doch das ist unserem Deal geschuldet. Unseren Schicksalen. Das hat nichts mit … Ich will das Wort nicht mal denken.

Ich schlucke heftig und widme mich dem offenen Dokument an meinem Desktop. Gleich darauf tippe ich den nächsten Song in meiner Playlist an, stecke die AirPods in meine Ohren und konzentriere mich auf *Hurt* von OneRepublic. In diesem Augenblick ploppt eine Nachricht auf meinem Handy auf.

> Hej, wie geht es mit deinem Auftrag voran? Willst du dich nicht bald mal bei Mama und Papa melden? Sie warten auf ein Lebenszeichen von dir.

Charlotte weiß, wie man meinem Tag noch einen Dämpfer versetzt.

Ein weiteres Vibrieren kündigt eine zweite Nachricht an. Ich erwarte bereits, erneut Charlottes Namen als Absenderin zu sehen, als ich überrascht werde. Es ist Frederik. Mit zitternden Fingern öffne ich sie.

Guten Morgen.

Ich werfe einen Blick auf die Uhr meines Smartphones. Es ist nach zwölf.

Hej

tippe ich und sende die Nachricht ohne ein weiteres Wort ab.

Ich muss dir etwas gestehen …

antwortet er umgehend, und mein Magen hüpft nervös auf und ab, während ich die Luft anhalte und die aufleuchtenden Punkte anstarre, die andeuten, dass Frederik eine weitere Nachricht an mich vorbereitet. Sekunden später erscheint sie schließlich.

Ich habe verschlafen. Das erste Mal in meinem Leben.

Ist das gut oder schlecht?

frage ich und bekämpfe das warme Gefühl, das sich von meinem Herzen aus in den Rest meines Körpers vorarbeiten will.

Nichts passiert. Nach Sekunden dann endlich seine Reaktion.

Ich kann mich an keine Nacht in den letzten fünfzehn Jahren erinnern, in der ich keinen Albtraum hatte. Bis auf letzte Nacht.

Mein Herz macht einen Satz, doch ich zwinge mich, cool zu bleiben. Das hat rein gar nichts zu bedeuten.

Das ist doch gut.

schreibe ich ausweichend und vergesse vollkommen, dass ich vielleicht mal wieder Luft holen sollte.

Das verdanke ich dir.

Er tippt eine weitere Nachricht, und mein Handy beginnt zu zittern. Weil meine Finger es tun und die Bewegung übertragen, während ich auf die nächste Sprechblase warte.

Linn … Ich habe Angst. Vor dem, was du in mir auslöst. Nach nur wenigen Tagen.

Ich ringe nach Sauerstoff und bemühe mich gleichzeitig, mir nichts von meiner Aufregung anmerken zu lassen, denn ich sitze immer noch mitten unter meinen Kollegen, die allesamt irgendeiner Arbeit an den Nachbartischen nachgehen und bisher keine Notiz von mir nehmen. Und das soll so bleiben. Ich konzentriere mich auf den nächsten Titel, der in meinen Kopfhörern erklingt. *She Fell In Love In The Summer* von Omar Rudberg. Womöglich sollte ich lieber den Song wechseln, denke ich, bevor meine Daumen zögernd über die kleine Tastatur auf meinem Smartphone fliegen. Gleich darauf lösche ich die Nachricht wieder. Tippe sie neu. Lösche sie wieder und schreibe die Nachricht ein weiteres Mal, doch diesmal drücke ich auf den Senden-Button.

Ich auch.

Pause. Eine ganze Minute lang kommt keine Reaktion, obwohl ich sehe, dass Frederik immer noch online ist. Meine Nervosität steigert sich ins Unermessliche. Was machen wir denn hier? Ich starre auf das leere Dokument vor mir. Es ist jenes, in dem ich Frederiks Porträt festhalten soll, was mir schon den ganzen Vormittag nicht gelingen will, dabei läuft mir langsam die Zeit davon. In nicht mal achtundvierzig Stunden erwartet Caro den ersten Entwurf. Freitag, zehn Uhr ist Deadline.

Das Vibrieren meines Handys reißt mich aus den Gedanken, und ich blicke hinab auf das aufleuchtende Display.

Wollen wir uns heute Abend sehen?

Ja. Nein. Vielleicht? Ich bin unsicher. Andererseits ist es mutig von ihm, auf mich zuzugehen. Und bin ich nicht diejenige, die stets Antworten haben will? Vielleicht also auch auf das, was das zwischen uns ist? Ich denke schon wieder zu viel. Ich erhöhe die Lautstärke und wechsle zum nächsten Lied. *A moment in the sun* von Amistat ertönt. Dann schreibe ich Frederik meine Antwort.

Sieben Uhr. Aber nicht bei dir zu Hause.

Wir müssen uns auf neutralem Boden treffen. Dieses Haus … Es ist zu viel darin passiert.

Im nächsten Moment schickt Frederik mir den Link zu einem Restaurant am Hafen außerhalb der Touristenzone. Es ist klein, sieht gemütlich aus und verspricht gutes Essen direkt am Wasser. Ich stimme zu, und gleich darauf leitet er mir eine Reservierungsbestätigung für einen Tisch für zwei heute Abend um sieben Uhr weiter.

Ich öffne den Gruppenchat mit meinen Freundinnen. In wenigen Zeilen teile ich ihnen mit:

Gehe mit Frederik heute Abend essen. Wir klären, was das zwischen uns ist. Also … so wie Erwachsene das machen. Ich mach kein großes Ding draus. Oder?

Smilla reagiert sofort.

Mega erwachsen. Ist doch gut, wenn ihr drüber sprecht. Aber: No pressure, bitte!

Juna schreibt indes:

Ihr wollt *das* jetzt schon klären? Nehmt euch doch erst mal Zeit und wartet einfach ab.

Nicht sehr hilfreich, denke ich und seufze. Gleich darauf erscheint eine weitere Nachricht von Juna.

Überstürz es nicht. Du kennst ihn kaum.

Dahinter hat sie ein Herz gesetzt.

Sie hat recht. Und hat es doch nicht. Denn ich weiß vermutlich mehr über diesen Menschen als die meisten Leute in seinem Leben. So wie er über mich. Gerade will ich das Handy beiseitelegen, um mich endlich auf meine Arbeit zu fokussieren, als es plötzlich einen Anrufer vermeldet. Ich starre entsetzt auf das Display.

Mein Vater. Jakob Mikkelsen. Mir bleibt heute aber auch nichts erspart. Ein verspäteter Anschiss für mein Wegbleiben von der Feier am vergangenen Wochenende? Vielleicht hätte ich auf Charlotte hören und ihnen wenigstens eine Nachricht schicken sollen.

»Hej, Papa.«

»Hej«, ertönt die tiefe, autoritäre Stimme des Mannes, der

die drittgrößte Reederei der Welt führt. »Ich muss gleich in ein Meeting. Ich bin in Kopenhagen. Sehen wir uns nach der Arbeit?«

»Heute?«, frage ich überrascht und setze mich gerade auf, wie er es von mir verlangen würde, würde er mich so krumm dahocken sehen.

»Passt es dir nicht?« Er lässt mir die Wahl, aber ich weiß genau, dass er sie mir eigentlich nicht zugesteht. Ich gehe gedanklich meinen Tag durch. Ich habe heute früh angefangen. Wenn ich die Mittagspause weglasse, könnte ich gegen halb fünf die Redaktion verlassen. Es wäre also genug Zeit für ein kurzes Treffen mit meinem Vater, bevor ich mit Frederik verabredet bin.

»Doch«, gebe ich also zu und nenne ihm den Zeitraum, in dem ich verfügbar bin. Als würden wir ein geschäftliches Meeting vereinbaren, nennt mein Vater mir daraufhin Ort und Uhrzeit und verabschiedet sich bereits wieder. Das Gespräch dauert keine zwei Minuten. So ist es jedes Mal.

Die Geschäfte der Reederei Mikkelsen laufen vorrangig über die Zentrale in Kopenhagen. Mein Vater wie auch meine Schwester sind daher regelmäßig in der Stadt, dennoch melden sie sich nur selten. Fairerweise bin ich allerdings auch nicht diejenige, die ständig vorschlägt, gemeinsam etwas zu unternehmen. Ich bin eher froh, wenn ich um diese Begegnungen herumkomme. Daher bin ich meist erleichtert, wenn sowohl mein Vater als auch Charlotte von den Büroräumen in unserer Heimatstadt Esbjerg an der Westküste aus arbeiten. Die moderne Technik macht es möglich. Zumal die meisten Geschäfte tatsächlich auch über den Hafen von Esbjerg abgewickelt werden.

In der Hoffnung auf ein halbwegs angenehmes Treffen vergrabe ich mich schließlich für den Rest meines Arbeitstages in den Notizen (die ich mir tatsächlich zwischen meinen Zeichnungen zu Frederik gemacht habe) und telefoniere eine Reihe an Leuten ab, die er mir genannt hat. Ehemalige Dozenten, Leute, mit denen er gearbeitet hat – alles, um ein vollständiges Rundumbild von Frederik zu bekommen. Das morgige Covershooting muss ich glücklicherweise nicht vorbereiten. Darum kümmern sich unsere Bildredakteure. Wahrscheinlich werde ich nicht mal dabei sein. Das ist nichts Ungewöhnliches und kommt sogar ziemlich häufig vor. Meine Kollegen sind für das Cover verantwortlich, ich für den Text.

Ich starre auf die leeren Seiten vor mir. Jetzt muss ich nur noch einen vorzeigbaren Artikel zustande bringen.

Angespannt eile ich durch die Straßen der Kopenhagener Innenstadt. Die Reifen meines Bikes ruckeln über die unebene Pflasterstraße, und ich umfahre den Kanal, der sich einmal um Schloss Christiansborg schlängelt.

Ich biege rechts in die Nybrogade direkt am Kanal ein. Nach nur wenigen Metern bremse ich ab, steige vom Rad und suche mir einen geeigneten Platz, um es abzustellen. Dann zupfe ich meine hellblaue Bluse zurecht, die im Bund meiner dunklen Levi's steckt, die oberhalb der Knöchel in leichten Fransen ausläuft.

Anders als im Kleiderschrank meiner Schwester ist diese Jeans eines der wenigen Markenstücke, die ich besitze. Mit meinem Umzug nach Kopenhagen musste ich fortan nicht nur meine Miete selbst aufbringen, sondern habe grundsätzlich die finanzielle Unterstützung meiner Eltern verloren. Diese Jeans hüte ich deshalb wie meinen Augapfel. Ich trage sie vor allem, wenn ich mich selbstbewusst fühlen möchte.

Ich greife nach meiner Tasche samt Arbeitslaptop und gehe die letzten Meter zu Fuß. Mein Vater hat mich ins *Ruby* bestellt. Die bodenständige Cocktailbar liegt direkt am Kanal, und man hat sowohl von dem kleinen vorderen Außenbereich als auch durch die großen Fenster einen herrlichen Blick auf Christiansborg und das danebenliegende Thorvaldsen-Museum.

Vor der schmalen Tür atme ich tief durch und stürze mich schließlich in die Begegnung mit meinem Vater. Gemurmel schlägt mir entgegen, und das Klirren eines Cocktailshakers ertönt rechts von mir. Hinter der Theke hantieren zwei Barkeeper mit Gläsern und Flaschen und kreieren eine Handvoll bunter Getränke.

Die Wand hinter dem Tresen ist mit grau-weißem Marmor ausgestattet, auf einem schlichten Holzregal stehen allerlei Spirituosen, die von einer schmalen goldenen Querstange davon abgehalten werden, ihren zugewiesenen Platz zu verlassen. Über der Bar sowie vor den Fenstern hängen große gläserne Kugeln von der Decke herab, die mit Glühbirnen im Retro-Look ausgestattet sind und den Raum in ein angenehm diffuses Licht tauchen.

Während ich mich umsehe, erblicke ich meinen Vater, der an einem der Fenster sitzt. Einen Rotwein vor sich, hebt er die Hand in meine Richtung, und ich steuere auf ihn zu. Mein Herz pocht nervös, denn ich bin nicht sicher, was mein Vater heute Abend von mir will. Es geht nur selten um ein simples Vater-Tochter-Treffen, wenn er in der Stadt ist.

»Hej, Papa«, sage ich und gebe ihm, wie es in unserer Familie üblich ist, einen unechten Kuss auf jede Wange.

»Hej, hast du gut hergefunden?«

Ich nicke. »Ja, das war ja nicht besonders schwer.« Ich rutsche auf einen der hohen Barhocker mit Lehne und nehme mir die Karte, um nach einem Drink zu suchen, der mich nervlich beruhigt, aber nicht so viel Alkohol enthält, dass er mich unvorsichtig werden lassen könnte. Gegessen habe ich schließlich auch noch nicht richtig. Das werde ich später mit Frederik nachholen. Der Gedanke an ihn bringt mein Herz gänzlich aus dem Takt, sodass ich mich schnell wieder auf das aktuelle Problem konzentriere. Meinen Vater.

Ein freundlicher Kellner nimmt meinen Getränkewunsch, einen Wildberry Lillet, auf. Dann sind wir wieder unter uns.

»Wie war dein Tag?«, beginne ich.

Mein Vater, wie immer in einem teuren Anzug und ordentlich gebügeltem Hemd unterwegs, zuckt mit den Schultern und zieht die gebräunte Stirn in Falten. Seine Anfang sechzig sieht man ihm kaum an. Die vollen Haare sind nach wie vor hellblond, nicht grau. Die blauen Augen, die ich von ihm geerbt habe, stechen aus seinem schmalen Gesicht hervor und können einen bis zum Äußersten bringen. Besonders wenn sie einen anstarren, weil sie herausfinden wollen, ob man wirklich keinen Keks aus der Dose in der Küche geklaut hat.

Mein Vater atmet angestrengt aus. »Anspruchsvoll. Ich habe mit einem jungen Mann zu tun, der glaubt, er könne mir vorschreiben, wie ich mein Unternehmen zu führen habe.«

Ich ziehe überrascht eine Braue in die Höhe. »Wie kommt er darauf?«

»Ach, ein Umweltprojekt, das Ole mir aufgedrückt hat«, meint er und nimmt einen Schluck von seinem Wein. Ole ist einer der PR-Strategen der Reederei Mikkelsen, wie ich weiß. Ich nicke, als würde das alles erklären, und zwischen uns entsteht eine unangenehme Stille.

Schließlich unterbricht mein Vater sie mit einer Frage, die keine ist. »Du warst am Wochenende beschäftigt.«

»Ja«, bestätige ich.

»Und das war wichtiger als die Familie?«

Da haben wir ihn. Den Grund für unser Treffen. Ich bekomme eine Standpauke. Trotzig behaupte ich mich.

»Eine einmalige Chance für meine Laufbahn als Journalistin.« Ich will ihm nicht sagen, welche Geschichte mich von der Jubiläumsfeier ferngehalten hat. Solange es sich nicht um die Königsfamilie oder den US-Präsidenten handelt, wird es kaum jemanden geben, der eine Abwesenheit in seinen Augen rechtfertigt.

»Erzähl mir davon.«

Natürlich. Ich presse die Lippen zusammen und überlege fieberhaft, was ich sagen könnte, um dieses Thema nicht allzu intensiv werden zu lassen. Denn eines ist klar, ich kann hier nur verlieren.

»Ein Porträt. Über Frederik Jensen. Er hat für sein Alter Beeindruckendes geschafft.« Was für eine Untertreibung.

Mein Vater hebt sein Weinglas an die Lippen und erstarrt mitten in der Bewegung. »Weiß er, wer du bist?«

»Wer ich bin? Natürlich.« Ich zucke mit den Schultern und verstehe die Frage nicht.

»Weiß er, dass du meine Tochter bist?«

Irritiert mustere ich meinen Vater. »Nicht dass ich wüsste. Warum auch?«

Mein Vater denkt eine Weile nach, dann brummt er: »Unwichtig. Es enttäuscht deine Mutter und mich jedenfalls sehr, dass du nicht bei der Feier warst.«

»Charlotte war da«, führe ich an, als wäre es eine Entschuldigung für meine Abwesenheit.

»Ganz richtig.« Mein Vater nickt. »Du aber nicht. Die Leute haben nach dir gefragt. Es war sehr unangenehm für uns, eine Ausrede zu erfinden.«

Ich atme tief durch und bemühe mich, den Groll, der in meinem Magen tobt, zu unterdrücken.

»Wolltest du mich deshalb sehen? Um mir wiederholt vorzuhalten, dass ich einmal im Leben zuerst an mich gedacht habe?«

»Nun, es ist ja nicht das erste Mal, nicht?«

»Ich passe nicht in eure PR-Abteilung. Das ist einfach nicht das, was ich machen will«, erkläre ich zum ich-weiß-nicht-wievielten Mal in meinem Leben.

»Das Leben besteht nun mal nicht nur aus Träumereien, Linn. Du musst endlich erwachsen werden und sinnvolle Entscheidungen treffen.« Die Stimme meines Vaters wirkt ungeduldig, was mich nur noch mehr gegen ihn aufbringt. Unruhig fahren meine Handflächen über meine Oberschenkel. Dann, ganz plötzlich, taucht vor meinem inneren Auge die alte Eiche auf. Das Seil. Und das blasse, schmale Gesicht von Petter. Ich spüre die tief sitzende Trauer und die Hilflosigkeit, die der Anblick in mir auslösen. Der Groll in meinem Magen wandelt sich in Rekordzeit in Wut um, sodass ich meinen Vater scharf anfahre: »Wenigstens ist eine von uns dabei, sich ihre Träume zu erfüllen. Petter kann es ja nicht mehr.«

Mein Vater starrt mich regungslos an. »Darum geht es jetzt nicht.«

»Doch, tut es!« Verzweifelt mustere ich meinen Vater und spüre mehr denn je, wie sehr mich diese Sache verfolgt. Es ist ein rabiater Themenwechsel, dennoch muss ich ihn vollziehen. Eine innere Stimme treibt mich an und lässt nicht locker, bis ich die Antwort einfordere, die ich seit mehr als zehn Jahren vergeblich suche.

»Warum, Papa?«, flüstere ich verzweifelt und bin mir sicher, dass er weiß, wonach ich eigentlich frage. Als er vehement schweigt, wiederhole ich flehend und mit Tränen in den Augen: »Warum?«

»Wieso fängst du immer wieder damit an? Das führt doch zu nichts.« Der Gesichtsausdruck meines Vaters verhärtet sich umgehend. Nur Sekunden später steht er kommentarlos auf, schüttelt stumm den Kopf und geht auf direktem Wege aus der Bar hinaus und lässt mich zurück. Ohne Antworten. So wie immer.

Kapitel 30

Frederik

Ich will gerade das Büro verlassen, als mir Ragnar über den Weg läuft und mich mit einem nachdenklichen Ausdruck auf dem Gesicht aufhält. Eigentlich bin ich spät dran, dennoch bleibe ich stehen und mustere ihn fragend.

»Was ist?«

»Was sollte das heute?«

»Was meinst du?« Ich habe eine Ahnung, worauf er hinauswill, trotzdem liegt es mir fern, zuzugeben, dass ich heute nicht ich selbst gewesen bin.

»Vorhin, im Meeting. Warum warst du so stur?« Ragnar lehnt sich gegen die gläserne Bürowand und schüttelt verständnislos den Kopf. »Was ist los mit dir?«

»Nichts.«

»Frederik …« Seine Stimme nimmt einen warnenden Ton an.

»Ich habe viel zu tun und bin es leid, dass die Menschen glauben, Klimaschutz wäre eine Modeerscheinung, die man aus PR-Gründen mitmachen muss.«

»Aber das ist doch nichts Neues. Das haben wir in beinahe jedem Kundengespräch. Egal, ob bei Privatunternehmen oder staatlichen Einrichtungen. Warum triggert dich das auf einmal so?«

Weil mein Kopf randvoll ist mit Dingen, die mir Angst machen, denke ich und sehe Linns zartes Lächeln vor mir. Ich habe es den ganzen Tag nicht geschafft, sie aus meinen Gedanken zu verbannen. Der gestrige Abend geistert durch meinen Kopf, als handle es sich um eine defekte Schallplatte, die immerzu dieselbe Stelle erklingen lässt. Ich sehe ihr liebevolles Gesicht, die mitfühlenden Augen und den starken Willen, meine Perspektive geradezurücken, ohne mich dabei zu übergehen. Sie akzeptiert, dass ich diese Schuld mit mir herumtrage, während sie mir gleichzeitig einen Weg aufzeigen will. Noch fällt es mir schwer, ihr zu folgen. Doch allein, sie bei mir zu haben, sie zu spüren, ihren süßen Duft zu riechen, gibt mir das Gefühl, als könnte die Welt eine andere sein. Eine, in der irgendwann alles gut wird. Ich weiß, dass es eine Farce ist, und trotzdem gestatte ich mir für kurze Zeit, daran zu glauben.

Das, was Linn und mich in diesen Tagen verbindet, ist zerbrechlicher als eine Reihe Gänseblümchen, die man zu einem Blumenkranz geflochten hat. In meiner Angst versuche ich es mir durch Logik zu erklären.

Es sind die Fragen. Wir haben uns intensiver kennengelernt, als andere völlig Fremde es jemals in so kurzer Zeit tun würden. Das ist es, was uns in einen Strudel aus Emotionen gezogen hat.

Unser heutiges Abendessen löst einen heftigen Zwiespalt in mir aus. Ich will sie sehen. Ich muss sie sehen. Sie fehlt mir. Und doch habe ich Angst vor dem, was bei diesem Gespräch rauskommen könnte.

Ich presse die Lippen zusammen und werfe meinem besten Freund einen Blick zu, der ihm zeigen soll, dass es besser wäre, nicht weiter nachzuhaken.

»Die Woche war ziemlich aufreibend.«

»Weshalb?«

»Du warst es, der mir Linn aufgedrängt hat. Jetzt wundere dich nicht, wenn ich etwas durch den Wind bin«, erkläre ich aufgebracht und darum bemüht, keine Aufmerksamkeit auf uns zu ziehen. Ich wende den Blick ab, aber Ragnar lässt nicht locker.

»Durch den Wind? Wieso?«

»Nicht, Ragnar.« Ich schüttele kaum merklich den Kopf.

Eine unserer Mitarbeiterinnen läuft an uns vorbei, und wir schweigen beide. Als sie verschwunden ist, erkundigt sich Ragnar überrascht: »Was genau hast du Linn erzählt?«

»Die Wahrheit. Und davon mehr, als vielleicht gut für mich gewesen ist. Oder für sie.« Ich schaue auf meine Armbanduhr. »Ich muss los.«

»Ich weiß, dass ich dich gebeten habe, dich ihr zu öffnen. Aber …« Er macht eine Pause und bedenkt mich mit einem besorgten Blick. »Zieh eine Grenze, wenn es zu viel wird.«

Sarkastisch lache ich auf und murmle: »Dafür ist es zu spät. Viel zu spät.« Ich reiße mich los, während Ragnar mir hinterherruft: »Wo willst du hin?«

Im Gehen drehe ich mich zu ihm um und zucke mit den Schultern. »Zu dem Mädchen, das sich in den Kopf gesetzt hat, meine Geheimnisse der Welt preiszugeben und den Leuten zu erzählen, was für ein verkorkster Mensch ich deshalb geworden bin.«

Verwirrt schaut Ragnar zu mir. »Was ist das mit dir und ihr?«

»Das wüsste ich auch gern«, rufe ich, während ich mich immer weiter durch den Flur arbeite. »Ich bin spät dran.«

»Du kommst nie zu spät!«

»Tja, seit heute scheint das offensichtlich nicht mehr zu stimmen.« Damit lasse ich Ragnar stehen und eile hinaus zu meinem Rad.

Ich muss mich beeilen, und so trete ich kräftiger in die Pedale. Die viele Zeit, die ich mit Linn verbracht habe, macht sich inzwischen auf meinem Schreibtisch und in meinem E-Mail-Postfach bemerkbar. Das ist auch der Grund, weshalb ich nur schwer aus dem Büro weggekommen bin. Obwohl ich effizient und schnell arbeite, bin ich heute kaum vorangekommen.

Mir fehlt der gesamte gestrige Nachmittag, und heute bin ich erst gegen elf im Büro gewesen – die Arbeit stapelt sich und wartet darauf, von mir erledigt zu werden. Dann war da heute noch dieses unendlich lange Meeting, das mich unfassbar frustriert hat und von dem Ragnar vorhin gesprochen hat. Wir kommen mit dieser Reederei einfach nicht weiter. Sie wollen von uns ein Konzept, wie sie den Schritt in Richtung Klimaneutralität in einer realistisch absehbaren Zeit vollziehen können, am besten mit dem Ruf eines Vorreiters. Gleichzeitig sind sie nicht gewillt, auch nur eine Veränderung zuzulassen. Die Meinungen sind festgefahren, und ich habe keine Ahnung, wie wir das lösen können. Ja, ich gebe zu, ich bin ziemlich unnachgiebig, was einen sinnvollen Kompromiss angeht. Aber diese Leute scheinen nicht verstehen zu wollen, dass es hier um die Zukunft des Planeten geht. Nicht nur um verdammte schwarze Zahlen in irgendeiner Statistik und eine positive Außenwirkung. Dieses Projekt hat … Ich atme tief durch und schüttele den Gedanken an die Arbeit ab. Darum geht es jetzt nicht.

Das kleine Restaurant, das ich für heute Abend ausgewählt habe, kommt in Sicht, und ich stelle mein Fahrrad am Straßenrand ab. Ich will gerade in das Lokal gehen – ich habe es mit meiner Raserei gerade noch halbwegs pünktlich hergeschafft –, als ich am angrenzenden Ufer eine vertraute Gestalt wahrnehme.

Mein Herz stolpert, und auf meiner Haut tanzen kleine, aufgeregte Blitze. Langsam nähere ich mich der Frau mit den blonden Locken von hinten. Sie trägt figurbetonte, knöchellange Jeans und eine hellblaue Bluse, die ordentlich im Bund ihrer hüfthohen Hose verschwindet. Die halblangen Ärmel legen ihre wohldefinierten Arme frei und erinnern mich daran, wie sie sich letzte Nacht liebevoll um meinen Nacken gelegt haben. Gerade als ich nur noch einen Schritt von ihr entfernt bin, dreht sie sich langsam um, so als hätte sie meine Anwesenheit gespürt.

»Hej«, murmelt sie und scheint hin- und hergerissen zu sein, ob sie mir in die Augen sehen soll oder nicht.

»Hej«, flüstere ich und komme nicht umhin, die geröteten Augen zu bemerken, die ihr hübsches Gesicht zieren. »Alles okay?«

Sie nickt hastig. »Ja.« Ein Räuspern, das mehr verrät, als ihr vermutlich lieb ist, lässt mich aufhorchen, doch Linn kommt mir entgegen und deutet auf das Restaurant, das links von uns liegt. »Wollen wir?«

Prüfend mustere ich sie und nicke schließlich zustimmend. Irgendetwas hat Linn aufgewühlt, und ich habe das Gefühl, dass es nichts mit uns zu tun hat.

In diesem Moment atmet sie tief durch, bemüht sich um ein Lächeln und hakt sich bei mir unter. Die Berührung lässt uns für einen Moment innehalten, doch überspielen wir beide die Auswirkungen, die sie auf uns hat, und machen uns auf den Weg zum Lokal.

Drei Minuten später sitzen wir auf einer hölzernen Terrasse direkt über dem Wasser. Das Geländer neben uns ist mit einer Lichterkette umwickelt, und auf dem Tisch zwischen uns steht ein altes Einmachglas, das als Vase für rosafarbene Nelken dient, sowie eine weiße Kerze, die mit einer braunen Kordel umwickelt wurde.

Nachdem wir unsere Getränke bestellt haben, lehnt Linn sich zurück, schlägt die Beine unter dem Tisch übereinander und legt die Hände in den Schoß. Allerdings kann sie nicht darüber hinwegtäuschen, dass sie nervös ist. So wie ich. Ich ziehe meine ausgestreckten Beine unter meinen Stuhl, rücke meine Brille zurecht und fahre mir schon zum dritten Mal in zehn Minuten durch die Haare.

Linn ist die Mutigere von uns beiden und legt schließlich los. Ganz die Journalistin auf der Suche nach Antworten.

»Also … wo fangen wir an?« Sie lächelt mich vorsichtig an.

»Ich habe keine Ahnung«, rutscht es mir raus, und ich bemerke, wie Linn eine Braue hebt. Sie überlegt eine Weile, bevor sie sich nach vorn lehnt. In ihrem Gesicht verändert sich etwas, aber ich kann nicht genau sagen, was. Sie denkt einen Moment nach. Dann lacht sie plötzlich und schaut mich neugierig an.

»Du hast heute also verschlafen?«

Ihr Lächeln lässt mich ebenfalls schmunzeln. »Hab ich.«

»Wie fühlt sich das an?« Sie erkundigt sich danach, als würde sie fragen, wie man mit einem Sieg bei Olympia umgeht.

»Ungewohnt.«

»Falsch?«

»Nicht falsch. Nur …« Ich überlege. »Gewagt.«

»Gewagt?« Ihr überraschtes Lächeln vergrößert sich und reicht beinahe bis zu ihren blauen Augen hinauf, in denen noch immer ein Rest Aufruhr zu erkennen ist. Sie gibt sich viel Mühe, das zu verstecken.

Ich nicke. »Ja, ich denke, das trifft es ganz gut.«

»Wieso?«

»Nun, es fühlt sich wie eine neue Seite an. Eine, die ich noch nicht einschätzen kann. Als würde ich ein Risiko eingehen.«

»Das erfordert Mut«, flüstert Linn und zwingt sich, die Augen weiterhin auf mich zu richten. »Bereust du es?«

Ich sehe, wie sich ihre Brust unter der Atmung aufgeregt hebt und senkt, und verspüre das Bedürfnis, Linns Hände zu berühren. Doch ich begnüge mich damit, ihren Blick einzufangen und festzuhalten.

»Nein.« Ich mache eine Pause. »Und du?«

Linn bearbeitet nervös ihre Unterlippe. Eine Geste, die mich zunehmend um den Verstand zu bringen droht.

»Nein. Aber ich habe noch nie …« Sie bricht ab und lacht unsicher auf. »Das ist verrückt.« Sie wendet den Blick ab und beobachtet die Wellen, deren Oberfläche in der tief stehenden

Sonne glitzert. In ihren Augen passiert etwas. So als würde sie ein Bild sehen, dem sie mehr Bedeutung schenkt, als mir klar ist. Doch sie lässt mich nicht daran teilhaben. Schweigend ruhen meine Augen auf ihr, bis sie, das Gesicht noch immer Richtung Meer gerichtet, meint: »Ich will das hier nicht zerdenken. Ich will es nicht größer machen, als es ist, aber …« Sie schüttelt verwundert den Kopf und sieht zurück zu mir. »Ich verstehe nicht, warum wir so … Was bringt uns dazu, so … Also, ich meine, wie kann es sein, dass wir uns nur wenige Tage kennen und ich das Bedürfnis habe, bei dir Schutz zu suchen und dich gleichzeitig beschützen zu wollen?«

Sprachlos starre ich Linn an und bewundere sie für die Art, die Dinge beim Namen zu nennen und ihren Gefühlen offen Ausdruck zu verleihen. Gleichzeitig verstehe ich, was sie sagen will. Denn es ist genau das, was auch ich nicht nachvollziehen kann. Es tut gut zu wissen, dass wir beide davon verwirrt sind, uns aber dennoch davor bewahren, zu viel hineininterpretieren zu wollen.

»Was machen wir damit?«, fragt Linn zögernd.

»Ich weiß es nicht«, erwidere ich rau und spüre, dass meine Antwort Linn nur noch mehr verunsichert. Ich will ihr diese Sorge nehmen und sie beruhigen. Aber ich habe das Gefühl, dass genau das unmöglich ist. Leise gebe ich deshalb zu: »Was, wenn wir vielleicht keine Antwort darauf finden, was das zwischen uns ist? Wenn es zu früh dafür ist?«

Linn denkt darüber nach, und während sie mich eindringlich mustert, mit einem sanften Zug um die Lippen, fängt sie plötzlich an zu nicken. »Eine meiner besten Freundinnen meinte, wir sollen es nicht überstürzen.«

»Du hast mit ihr über uns gesprochen?«

Linn nickt.

»Was hast du ihr erzählt?« Wachsam mustere ich Linn und merke, dass mein Ton eindringlicher klingt, als ich beabsichtigt habe.

Sogleich reagiert Linn darauf. Ihr Gesicht wirkt etwas verschlossener als noch vor einer Minute, ihr Ton ist defensiv, und sie drückt den Rücken gerade durch.

»Nicht viel. Nur eine grobe Zusammenfassung. Ich war heute Morgen …« Sie macht eine Pause. »Ich war ein wenig durcheinander.« Eilig schiebt sie hinterher: »Sie wissen aber nichts von Gyda. Eigentlich wissen sie kaum etwas über dich.«

»Sie?«

»Ehrlich gesagt, meine beiden Mitbewohnerinnen. Meine besten Freundinnen.« Eilig fügt Linn an: »Sie sind verschwiegen wie ein Grab.«

Prüfend schweift mein Blick über Linns Gesichtszüge, die mir immer unsicherer vorkommen. Eigentlich sollte ich nicht nervös sein, weil sie über mich gesprochen hat. Immerhin wird sie ein Porträt über mich schreiben. Ich sollte mich schleunigst an den Gedanken gewöhnen, dass schon bald ziemlich viele Leute Dinge über mich lesen werden, die mehr über mich verraten, als mir lieb ist. Seltsamerweise geht es mir in diesem Augenblick auch gar nicht so sehr um mich, vielmehr interessiert mich etwas ganz anderes.

»Wissen sie von Petter?«

Linn erstarrt und zieht ihre Hand von dem Wasserglas zurück, nach dem sie soeben greifen wollte. Stumm schüttelt sie den Kopf.

»Warum nicht?«

»Weil …« Linn zuckt mit den Schultern. »Weil niemand davon weiß.« Sie sieht zu mir. »Niemand außer dir.« Der Ausdruck in ihren Augen verändert sich. Er wird hart und zugleich hilflos. So wie in dem kurzen Moment, als ich sie vorhin das erste Mal an diesem Abend sah.

»Was hast du?«

»Nichts.«

»Du lügst.«

»Na und?« Mit schimmernden Augen starrt sie mich stur an.

Ich weiß, dass ich es sein lassen sollte. Und doch kann ich es nicht. Ihr Anblick zerreißt mir das Herz, und ich werde das Gefühl nicht los, dass sie darüber reden sollte.

»Linn, was beschäftigt dich?« Ich sehe, dass sie erneut mit einer ausweichenden Antwort reagieren will, doch ich komme ihr zuvor. »Sieh es als Frage Nummer neun.«

Entsetzt fährt sie mich an. »Wieso willst du es unbedingt wissen?!«

Sekundenlang mustere ich sie schweigend. Dann strecke ich die Hand langsam nach ihr aus. Nur zögernd legt sie ihre kühlen Finger in meine. Sanft streiche ich darüber und sehe ihr tief in die blauen Augen, in denen sich Tränen sammeln.

»Gestern war ich dran, die Wahrheit zu sagen. Heute bist du es.«

Kapitel 31

Linn

Ich habe diese Tränen so satt. Zu viele davon habe ich in nicht mal einer Woche vergossen. Diese Zeit mit Frederik ist intensiv. Sie macht alles nur noch schlimmer. Mir bleibt kaum ein Moment, um durchzuatmen. Es kommt mir vor, als würde ich mich auf einer unvorhersehbaren Reise befinden. Statt in spannende Abenteuer schlittere ich allerdings von einer emotionalen Krise in die nächste. Dinge, die ich über Jahre unterdrückt habe, sprudeln an die Oberfläche, werden präsent wie lange nicht mehr, und ich schaffe es nicht, sie wieder von mir zu schieben.

Ich werde wütend. Ja, die Art und Weise, wie mein Bruder zu Tode kam, verfolgt mich. Jeden Tag. Morgens. Mittags. Abends. Nachts. Vor allem nachts. Aber ich habe mir wenigstens eingebildet, es ansatzweise unter Kontrolle zu haben. Mit Frederik über Petters Schicksal zu sprechen, hat alldem eine neue Präsenz gegeben. Diese Fragen … All diese Fragen zu ihm, zu mir – sie sorgten dafür, dass ich auch meinem Vater heute Abend wieder diese eine, alles entscheidende Frage gestellt habe. Seine Reaktion war eindeutig. Er weist mich zurück. Erneut.

Das Gefühl, dass mir etwas verschwiegen wird, ist wieder so stark, wie ich es als Teenager tagtäglich verspürt habe. Der dadurch verursachte Schmerz und die Unruhe bestimmen mich seit dem Abgang meines Vaters und lassen mich auch jetzt rastlos und heftiger reagieren, als ich es womöglich sollte. Es fühlt sich an wie eine unterirdische Wasserader, die man bewusst umgeleitet hat, um Schäden abzuwenden. Doch nun wühlt sie sich empor, sprengt die ihr gesetzten Grenzen und überflutet die Oberfläche. Sie reißt alles mit sich, was sich ihr in den Weg stellt, und nimmt auf nichts und niemanden Rücksicht. Weder auf Ängste noch auf Sorgen oder individuelle Befindlichkeiten.

»Zwing mich nicht.« Bitter verziehe ich die Mundwinkel und kämpfe gegen die Tränen an, die über meine Wangen ziehen wollen. Es sind die einzigen sichtbaren Auslöser der Überflutung in meinem Inneren.

Frederiks Gesicht wird weich, ja beinahe mitfühlend. »Ich habe dir gestern mein schlimmstes Geheimnis anvertraut, Linn. Es ist nur fair.«

»Ist es nicht!« Ich entreiße ihm meine Hand und funkle ihn wütend an. Mein Herz schlägt so stark gegen meine Brust, dass es wehtut. Frederik weiß von Petter und davon, wie er gestorben ist. Er hat gesehen, wie sehr mich dieses Thema mitnimmt. Trotzdem will ich ihm nicht sagen, wie mich das Treffen und die Konfrontation mit meinem Vater heute verletzt hat. Es ist nichts Neues, und trotzdem fühlt es sich frischer an denn je.

»Du hast kein Recht, mich zu zwingen, Frederik. Kein Recht der Welt. Wir haben miteinander geschlafen, und ich habe dir viel mehr erzählt, als ich hätte tun sollen, aber das bedeutet nicht, dass es keine Grenzen gibt! Das alles …« Ich habe keine Ahnung, wovon ich rede und wie viel ich damit womöglich kaputtmache, doch aus mir spricht Enttäuschung. Nichts anderes. Pure Enttäuschung. Und Wut. Aber beides hat rein gar nichts mit Frederik zu tun. Er ist lediglich derjenige, der es abbekommt. Ein tiefes Schluchzen schüttelt mich plötzlich ordentlich durch. Ich will das nicht. Das alles. Trotzdem kann ich nichts dagegen tun. Es bricht aus mir hervor. Alles, was ich all die Jahre über stumm und schweigend mit mir rumgetragen habe. Die Verzweiflung. Die Wut. Der Frust. Die Enttäuschung.

Und das Damit-Alleinsein. Wir sitzen inmitten eines Restaurants, und trotzdem rinnen Tränen über meine Wangen. Frederik, der mich schweigend betrachtet, greift nach meiner Hand, nimmt sie fest in seine und lässt mir Zeit.

Es ist nicht nur, dass ich schon so lange auf der Suche nach Antworten bin. Es ist die immense Enttäuschung, die mit einem furchtbar bitteren Beigeschmack auftaucht und mich einmal mehr in Bedrängnis bringt. Enttäuschung über das zähe Schweigen meiner Eltern. Enttäuschung über die vehemente Weigerung meiner Schwester, ein Wort zu mir zu sagen. Und – wenngleich ich es nicht zugeben will – die maßlose Enttäuschung über meinen Bruder.

Petter. Er hat mich alleingelassen. Er hat mir eine Schuld aufgeladen, die er vielleicht nicht hat kommen sehen, aber die mich fesselt und verhindert, dass ich das Leben kennenlernen kann, das andere in meinem Alter führen. Unvoreingenommen. Fröhlich. Optimistisch. Lachend. So als wäre jeder Sommer der Sommer ihres Lebens. Eben so, wie es sein sollte, sobald man die Schule beendet, einen Haken dahinter macht und unabhängiger wird.

Ich bin diesen Weg gegangen. Aber statt unvoreingenommen war ich stets misstrauisch. Statt fröhlich wirkte ich oft abwesend. Statt optimistisch fühlte ich mich verletzlich. Statt eines aufrichtigen Lachens auf den Lippen versteckte ich meine Tränen. Der Sommer meines Lebens? Er endete in dem Sommer, in dem mein Bruder entschied, seinen niemals beginnen zu lassen.

Doch trotz dieser Enttäuschung macht sich das schlechte Gewissen in mir breit. Denn wie kann ich sauer auf Petter sein? Steht mir das überhaupt zu? Welche Qual hat ihn dazu veranlasst, diese furchtbare Entscheidung zu treffen? Und wie könnte ich darüber urteilen und es für falsch und ungerecht halten? Es war sein Leben. Nicht meins.

Irgendwann werden meine Tränen weniger. Frederiks Berührung hilft mir dabei. Unwillkürlich frage ich mich, wie es sein kann, dass zwei junge Menschen wie wir nur so kaputt sind? Was hat das Schicksal mit uns vor, dass wir es nicht auf die Reihe bekommen, die unterschiedlichen Schuldgefühle wegen des Tods zweier Menschen, für den wir rein gar nichts können, abzulegen? Langsam hebe ich meinen Kopf und bearbeite wie so oft, wenn mich etwas belastet, meine Unterlippe. Meine Augen fühlen sich müde an. Meine Wangen sind feucht von den vielen Tränen, und von meinem Make-up ist vermutlich nicht viel mehr übrig als eine Maske, die an einen schlecht geschminkten Geist vom Jahrmarkt erinnert.

Ich begegne Frederiks gütigem Blick.

»Es tut mir leid«, beginne ich leise und merke, dass mein Mund furchtbar trocken ist. Schnell greife ich mit der freien Hand zu meinem Wasserglas und nippe daran.

»Muss es nicht. Ich weiß nicht, was dich heute so aus der Bahn geworfen hat. Aber egal, was es ist – ich bin da, wenn du darüber reden willst.« Er lächelt mich vorsichtig an und deutet auf die Speisekarten auf dem Tisch. »Worauf hast du Lust?«

Er will mich ablenken. Ich atme tief durch und nehme sein Angebot dankbar an. Schnell suche ich mir etwas zu essen aus und entschuldige mich, um kurz auf die Toilette zu verschwinden. Irgendwie muss ich mein Make-up ja retten. Ein bisschen Stolz lauert dann doch noch in mir.

Als ich wiederkomme, steht bereits unsere Vorspeise auf dem Tisch, und Frederik lächelt mich an.

»Wie wäre es, wenn wir jetzt einfach nur essen und die schweren Themen für einen Moment beiseitelassen?«

Erleichtert nickte ich und falle über meine Burrata mit knurrendem Magen her.

Als wir einige Zeit später das Restaurant verlassen, bin ich einem Foodkoma nahe. Meine Anspannung ist einer ungewohnten Ruhe gewichen. Frederik hat mich mit allerhand Geschichten aus dem Büro abgelenkt und es wahrhaftig geschafft, dass ich sogar ehrlich auflachen konnte, ohne an die aufwühlenden Gedanken erinnert zu werden. Jetzt an der frischen Luft sehe ich unschlüssig zu ihm. Wir sind nicht wirklich weitergekommen, was das zwischen uns betrifft. Aber das ist für den Moment irgendwie okay.

»Hast du noch etwas Zeit? Ich würde dir gerne etwas zeigen«, meint Frederik auf einmal und schwingt sich dabei bereits aufs Rad.

Nach kurzem Überlegen nicke ich, und gemeinsam fahren wir los. Je länger wir unterwegs sind, desto mehr ahne ich, wo Frederik hinwill.

Die Abendsonne geht in eine leichte Dämmerung über. Frederik, der vor mir herfährt und zwischendurch immer wieder einen prüfenden Blick zu mir nach hinten wirft, bremst nach einer Weile ab. Ich tue es ihm gleich, und gemeinsam stellen wir unsere Räder an einer Böschung ab. Ich schaue mich um und höre die Brandung ein Stück entfernt rauschen und rieche den salzigen Duft des angrenzenden Meeres.

Frederik greift zärtlich nach meiner Hand und nimmt mich mit Richtung Strand. Der Fußweg geht schon bald in groben Sand über, und die Büsche, die rechts und links von uns nach Sommer duften, überdecken den Pfad mit ihrem Schatten. Je näher wir dem Wasser kommen, desto klarer vernehme ich die einzelnen Wellen, die über den feuchten Sand hinwegrollen. Wir sind am Amager Strand, unweit von Frederiks Büro.

Frederik bleibt stehen und meint leise: »Zieh deine Schuhe aus.« Er macht es mir vor, und ich schlüpfe gleich darauf aus meinen Ballerinas. Dann zieht er mich sanft den letzten Meter bis zu den Ausläufern der derzeitigen Welle, und gemeinsam stehen wir Hand in Hand am Ufer. Der kühle, feuchte Sand unter meinen nackten Sohlen fühlt sich gut an. Als würde mich die Verbindung seltsam erden.

»Ragnar denkt, ich habe unser Büro hierher verlegt, weil ich mich mit dem Anblick von Saltholm wieder und wieder aufs Neue quälen will.«

Überrascht wende ich Frederik mein Gesicht zu. Den Blick fest auf die Ostsee gerichtet, fährt er fort. »Aber damit liegt er falsch. Ich will mich nicht mit Absicht quälen. Ich darf nur nicht vergessen.« Er macht eine kurze Pause. »Auf Saltholm hat mir das Schicksal gezeigt, was passiert, wenn man nur an sich denkt. Daran erinnere ich mich, wann immer ich hier am Ufer stehe oder aus meinem Büro blicke. Alles, was wir tun, hat Konsequenzen. Für uns, mehr oft noch für andere. Wenn wir das vergessen, ist irgendwann nicht mehr viel von uns übrig.«

Frederik drückt seine Finger sanft um meine Hand.

»Du hattest völlig recht«, gibt er mit einem Seitenblick auf mich zu. »Ich fühle mich schuldig an Gydas Tod. Ich habe der Welt ein wertvolles Leben genommen. Also versuche ich es mit dem, was ich tue, irgendwie wiedergutzumachen.« Er zuckt mit den Schultern und wirkt ungewohnt nüchtern, so als hätte er diese Begründung schon vor Jahren auswendig gelernt und akzeptiert. »Ich werde es nie ausgleichen können. Aber mich für den Schutz und die Zukunft unserer Welt einzusetzen, lässt mich nachts wenigstens ein paar Stunden zur Ruhe kommen.« Er räuspert sich und erklärt mit rauer, kaum hörbarer Stimme: »Gyda wollte Umweltingenieurin werden. Das wusste sie schon mit zwölf. Sie war sich dessen so sicher. Das hat mich fasziniert. Neben ihrem Lachen und der offenen Art, die so anders war als ich damals.« Er holt tief Luft und streicht mit dem Daumen über meinen Handrücken. »Ich wusste, ich wollte auch irgendetwas in diese Ingenieursrichtung machen. Darin war ich gut. Also …«

»Du hast versucht, ihren Platz einzunehmen, um ihren Verlust in der Welt auszugleichen«, flüstere ich erschrocken und bekomme eine Gänsehaut.

Frederik versteift sich. »So würden es manche vermutlich ausdrücken.«

»Danke«, wispere ich, »dass du mir das zeigen wolltest.«

In diesem Moment dreht Frederik sich zu mir und hebt seine freie Hand, um mir über die Wange zu streichen. »Ich erzähle es dir, weil ich will, dass du weißt, dass du mir vertrauen kannst.«

Ein herzzerreißendes Gefühl regt sich in meinem Körper. Frederik vollbringt, was ich vor wenigen Tagen getan habe. Er öffnet sich, um mein Vertrauen zu gewinnen, damit ich mich bei ihm sicher fühle und mich traue, mein Inneres mit ihm zu teilen. Habe ich jemals behauptet, er sei sozial inkompetent? Ich nehme jedes Wort davon zurück …

Kapitel 32

Linn

Den gesamten Donnerstag verbringe ich mit dem Verfassen von Frederiks Porträt. Ich fing gestern Abend an, nachdem Frederik mich nach Hause gebracht hat. Der Moment am Strand fühlt sich allein bei dem Gedanken daran so intensiv und nah an, dass ich eine Gänsehaut bekomme. Statt Frederiks Offenheit mit einer Erklärung für mein Verhalten zu würdigen, habe ich mich auf die Zehenspitzen gestellt und ihn geküsst. Ich hatte das Gefühl, als bräuchte ich ebendiese Nähe. Er hat es zugelassen und mich mit seinen sanften Lippen von allem abgelenkt, was in mir an diesem Abend durcheinandergewühlt worden ist.

Wir saßen noch eine Weile im Sand und haben dem Rauschen der Wellen zugehört.

»Ich werde dir von heute erzählen. Aber nicht jetzt.«

Statt eines verständnisvollen Zustimmens platzierte Frederik lediglich einen zarten Kuss auf meinem Haar und schlang die Arme enger um meinen Oberkörper.

Ich hätte noch ewig so verbleiben können. Das regelmäßige Branden der Wellen versetzte mich in einen eigenartigen Ruhezustand.

Irgendwann vibrierte jedoch mein Handy. Eine Nachricht von Charlotte. Die Frage, ob alles okay sei. Vermutlich hatte mein Vater ihr ein Update gegeben. Das war der Moment, in dem Frederik und ich zurück in die Realität gezogen wurden und er anbot, mich nach Hause zu bringen. Dankbar habe ich sein Angebot angenommen, obwohl es für ihn einen enormen Umweg bedeutete. Schließlich wäre er schon so gut wie zu Hause gewesen. Ich wusste jedoch, dass Widerspruch zwecklos gewesen wäre.

Als wir schließlich vor meiner Haustür ankamen, fand ich endlich meine Sprache wieder. »Danke.«

Frederik lächelte nur. »Ruf mich einfach an, wenn du was brauchst. Egal, wann.« Er wollte sich bereits wieder auf den Weg machen, als er leise auflachte. »Ist es seltsam, wenn ich sage, dass ich dich heute Nacht in meinem Haus vermissen werde?«

Ein unwillkürliches Lächeln huschte über meine Lippen. »Ist es.«

Frederik nickte verständnisvoll und bedachte mich mit einem Blick, der mich noch immer durcheinanderzubringen droht.

»Sehen wir uns morgen?«

»Ich komme dich am Set besuchen«, erwiderte ich mit einem Schmunzeln und erinnerte ihn damit gleichzeitig an das Covershooting.

Bald darauf öffnete ich die Haustür einer einsamen WG. Smilla und Juna waren unterwegs.

Besonders gut habe ich nicht geschlafen, aber ich fürchte, das ist auch keine große Überraschung. Das Schreiben des Porträts sitzt mir im Nacken. Je schneller ich es endlich fertigstelle, desto eher kann ich vielleicht zur Ruhe kommen.

Die Absätze, die ich gestern Abend noch angefangen habe zu schreiben, habe ich heute Morgen allesamt wieder gelöscht. Und auch jetzt ist nichts von dem, was ich tippe, von besonders langer Dauer. Ich fange ein ums andere Mal an und verwerfe kurz darauf doch wieder alles.

Mein Blick wandert zu der Uhr auf meinem Smartphone. Es ist halb elf. Frederik dürfte sich seit etwa einer Stunde bei uns im Verlagshaus befinden. Sie hätten das Shooting auch irgendwo draußen machen können, aber offenbar hat die Bildredaktion beschlossen, dass es ein cleanes Cover werden soll, fokussiert auf den Mann, über den ich schreibe – oder versuche zu schreiben. Also keine spannenden Hintergründe, sondern eine simple Wand im Studio.

Ich fange einen neuen Satz an und halte nach den ersten fünf Wörtern inne. Unruhig stehe ich auf, sperre meinen Bildschirm und schnappe mir Handy und Schlüsselkarte. Dann begebe ich mich zum Treppenhaus und eile drei Etagen tiefer. Dort öffne ich vorsichtig die Tür zu einem unserer hausinternen Fotostudios. Eine Handvoll Leute befindet sich am Set. Ich sehe, wie der Fotograf, den wir meistens für Covershootings buchen, seinem Assistenten Anweisungen gibt. Der eilt daraufhin zu einem der Scheinwerfer, positioniert ihn neu und prüft eine weitere Lampe. Ein Visagist kümmert sich in der Zwischenzeit um Frederik, der vor einer grauen Leinwand steht und sich, wenn auch widerwillig, bepinseln lässt.

Ich verkneife mir ein Lächeln und nähere mich unserer Bildredakteurin Britta, die vor einem großen Bildschirm steht und sich mit einer Kollegin bespricht. Als sie mich bemerkt, winkt sie mich zu sich.

»Gut, dass du kommst.« Sie deutet auf die vergrößerten Aufnahmen vor sich. »Was denkst du?«

»Hej.« Ich trete neben sie und werfe einen neugierigen Blick auf die bereits gemachten Fotos. Sie sind nicht schlecht. Aber auch als Schreiberling erkenne ich, dass sie noch nicht gut genug sind. Frederik wirkt angespannt und verschlossen. Zurückhaltend und abwehrend. Die Bilder erinnern mich an meine ersten Begegnungen mit ihm. Genauso hat er mich vor einer Woche angesehen. Ich wusste sofort, dass er mich loswerden wollte. Allerdings habe ich ihm trotzdem die Stirn geboten. Ein Leser würde hingegen vermutlich zu einem anderen Magazin greifen.

Britta runzelt die Stirn, und ich beeile mich, eine Einschätzung abzugeben. »Er ist noch nicht aufgetaut.«

»Wir sind seit einer knappen Stunde dabei. Wir kommen nicht an ihn ran. Ich glaube, er gibt sich Mühe, aber …«, sie seufzt, »so wird das nichts.«

»Lasst ihm ein bisschen Zeit, sich dran zu gewöhnen. Ich weiß, Zeit ist Geld, aber er kann das«, höre ich mich für Frederik Partei ergreifen.

Als hätte er meine Stimme gehört, sieht Frederik sich um, und gleich darauf fällt sein Blick auf mich. Er bedeutet dem Visagisten, aufzuhören, und sieht fragend in meine Richtung. Britta bemerkt es und erklärt laut: »Wir machen eine kurze Pause.«

Der Fotograf nickt zustimmend und ruft seinen Assistenten erneut zu sich. Der Arme. Als würde die Positionierung eines Scheinwerfers das Problem lösen. Britta und ihre Kollegin holen sich einen Kaffee, und ich nutze den Moment, um durch die vorherigen Fotos zu klicken. Je mehr ich sehe, desto klarer wird es mir. Frederik hat seine Mauer hochgezogen. Er verweigert sich der Kamera. Die Angst, was sie einfangen könnte, ist zu groß, also wehrt er sie komplett ab.

Frederik kommt langsam auf mich zu, und ich bemerke die Anspannung von den Fotos nun auch auf seinen Wangen.

»Hej«, lächle ich ihn vorsichtig an.

»Hej.« Er seufzt und will sich die Haare raufen, erinnert sich aber gerade noch rechtzeitig daran, wie lange der Stylist vermutlich dafür gebraucht hat, sie exakt so auszurichten.

»Wie läuft's?«

»Hätten wir schon etwas Brauchbares, wäre ich vermutlich längst nicht mehr hier.« Er sieht sich in dem hohen Raum um und holt tief Luft. »Ich dachte, mich auf deine Fragen einzulassen, wäre kräftezehrend. Aber dieser Fotograf …« Er rollt mit den Augen. »Als Model würde ich langfristig auf der Straße landen.«

»Zu schade, dein Gesicht würde sich so gut für Dolce & Gabbana eignen.«

Ein schiefes Lächeln zustande bringend, murmelt Frederik: »Sicher nicht.«

In gespieltem Ernst widerspreche ich. »Doch, deine Wangenknochen. Die kommen gut zur Geltung.«

»Meine Wangenknochen?«

»Ja.« Ich nicke und lege prüfend den Kopf schief. »Deine Brille hat auch ein gewisses Etwas.«

»Meine Brille?«

»Jep. Ich mag sie.«

Endlich lacht Frederik. »Super. Dann retuschieren wir einfach alles bis auf meine Wangenknochen und meine Brille.«

»Was ist los, Frederik?«

Er überlegt. Weil er währenddessen immer wieder kurz davor ist, sich durch die Haare zu fahren, schiebt er seine Hände kurzerhand in die Taschen seiner grauen Hose. Er trägt wie sonst auch ein Hemd, ein weißes diesmal, dessen obere beiden Knöpfe offen stehen. Er ist frisch rasiert, und ich bemerke den vertrauten Duft, der von ihm ausgeht. Seine Nähe verursacht ein Kribbeln in meinem Schoß.

Schließlich erklärt er mit gedämpfter Stimme: »Ich weiß es nicht. Es kann ja nicht so schwer sein, ein dämliches Titelfoto machen zu lassen.«

Frederik verdreht die Augen, und ich bemerke, dass die Crew wieder zusammenkommt. Schnell ziehe ich Frederik unauffällig hinter den großen Desktop mit seinen Fotos, sodass wir von den anderen Anwesenden ein wenig abgeschirmt sind. Durch meine Aktion stehen wir unabsichtlich dicht beieinander. Es fehlt nicht viel, und ich könnte seine Lippen auf meinen spüren. Dafür müsste er sich nur ein paar Zentimeter nach vorn neigen. Abwartend ruht Frederiks Blick auf mir.

Ich hole tief Luft, straffe die Schultern und mustere den Mann vor mir. »Lass es zu.«

»Was?«

»Dass man dich sieht.«

»Das ist eine Kamera, man …«, beginnt er, doch ich falle ihm ins Wort.

»Derjenige, den wir jetzt auf den Fotos sehen, ist der Frederik, den du allen versuchst zu verkaufen. Der unnahbare, verschlossene, vielleicht sogar ein bisschen arrogante Frederik. Der Vorzeige-Businesstyp.«

Sein Gesicht verzieht sich bei der Bezeichnung, und ich lege ihm unwillkürlich eine Hand auf die Stelle, wo sein Herz liegt. Die Berührung löst eine Flut an Gefühlen in mir aus, doch ich schiebe sie beiseite und konzentriere mich nur auf Frederik. Leise und überzeugend fahre ich fort: »Verwehre der Welt nicht länger den wundervollen, sympathischen, einfühlsamen und verletzlichen Kerl, der du bist. Zeig ihnen, was du mir gezeigt hast.«

Er schüttelt den Kopf. »Das kann ich nicht.«

»Doch.« Ich nicke kompromisslos. »Das kannst du.«

»Wie soll ich …«

»Frederik«, flüstere ich und spüre eine tiefe Sehnsucht in mir. Schnell gehe ich sicher, dass niemand zu uns sieht, und fahre ihm mit den Fingerspitzen über seine harten Mundwinkel. Seine Hand greift sogleich nach meinen Fingern und umschließt sie, als würde er Halt bei mir suchen.

»Es geht nicht um das Wie, sondern das Warum.«

Irritiert mustert er mich.

»*Warum* sollst du denn nicht?«, frage ich und bin eigenartig sicher, das Richtige zu tun. Ich fühle es. Mein Blick sucht die dunklen braunen Augen hinter der Brille, die nicht zum Star auf diesem Cover werden darf. Flüsternd füge ich hinzu: »Du darfst deine Mauern überwinden.« Ich lächle unwillkürlich. »Weil du deine Freiheit verdient hast. Weil niemand perfekt ist. Weil die Menschen dich dafür lieben werden. Weil ich dich dafür liebe. Ich …« Ich erstarre und hole scharf Luft. Nach einer

Schocksekunde stammle ich: »Nicht so, ich meine ...« Entsetzt schaue ich ihn an.

Frederiks Augen werden groß, doch bevor er etwas erwidern kann, erscheint plötzlich Britta neben uns, und wir fahren umgehend auseinander. Sie scheint nichts von unserer Unterhaltung gehört zu haben und ruft enthusiastisch: »Bereit für eine letzte Runde?«

Frederik nickt automatisch und wird von Britta zurück zum Set bugsiert. Ich ziehe mich eilig in den hinteren Bereich zurück, konzentriere mich auf Frederik, der sich vor dem grauen Hintergrund wieder in Position bringt. Doch anstatt zum Fotografen zu sehen, ist sein Blick fest auf mich gerichtet. Mein Herz schlägt schnell und unregelmäßig. Mit jedem Pochen katapultiert es mich näher an die furchtbare Erkenntnis, vor der ich um jeden Preis davonrennen will.

Immer wieder sage ich mir, dass es nicht sein kann. Dass es unrealistisch wäre. Dass es lächerlich wäre. Dass es schlichtweg absurd wäre. Dass es ...

Ich habe mich verliebt. In den Mann, der dort vorne in dem grauen, zurückhaltenden Set steht und zu große Angst hat, loszulassen. Er klammert sich an die Vergangenheit und die Vorstellung, wie die Welt seiner Meinung nach funktioniert. Seinem ganzen Tun liegt eine Schuld zugrunde, die er nicht tragen sollte.

Was wäre er für ein Mensch geworden, hätte er diese Verantwortung nicht auf sich genommen? Ich starre zu Frederik und bilde mir ein, diesen Mann in seinem Gesicht zu erkennen. Er wäre vielleicht immer noch zurückhaltend und hätte Schwierigkeiten, sich anderen gegenüber zu öffnen. Aber er hätte womöglich auch gelernt, wie man auf die Menschen zugeht. Er wäre bereit, andere Leute an seinem Leben teilhaben zu lassen.

Und dann überkommt sie mich. Die schmerzhafte Erkenntnis. Wie eine Welle, die sich getrieben von meinem inneren Strom verselbstständigt. Ich habe mich in einen Mann verliebt, der niemals zulassen wird, dass man ihn liebt. Denn er würde nur daran denken, was mit Gyda passiert ist. Er würde immerzu Angst haben, dass er damit einen Fehler begeht. Wer sein Leben der Wiedergutmachung eines einzigen Fehlers widmet, der ist kaum in der Lage, das Risiko eines weiteren einzugehen.

Mir wird heiß und kalt. Mein Herz hüpft und droht gleichzeitig, in Stücke gerissen zu werden. Frederik ist auf mich zugekommen. Er hat es gewagt, mir zu zeigen, wer er ist. Ich habe seine Beweggründe erkannt. Er wird sie nicht ablegen können. Niemals. Und damit haben wir keine Chance. Egal, wie real meine unrealistischen Gefühle am Ende auch sein mögen.

Ich starre direkt in Frederiks Augen und bemerke unter meinen aufwühlenden Emotionen kaum, wie er den Kopf leicht nach vorn neigt, den Blick in meine Richtung hebt und den linken Mundwinkel zu einem leicht angedeuteten Lächeln nach oben zieht. Ich zwinge mich, es zu erwidern, als wäre all das eben nicht mit mir und meinem dummen Herzen geschehen.

Daraufhin intensiviert Frederik den Blick zu mir. So sehr, dass ich es nicht länger aushalte. Ich nicke ihm ein letztes Mal zu und tue so, als würde das Handy in meiner Hand klingeln und ich einen Anruf annehmen müssen. Ich gehe leise zur Tür, drehe mich noch einmal kurz um und spüre, wie Frederik mir nachsieht.

Als ich eilig die Tür öffne, höre ich plötzlich Brittas Ausruf: »Das ist es! Wir haben es!«

Kapitel 33

Frederik

»Kommst du wieder rein?« Ragnar steckt fragend den Kopf in mein Büro.

Ich fahre herum und nicke. Zufrieden eilt mein bester Freund in dem Glauben weiter, ich würde gleich hinterherkommen. Doch bevor ich das mache und mich in eine neue frustrierende Runde stürze, schaue ich durch die große Fensterfront hinaus aufs Meer. Meine Augen zucken zu der Stelle am Strand, wo ich mit Linn vorgestern gesessen habe.

Heute ist Freitag. Es geht bereits auf Mittag zu, und ich hasse es, das zuzugeben, aber ich vermisse Linn. Nach dem Shooting gestern hat sie meinen Anruf abgelehnt und lediglich geschrieben, sie müsse den Text über mich bis heute Morgen fertig bekommen. Sie sei im Schreibtunnel und würde sich melden. Ihre Nachrichten klangen distanziert. Für einen Moment habe ich selbst an der intimen Beziehung gezweifelt, die wir in den vergangenen Tagen zueinander aufgebaut haben.

Ihre letzten Worte vom Shooting klingen in meinem Kopf nach.

»Weil ich dich dafür liebe.«

Kann es sein? Kann es wirklich sein, dass Linn sich in mich verliebt hat? Mein Blick gleitet über die Wellen bis nach Saltholm. Ein Schauer überfällt mich, und ich beginne zu frieren, obwohl der Sommer heute wieder seine gesamte Kraft unter Beweis stellt und die Leute in Dänemark zum Schwitzen bringt.

Die Vorstellung, dass Linn sich nach einer Woche zu diesen Worten verleiten lässt, sollte mir vermutlich Angst machen. Erstaunlicherweise ist dem nicht so. Vielmehr spüre ich einen nie gekannten Optimismus. Linn und ihre blauen Augen. Die hartnäckige Suche nach der Wahrheit und der rücksichtsvolle Umgang damit. Ihre aus tiefstem Herzen stammende Vergebung für meine Sünden und die nichts in der Welt zu erschütternde Überzeugung, dass ich ein guter Mensch bin – das ist es, was mich erstarren lässt. Wie kann sich jemand so Kluges wie Linn in mich verlieben?

Denn ich weiß, dass sie wirklich *mich* sieht. Nicht den Firmeninhaber. Nicht den verschlossenen Kerl, der sie bei ihrem ersten Treffen mit einer herben Abfuhr abgestraft hat, ohne ihr auch nur den Hauch einer Chance zu geben. Nein. Sie sieht *mich.* Mit allen Facetten, Fehlern und wenigen guten Charakterzügen, die ich mir anmaße. Sie bringt meine Mutter zum Lachen und hat eine ganz eigene Art, mit mir über den Verlust meines Vaters zu sprechen. Über den Verlust von Gyda. Und obwohl sie so intelligent und reif ist, verwehrt sie mir jegliche Schuld, die ich mir auflade.

Dabei macht sie genau das mit sich selbst. Wie kann sie bei mir andere Maßstäbe ansetzen als bei sich? Linn ist zu realistisch, als dass sie bei mir plötzlich die rosarote Brille aufsetzen würde. Das würde sie sich nie gestatten. Es ist gar nicht möglich, dass sie sich in blinder, naiver Hoffnung in etwas stürzt, das sie nicht ausreichend durchdacht hat.

Ihre Worte sind deshalb viel bedeutender, als sie es von jemand anderem in ihrem Alter sein könnten. Doch was bedeutet das für uns? Für mich?

Ich vermisse sie. Ich bin kaum vierundzwanzig Stunden ohne sie und bin gereizter denn je. Sie nicht richtig zu erreichen, macht mich wahnsinnig.

Hat sie Mittwochabend schon geahnt, was sie mir tags darauf sagen würde? Nein. Dafür war es gestern beim Shooting viel zu spontan aus ihrem Mund gepurzelt. Ihr Entsetzen über die eigenen Worte war ebenso echt.

Plötzlich macht mein Laptop ping und kündigt eine neue E-Mail an. Ich werfe einen Blick über die Schulter und erkenne den Namen in der Absenderzeile. *Linn Mikkelsen*. Hastig drehe ich mich um und öffne die Nachricht noch im Stehen. Ich überfliege die sachlichen Zeilen an ihre Chefin und bemerke, dass ich lediglich in CC genommen wurde. Linn schreibt etwas von zwei Entwürfen und verweist auf den dieser Mail beigefügten Artikel. Schließlich fliegen meine Augen zu dem Absatz, der sich an mich richtet. Eine nüchterne Bitte um Freigabe des angehängten Textes bis Anfang nächster Woche.

Mein Herz setzt aus, und ich will den Anhang bereits öffnen, als Ragnar wieder auftaucht. »Wie schaut's aus? Wird das heute noch was?«

Ich nicke, klappe den Laptop zu und nehme ihn mit. Auf dem Weg in den Meetingraum frage ich Ragnar betont unbeteiligt: »Können wir meinen Part nach hinten schieben? Ich muss dringend noch zwei Mails beantworten.«

»Das willst du ausgerechnet jetzt machen? Während eines Kundentermins?«

Ich bemühe mich um Sachlichkeit: »Es ist wichtig. Wir tauschen einfach unsere Parts. Das fällt denen sowieso nicht auf.«

Irritiert zuckt Ragnar mit den Schultern. »Wie du willst.«

»Danke.«

Wenig später sitze ich einer Reihe Männern in Anzügen gegenüber. Die Frauenquote in diesem Unternehmen ist für meinen Geschmack viel zu niedrig. Aber das ist streng genommen nicht mein Problem. Ich mustere den Mann, der mir direkt gegenübersitzt. Er ist genauso groß wie ich. Vielleicht einen Zentimeter größer. Sein hellblondes Haar wirkt für sein Alter unnatürlich, aber es scheint offenbar seine tatsächliche Haarfarbe zu sein. Er hat klare blaue Augen, die mich in vielen Fällen eher verächtlich betrachten, als mir Respekt entgegenbringen. Er dürfte vielleicht Anfang sechzig sein und gehört zu den einflussreichsten Geschäftsleuten Dänemarks. Auch international kann er eine Menge wichtiger Freunde verzeichnen. Allerdings beeindruckt mich das nicht im Mindesten.

Denn während er sein Unternehmen gewinnbringend in die Zukunft führt, hat er vollkommen vergessen, dass besonders der Branche, in der er tätig ist, ein Wandel bevorsteht. Das Problem dabei: Er hält es für eine Farce. Und so will er nicht wirklich ein Konzept von uns, um seine Reederei klimaneutral aufzustellen, sondern vielmehr eine PR-Strategie, die sein Mitarbeiter in der entsprechenden Abteilung dann umsetzen soll. Nach außen bitte die große grüne Zukunft. Intern bleibt jedoch alles beim Alten. Eine Mogelpackung. Nichts anderes will dieser Mann. Und ich hasse das.

Während Ragnar, wie eben besprochen, mit seinem Teil der Präsentation beginnt und zunächst einen Blick auf den finanziellen Invest des Projekts wirft, öffne ich auf meinem Laptop das angehängte Dokument von Linn und fange an zu lesen. Ich sollte mich auf den Termin konzentrieren, aber zu wissen, dass dieser Text auf mich wartet, lenkt mich viel zu sehr ab. Also werde ich mich erst ihm widmen und mich dann auf dieses Meeting fokussieren.

Meine Fähigkeit, schnell zu lesen, kommt mir bei den zweieinhalb Seiten entgegen. Womit ich jedoch nicht gerechnet habe, ist der emotionale Impact, den der Artikel auf mich hat. Ich bin beim ersten Satz und spüre bereits, dass Linn verdammt gut über diese Worte nachgedacht hat.

Satz für Satz, Abschnitt für Abschnitt, Zwischentitel für Zwischentitel – alles hat Hand und Fuß. Und Gefühl. So verdammt viel Gefühl. Dieses Porträt ist nicht nur eine dumpfe Schilderung meines Lebens. Es ist eine Erklärung. Für all diejenigen, die keinen Schimmer haben, wer ich bin oder warum ich bin, wie ich bin. Und das ist es, was Linns Talent besonders hervorhebt.

An dem Tag, als wir das erste Mal miteinander geschlafen haben und meine Mutter plötzlich vor der Tür stand, sagte Linn zu mir: »Man kann eine Geschichte auch erzählen, ohne sie zu erzählen.«

Ich habe zu jenem Zeitpunkt nicht richtig verstanden, was sie damit meint. Jetzt, fast am Ende des Porträts, habe ich es endlich kapiert. Linn erwähnt Saltholm mit keinem Wort. Der Vorfall mit Gyda wird nirgends genannt. Und trotzdem findet sie einen Weg, den Menschen ein Bild von mir zu zeichnen, das zeigt, wer ich bin. Ich habe das Gefühl, als würde ich mich beim Lesen selbst zum ersten Mal kennenlernen. Und … ich finde mich eigenartigerweise, und anders als sonst, gar nicht so furchtbar. Linn macht aus mir einen Mann, der nahbar wirkt, manchmal ein bisschen orientierungslos ist und doch eine feste Vision vor Augen hat. Meine Arbeit, die sie sonst so gern beiseitegeschoben hat, ist in ihren Worten eine »Hommage an das Leben, die manchen ein Dorn im Auge ist, uns alle aber mit Herz darauf hinweist, wie kostbar dieses Leben ist«.

Mein Herz poltert. Obwohl dieses sensible Organ nie stillgestanden hat, fühlt es sich an, als würde es zum ersten Mal seit langer Zeit wieder richtig schlagen. Kräftig, gesund und erholt. Linns Worte wirken wir ein Balsam, der so vieles heilt, von dem ich nicht wusste, dass es Narben hinterlassen hat. Ich komme zum letzten Absatz des Artikels und höre Ragnars Vortrag kaum, während ich die Buchstaben vor mir zu Worten zusammenfüge und in Linns Tonfall in meinem Kopf widerhallen höre.

»Frederik Jensen wagt neue Konzepte, stellt die Kreativität in Sachen grüner Zukunft bei vielen auf die Probe und fordert deren Mut so stark heraus wie wenige seiner Branche. Jensen will die Welt retten. Damit ist er nicht der Erste. Aber vielleicht der Einzige, der das Richtige aus den falschen Gründen tut. Nämlich um zu beweisen, dass er sich seinen Platz hier auf Erden verdient hat.«

Ich presse die Lippen zusammen und lehne mich angespannt zurück. Meine Augen sind auf die letzten Worte des Porträts geheftet, und ich lese sie wieder und wieder. Je öfter ich sie mir vor Augen führe, desto erträglicher werden sie. Ich will es mal wieder nicht zugeben, aber ich werde das Gefühl nicht los, dass Linn recht hat. Sie hat es schon einmal gesagt.

Ich liebe die Herausforderung, und ich will die Welt ein kleines bisschen besser machen. Und obwohl ich es am Strand selbst so ausgedrückt habe, ist mir der echte Grund dafür noch nie so bewusst gewesen wie in diesem Moment. Das *Warum*. Linn hat es in mir entdeckt, an die Oberfläche gezerrt und mir mit einem Spiegel vorgehalten. Dabei habe ich es tief in mir immer gewusst. Nur war Linn die Erste, der ich es gezeigt habe.

Ich will sie anrufen. Jetzt. Ich muss sie sehen. Ich greife reflexartig nach meinem Handy, höre, wie Ragnar zum Ende seiner Ausführungen kommt, und checke meine Nachrichten, bevor ich gleich übernehmen muss. Gerade als Ragnar eine Frage von einem der anwesenden Anzugträger beantwortet, erscheint eine neue Nachricht. Als würde es sich um Gedankenübertragung handeln, ist sie von Linn. Endlich. Ich öffne unseren Verlauf und spüre einen dumpfen Schlag in den Magen.

Ich habe dir den aktuellen Text geschickt. Nimm dir Zeit und lass uns über alles reden, was für dich nicht in Ordnung geht. Ich werde übers Wochenende nicht in der Stadt sein. Ich melde mich, wenn ich zurück bin.

Wo fährst du hin?

Sie sieht es und antwortet zu meiner Erleichterung sofort.

Zu meiner Familie.

Überrascht runzle ich die Stirn, und eine weitere Nachricht erscheint:

Mir ist beim Schreiben deines Artikels klar geworden, dass ich mich nicht länger abspeisen lassen darf. Ich will Antworten zu Petters Tod.

Ohne nachzudenken, tippen meine Fingerspitzen über das Display:

Soll ich mitkommen?

Bevor ich es sende, lösche ich es schnell wieder und atme unauffällig durch.

Ich bin hier, wenn du mich brauchst.

Ich weiß.

Ragnars Ton im Hintergrund verrät mir, dass ich innerhalb der nächsten Sekunden übernehmen muss, und so schreibe ich schnell:

Ich werde das Porträt freigeben. So wie es ist. Lass uns reden, wenn du zurück bist. Persönlich. Bitte.

Bevor ich sehen kann, was sie antwortet, muss ich mein Handy beiseitelegen und kümmere mich pflichtschuldig um meinen Teil der Präsentation. Ich wechsle zu den Notizen auf meinem offenen Laptop und will bereits anfangen, als ich merke, dass mein Gegenspieler auf der anderen Seite offenbar ebenfalls eine Nachricht auf sein Handy geschickt bekommt. Er öffnet sie, liest sie, und augenblicklich verdunkeln sich seine Gesichtszüge. Hervorragend, denke ich und unterdrücke ein Seufzen. Das sind ja perfekte Voraussetzungen, um den sowieso schon schlecht auf uns zu sprechenden Typen für unsere Vorschläge zu gewinnen.

Ich konzentriere mich bei meiner Präsentation schließlich auf das Wesentliche, da ich merke, dass die Konzentration des Geschäftsmannes weiter nachlässt. Mit jeder verstrichenen Minute wird er unruhiger.

Zügig erkläre ich gegen Ende meiner Ausführungen: »Uns ist natürlich klar, dass unsere Vorschläge eine große Veränderung innerhalb des Unternehmens bedeuten. Aber das ist die Zukunft, und wir sollten lieber heute als morgen damit beginnen.«

»Ist euch klar, was ihr da verlangt?« Entrüstet mustert uns der Mann von der anderen Seite des Tisches nach einem Moment des bedrohlichen Schweigens.

»Das trifft früher oder später alle in dieser Branche. Vorreiter wird man nun mal nicht ohne besondere Kraftanstrengungen«, erwidere ich überzeugt.

Doch der Mann fühlt sich offenbar provoziert. Energisch schiebt er seinen Stuhl zurück und steht auf. Während er mich von oben herab mustert, brodelt es in seinem Blick. »Mein Großvater hat diese Reederei groß gemacht. Mein Vater hat sie durch die Krise geführt, und ich habe verdammt noch mal eben das hundertjährige Bestehen unserer Firma mit einer Flasche verdammt teuren Champagners und der Taufe unseres bis dato größten Schiffes gefeiert. Wenn es nach euch Grünfinken geht, soll ich das alles aufs Spiel setzen. Für ein bisschen Klimaschutz!«

Wovon Jakob Mikkelsen spricht, sind strenge Maßnahmen,

um seine bestehende Flotte auf klimaneutrale Antriebe umzurüsten.

»Sich nach alternativen Antrieben umzusehen und die Flotte umzurüsten, bedeutet nicht …«

Unwirsch fällt er mir ins Wort. »Die sogenannten Alternativen sind keine Alternativen. Keine realistischen, mit denen ich die gleiche Leistung bringen kann. Wisst ihr, wie viele Waren wir jedes Jahr über die ganze Welt verschiffen? Das, was ihr anstrebt, ist ein Hirngespinst.«

»Es geht um einen Anfang. Wenn die Reederei es ernst meint, reicht es, in den nächsten Jahren testweise mit Schiffen auf kurzen Strecken anzufangen. Es gibt längst Prototypen, um Schiffe dieser Größe für gewisse Strecken auf alternative Antriebsformen abseits von fossilen Brennstoffen umzustellen«, führe ich an und habe das Gefühl, als würde ich das zum zwölften Mal wiederholen. Wir drehen diese Runden immer wieder.

Um mein Gefühl zu unterstreichen, poltert Mikkelsen mit Fingerzeig auf den Ausdruck unseres Konzepts: »Ich soll eine Forschungsabteilung für alternative Antriebsmittel gründen? Sehe ich aus wie jemand, der Geld zum Fenster rauswirft?«

Ich atme tief durch und zwinge mich, ruhig zu bleiben. »Es ist eine logische Konsequenz. Man holt sich Experten ins Haus. In anderen Branchen läuft es ähnlich. Wenn wir grün werden wollen – wenn die Reederei grün werden soll –, muss nicht nur Geld, sondern auch Zeit investiert werden.«

»*Mein* Geld und *meine* Zeit! Das führt doch zu nichts«, ereifert sich der Mann vor mir und läuft hinter seinen stummen Mitarbeitern aufgebracht hin und her. Immer wieder sieht er zu Ragnar und mir.

»Wir brechen das hier jetzt ab. Diese ganze Idee war von Anfang an totaler Mist.« Er deutet auf einen seiner Mitarbeiter. »Ole, verschwende nie wieder meine Zeit mit so einem Blödsinn. Habe ich mich klar ausgedrückt?«

»Jakob, wir …«

»O nein! *Ich* beende jetzt, was du mir niemals hättest aufschwatzen sollen. Solange es keine rentablen Alternativen gibt, machen wir weiter wie bisher.«

»Darum geht es doch. Die Frage ist ...« Ich erhebe mich ebenfalls und will meine letzte Fürsprache halten, werde allerdings unfreundlich unterbrochen.

Mikkelsen zeigt entrüstet und mit rotem Gesicht direkt auf mich. In seinem Blick spiegelt sich pure Empörung, die für mich nicht nachvollziehbar ist.

»Nur weil meine Tochter dich offenbar ihrer Familie vorzieht, bedeutet das nicht, dass ich es ihr gleichtue. Ich will mit meinem Unternehmen Geld verdienen und unseren internationalen Erfolg festigen. Diese Grünwerde-Sache ist völliger Humbug. Unsere Branche ist dafür noch lange nicht bereit, und ich sehe nicht ein, unsere Firma deshalb wissentlich in den Ruin zu treiben.« Argwöhnisch mustert er mich. »Keine Ahnung, was zwischen dir und meiner Tochter läuft, aber wir sind hier fertig.«

Damit stürmt er aus dem Meetingraum.

Verwirrt schaue ich zu Ragnar und dann zu unserem Hauptansprechpartner. »Ole, was meint dein Boss mit ›zwischen mir und seiner Tochter‹, welche Tochter?«

Der PR-Leiter sammelt seine Sachen zusammen. »Jakob erwähnte vorhin irgendwas von einem Artikel, den sie über dich schreibt? Sie ist deshalb nicht zur Jubiläumsfeier der Reederei erschienen, soweit ich verstanden habe. Das hat Jakob gelinde gesagt ziemlich verärgert.« Er zuckt entschuldigend mit den Schultern. »Danke für euer großartiges Konzept. Ich versuche, mit ihm zu reden. Wir bleiben in Kontakt, ich melde mich.«

Angespannt beobachte ich Ole, wie er sich mit seinen Kollegen auf den Weg zum Treppenhaus macht. Dann starre ich entgeistert zu Ragnar.

»Jakob Mikkelsen ist Linns Vater?!«

Der hebt ebenfalls überrascht die Brauen. »Ich schwöre, das wusste ich nicht. Den Nachnamen haben so viele in Dänemark. Die Wahrscheinlichkeit liegt bei... Ich habe lange mit der Chefredakteurin über Linns Werdegang beim Magazin gesprochen. Es fiel nie auch nur ein Wort über ihren familiären Hintergrund. Was Caro erzählt hat, klang vertrauenswürdig und genau nach dem, was ich für dich gesucht habe. Scheiße...« Er verstummt. »Alles okay? Macht das einen Unterschied zwischen Linn und...«

»Ich weiß es nicht«, fahre ich ihm über den Mund. Ich bin verwirrt. Irritiert. Durcheinander. Linns Vater ist seit Monaten mein Kunde, und ich habe nicht gewusst, dass ausgerechnet sie ein Porträt über mich schreibt. Wie makaber. Ich habe ihr meine tiefsten Geheimnisse anvertraut und hatte keine Ahnung von dieser Verbindung.

Wenngleich Mikkelsen ein Problem damit hat, dass Linn offenbar wegen mir nicht an dieser Jubiläumsfeier teilgenommen hat, empfinde ich seinen Abgang dennoch als übertrieben. Seine Reaktion ergibt keinen Sinn. Ja, er war von Beginn an skeptisch, was unsere Arbeit anging, aber einfach alles aus Prinzip in den Sand setzen? Irgendetwas stimmt hier nicht. Ich gehe die letzten Minuten gedanklich noch einmal durch.

Dann erinnere ich mich. Die Nachricht. Natürlich! Irgendetwas muss es mit der Nachricht auf sich haben, die Mikkelsen eben bekommen hat. Danach war er nicht nur nervös, sondern regelrecht aufgebracht. Von wem war die Nachricht – und was mochte ihr Inhalt gewesen sein?

Aber noch viel wichtiger: Wie konnten Linn und ich nie darüber sprechen, was uns gewissermaßen längst miteinander verbunden hat? Die Reederei ihres Vaters.

Kapitel 34

Linn

Rebellin. Ich fühle mich wie eine Rebellin. Ich komme aus dem Nichts, bringe den Alltag anderer ungefragt durcheinander und löse Chaos aus. Mit der Nennung eines einzigen Namens. Eigentlich traurig. Aber möglicherweise umso bedeutender.

Über den Rand meines Kaffeebechers beobachte ich, wie meine Schwester mich ihrerseits mit angespannten Zügen im Blick behält. Meine Mutter, die links von mir sitzt, schlägt zum vierten Mal innerhalb von fünf Minuten ein Bein über das andere und fuchtelt mit der Hand nach einer Fliege, die ihr um den Kopf schwirrt. Das freche Tier summt zu mir, setzt sich auf die Armlehne meines Outdoorsessels und verweilt dort in aller Seelenruhe. Erst als ich kaum merklich bei der Stimme meines Vaters zusammenfahre, schreckt auch das Insekt hoch und fliegt davon. Ich kann es ihm nicht verübeln, würde ich es doch normalerweise genauso halten.

Nach Esbjerg zu fahren, ist eigentlich nicht der Plan gewesen. Als ich gestern den gesamten Tag versucht habe, vor meinen Gefühlen für Frederik davonzulaufen – was echt schwierig ist, wenn man ein verdammtes Porträt über diesen Kerl schreiben soll –, wurde mir plötzlich eine weitere Sache klar. Während es Frederiks Symptom einer falschen Schuld ist, die Rettung der Welt voranzutreiben, so ist mein Symptom das Fragenstellen. Immerzu.

Aber so wie Frederik nie seinen Frieden finden wird, wenn er sich nicht eingesteht, dass er niemals eine Gyda ersetzen können wird und stattdessen endlich anfangen sollte, sein eigenes Leben zu leben, so habe ich mich in meinen Fragen verrannt. Statt sie jenen Menschen zu stellen, die mir die ersehnten Antworten geben können, habe ich Fremde für meine Artikel ins Kreuzverhör genommen. Spoiler: Das hat nicht besonders gut funktioniert. Höchstens vorübergehend. So lange, bis jemand – Frederik – *mir* plötzlich Fragen gestellt hat. Also nehme ich jetzt den direkten Weg, den der Konfrontation. Spontan. Überraschend. Absolut unvorbereitet. Bei den Menschen, die ich schon viel früher hätte bedrängen sollen.

Ich unterdrücke ein Zittern und rufe mir immer wieder Juna und Smilla ins Gedächtnis, die mich gestern Abend mit offenem Mund und Tränen in den Augen betrachtet haben, als ich ihnen endlich erzählt habe, was sich in meinem Herzen alles Bahn gebrochen hat.

Ein Kissen auf meinem Schoß, eine Flasche Wein auf dem Boden, daneben drei Gläser, wobei meines am häufigsten nachgefüllt wurde. Ich halte nicht viel von Frusttrinken, aber meine Woche war echt hart, und irgendwie musste ich es zustande bringen, den beiden von Frederik zu erzählen. Und von meinem Vater. Und von Petter.

Gefühlte Stunden, Umarmungen und liebevolles Trösten später ging es schließlich um den Ernst des Lebens. Juna und Smilla waren sich ziemlich schnell einig, wie meine nächsten Schritte auszusehen haben. »Fahr nach Hause, Linn. Du musst das klären. Jetzt. Für dich. Egal, was es kostet.«

»Und wenn sie mir nichts sagen? Wenn Petters Beweggründe ungeklärt bleiben und ich mir nur eingebildet habe, dass meine Familie mehr weiß, als sie zu sagen bereit ist?«

Juna rüttelte mich sacht an den Schultern. »Mein Gott, Linn, wie hast du es überhaupt geschafft, das so lange für dich zu behalten?«

»Du hast mich mal gefragt, warum ich immer und überall bei allem, was ich tue, Musik höre. Beim Arbeiten, Lesen, Duschen, sogar wenn ich nur kurz nach Hause komme und eigentlich gleich wieder losmuss…«

Juna nickte misstrauisch, und ich weihte meine besten Freundinnen in mein Geheimnis ein. »Damit übertöne ich sie. Meine Erinnerungen. Meine Gedanken.« Für einen Moment herrschte absolute Stille zwischen uns. Dann wisperte ich: »Die Musik ist das Einzige, was mir hilft, diesen Zustand der Unwissenheit auszuhalten. Andere haben einen Panikknopf. Ich drücke auf Play. Und erhöhe die Lautstärke, wenn es sein muss.«

Und das ist die Wahrheit. Ich habe eine Weile gebraucht, um es herauszufinden. Doch spätestens mit vierzehn, als ich meinen ersten MP3-Player bekam, spürte ich plötzlich, dass die Musik mir half, durch den Tag zu kommen.

Nachdem das geklärt war, waren sich Juna und Smilla nun also über etwas einig, von dem ich wusste, dass ich es tun muss. Egal, wie schwer es für mich werden würde. Ich nahm mir vor, Freitagmittag früher aus der Redaktion zu gehen und den nächsten Zug nach Hause zu nehmen. Es gab nur ein Problem.

Als ich mir vor dem Schlafgehen den Artikel zu Frederik noch einmal durchgelesen habe, las ich aus jeder Zeile heraus, dass ich ihn liebe. Der Text war außerdem nicht nur zu lang, sondern glich einer Offenbarung. Er unterstrich all die Dinge, die ich bei Frederik gesehen und durch ihn bei mir selbst entdeckt habe. Der Artikel war kein Porträt. Es war eine Niederschrift von allem, was ich gespürt habe. Ehrlich und aufrichtig. Aber viel zu nah dran. Man spürte, dass mir die professionelle Distanz auf dem Weg verloren gegangen war. Also setzte ich mich mitten in der Nacht hin und schrieb eine zweite Version. Eine, die genauso authentisch, aber weniger persönlich war.

Ich schaffte es am nächsten Morgen nicht pünktlich zu Caros Deadline. Statt um zehn ging meine Mail erst gegen halb zwölf raus. Den Text fügte ich lediglich für Frederiks Freigabe an die Mail an. Caro würde auf beide Versionen in dem entsprechenden Ordner im Verlagsnetzwerk zugreifen können, um sich den finalen Artikel in Ruhe durchzulesen.

Meine Gefühle für Frederik hatten sich über Nacht nicht verändert. Ich spürte immer noch die Liebe, die sich beständig in meinem Herzen sammelte und offenbar entschieden hatte, zu bleiben. Egal, was mein Verstand und ich dazu sagen würden.

Also atmete ich tief durch und beschloss zu meiner eigenen Überraschung, erwachsen zu handeln. Das Gespräch mit Juna und Smilla hat mir die Richtung gewiesen, in die ich gehen muss. Nämlich gen Westen, auf direktem Weg. Irgendwie habe ich das Gefühl, dass meine Familie zuerst dran sein muss. Danach werde ich mit Frederik sprechen, und wir …

Mein Magen zieht sich nervös zusammen. Ich habe keine Ahnung, was ich ihm sagen soll. Aber offenbar hat er Redebedarf. Er schrieb mir, kurz nachdem ich ihm die Mail mit dem Porträt geschickt hatte. Angeblich will er es genau so freigeben. Das ehrt mich, beunruhigt mich aber auch. Ich hatte mit wesentlich mehr Widerstand gerechnet.

Was auch immer er mir noch sagen will, wird allerdings warten müssen, bis ich zurück in Kopenhagen bin. Aber ich halte durch. Ich muss. Denn jetzt geht es um mein Leben. Mein *Warum*. Und solange das nicht endlich geklärt ist, gehe ich hier nicht weg.

Hier, das ist das Haus meiner Eltern in Esbjerg. Die Stimme meines heranstürmenden Vaters kommt schnell näher und widersetzt sich der sanften Brise, die hier draußen im Garten versucht, seine Worte über den angrenzenden Strand davonzutragen. Ich hebe den Blick in den hellblauen Himmel und wappne mich für ein anstrengendes Gespräch.

»Was soll das werden, junge Dame?« Scharf schneidet Vaters Stimme durch die Sommerluft.

Ich setze mich aufrecht hin und stelle meinen Becher auf dem Tisch vor mir ab. Ein weißer Holztisch, der schon so lange in dem riesigen Garten meiner Eltern steht, wie ich denken kann.

Regelmäßiges Abschleifen und neue Anstriche haben ihn die vielen Regentage und Winde an der Küste überdauern lassen.

Schließlich erhebt sich meine Mutter und begrüßt ihren Mann mit einem warnenden Blick und einer beruhigenden Geste, indem sie ihre manikürte Hand auf seinen Oberarm legt und ihn sanft davon abhält, gleich über mich herzufallen.

»Linn fängt schon wieder an, Fragen zu stellen«, erklärt jedoch Charlotte mit unsicherer Stimme.

Ich werfe ihr einen vernichtenden Blick zu und wende mich an meine Eltern. »Ich habe nur gesagt, dass ich etwas mit euch besprechen möchte.«

Zugegeben, das stimmt nicht ganz. Ich habe meinem Vater eine Nachricht geschrieben und ihn wissen lassen, dass ich zu Hause auf ihn warte, um ein letztes Mal mit ihm über Petter zu sprechen. Möglicherweise habe ich ihn damit ein wenig unter Druck gesetzt. Aber es musste sein. Ich lasse mich nicht länger abwimmeln. Eine neue Hartnäckigkeit hat mich erfasst und lässt mich tapfer den ersten Schritt machen. Ich schaue in die blauen Augen meines Vaters.

O Gott, er ist richtig sauer …

»Ich will doch nur endlich wissen, was passiert ist«, erkläre ich, während meine Eltern sich auf die Bank setzen und mein Vater mich aufgebracht mustert. Als ich vor wenigen Stunden überraschend vor der Tür stand, ließ ich sowohl meine Schwester als auch meine Mutter wissen, dass ich heute Abend, sobald mein Vater zu uns stoßen würde, mit ihnen über Petter reden wollen würde. Seitdem wirken die beiden, als würden sie um eine Pfütze herumschleichen, über der eine gefährlich blitzende Stromleitung baumelt.

Jetzt schüttelt meine Mutter defensiv den Kopf. »Schatz, wir wissen alle, was passiert ist. Es gibt keinen Grund, das wieder und wieder durchzukauen.«

»Wir haben so gut wie nie darüber gesprochen«, erwidere ich und bemühe mich, ruhig zu bleiben und mein Pulver nicht gleich zu Beginn zu verschleudern. »Ihr habt mir nie gesagt, warum Petter …« Ich stocke, doch zwinge mich schließlich, weiterzusprechen. »Wir haben nie darüber gesprochen, *warum* Petter das gemacht hat.«

Meine Schwester lehnt sich angespannt zurück und starrt schweigend in ihren Schoß. Sie sieht aus wie ich, nur eben neun Jahre älter. Die blonden Locken sind länger als meine und anders als bei mir aufwendig gestylt. Ich bin diejenige, die in der Stadt lebt, und doch ist es meine Schwester, die sich morgens mindestens eine Stunde Zeit nimmt, um sich für den Tag zurechtzumachen.

»Weil es da nichts zu besprechen gibt«, erklärt mein Vater eisern und lehnt sich mit dem Oberkörper nach vorn, legt die Unterarme auf den Tisch und stützt sich darauf ab. Dabei wirkt er so erhaben wie der Vorsitzende in einer wichtigen Vorstandssitzung.

»Doch.« Ich nicke energisch und spüre, wie mein Adrenalinspiegel steigt.

»Wie kommst du darauf?«, erkundigt sich meine Mutter verwundert und zupft mit starren Fingern an dem fliederfarbenen Kleid, das ihr bis knapp über die Knie reicht. Anders als mein Vater, Charlotte und ich hat sie dunkelbraunes Haar. Äußerlich haben wir rein gar nichts gemeinsam. Bei den inneren Werten ist es vermutlich die Hartnäckigkeit, die ich von ihr geerbt habe. Sie liebt mich. Das weiß ich. Auch wenn sie es nicht so offen zeigt, wie andere Mütter es wohl tun würden.

Geduldig meine ich deshalb: »*Ihr* sagt es mir. Mit eurer Körpersprache. Mit eurer Weigerung, darüber zu reden. Mit eurer Art, wie ihr reagiert, wenn ich mehr über Petter wissen möchte.« Ich mache eine bedeutungsschwere Pause und ergänze dann leise: »Wenn es nichts dazu zu sagen gäbe, würdet ihr nicht so einen Aufstand darum machen. Ihr sagt nichts und gleichzeitig unendlich viel.« Ich deute auf Charlotte. »Ja, ich bin schon wieder unbequem. Wieso? Weil ich mehr über meinen toten Bruder wissen will.« Ich schaue zurück zu meiner Mutter. »Wieso bist du so nervös? Du wirkst, als würde jede Sekunde ein Unwetter über uns hereinbrechen.« Meine Augen schweifen zu meinem Vater, der mich unerbittlich anstarrt. »Und du, Papa. Ich frage dich in Kopenhagen nach Petter, und du stehst einfach auf und gehst? Ich schreibe dir, dass ich über meinen Bruder – deinen Sohn – reden will, und du tauchst hier wütend auf und schreist mich an?« Ich schüttele den Kopf. »Es wird Zeit, mir endlich die Wahrheit zu sagen. Ich weiß, dass ihr sie mir vorenthaltet.«

Augenblicklich erhebt sich mein Vater, schüttelt aufgebracht den Kopf und macht Anstalten, zum Haus zurückzugehen. Bevor er das jedoch tut, sieht er mich von oben herab an. Wütend poltert er: »Ist dir nie in den Sinn gekommen, dass wir alle um Petter trauern? Dass es uns schwerfällt, über ihn zu sprechen, und wir womöglich deshalb so reagieren?«

Ich stehe ebenfalls auf, um das Gleichgewicht in unserer Diskussion wiederherzustellen. »Natürlich. Aber bedeutet das, eure Trauer ist wichtiger als meine? Warum stillen wir euer Bedürfnis nach Schweigen und lassen mein Bedürfnis, darüber zu sprechen, vollkommen außen vor?«

Charlottes ernste Stimme ertönt vom anderen Ende des Tisches. »Wir wollen dich nur schützen, Linn.«

»Charlotte!« Scharf fährt mein Vater zu seiner ältesten Tochter herum und gibt ihr mit nur der Nennung ihres Namens zu verstehen, dass sie keinen Schritt weiter gehen sollte.

»Wovor wollt ihr mich schützen?«, rufe ich und habe Mühe, meinen bewusst ruhig gewählten Ton beizubehalten. Mein Herz zerspringt innerlich, ich spüre, dass ich etwas auf der Spur bin. Und sosehr ich es wissen will, ebenso sehr fürchte ich mich auch davor.

Frederiks warme braune Augen tauchen vor mir auf. Ich spüre seine Umarmung und den Schutz, den er mir nach meinem Ausbruch im Restaurant geschenkt hat. Sein mitfühlender Blick stärkt mich in meinem neuen Vorhaben.

»Erst bleibst du an dem einen Tag fern, der für unsere Familie von immenser Bedeutung gewesen ist. Dann tauchst du hier auf und stürzt uns ins Verderben.« Die Stimme meines Vaters gleicht einem gefährlichen Zischen. Ich bemerke, wie er seine Hände zu Fäusten ballt und die Knöchel weiß hervortreten. »Was fällt dir ein, deiner Mutter und deiner Schwester das anzutun? Haben wir dich so erzogen? Egoistisch? Narzisstisch? Ich meine, mich anders zu erinnern.« Er deutet mit dem Zeigefinger auf mich. »Reiß dich gefälligst zusammen und hör endlich auf, immer an erster Stelle stehen zu wollen. Du weißt nicht, wie viele Freiheiten wir dir gegeben haben. Es ist längst Zeit, dass du dich dafür revanchierst. Fang damit an, es endlich gut sein zu lassen. Petter ist tot. Mehr gibt es dazu nicht zu sagen.«

Damit dreht er sich um, läuft einmal um die Bank herum und stürmt zurück ins Haus. Meine Mutter steht auf und bedenkt mich mit einem langen Blick, der die Worte meines Vaters stumm, aber etwas sanfter wiederholt. Dann nickt sie kaum merklich. »Bleibst du zum Essen?«

Ich presse die Lippen aufeinander, bin kurz davor, auszuflippen. Nachdem ich tief durchgeatmet habe, flüstere ich mit erstickter Stimme: »Ich werde nicht gehen, bevor ihr mir nicht endlich die Wahrheit gesagt habt.«

Meine Mutter seufzt auf, kommt einen Schritt auf mich zu und legt mir eine Hand auf die Schulter. »Mach dich nicht unglücklich, Linn. Akzeptier es doch einfach. Es ist so lange her und für uns alle sehr schmerzlich.«

Tränen rinnen über meine Wangen. Aber ich weine nicht. Nicht richtig. Und so flüstere ich mit rauer Stimme: »Wie kann ich etwas akzeptieren, von dem ich nicht das Geringste weiß? Ich will damit abschließen, Mama.« Verzweifelt ziehe ich meine Stirn in Falten. »Aber das kann ich nicht, wenn ihr es mir nicht gestattet.«

Sekundenlang starrt meine Mutter mich an. Dann reißt sie sich los und eilt ins Haus. Sie fliehen. Vor mir. Einer nach dem anderen. Mein Blick wandert zu meiner Schwester, die sich nun ebenfalls aus ihrem Sessel erhoben hat und in einer Businesshose und einem weißen T-Shirt, das wahrscheinlich mehr gekostet hat als meine Schuhe und meine Hose zusammen, auf mich zukommt.

Ich wünsche mir nichts sehnlicher, als in liebevolle Arme aufgenommen zu werden, bedingungsloses Verständnis zu erfahren und über Dinge sprechen zu können, die mich zu dem Menschen gemacht haben, der ich nun mal bin.

Charlotte bleibt einen halben Meter von mir entfernt stehen und mustert mich nachdenklich. »Warum jetzt?« Auf meinen irritierten Gesichtsausdruck hin wiederholt sie ihre Frage. »Warum machst du ausgerechnet jetzt einen Aufstand wegen Petter? Was ist auf einmal anders?«

»Ich will endlich mit Petters Tod abschließen und mein Leben leben. Aber dafür muss ich wissen, was passiert ist«, erwidere ich.

Charlotte verzieht die akkurat gezupften Brauen und schaut mich eine ganze Weile einfach nur an. »Du willst bleiben, bis jemand einknickt und dir sagt, was du hören willst?«

Ich nicke.

»Dann hoffe ich, dass du viel Zeit mitgebracht hast. Ich bin nicht sicher, ob ich Papa überzeugen kann, es dir endlich zu sagen.« Sie presst die Lippen zusammen, verschränkt die Arme vor der Brust und geht ebenfalls zum Haus.

Ich starre ihr hinterher und merke, wie meine Anspannung bricht und ich kraftlos auf meinen Sessel sinke. Umgeben von zwitschernden Vögeln, blühenden Rosenbüschen und duftenden Dahlien, die streng nach Farben sortiert gepflanzt wurden, vergrabe ich das Gesicht in den Händen und schluchze bitterlich auf, während ich die Wellen am nahen Strand brechen höre.

Der Sommer meines Lebens? So sieht er aus.

Kapitel 35

Linn

Sie zieht sich. Meine Zeit an der dänischen Westküste, zu Hause bei meinen Eltern. Ich kam Freitagnachmittag an. Heute ist Montag. Der letzte Tag im Juni. Ich hätte nicht gedacht, dass ich es wirklich durchziehe. Und meine Familie wohl ebenso wenig. Wir schleichen umeinander herum, essen zwar gemeinsam, schweigen uns allerdings beinahe durchgehend an. Es ist, als hätte sich eine undurchdringliche Mauer um meine Eltern und meine Schwester gebildet, die sie von mir abschirmt. Ganz gleich, was ich unternehme, ich finde keinen Zugang, obwohl ich sie immer wieder die Köpfe zusammenstecken sehe. Sie diskutieren, wägen ab, sind sich uneins – wegen mir. Und doch lassen sie mich bei alldem bewusst außen vor.

Dass ich überstürzt aus Kopenhagen abgereist bin, beweist mein fehlendes Gepäck. Zwar habe ich Klamotten dabei, ebenso meinen Arbeitslaptop. Allerdings habe ich sowohl für den Computer als auch für mein Handy die Ladekabel in der WG liegen gelassen. Und da meine Familie offenbar in einer anderen Nutzerblase zu Hause ist, finde ich im ganzen Haus keinen Ersatz, der für meine Geräte passt.

Mein Handy ist seit Freitagnachmittag tot. Mein Laptop schaffte es gerade noch über den Samstag. Also habe ich mir noch an jenem Morgen den Computer geschnappt und Caro die Lage in einer Mail erklärt. Da Frederik seine Zustimmung für das Porträt schon am Freitag per WhatsApp erteilt hat, ist in der Hinsicht zum Glück nichts mehr zu tun. Der Text würde von Caro nochmals im Detail angeschaut werden. Da die Titelstory allerdings erst für die Augustausgabe geplant ist, genügt es, wenn ich ihre Anmerkungen nächste Woche einarbeite.

Das Gute ist: Caro ist von dem Entwurf bereits begeistert und war deshalb großzügig, was meine kurzfristige Frage nach ein paar Tagen Urlaub anging. Mit dem Restakku konnte ich gerade noch eine Abwesenheitsnotiz in meinem Mailaccount einstellen, dann wurde der Bildschirm schwarz, und ich fand mich plötzlich in einer ungewohnten Situation wieder. Kein Handy. Kein Laptop. Keine Ablenkung.

Was sich zunächst wie kalter Entzug anfühlte, wurde für mich spätestens Sonntagmorgen eine Art Erholung. Statt auf Play drückte ich auf Pause. Sicher, ich hätte mir wenigstens für mein Handy irgendwo ein Ladekabel holen können, aber ich entschied mich bewusst dagegen. Vorerst. Um mich auf mich und mein Leben zu konzentrieren. In dem Haus, in dem ich aufgewachsen bin.

Wobei, eigentlich ist es eine Villa, die aus weiß getünchten Steinmauern und schwarzen Dachziegeln besteht. Der zweistöckige Bau ist in einen Hauptteil und zwei übersichtliche Flügel unterteilt. Rechts befinden sich unter anderem das Schlafzimmer meiner Eltern und das Büro meines Vaters. Links sind wir Kinder untergebracht. Charlotte lebt immer noch dort. Das Haus ist so groß, man schafft es gut und gerne, sich einige Tage lang nicht zu begegnen, wenn man es drauf anlegt. Und so ist meine Schwester geblieben und genießt die Vorzüge einer Reihe von Angestellten, die sich um sie kümmern. Ähnlich wie mein Vater hat sie inzwischen auch ein Büro im Haus bekommen, falls sie mal nicht in der Firma arbeiten will.

Mein Zimmer hat sich kaum verändert. Nach meinem Umzug nach Kopenhagen gaben meine Eltern die Vorstellung nicht auf, ich würde eines Tages doch ins Familiengeschäft einsteigen. Und so haben sie alles gelassen, wie es war.

Gegenüber von meinem Zimmer ist die Tür zu Petters ehemaligem Reich. Knapp drei Jahre nach seinem Tod haben meine Eltern es räumen lassen und ein Gästezimmer daraus gemacht. Ich verstehe es irgendwie und habe sie doch dafür gehasst. Es fühlte sich an, als würde man die Erinnerungen an Petter einfach aus unserem Haus entfernen. Wie unliebsames Ungeziefer. Bevor man alles wegschaffte, bin ich damals in das Zimmer geschlichen und habe mir ein paar Dinge mitgenommen. Dinge, die mich an meinen Bruder erinnern. Ich packte sie in eine Kiste und versteckte sie unter meinem Bett. Es war, als würde ich etwas Verbotenes tun. Denn bis auf ein paar Familienfotos im Haus gab es bald nichts mehr, das an Petters Leben auf diesem Anwesen erinnerte. So wie nie über ihn gesprochen wurde, verschwanden nach und nach all die Dinge, die man mit ihm in Verbindung hätte bringen können. Selbst seine Lieblingstasse mit den blauen Linien, auf denen schwarze Vöglein sitzen, ist aus der Küche verschwunden, wie ich eines Tages feststellte.

Die Andenken in der Kiste unter meinem Bett wurden damit zu einer seltsamen Rarität. Sie waren mir so wichtig, dass ich sie sogar mit nach Kopenhagen nahm. Ich hatte Angst, wenn meine Eltern sie in meiner Abwesenheit entdeckten, würden sie sie vernichten. So wie alles andere, was mit Petter zu tun hatte. Sie haben ihn aus unserem Leben gelöscht. Unwiderruflich.

Jetzt lasse ich den Stift fallen, mit dem ich in einem meiner alten Notizbücher an einer großen Lilie gezeichnet habe. Ich habe plötzlich wieder mehr Zeit, mich den zarten, grauen Linien zu widmen, und kann es mehr denn je brauchen, mich damit abzulenken. Doch jetzt rücke ich den Stuhl aus dunklem Eichenholz, auf dem ich gesessen habe, zurecht und laufe einmal quer durch das angrenzende Wohnzimmer, das in sanften Cremetönen gehalten ist. Über dem obligatorischen Kamin hängt ein großes gerahmtes Familienfoto. Es entstand kurz vor meinem Schulabschluss. Mein Vater steht hinter meiner Mutter, die auf einem modernen weißen Sessel sitzt, gerade und den Blick direkt in die Kamera gerichtet. Meine Schwester sitzt mit elegant gekreuzten Beinen auf der linken Sessellehne, während ich auf der rechten Seite Ähnliches versuche, dabei aber nicht ansatzweise so adrett aussehe. Ich starre das Bild einen Moment lang an und bekomme ein enges Gefühl in der Brust. Diese Familie ist keine Familie. Sie ist eine Ansammlung drei charakterlich ähnlicher Menschen und einer vierten Person – mir –, die einfach nicht in diese Konstellation passt. Ich habe vergessen, wie schwer es für mich ist, in diesem Haus zu leben. Oder wohl eher verdrängt.

Unsere Familie umgibt Kälte. Eine, die man sicherlich verscheuchen könnte. Aber eben nur, wenn alle daran interessiert sind.

Die Enge in meinem Inneren wird schlimmer. Sie lähmt mich, droht mich zu ersticken. Tränen sammeln sich in meinen Augen, und ich habe das Bedürfnis, wegzulaufen. Ich muss weg. Weg von diesem Ort. Irgendwohin, wo ich atmen kann.

Hastig eile ich in den Garten. Von der zunehmenden Enge getrieben, zieht es mich in Richtung Meer. Am Ende des exorbitanten Gartens markieren wild blühende Hagebuttensträucher die Grenze zu dem schmalen Sandstrand, der zum Grundstück gehört. Ich nehme den einzigen Pfad, den man durch die Hecke geschlagen und mit Platten ausgelegt hat, und bin bald darauf am Wasser. Ganz automatisch schlüpfe ich aus meinen Schuhen, kremple meine Jeans hoch und gehe ans Ufer. Der Strand selbst ist nur wenige Meter breit, und so dauert es nicht lange, bis die nächste Welle meine nackten Füße umspielt. Ich schließe die Augen und zwinge mich, ruhig und tief durchzuatmen. Es dauert eine Weile, aber ich spüre, dass es langsam besser wird. Die Enge weicht zurück, und ich kann wieder Luft in meine Lungen pumpen.

So wie am Amager Strand. Mit Frederik. Ich befinde mich auf der anderen Seite von Dänemark, und doch fühlt sich die

Situation ähnlich an. Die vertrauten Geräusche des Meeres. Die wiederkehrenden Wellen, die mich daran erinnern, dass sie Frederik und mir gleichen. Wir laufen aufs Ufer zu, versuchen uns daran zu klammern, doch wir finden keinen Halt, und so fließen wir zurück in die bewegende Weite des Meeres. Umgeben von Unmengen Wasser und doch schrecklich einsam.

In den vergangenen Tagen habe ich versucht, nicht zu oft an Frederik zu denken. Ich habe mir sogar eingeredet, eine vorübergehende Funkstille wäre gar nicht so schlecht. Nach meinen letzten Worten beim Shooting, seinem Blick und der intensiven Auseinandersetzung mit meinen Gefühlen für ihn während des Schreibens habe ich gehofft, dieser Abstand würde mir helfen, festzustellen, dass ich mich geirrt habe.

Das intensive Zusammensein über eine ganze Woche hinweg hat mich in einen Zustand katapultiert, der in mir eine nicht zu stillende Sehnsucht nach Nähe ausgelöst hat. Frederiks Einsamkeit hat mir gezeigt, wie allein ich bin. Trotz der engen Freundschaft zu Juna und Smilla.

Charlotte hat mich Freitag gefragt, warum ich ausgerechnet jetzt herkomme und unnachgiebig nach Petter frage. Es ist Frederik. Unser Deal. Die zehn Fragen. Sie waren der Auslöser. Sie haben mich gezwungen, mich wieder mit Petter auseinanderzusetzen. Mehr als in meinem normalen Alltag. Es ist, als hätte Frederik unbewusst die Kiste mit Andenken unter meinem Bett hervorgezogen, geöffnet und ein Teil nach dem anderen herausgenommen und in meinem Leben verteilt, sodass ich ständig an Petter erinnert werde.

Gleichzeitig ist mir, als würde mir die Konfrontation mit Frederik und seiner Vergangenheit einen Weg weisen. Ich sehe das Warnschild und wende es auf mein eigenes Leben an. Die Schuld, die Frederik für Gydas Tod verspürt, hat sein bisheriges Leben so maßgeblich geprägt, dass es die Frage aufwirft, wer wäre er geworden, wäre diese Sache nicht passiert?

Während ich das Porträt verfasst habe, habe ich mir die

gleiche Frage gestellt. Wer wäre ich geworden, hätte Petter sich nicht das Leben genommen? Wer wäre ich geworden, wenn ich nicht die Letzte gewesen wäre, die ihn vor seinem Tod gesehen hat und sich deshalb schuldig fühlt, es nicht verhindert zu haben? Wer wäre ich geworden, wenn ich die Beweggründe meines Bruders gekannt hätte?

»Hier versteckst du dich.«

Die Stimme meiner Schwester hinter mir schreckt mich aus meinen Gedanken. Sie trägt einen grünen Oversize-Blazer, dazu eng anliegende schwarze Levi's und weiße Sneaker von Adidas.

»Ich musste mal durchatmen«, gestehe ich, wende mich wieder dem Meer zu und spüre dankbar, wie die nächste Welle, die sich um meine Füße schlingt, dafür sorgt, dass ich ruhig bleibe. Ich atme die salzige Luft ein und warte angespannt ab. So wie meine Mutter und mein Vater hat mich auch Charlotte während meines bisherigen Aufenthalts gemieden. Zwischendurch habe ich mir eingebildet, dass sie mehrfach auf mich zukommen wollte, doch sie bog jedes Mal kurzfristig ab und entschied sich offenbar um. Auf ihrer Stirn immerzu eine tiefe Gedankenfalte.

Wann immer meine Eltern mich angesehen haben, sah ich in ihren Gesichtern einen stummen Vorwurf. Aber je länger ich hier bin, desto mehr bilde ich mir ein, tatsächlich Schmerz in ihren Augen zu erkennen. Vielleicht will ich ihn aber auch nur sehen. Damit ich mich besser fühle.

Meine Schwester gesellt sich zu mir und fragt leise: »Darf ich?«

Ich sehe zu ihr und nicke.

»Zieh deine Schuhe aus.«

Sie will widersprechen, doch der Ausdruck in meinem Gesicht scheint sie umzustimmen. Plötzlich bückt sie sich, öffnet die weißen Schnürsenkel an ihren Sneakers und streift sie sich tatsächlich von den Füßen. Gleich darauf zieht sie die Socken aus und stopft sie in den rechten Schuh, rollt die Jeans so weit wie möglich nach oben und kommt langsam zu mir ans Wasser.

Mein Erstaunen kaum zurückhaltend, lächle ich unwillkürlich. Das letzte Mal, dass wir gemeinsam ins Wasser gegangen sind, ist viele Jahre her. Ich war dreizehn und habe mich nicht getraut, an einem stürmischen Tag in die schäumenden Wellen zu gehen. Charlotte hat mich schließlich an die Hand genommen und mir geholfen, meine Furcht zu überwinden. Sehnsüchtig denke ich an einen dieser wenigen Momente in unserem Leben, in dem wir ein Team gewesen sind.

Schweigend schauen Charlotte und ich hinaus aufs Meer.

Eigentlich sollte sie in der Firma sein. Es ist schließlich ein normaler Montagmittag. Ich will sie schon fragen, weshalb sie nicht bei der Arbeit ist, als sie das Wort ergreift.

Ohne zu mir zu sehen, meint sie ungewohnt sanft: »Du musst aufhören, Linn.«

Ich bin so überrascht, dass ich mit Schweigen antworte.

»Mama wird daran zerbrechen, wenn du so weitermachst.«

Mein Herz verkrampft sich. Charlotte hat recht. Ich will es nicht wahrhaben, aber ich sehe es. Mama, die toughe Geschäftsfrau und distanzierte Mutter, versucht so zu tun, als wäre seit meiner Ankunft alles wie immer. Aber ich habe sie beobachtet. Ihre Hände zittern, obwohl sie ruhig auf dem Sofa sitzt. Ihre Wangen sind blass, obwohl sie in der Sonne gewesen ist. Ihre Augen sind müde, obwohl sie früh zu Bett geht. Ich bin erst drei Tage hier, und doch wirkt es, als wäre sie in dieser Zeit um Jahre gealtert. Für eine Frau, die sich so sorgfältig um ihr Äußeres bemüht, ein absolutes Novum.

Ich werfe meiner Schwester einen Seitenblick zu. Meine Mutter ist nicht die Einzige, die leidet. Charlotte versucht es geschickt zu verbergen, aber ich merke, dass sich auch in ihrem Gesicht ein Grauton festgesetzt hat, der sie blass wirken lässt. Blass und erschöpft. So als hätte sie seit Tagen nicht geschlafen.

»Du siehst müde aus«, meine ich schließlich.

Charlotte seufzt sarkastisch auf. »Was glaubst du, woran das liegt?«

»Ich will euch nichts Böses«, verteidige ich mich automatisch.

»Warum reitest du dann so auf dieser alten Sache herum?«

»Weil ich daran zerbreche, wenn wir so weitermachen wie bisher.«

»Linn, versteh doch. Wir wollen dich nur schützen.«

Ich spüre die nächste Welle, die sich um meine nackten Füße windet, und werfe Charlotte einen vielsagenden Blick zu.

In ihrem Gesicht sehe ich plötzlich Verzweiflung aufsteigen. Meine Schwester, die sich sonst an der resoluten Art meiner Eltern orientiert, lässt binnen weniger Sekunden auf einmal ihre Maske fallen und dreht mir mit Tränen in den Augen den Kopf zu. Es ist, als explodiere in ihr ein Vulkan. Doch statt Lava spuckt er unterdrückte Emotionen an die Oberfläche.

»Wir fühlen uns schuldig, Linn. An Petters Tod. Glaubst du wirklich, wir wollen dir davon erzählen? Damit müssen wir es nicht nur vor uns selbst wiederholen und diesen Schmerz ein weiteres Mal durchleben, wir gehen auch noch das Risiko ein, dich für immer zu verlieren.«

»Aber das passiert doch bereits!«, rufe ich außer mir. »Schau uns an! Wir sind Schwestern und wissen kaum etwas voneinander. Wir leben nebeneinanderher, und obwohl ihr meine Familie seid, seid ihr der letzte Ort auf Erden, an dem ich sein will. Hier«, ich deute auf das Haus, »ist es kalt. Ich spüre keine Liebe. Keine Freude. Keinen Funken Zuneigung.« Meine Stimme bricht. »Du hast Angst, durch die Wahrheit würdet ihr mich verlieren?« Ich schüttle den Kopf. »Ich bin längst verloren gegangen. Vor Jahren schon. Und ihr habt es nicht mal bemerkt.«

»Das denkst du.«

»Das weiß ich.«

»Du dachtest auch, du würdest Petter kennen.« Ein bitterer Zug macht sich um die Mundwinkel meiner Schwester breit. »Aber das tust du nicht. Nicht so wie ich. Wie Mama. Wie Papa.«

»Dann erzählt es mir doch endlich!«

Charlottes Lippen beginnen zu zittern, und in ihren Augen sammeln sich weitere Tränen, die nun ungehindert über ihre Wangen laufen. Es dauert eine ganze Weile, bis sie wieder etwas sagt.

»Weißt du, dass ich dich immer beneidet habe?«

»Wieso?« Ich kann mir beim besten Willen nicht vorstellen, was jemand wie Charlotte an mir beneiden könnte.

Sie holt Luft und reißt sich sichtlich zusammen. Mit den Fingerspitzen tupft sie die Tränen von ihren Wangen. »Du und Petter hattet eine Verbindung zueinander. Dabei war ich diejenige, die vom Alter her viel näher an ihm dran war. Trotzdem habe ich es nie geschafft, zu ihm durchzudringen. Vielleicht hätte ich …« Sie verstummt, und neue Tränen suchen sich den Weg über ihre Wangen, die immer noch schrecklich blass wirken. Trotz verschmiertem Make-up.

»Ich hab mich immer gefragt, warum ihr beide so anders wart als ich.«

»Dafür warst du der Liebling von Mama und Papa«, halte ich dagegen.

Charlotte nickt, während ihr Blick gen Himmel geht, als würde sie dort um Unterstützung für dieses Gespräch bitten.

»Sie haben euch genauso geliebt. Sie können es nur nicht so gut zeigen.«

Wut brodelt in meinem Magen. »Sie wollen es nicht zeigen. Das ist ein Unterschied.«

»Sie lieben dich aus tiefstem Herzen«, ergreift Charlotte Partei für unsere Eltern. »Was glaubst du, warum sie dich nach Kopenhagen haben gehen lassen?«

»Was hat das damit zu tun?«, frage ich verwirrt.

Ein Schluchzen durchfährt Charlotte, doch sie versucht, es

mit einem verzweifelten Lachen zu übertünchen. »Scheiße, alles hat damit zu tun.«

Der Anblick meiner Schwester, die ich noch nie so aufgelöst gesehen habe, rührt etwas in mir.

»Ich bin hier, um etwas zu retten, Charly. Nicht um euch zu verletzen. Ich will doch nur ein normales Leben führen. Hilf mir dabei, endlich loszulassen.«

»Wenn wir dir die Wahrheit erzählen, wirst du uns hassen. Für immer.« Ihre Stimme ist nur noch ein Nachhall ihrer selbst.

»Das weißt du nicht«, versuche ich sie zu trösten und spüre doch, wie mich eine Welle der Angst überkommt. Was kann so schrecklich sein, dass ich unseren Eltern für immer den Rücken kehren würde?

Leise frage ich: »Denkst du, es würde sich so viel ändern? Ich bin doch schon von zu Hause geflohen. Vielleicht ist die Wahrheit aber auch das, was uns einander endlich wieder näherbringt. Gebt mir die faire Chance, selbst zu entscheiden, was ich damit mache. Sprecht es einmal aus«, flehe ich unter Tränen. »Ein einziges Mal. Mehr verlange ich doch gar nicht.«

Kapitel 36

Linn

Ich fühle mich erschöpft. Ausgelaugt. Kaputt. Die Zeit im Haus meiner Eltern zehrt nicht nur an ihren, sondern auch an meinen Nerven. Unser emotionales Gespräch am Strand hat Charlotte vorhin mit den Worten »Ich werde versuchen, Mama und Papa umzustimmen« beendet. Sie hat mir noch einen langen Blick zugeworfen und leise erklärt: »Ich liebe dich, Linn. Du bist meine kleine Schwester. Ich wäre dir gern näher gewesen. Aber ich weiß einfach nicht, wie ich das anstellen soll. Petter hat mir sein Geheimnis nie verraten.«

Bevor ich etwas darauf erwidern konnte, lief sie mit ihren Sneakers in der Hand davon. Eine Sehnsucht überkam mich in der gleichen Sekunde, in der sie vor mir floh, und ich frage mich seither, warum Charlotte und ich es nie geschafft haben, zueinander zu finden. Ja, sie ist gänzlich anders als ich. Aber schließt sich eine gute Beziehung zwischen Schwestern deswegen automatisch aus?

Über den Nachmittag hinweg musste ich mir eingestehen, dass ich mich vielleicht selbst nicht ausreichend bemüht habe. Als Kind bin ich irgendwie immer bei Petter gelandet. Wir fühlten uns so verbunden, auf Charlotte zuzugehen, stand nie zur Debatte. Jetzt, mit einigem Abstand zu jener Zeit, erinnere ich mich an die ein oder andere Situation, die man Charlotte durchaus als Annäherungsversuch anrechnen könnte. Doch die habe ich als Kind nicht erkannt, geschweige denn gewürdigt.

Ich sah in ihr immer nur den verlängerten Arm meiner Eltern. Und das bedeutete für mich stets nur Kontrolle, Strenge und kein Platz für lustige Streiche, lautes Lachen oder ungezwungene Gespräche.

Hätte ich nach Petters Tod eine Ansprechpartnerin gehabt, mit der ich gemeinsam hätte trauern können? Ich weiß es nicht, aber ich spüre, dass mein Herz sich schrecklich danach sehnt, es wäre so.

Die Hoffnung bricht wieder durch. Meine altbekannte Hoffnung, eines Tages doch noch so etwas wie eine liebende Familie zu haben. Während ich versuche, mich von dieser Vorstellung zu lösen – denn unerfüllte Wünsche bedeuten in der Regel nur weiteren Schmerz –, nehme ich die breite Treppe hinab ins Erdgeschoss. Es ist Zeit fürs Abendessen. Mir wird schlecht, wenn ich nur daran denke. Die letzten gemeinsamen Mahlzeiten glichen einer schweigenden Tortur, und auch jetzt glaube ich kaum, dass es diesmal anders werden könnte.

In Gedanken versunken gehe ich rüber ins Esszimmer und schrecke hoch. Meine Eltern sitzen bereits an ihren gewohnten Plätzen. Charlotte steht daneben und kommt langsam auf mich zu. Statt Geschirr und eines duftenden Abendessens stehen nur vier Gläser, eine elegante Wasserkaraffe und ein großer Teller mit verschiedenen Arten von Smørrebrød auf dem Tisch.

»Hej.« Meine Schwester lächelt mich nervös an.

»Hej«, erwidere ich und schaue argwöhnisch in die Runde. Mein Vater wirkt abwesend und starrt auf seine verschränkten Hände. Meine Mutter versucht, eine tapfere Fassade aufrechtzuhalten, aber so richtig will es ihr nicht gelingen.

»Was …?«

Charlotte öffnet den Mund, doch im gleichen Moment sieht mein Vater auf, und seine markante Stimme ertönt im Esszimmer. »Du wolltest reden.« Er deutet auf den Stuhl, auf dem ich für gewöhnlich sitze. »Reden wir.«

Nervös schaue ich zu Charlotte, die mir zunickt. Sie hat es wahrhaftig geschafft. Ich kann es kaum glauben. Erfahre ich nun die Wahrheit über den Tod meines Bruders?

Charlotte nimmt mich bei der Hand, was mich sowohl verwirrt als auch bestärkt. Ich bin diese Gesten von meiner Schwester nicht gewohnt. Aber es fühlt sich irgendwie … gut an. Vorsichtig setze ich mich auf meinen Platz und warte angespannt ab.

Wieder ist es mein Vater, der das Wort ergreift.

»Warum jetzt, Linn? Seit du nach Kopenhagen gegangen bist, hatten wir den Eindruck, du würdest damit zurechtkommen.«

Ich schließe die Augen für einen kurzen Moment und zügle den Frust in meinem Herzen. Diese Fragen zeigen nur, wie wenig mein Vater über mich und mein Leben weiß. Es wird Zeit, es ihm zu zeigen.

»Bin ich aber nicht. Ich habe es nur gut überspielt. Und jetzt habe ich gesehen, was aus mir geworden ist. Ich traue niemandem zu, bei mir zu bleiben, weil mein eigener Bruder nicht bei mir bleiben wollte. Ich will mein Leben zurück. Aber dafür muss ich wissen, warum Petter mir das angetan hat. Warum er von heute auf morgen entschieden hat, dass es okay ist, mich alleinzulassen …«

Mein Vater wendet mir das Gesicht zu, eine Falte ziert seine Stirn, und er unterzieht mich einem Röntgenblick. »Wenn ich dir sage, was du hören willst, verlange ich etwas im Gegenzug.« Er räuspert sich, und ich kann sehen, wie er mit sich ringt. Er will nicht nachgeben. Darin war er noch nie gut. Das ist sein Erfolgsgeheimnis. Er gibt niemals nach.

»Du wirst genau darüber nachdenken. Zieh keine voreiligen Schlüsse und …«, seine Stimme nimmt einen rauen Ton an, »gib uns eine Chance, bevor du uns für immer verteufelst.«

Ich nicke stumm, obwohl ich nicht weiß, ob ich meinen Teil dieser Abmachung einhalten kann. Allein die Ankündigung von Charlotte heute Mittag und nun die Worte meines Vaters klingen unheilvoll. Wieder frage ich mich, was so furchtbar sein kann, dass sie solche Angst haben, mich zu verlieren?

Mein Vater scheint ebenfalls noch einmal Luft zu holen, und wieder fällt mir auf, dass ich ihn so noch nie gesehen habe. Unschlüssig. Mit einem schlechten Gewissen. Ein Schauer überkommt mich, doch ich konzentriere mich auf seine nächsten Worte, statt mich zu fragen, was einen starken, widerstandsfähigen und einflussreichen Mann so in die Knie zwingen kann.

»Petter hatte Depressionen. Schon seit seiner Jugend. Er war deshalb in Behandlung.«

»Ich weiß«, erkläre ich und will schon anführen, dass das allein nicht der Grund für seine drastische Entscheidung gewesen sein kann, doch mein Vater kommt mir zuvor.

»Mir ist klar, dass deine Mutter und ich euch mitunter hart rangenommen haben. Das mussten wir, weil das Leben so ist. Es wird einem nichts geschenkt. Also mussten wir euch darauf vorbereiten. Petter …« Er wendet den Blick ab und schaut zu Mama, die ermutigend nach seiner Hand greift und meinem Blick ausweicht. »Er kam nie damit zurecht. Wir haben versucht, ihm Struktur zu geben. So wie die Therapeuten es uns empfohlen haben. Ein geregelter Alltag, ein Hobby, Sport, der ihn auf andere Gedanken bringt. Außerdem dachten wir, wenn er erst seinen Platz in der Reederei gefunden hat, würde er einen größeren Sinn darin erkennen und sich darauf konzentrieren.«

»Aber er wollte nie Teil der Reederei werden, er wollte an die Kunstakademie«, werfe ich ein und schaue zwischen Charlotte und meinen Eltern hin und her.

»Das stimmt. Aber Petter hat seine Meinung tagtäglich geändert. Heute wollte er Kunst studieren, morgen von Auftragsarbeit leben und übermorgen doch wieder eine eher praktische Richtung einschlagen. Petter hat jedoch Beständigkeit gebraucht. Das funktioniert nicht mit dem unsicheren Lebensstil eines Künstlers. Wir dachten, wir wüssten, was gut für ihn ist. Also haben wir nach langem Überlegen entschieden, dass er in Kopenhagen Betriebswirtschaft studieren soll, statt sich der Kunst zu widmen, die seine depressiven Phasen oft nur verstärkt hat.«

»Aber …« Ich kann kaum atmen.

Mein Vater fährt sich mit der Hand über das Gesicht, und ich höre, wie seine Stimme einen eigenartigen Klang annimmt. »Ja, wir wollten ihn ursprünglich auf die Kunstakademie gehen lassen. Wir dachten, ein kleiner Ausflug würde ihm guttun und im Anschluss wäre er bereit für die echte Welt. Unsere Firma. Aber kurz vor seiner Abreise fiel er erneut in eine schwere depressive Phase. Die Kunst hat ihn nicht nur erfüllt, sondern weiter zerstört. Seine Gefühle wurden dadurch zu intensiv, sie wurden zu viel für ihn. Also mussten wir eingreifen. Wir wollten das Beste für ihn. Am Morgen, bevor er abreisen sollte, haben wir ihm gesagt, dass sein Platz an der Akademie hinfällig geworden ist und er stattdessen ein Wirtschaftsstudium beginnen würde. Wir hatten bereits alles in die Wege geleitet. Wir hofften so sehr, dass ihm das helfen würde, ihn nicht jedes Mal emotional vereinnahmt …«

Entsetzt fahre ich hoch. »Wie konntet ihr ihm das antun! Ihr habt Petter damit alles genommen! Seine ganzen Träume waren …«

Stur spricht mein Vater weiter, als hätte er meinen Einwand nicht gehört. So als müsste er es nun zu Ende bringen. »Petter hat unsere Einmischung nicht gut aufgenommen. Er ist ausgeflippt. Wir kamen nicht mehr an ihn ran. Charlotte hat vergeblich versucht, ihn von der Alternative, die wir für ihn in die Wege geleitet hatten, zu überzeugen, doch er wollte davon nichts hören.«

Charlotte schaltet sich mit brüchiger Stimme neben mir ein. »Er hätte in einen Abendkurs gehen können, um der Kunst weiter nachgehen zu können. Es hätte sogar die Möglichkeit gegeben, innerhalb der Uni im Nebenfach ein paar Kurse zu belegen, die sich mit Kunst befassten. Auch aus betriebswirtschaftlicher Sicht, beispielsweise im Hinblick darauf, eines Tages für eine Galerie zu arbeiten. Auf Managerebene, dafür musste er mit Zahlen umgehen können.«

»Aber …« Ich sinke zurück auf meinen Stuhl und versuche, zu verarbeiten, was meine Familie mir sagen will.

Die erschöpfte Stimme meiner Mutter dringt zu mir durch. »Wir wollten ihm sein Hobby nicht wegnehmen. Wir wollten es nur ein wenig kleiner machen, damit seine depressiven Episoden eingedämmt werden. Uns war klar, dass er die Kunst braucht. Aber im Gegensatz zu ihm haben wir gesehen, was zu viel Beschäftigung damit mit ihm macht. Wir wollten doch nur verhindern, dass er sich selbst dabei verliert und …« Ein herzergreifendes Schluchzen ertönt, und ich hebe verwirrt den Kopf. Meine Familie, die sonst selten Emotionen zeigt, sitzt an diesem Tisch und zerbricht vor meinen Augen. Jeder Einzelne von ihnen.

Charlotte greift unter dem Tisch Hilfe suchend nach meiner Hand. Ich lasse es zu, übermannt von Gefühlen, die ich nicht benennen kann.

Mein Vater sieht mir direkt in die Augen. Ohne zu blinzeln, erklärt er: »Nachdem wir versucht haben, ihm die Situation zu erklären, hat er um Bedenkzeit gebeten. Wir haben sie ihm gegeben. Und das hätten wir nicht tun dürfen, denn …« Bitter mustert er mich. »Verstehst du jetzt, warum hier niemand darüber sprechen will? Petter hat sich das Leben genommen, weil wir ihn in seinen Augen um seine Leidenschaft bringen wollten. Er hat nur gesehen, dass er nicht auf die Akademie darf. Er hat aber nicht gesehen, wie viele Möglichkeiten er neben dem Wirtschaftsstudium noch gehabt hätte. Wir wollten ihn schützen, Linn.« Die Stimme meines Vaters bricht. »Doch am Ende haben wir ihn zu diesem Schritt getrieben.

Wir haben ihn im falschen Moment damit konfrontiert und es bitter bereut. An einem anderen Tag wäre es womöglich anders ausgegangen …«

Sprachlos und vollkommen erschüttert sitze ich am Esstisch und starre in die gequälten Gesichter meiner Eltern und meiner Schwester.

Neue Tränen laufen über die Wangen meiner Schwester, und ich spüre den schrecklichen Konflikt, den sie seit Jahren mit sich austragen muss. Ebenso meine Eltern.

Die Schuld. Ich trage sie nicht allein mit mir herum. Diese drei Menschen sind unter demselben Joch gefangen wie ich. Sie fühlen sich verantwortlich. Und haben mir deshalb nie auch nur ein Wort gesagt.

»Wieso … Wieso habt ihr Petter nicht in eine Klinik eingewiesen? Dort hätte man ihm vielleicht besser helfen können.«

»Das war er«, flüstert meine Mutter.

»Was? Wann? Ich habe nie …« Erschrocken zucke ich zusammen.

»Die Feriencamps. Die Reisen mit der Schule ins Ausland.« Meine Schwester schluckt. »Das haben wir dir erzählt, damit du dir keine Sorgen machst. Du warst doch noch ein Kind. Aber in Wahrheit war er immer wieder in irgendwelchen Kliniken, auf Reha und in Erholungszentren. Dort ist er ja überhaupt erst zur Kunst gekommen. Wir hielten es zu Beginn noch für ein gutes Zeichen …«

»Es hätte niemals so weit kommen dürfen«, murmelt meine Mutter und reißt sich energisch zusammen, um die Haltung zu bewahren.

In meinem Kopf schließen sich auf einmal wild umherfliegende Funken zusammen zu einem hellen Licht, das mein Inneres beleuchtet. Je länger ich in meinen Erinnerungen wühle wie in Kisten auf einem Speicher, desto klarer wird es plötzlich. Alles ergibt einen Sinn. Die Abneigung Petters vor den sogenannten Feriencamps, sein Unmut über die nächsten angeblichen Schulreisen ins Ausland. Und jedes Mal, wenn er zurückkam, war er doch ein Stück ausgeglichener. Entspannter. Hatte etwas Neues für sich entdeckt. Nur die Kunst überdauerte all diese vorgeblichen Reisen. Ich wusste um seine Depressionen, aber wie viel versteht man als Zehnjährige schon davon? Heute weiß ich, dass es eine unberechenbare Krankheit ist. Es gibt regelmäßig Rückschläge, Schleifen und Situationen, in denen man sich fragt: Warum das alles?

Petter. Er hat für sich keinen Ausweg mehr gesehen. Besonders nicht, nachdem man ihm die Akademie verwehrt hat. Ein Stich fährt durch meinen Körper, löscht das Licht in meinem Inneren und lässt mich hochfahren.

»Deshalb …«, flüstere ich, »deshalb habt ihr mich nach Kopenhagen gehen lassen. Gegen euren Willen. Nicht weil ich mich durchgesetzt habe, sondern weil ihr Angst hattet, dass …«

Mein Vater nickt. »Wir sind gebrandmarkt, Linn. Also ließen wir dich deinen Journalismus machen und hofften, du würdest irgendwann von selbst zurückkommen, wenn du erkennst, dass man damit nicht besonders weit kommt.«

»Das Geld …«

»Natürlich hätten wir dir nicht den Geldhahn zudrehen müssen. Aber wir waren sicher, du seist in der Reederei am besten aufgehoben. Und uns fiel kein anderes Mittel ein, als dir zu zeigen, worauf du alles verzichtest, wenn du dich allein mit deiner Schreiberei durchschlagen musst. Wir wollten nur … Wir wollten doch nur, dass du irgendwann einsichtig wirst und zurückkommst.«

»Aber doch nicht so!«, rufe ich. »Ich will doch zurückkommen, aber wie soll ich das machen, wenn ihr mir immer nur die kalte Schulter zeigt?« Ein Ventil hat sich überraschend geöffnet und lässt mich all den Dampf ablassen, der sich schon so lange in mir aufgestaut hat. »Alles, was ich je wollte, ist, dass unsere Familie nicht nur aus der Firma besteht. Ich wollte euch! Eure Liebe! Euer Verständnis! Euren Zuspruch! Aber alles, was in diesem Haus zählt, ist die verdammte Reederei. Es ist ja schön, wenn ihr in dieser Arbeit aufgeht, aber das bedeutet nicht, dass das für jeden gilt. Nicht für mich!« Leise füge ich hinzu: »Nicht für Petter.«

Meine Eltern starren mich mit großen Augen an, bevor Charlotte nachdrücklich versichert: »Aber wir lieben dich, Linn. Das haben wir immer.«

Mit Tränen in den Augen schaue ich zu meiner Schwester. »Das habe ich aber nie gespürt.« Die Einsamkeit, die mich so lange begleitet hat, meldet sich zu Wort und lässt mich ehrlich sagen: »Ich war so allein. Petter war der Einzige, der mich wirklich verstanden hat. Er war ...« Ein Schluchzen unterbricht mich. »Und als er nicht mehr da war, habt ihr mich alleingelassen. Vollkommen allein. Ohne eine Erklärung. Ihr habt ihn verbannt. Aus unserem Haus, aus euren Erinnerungen. Wie hätte ich mich denn fühlen sollen, wenn man fortan nicht mal mehr seinen Namen in den Mund nehmen durfte?«

Fassungslos starrt Charlotte mich an, als würde sie endlich verstehen, was in mir vorgeht. »Ich habe es nicht ertragen, seinen Namen zu hören. Denn dann habe ich jedes Mal nur die schreckliche Schuld verspürt, und damit bin ich irgendwann nicht mehr klargekommen.« Sie blinzelt und drückt meine Hand liebevoll. »Es tut mir so leid, Linn.«

Ich begegne den aufgewühlten Blicken meiner Eltern. Plötzlich erhebt sich meine Mutter, kommt um den langen Esstisch zu mir herum und zieht mich an sich. »Ich habe vollkommen versagt. Vor Jahren schon. Ich hätte dir eine bessere Mutter sein müssen.«

Stumm rinnen Tränen über meine Wangen, während ich seit langer Zeit zum ersten Mal eine Wärme bei der Umarmung meiner Mutter verspüre. Kurz darauf merke ich, wie Charlotte ebenfalls aufsteht und zu uns kommt. Von hinten legt sie schützend ihre Arme um mich, und so stehen wir nun da und weinen gemeinsam über ein Leben, das wir anders hätten führen können, und eine Entscheidung, die jeder von uns bereut.

Ich höre, wie der Stuhl meines Vaters zurückgeschoben wird und er langsam auf uns zukommt. Dieses Gespräch, das lange überfällig gewesen ist, hat uns alle an unsere Grenzen gebracht. Auch meinen Vater. Ich sehe es in seinem Gesicht. Angespannt mustert er mich. Von Mama und Charlotte umrahmt, warte ich, bis er schließlich mit rauer Stimme fragt:

»Bist du nun zufrieden?«

Kapitel 37

Frederik

»Hey Kumpel, alles okay? Du siehst blass um die Nase aus.« Ragnar beobachtet mich besorgt.

Meine Reaktion bleibt aus. Ich wurde hintergangen. Vorgeführt. Verraten. Bloßgestellt.

»Hast du sie inzwischen erreicht?«

Irgendwie schaffe ich es, den Kopf zu schütteln. Mein Blick schweift umgehend zu meinem Handy, das vor mir auf dem Schreibtisch in meinem Büro liegt. Ich starre auf die Zahl, die hinter Linns Namen in der Liste ausgehender Anrufe steht. Sie ist zweistellig und rot markiert. Das Zeichen dafür, dass die Anrufe nicht angenommen worden sind.

»Hast du in der Redaktion angerufen? Irgendjemand muss doch informiert gewesen sein«, führt Ragnar Hilfe suchend an. »Soll ich es noch mal versuchen?«

»Sie sprechen von einem Missverständnis.«

»Missverständnis?« Kritisch lässt Ragnar das Magazin mit meinem Gesicht auf der Titelseite auf den Tisch fallen. So viel muss ich der Redaktion von *Morgen* lassen. Sie haben ein verdammt gutes Bild in Schwarz-Weiß ausgewählt. Es zieht einen magisch in seinen Bann und zeigt eine Person, die ich nicht bin. Den Kopf leicht nach unten geneigt, den Blick auf etwas in der Ferne gerichtet, ein sanftes Lächeln auf den Lippen, das lediglich einen Mundwinkel umspielt und dadurch etwas Geheimnisvolles bekommt. Als würde ich eine Wahrheit kennen, die nur mir zugänglich ist. Es ist der Blick, den ich Linn zugeworfen habe, nachdem sie mir ihre Liebe gestanden hat, und der kurze Moment, in dem ich mich so leicht und glücklich gefühlt habe, wie ein Mann sich nur fühlen kann, wenn ihm klar wird, dass eine wundervolle Frau mehr für ihn empfindet.

Diese Erkenntnis schleicht sich nun von hinten an mich heran, stülpt mir einen Kübel Eis über den Kopf und lässt mich erschaudern.

»Ich weiß es nicht, ich …« Mühsam ringe ich um Fassung. »Sie hat mich verraten. Einfach verraten …«

»Lass sie es erklären, bevor du falsche Schlüsse ziehst, Frederik«, warnt mich Ragnar, aber ich höre ihn kaum.

Entrüstet reiße ich den Kopf hoch und springe aus meinem Stuhl auf. »Hast du es gelesen?«, frage ich und weiß, dass mein bester Freund das Porträt natürlich längst gesehen hat.

Ragnar zuckt mit den Schultern. »Es ist ein unfassbar guter Text. Preisverdächtig.«

»Linn hat mein Vertrauen missbraucht, und du willst ihr eine Auszeichnung dafür verleihen?«, rufe ich und merke, wie ich die Kontrolle verliere. Ich fühle mich der ganzen Welt ausgeliefert. Wie auch immer es dazu kommen konnte, man hat in der Redaktion offenbar entschieden, meine Geschichte kurzfristig vorzuziehen, sodass sie am heutigen Dienstag in der Juliausgabe als Titelstory erschienen ist. Doch das ist gar nicht das Problem. Das Problem ist, *was* sie gedruckt haben. Nämlich nicht das Porträt, das Linn mir Freitag geschickt und das ich am selben Vormittag noch freigegeben habe. Diese Story ist …

Ein erneutes Zittern fährt durch meinen angespannten Körper. Linn zeichnet in der gedruckten Version ein Bild von mir, das niemand sehen sollte. Das Bild eines Mannes, der sich, erdrückt von Schuldgefühlen, mühsam einen Weg durch das Leben kämpft und sich auf der Suche nach Vergebung immer weiter von dem Menschen entfernt, der er eigentlich zu sein scheint. Sie hinterfragt mein gesamtes Sein und begründet dies mit der Suche nach Sinnhaftigkeit! Linn nennt es nicht beim Namen, doch gibt sie zwischen den Zeilen zu verstehen, dass ich mir etwas aufgeladen habe, das mir angeblich nicht zusteht. Angst, Enttäuschung, Frust, Hoffnung, Schuld, Panik, Verzweiflung – sie lässt nichts aus und kommt am Ende zu einem ähnlichen Schluss wie bei dem Text, den ich freigegeben habe. Nur dass das Gesamtbild ein anderes ist. Es ist intensiver, angreifbarer, ehrlicher.

Linn soll sich in mich verliebt haben? Nein. Ich presse die Lippen zusammen und ziehe die Stirn in Falten. Linn hat mich verraten. Nach allem, was wir gemeinsam durchgestanden haben.

Ragnar kommt mir entgegen und will mir irgendetwas Aufbauendes sagen. Ich sehe es in seinen Augen. Doch ausgerechnet in diesem Moment klingelt mein Handy. Hastig angle ich mir das Smartphone und nehme ab, in der wütenden Hoffnung, dass Linn endlich zurückruft. Ich kann sie seit Freitag nicht mehr erreichen. Sie sagte zwar, sie würde sich melden, sobald sie die Dinge mit ihrer Familie geklärt hat, aber das hier ist eine verdammte Notlage!

Ich werde das Gefühl nicht los, dass Linn zu einem nicht zu ihr passenden Rundumschlag angesetzt hat. Erst nimmt sie mich auseinander, und dann muss sie etwas mit ihrer Familie klären? Meine Gedanken rasen, sodass ich mich wahnsinnig konzentrieren muss, um zu erkennen, wer eigentlich am anderen Ende spricht.

»Schatz? Hörst du mich?« Es ist meine Mutter.

Ich seufze und schließe die Augen. Dann nehme ich die Brille ab, lege sie beiseite und fahre mir mit der Hand über das Gesicht. »Ja, ich bin dran«, erwidere ich matt.

»Was ist mit dir?«, fragt sie aufmerksam und ebenso besorgt wie Ragnar zuvor.

»Nichts«, erwidere ich und handle mir einen strafenden Blick von Ragnar ein.

Meine Mutter lacht leise und seufzt. »Es ist der Artikel, nicht wahr?«

Alarmiert reiße ich die Augen auf. »Du hast ihn gelesen?«

»Aber sicher. Ich war heute Morgen einkaufen und habe das Magazin gesehen. Sagte Linn nicht, es wäre erst für August geplant gewesen?«

»Das ist nur der kleinste Fehler in dieser Gleichung«, murmle ich und atme tief durch.

»Du bist sauer«, stellt meine Mutter unumwunden fest, und ich erwische mich dabei, wie ich kurz davor bin, sie anzubrüllen, doch ich halte mich zurück und konzentriere mich auf die tatsächliche Schuldige.

»Linn hat mich verarscht«, presse ich widerwillig hervor. »Also ja, ich bin sauer.«

»Wie kommst du darauf?« Meine Mutter könnte nicht überraschter klingen.

»Sie haben einen anderen Text veröffentlicht, als ich freigegeben habe«, erkläre ich und spüre sogleich wieder Wut in mir aufflammen. Wut und bittere Enttäuschung.

Stille breitet sich aus, bis meine Mutter plötzlich streng erklärt: »Sag deine restlichen Termine für heute ab. Ich möchte, dass du herkommst.«

»Wie bitte?!«

»Du hast mich verstanden, Frederik. Ich erwarte dich in spätestens einer halben Stunde auf meiner Veranda.«

»Das geht nicht. Ich muss …«

»In einer halben Stunde.« Der Ton meiner Mutter duldet keinen Widerspruch. Es ist Jahre her, dass ich sie so resolut gehört habe. Das letzte Mal war ich noch ein Teenager und habe vergessen, Bescheid zu geben, dass ich bei Ragnar übernachte. Danach hatte ich eine Woche Putzdienst in der Wohnung und durfte Ragnar in dieser Zeit weder anrufen noch besuchen.

Verdattert lasse ich das Telefon sinken und begegne dem neugierigen Blick meines besten Freundes.

»Was ist?«

»Meine Mutter hat mir gerade Hausarrest erteilt«, stammle ich, unfähig, es anders zu formulieren.

Obwohl ich weiß Gott Besseres zu tun habe, mache ich mich mit dem Fahrrad auf den Weg zum Haus meiner Mutter. Zwanzig Minuten später klopfe ich an die weiße Holztür. Sekunden vergehen, dann öffnet meine Mutter schließlich und mustert mich mit verschränkten Armen.

Unruhig zucke ich mit den Schultern. »Da bin ich. Was soll das?«

Sie neigt den Kopf und bedeutet mir, in die angrenzende Wohnküche zu gehen. Ich folge ihrer Anweisung und habe das Gefühl, als würde ich von Dänemarks Ministerpräsidentin zum Gespräch zitiert werden. Nur die Gründe dafür sind mir vollkommen schleierhaft.

»Setz dich«, meint meine Mutter freundlich und gießt mir eine Tasse Tee ein.

Doch ich bleibe stehen und werde ärgerlich. »Warum sollte ich herkommen? Ich habe zu tun. Ich muss Schadensbegrenzung betreiben. Ich …«

»Schadensbegrenzung?«

»Ja!«, rufe ich aufgebracht und verdränge den Schmerz in meiner Brust. Er fühlt sich an, als würde er mein Herz in lauter Einzelteile reißen und die Prozedur so lange wiederholen, bis nur noch rotes Konfetti übrig ist.

Meine Mutter kommt auf mich zu, umarmt mich ungefragt und sieht mich dann mit gütigen und verständnisvollen Augen an. »Was hast du für ein Problem mit diesem Artikel?« Sie deutet auf das Magazin, das auf der Küchentheke liegt. Allein der Anblick reicht, um mich erneut hochfahren zu lassen und wütend zu erklären: »Linn hat mich bloßgestellt!«

»Wirklich?« Meine Mutter lächelt. Sie lächelt! »Ich denke, Linn hat dir einen großen Gefallen getan.«

Perplex starre ich zu der Frau, die mein Leben lang hinter mir gestanden hat. »Das kannst du nicht ernst meinen …«, flüstere ich heiser und fühle mich zum zweiten Mal an diesem Tag von einer Frau, die mir wichtig ist, verraten.

Meine Mutter setzt sich und greift nach ihrer Tasse Tee. Sie nimmt einen vorsichtigen Schluck und lehnt sich gemütlich in dem Stuhl zurück.

Behutsam sagt sie: »Ich meine es sogar ziemlich ernst, Frederik. Du solltest dich bei deiner Linn bedanken.«

»Wofür?!« Empört und völlig verständnislos starre ich meine Mutter an. Was ist nur in sie gefahren?!

»Dafür, dass sie dir eine Möglichkeit gibt, du selbst zu werden.«

Kopfschüttelnd lasse ich mich schließlich doch meiner Mutter gegenüber nieder. Die Wut entzieht mir meine Energie, sodass ich plötzlich das Gefühl habe, der Boden würde unter meinen Füßen schwanken.

Meine Mutter fährt indes überzeugt fort: »Gestern noch hätte ich felsenfest behauptet, Ragnar und ich sind die einzigen Menschen, die dich wirklich gut kennen. Aber«, sie schüttelt sanft den Kopf und deutet erneut auf das Magazin in der Küche, »nach diesem Porträt weiß ich, dass das nicht stimmt.«

Ich will widersprechen, aber sie fährt mir liebevoll über den Mund.

»Linn hat etwas gesehen, das mir als deine Mutter über die ganzen Jahre hinweg nicht aufgefallen ist. Vielleicht weil ich es nicht sehen wollte, besonders nach dem Tod deines Vaters.« Sie langt mit der Hand nach meiner, und ich zwinge mich, ihrer Bitte um die Geste nachzukommen. Unruhig liegen meine Finger in ihren älter werdenden Händen.

»Was soll das sein?«

»Du hast das Kind in dir verloren.«

Fragend sehe ich meine Mutter an. Ich kann ihr nicht folgen, trotzdem werden die Schmerzen in meiner Brust stärker.

»Wir alle tragen unser inneres Kind in uns. Manche lassen es stärker hervortreten als andere, aber wir haben es alle in uns. Du nicht. Du hast es an dem Tag verloren, als sich dieser Vorfall auf Saltholm ereignete.«

»Das ist nicht …«, beginne ich, aber die hochgezogene Braue meiner Mutter lässt mich verstummen.

»Leugne es nicht, Frederik.« Sie mustert mich besorgt. »Du hast eine Last auf dich genommen, die du niemals hättest tragen dürfen. Weder dein Vater noch ich haben es rechtzeitig bemerkt, wie es unsere Aufgabe als Eltern gewesen wäre.« Ihre Augen beginnen zu schimmern, doch sie weigert sich vehement, zu weinen. »Du bist vom Weg abgekommen, und wir haben dich noch darin bestärkt.«

»Das ist Blödsinn!« Wieder flammt Wut in mir auf. *Das* hat Linn angerichtet. Das! Meine Mutter denkt, sie hätte keinen guten Job gemacht. Weil Linn diese Dinge über mich geschrieben hat.

»Ihr habt nichts falsch gemacht. Weder du noch Papa. Ihr wart immer für mich da, habt mich unterstützt und mich sein lassen, wie ich bin.«

Meine Mutter lächelt milde und legt mir nun die Hand an die Wange. »Aber wir haben versäumt, auf den jungen Frederik aufzupassen. In dem Moment, wo wir ihn hätten festhalten müssen, ist er uns entglitten. Du bist zu schnell in die Rolle des Erwachsenen gerutscht. Diese Sache auf Saltholm – wir wussten, dass du dich verantwortlich fühlst, und haben doch übersehen, wie viel Schuld du dir an Gydas Tod gibst.«

»Ihr habt nichts falsch gemacht«, wiederhole ich heiser. Die Wut auf Linn wächst. Was hat sie mit diesem Text nur angerichtet?

»Frederik, du musst mir etwas versprechen.«

Fragend sehe ich auf und erkenne schreckliche Sorge in den Augen meiner Mutter.

»Was auch immer du gerade fühlst, lass nicht zu, dass es dich erneut in die falsche Richtung drängt. Linn und dich verbindet etwas. Ich habe es gespürt, als wir letzte Woche gemeinsam gegessen haben. Ich lese es in jedem Wort, das sie über dich schreibt. Wirf ihr nicht vor, dass sie ihr Herz in diese Zeilen gelegt hat. Danke ihr für den Mut, den es dafür gebraucht hat, diese Dinge so ehrlich und kunstvoll festzuhalten.« Meine Mutter steht auf und zieht mich vorsichtig mit hoch. »Lass die Schuld ab heute hinter dir und gestatte deinem inneren Kind, zurückzukehren.«

»Und dann?«, flüstere ich verwirrt und spüre, wie sich die Wut in Angst verwandelt.

»Dann kümmerst du dich um dich und deine Bedürfnisse. Es ist lobenswert, wenn du die Welt retten willst – aber wie wäre es, wenn du zuerst dich rettest?« Sie lächelt. »Sonst bleibt dir am Ende nichts, mit dem du den Rest der Welt retten könntest.«

Ich senke den Blick und fühle mich, als hätte mir jemand jegliche Energie gestohlen.

»Und was Linn angeht«, meint meine Mutter plötzlich, und ich betrachte sie misstrauisch. »Dieses Mädchen ist genauso verloren wie du. Man kann es spüren. Helft euch gegenseitig, euch in dieser Welt zurechtzufinden.« Sie lächelt und gibt mir einen Kuss auf die Wange. »Linn hat dich nicht verraten. Sie ist dir treu ergeben.« Plötzlich lässt sie von mir ab, geht zum Küchentresen und holt das Magazin. Sie reicht es mir. »Lies den Artikel noch mal. Dann wirst du verstehen, was ich meine.«

Kapitel 38

Linn

Leise laufe ich die Treppe hinab ins Erdgeschoss. Nachdem ich sichergegangen bin, dass niemand zu sehen ist, durchquere ich die Eingangshalle und öffne die Tür. Ich schlüpfe hinaus und hoffe, dass das Taxi, das ich gerufen habe, sich beeilt.

Es ist Mittwochmorgen, und ich will abreisen. Den gestrigen Tag habe ich hauptsächlich allein am Strand verbracht. Ich musste über all die neuen Dinge nachdenken, die meine Familie mir endlich erzählt hat. Nun jedoch habe ich das Gefühl, wegzumüssen. Weg von diesem Ort. Weg von diesen Menschen, von denen ich nicht länger weiß, was ich von ihnen halten soll. Ich will zurück nach Kopenhagen. Zu Juna und Smilla. Zu Frederik.

Der Kies knirscht unter meinen Füßen, und ich warte ungeduldig und mit eingezogenem Kopf darauf, abgeholt zu werden.

»Wo willst du hin?«

Die tiefe Stimme meines Vaters lässt mich hochschrecken. Er kommt über die Auffahrt auf mich zu.

»Ich … Ich will nach Kopenhagen.«

»Ohne dich zu verabschieden?« An seinen Stiefeln klebt Matsch. Vermutlich war er frühmorgens im angrenzenden Waldstück spazieren und ist gerade zurückgekehrt.

Ich bin extra früh aufgestanden, um zu vermeiden, jemandem zu begegnen.

»Ich wollte nicht … Ich weiß nicht …«

Ein Ausdruck tiefer Resignation zieht über das Gesicht meines Vaters. »Du verlässt uns endgültig«, stellt er fest.

»Nein, ich …« Eine Gänsehaut überzieht meine Arme. »Ich weiß es nicht«, flüstere ich.

Mein Vater kommt noch ein Stück näher, bis er nur mehr einen halben Meter von mir entfernt ist. Ernst mustert er mich, während ich mir einbilde, in seinen Augen Bedauern zu sehen.

»Wir waren dir keine guten Eltern. Aus dir ist etwas geworden. Und doch haben wir dich nicht unterstützt, oder?«

Statt zu antworten, blicke ich schweigend zu Boden, bis mir schließlich leise über die Lippen kommt: »Ihr habt vielleicht nicht immer alles richtig gemacht. Nicht so, wie es für mich richtig gewesen wäre.«

Eine Weile schweigen wir gemeinsam. So als würden wir beide mit dieser neuen Art von Gespräch klarkommen müssen, bevor wir weiterreden können. Mein Vater macht schließlich den Anfang.

»Wirst du nun mit Petters Tod abschließen können? Jetzt, wo du alles darüber weißt?«

»Ich hoffe es.« Mein Herz klopft unregelmäßig.

»Ich auch.«

Erstaunt sehe ich auf, während mein Vater hinzufügt: »Wenn wir dich verlieren, soll es sich wenigstens gelohnt haben. Ich will, dass du glücklich bist, Linn. Auch wenn ich nicht immer den Eindruck vermittelt habe, dass dem so ist.«

»Ihr müsst endlich verstehen, dass in der Reederei kein Platz für mich ist.«

»Es tut weh, sich das eingestehen zu müssen.« Er lacht hohl auf. »Die Reederei ist mein Leben. Das dachte ich immer. Aber vielleicht ist das echte Leben stattdessen an mir vorübergezogen.«

»Vielleicht ist es noch nicht zu spät, das zu ändern«, wispere ich unsicher.

»Ja, vielleicht.«

Stumm betrachte ich meinen Vater. Er wirkt so anders heute. Seine nächsten Worte unterstreichen den Eindruck.

»Ich habe in den letzten Tagen viel nachgedacht. Charlotte hat mir beinahe den letzten Nerv geraubt, weil sie uns überzeugen wollte, dir endlich die Wahrheit zu sagen. Dein Auftauchen, deine Hartnäckigkeit – das hat mich wachgerüttelt. Deine Mutter und ich haben Fehler gemacht. Keinen davon werden wir rückgängig machen können. Aber …« Er sieht mich mit einem bittenden Ausdruck in den Augen an. »Aber wir können versuchen, weitere Fehler zu vermeiden.«

Sprachlos starre ich in das Gesicht meines Vaters, das kaum wiederzuerkennen ist. Es wirkt … weich. Liebevoll.

»Nimm dir Zeit, die Dinge, die wir dir erzählt haben, zu verarbeiten. Vielleicht … Ja, möglicherweise kannst du eines Tages verstehen, warum wir getan haben, was wir damals für richtig hielten. Petters Tod … Ich habe einen Sohn verloren.« Seine Stimme nimmt einen rauen Klang an, und seine Kieferpartie spannt sich an, als er sagt: »Ich hoffe, dass ich mit ihm nicht auch noch meine Jüngste für immer verliere.« Er geht einen kleinen Schritt auf mich zu, und ich frage mich erneut, ob das wirklich mein Vater ist, der da vor mir steht.

»Es ist anmaßend, um Verzeihung zu bitten, und doch will ich es tun, Linn. Ich hoffe aus tiefstem Herzen, dass du mir, deiner Mutter und auch deiner Schwester eines Tages verzeihen kannst.«

»Ich …« Mir fehlen die Worte.

Das herannahende Taxi lenkt mich einen Moment lang ab. Meine Rettung naht, und doch fühle ich mich plötzlich schlecht. Ist es richtig, die Flucht anzutreten? Oder sollte ich hierbleiben und versuchen, meiner Familie näherzukommen? Gleichzeitig bin ich immer noch von all den neuen Infos überfordert und muss mich sortieren. Allein. An einem Ort ohne Erinnerungen an früher.

Als würde mein Vater meinen inneren Kampf sehen, meint

er plötzlich: »Geh nur. Nimm dir Zeit. Und wann immer du das Gefühl hast, nach Hause kommen zu wollen: Unsere Tür steht dir immer offen.«

»Danke.« Unsicher blinzle ich, als das Taxi hinter meinem Vater anhält.

Eilig hieve ich meine kleine Reisetasche auf die Schulter und öffne die Tür des Autos. Ich werfe meinem Vater einen letzten stummen Blick zu, den er unerwartet gutmütig erwidert. Dann steige ich hastig in den Wagen und schließe die Tür. Gerade als sich das Taxi in Bewegung setzt, sehe ich, wie Charlotte aus dem Haus gerannt kommt. Entsetzen und Trauer liegen auf ihrem Gesicht, während sie meinen Vater verzweifelt anstarrt und auf ihn einredet. Durch die Heckscheibe sehe ich, wie er einen Arm um Charlottes Schultern legt und sie sanft an sich drückt.

Ich werde ihr schreiben. Sobald ich wieder Akku habe. Ich reise nicht ab, um die Zelte abzubrechen. Ich reise ab, um alte wie neue Löcher zu flicken. Und wenn ich damit fertig bin, komme ich wieder. Dessen bin ich mir in diesem Moment sicher.

Ich kann ihnen nicht sofort verzeihen. Aber ich weiß, dass sie genauso wenig Schuld an den Geschehnissen tragen wie ich. Denn am Ende war es immer noch Petters Entscheidung. Das wird mir in diesem Moment klar. Niemand von uns trägt Schuld.

Eine halbe Stunde später stehe ich am Bahnhof von Esbjerg und will mir noch ein kleines Frühstück holen, bevor ich in den Zug nach Kopenhagen steige, als mein Blick an den Magazinen im Kiosk hängen bleibt. Genauer gesagt an einem einzigen.

Überrascht mache ich einen Schlenker zu dem Ständer, ziehe das Heft heraus und starre auf Frederiks Foto. Mein Herz macht einen Purzelbaum, und ich spüre, wie sehr ich ihn in den letzten Tagen vermisst habe. Die Aussicht, ihn vielleicht sogar heute noch zu sehen, lässt mich aufatmen. Gleichzeitig blättere ich irritiert durch das Magazin und halte plötzlich schockiert inne.

Das ist … Das ist nicht … Gehetzt überfliege ich den Text. Blättere um und verinnerliche mir die vielen Absätze auf den nächsten Seiten. Als ich fertig bin, fällt mir das Magazin wie von selbst aus den Händen. Ich höre es kaum auf dem Boden aufkommen, merke nicht, dass ich aus dem Kiosk stürme, und weiß nicht, wie ich es in meinen Zug geschafft habe. Ich bin verwirrt, schockiert und panisch. Immer wieder greife ich zu meinem Handy. Nur um jedes Mal daran erinnert zu werden, dass ich ja keinen Akku mehr habe. Ich muss mit so vielen Menschen sprechen. Allen voran Frederik. Und Caro!

Die Redaktion hat den falschen Text gedruckt. Wie konnte das nur passieren? Ich habe doch alles gemailt, die Infos weitergegeben, die Freigabe. Und wieso wurde der Artikel überhaupt schon heute veröffentlicht? Wir haben Juli! Nicht August!

Frederik wird … O mein Gott, er wird mich hassen. Er wird sich verraten fühlen und … Mir wird schlecht. Dringender denn je muss ich zurück nach Kopenhagen!

Mein Leben steht kopf. Meine Welt ist kurz davor, endgültig einzustürzen. Und ich stehe mittendrin und gehe in dem Lärm unter, der um mich herum immer lauter wird. Doch das Schlimmste ist, ich erreiche Frederik nicht. Von dem Moment an, in dem ich wieder in der WG war und mein Handy laden konnte, versuche ich, ihn anzurufen. Ich habe ihm unzählige Nachrichten geschrieben, aber es kommt keine Antwort. Nicht mal eine Lesebestätigung.

Obwohl ich heute noch freihabe, stürme ich in die Redaktion. Es ist zu spät. Und trotzdem muss ich es korrigieren. Egal wie!

Meine Kollegen ignorierend, die mich erfreut grüßen, steuere ich direkt in Caros Büro. Ihre Tür steht offen, wie immer, wenn sie keine Termine hat. Als sie mich sieht, fängt sie an zu strahlen.

»Linn! Was machst du denn hier? Na ja, ist ja auch egal. Ich muss ehrlich sagen, ich bin beeindruckt. Wirklich beeindruckt.«

»Was ist passiert?«, frage ich mit belegter Stimme. Ich habe zu Hause in der WG meinen Laptop sofort ans Ladekabel gehängt und versucht, aus den Mails und Nachrichtenverläufen schlau zu werden, aber es will mir nicht recht gelingen. Und so hoffe ich, dass meine Chefredakteurin Licht ins Dunkel bringt.

»Wir haben Frederiks Porträt kurzfristig vorgezogen. Dein Text war großartig. Wir haben nichts daran verändert, nur ein paar Kommata saßen nicht ganz richtig.« Sie lacht. »Da die Fotos auch schon gemacht waren, hat sich das glücklicherweise wunderbar gefügt. Die eigentliche Titelstory für Juli ist uns nämlich mal eben einen Tag vor Druckschluss weggebrochen. Es war wirklich Fügung, dass bei deiner Story alles da war. Text, Fotos, Freigabe.«

»Aber …« Ich kann kaum sprechen. »Caro, ihr habt den falschen Text abgedruckt.« In meinem Kopf dreht sich alles, was nicht niet- und nagelfest ist.

»Ja.« Caro seufzt betreten. »Das haben wir auch festgestellt, als Frederik angerufen hat …«

O Gott … Ich will mir nicht ausmalen, wie …

Caro redet schon wieder fröhlich weiter, als wäre sie sich der Tragweite dieser Verwechslung überhaupt nicht bewusst.

»Ich hatte den Anhang in deiner Mail gar nicht beachtet. Du hattest beide Texte in dem Ordner liegen, und wir haben den zuletzt geöffneten verwendet. Macht der Gewohnheit.

Und da der so grandios gewesen ist, hatte ich keinen Zweifel, dass es der richtige ist. Und du warst ja leider nicht mehr erreichbar.«

»Er war zu lang«, flüstere ich matt, als wäre das Grund genug, zu merken, dass es der falsche Text war.

»Wir haben ein bisschen was hin und her geschoben und es passend gemacht.« Caro wird ernst. »Linn, ist dir klar, was du hier geschafft hast?«

Schweigend schließe ich die Augen. Ich sehe Frederik vor mir. Wutentbrannt. Enttäuscht. Er hat mich sowohl Montag als auch Dienstag unzählige Male versucht anzurufen, und ich war nicht für ihn erreichbar. Dabei hatte ich versprochen, dass …

Caros Wortschwall unterbricht meine Gedanken. »Wir mussten nach nur zwei Tagen bereits eine zweite Auflage drucken, Linn. Das ist unglaublich. Die Leute wollen dieses Porträt lesen. Wir bekommen so viele begeisterte Zuschriften. Landesweite Fernsehsender greifen das Porträt auf und zitieren es. Das wird die erfolgreichste Story, die wir dieses Jahr veröffentlicht haben – und ich weiß noch gar nicht, was in den nächsten fünf Monaten kommt. Aber das, Linn, das toppt niemand so schnell.« Sie macht eine kurze Pause und meint etwas leiser: »Ich weiß nicht, wie du ihn dazu gebracht hast, dir diese Einblicke zu gewähren. Aber es ist eine Arbeit, die vielen Dänen ans Herz geht. Du zeigst ihnen einen jungen Mann, den alle kennen, aber niemand je so gesehen hat. Du hast ihn verletzlich gezeichnet und dadurch unheimlich stark wirken lassen. Das ist der Stoff, den die Menschen lesen wollen.«

Ich schlucke verzweifelt. Das Lob, das Caro niemals leichtfertig vergeben würde, erreicht mich nicht. Ich sehe nur, was Frederik denken muss. Betrogen. Ich habe ihn betrogen und sein schwer gefasstes Vertrauen missbraucht. Damit habe ich Frederik in eine Ecke gedrängt, aus der ich verzweifelt versucht habe, ihn herauszuholen. Doch jetzt ist das ein Ding der Unmöglichkeit geworden. Er wird mir nie wieder zuhören. Nie wieder ein Wort glauben. Nie wieder vertrauen.

»Wird Frederik … Er wird nicht einverstanden …«, stottere ich.

»Nun, sagen wir, bei den ersten drei Anrufen war er außer sich. Nicht dass wir die Story zurückziehen hätten können. Sie ist ja längst gedruckt und verkauft. Aber ich denke, er wird es verkraften, dass die Leute ihn nun etwas besser kennen.«

»Nein«, flüstere ich matt. »Nein, das wird er nicht.«

»Linn«, Caros Stimme wird ungewohnt sanft. »Du hast hervorragende Arbeit geleistet. Das ist alles, was zählt. Um den Rest kümmern wir uns im Falle eines Falles.«

»Nein, ich …«

»Die Redaktion hat Mist gebaut. *Ich* habe Mist gebaut. Und ich bin Frau genug, das auch vor Frederik zuzugeben. Es ist nicht dein Fehler gewesen, dass wir den falschen Text abgedruckt haben.« Ich sehe sie lächeln. »Aber um ehrlich zu sein, bin ich ziemlich froh, dass uns das passiert ist. Ich habe die andere Version im Nachhinein gelesen. Sie ist gut. Sehr gut. Aber das hier …« Sie hält einen Moment inne. »Dir werden hiernach viele Türen offenstehen. Und die solltest du nutzen, Linn. Frederik wird es verschmerzen.«

»Ich glaube nicht, dass …«, beginne ich, doch Caro unterbricht mich.

»Ich muss jetzt in einen Call. Nach dem Magazin ist vor dem Magazin, wie du weißt. Wir sehen uns morgen, und dann schauen wir mal, welche Geschichte wir dir als Nächstes geben. Oder vielleicht hast du auch Vorschläge? Ich bin gespannt! Bis morgen, Linn!«

Sie greift bereits nach ihrem Laptop, und ich verziehe mich aus ihrem Büro.

Was soll ich nur davon halten? Ich sollte mich über den Erfolg freuen. Ich meine, landesweite Fernsehsender sprechen über meinen Text? Wow… Doch alles, was in meinem Kopf passiert, ist das beständige Gedankenkarussell, das sich vorstellt, wie Frederik zumute sein muss. Mein Herz zieht sich immer wieder schmerzhaft zusammen, in meinem Magen brodelt es, und ich drehe beinahe durch.

Was ich in diesem Moment allerdings noch nicht weiß, ist, dass dieser Zustand nicht nur anhalten, sondern sogar noch schlimmer werden wird.

Kapitel 39

Linn

Zwei Wochen später bin ich ein nervliches Wrack. Ich schwanke zwischen völligem Selbsthass, Verachtung und heftiger Wut. Zwischendurch mache ich mir schreckliche Sorgen, und dann fällt mir wieder ein, dass ich ja gerne etwas tun würde, mir aber die Hände gebunden sind.

Es ist jetzt auf den Tag zwei Wochen her, dass der falsche Text irrtümlich als Titelstory veröffentlicht wurde. Noch am Mittwochabend habe ich Frederik ein Dutzend Mal angerufen. Verständlicherweise hat er nicht abgenommen. Also gab ich ihm Zeit. In den nächsten Tagen rief ich immer wieder an. Ich hinterließ ihm Nachrichten auf der Mailbox. Ich schrieb ihm eine Nachricht. Dann noch eine. Und noch eine. Ich schrieb ihm Mails. Viele Mails. Nichts. Keine Reaktion. Am Wochenende wurde es mir zu bunt. Ich musste mit ihm sprechen. Also fuhr ich zu ihm. Ich wusste, dass ich damit womöglich eine von ihm gesteckte Grenze überschritt, aber ich konnte nicht anders. Doch ich blieb erfolglos. Er war nicht da.

Auch meine Anrufe bei Ragnar halfen mir nicht weiter. Frederik war wie vom Erdboden verschluckt. Ragnar wusste wohl, wo sich sein Freund herumtrieb, sagte mir aber nichts. Er verstand durchaus meine Dringlichkeit, aber alles, was er erklären konnte, war: »Frederik braucht Zeit, Linn. Du hast ihn ganz schön überrumpelt.«

Meine Erwiderung fiel heftiger aus als nötig: »Ich will es ihm doch nur erklären. Ich will ihm sagen, wie es dazu kam. Bitte, Ragnar.«

»Das weiß er bereits.«

»Warum ghostet er mich dann, verdammt noch mal?!«, fluchte ich und erkannte im gleichen Augenblick, dass mich das nicht weiterbringen würde. Ich wollte gerade auflegen, da hörte ich noch einmal Ragnars versöhnliche Stimme.

»Er muss herausfinden, wer er ist. Das geht nicht von heute auf morgen. Gib ihm Zeit, Linn. Und …«, er zögerte, »… gib ihn noch nicht auf, okay?«

Nein, nicht okay! Aber ich bejahte es trotzdem und war genauso schlau wie vorher. Nur fühlte ich mich noch schlechter.

Ich schaffe das nicht mehr lange. Die Einzigen, die mich irgendwie über Wasser halten, sind Juna und Smilla. Beinahe jeden Abend sitzen wir zusammen auf dem Balkon und machen seit zwei Wochen nun nichts anderes, als allabendliche Sundowner-Sprechstunden abzuhalten, in denen es immer nur um mich geht. Es ist hilfreich. Aber es ist auch so schrecklich anstrengend. Ich glaube, ich habe mich noch nie so viel mit mir selbst beschäftigt wie in den vergangenen Tagen.

Smilla trinkt von ihrer Limonade – wir sind inzwischen von Aperol auf Limonade umgestiegen, jeden Abend Aperol Spritz hält meine Leber nicht durch – und mustert mich.

»Wie geht's dir?«

»Ich drehe durch. Im Ernst. Wenn ich diesen Kerl nicht bald zu fassen bekomme, drehe ich durch.« Und ich meine jedes Wort genau so. Kein Witz.

»Ich verstehe ja, dass er sauer auf dich ist. Wäre ich auch. Aber sich zwei komplette Wochen lang zu verweigern? Das grenzt ja fast schon an übertriebenes Drama. So hätte ich ihn echt nicht eingeschätzt«, wundert sich Juna und spielt mit dem gläsernen Trinkhalm und den Zitronenscheiben ihrer Limonade.

»Ich habe heute eine eigenartige Anfrage bekommen«, werfe ich abwesend ein.

Fragend sehen mich meine Freundinnen an.

»Das *Time Magazine* will mein Porträt über Frederik einkaufen.«

»Das *Time Magazine*? Aus den USA?«

»Einkaufen?«

Ich nicke. »Das gibt es manchmal. Es scheint, als hätte irgendjemand mit Dänischkenntnissen davon Wind bekommen. Ich meine, Frederiks Patente sind auf der ganzen Welt im Einsatz.«

»Dann wird dein Text übersetzt und wirklich im *Time Magazine* veröffentlicht?«, fragt Juna noch einmal nach.

»Caro verhandelt noch, aber es ist gut möglich.«

»Wow!« Smillas Augen leuchten auf, doch mit Blick auf mich sacken ihre Schultern gleich wieder verzagt zusammen. »Du freust dich gar nicht.«

Ich hole tief Luft. Tränen fließen schon seit ein paar Tagen nicht mehr. Zu viele habe ich vergossen, und sie haben die Sache nicht besser gemacht. Der angestaute Frust hält sie inzwischen vehement zurück. »Es macht die Sache doch eigentlich nur schlimmer statt besser.«

»Du solltest …« Juna verstummt und verdreht die Augen. »Ich wollte gerade sagen, du solltest mit Frederik darüber sprechen, aber …«, sie zuckt mit den Schultern und hebt die Hände wie zur Lobpreisung in die Höhe, »… der Typ versteckt sich ja vor dir.«

Ich werfe Juna ein halbherziges Lächeln zu und seufze. »Danke für die Erinnerung.«

»Wie läuft es mit deinen Eltern?«, fragt Smilla plötzlich.

»Ich bin ganz froh, derzeit nichts von ihnen zu hören. Wir haben ausgemacht, dass ich mich melde, wenn ich mich dafür bereit fühle. Keine Ahnung, wann das sein wird, aber immerhin sehe ich die Dinge jetzt ein bisschen anders.«

»Gibst du ihnen noch immer die Schuld am Tod deines Bruders?«

Ich denke einen Moment darüber nach und komme zu demselben Schluss wie in den vergangenen Tagen, wenn ich mich abends im Bett das Gleiche gefragt habe.

»Sie haben vielleicht nicht richtig gehandelt, indem sie Petter den Traum von seinem Kunststudium versagt haben, aber es ist nicht ihre Schuld. Es ist ...« Ich hole zitternd Luft. »Petter hat diese Entscheidung gefällt. Er war krank. Depressionen sind nicht zu unterschätzen. Sie verändern Menschen. Sie verändern ihr Handeln. Vielleicht kann man meinen Eltern vorwerfen, nicht ausreichend einfühlsam mit ihm umgegangen zu sein. Aber das macht Petter nicht wieder lebendig.« Ich spüre einen Stich im Herzen und atme erneut durch. »Ich wollte die Wahrheit wissen, um abzuschließen. Und ich denke, das werde ich mit der Zeit auch können.«

»Das ist ziemlich großzügig«, wirft Juna überrascht ein.

Ich zucke mit den Schultern und fühle mich müde. Dass man mir so lange verschwiegen hat, was sich in Wahrheit zugetragen hat, hat mein ganzes Leben beeinflusst. Aber darf ich das meiner Familie auf ewig vorwerfen?

Nachdem ich zurück in Kopenhagen war, habe ich meiner Schwester geschrieben.

> Entschuldige meine heimliche Abreise. Ich komme wieder. Versprochen. Nur nicht sofort. Ich brauche Zeit.

Gleich darauf schickte ich eine weitere Nachricht an Charlotte.

> Danke, dass du dich bei Mama und Papa für mich eingesetzt hast. Das bedeutet mir wirklich viel.

Ihre Antwort war so überraschend wie hoffnungsvoll.

Ich hab dich lieb, Linn.

Es sind simple Worte, und doch bedeuten sie aus dem Mund meiner Schwester so viel.

Seither schreiben wir uns ab und zu und haben uns vor zwei Tagen auf einen Kaffee in Kopenhagen getroffen. Es fühlt sich eigenartig an. So als würden wir uns völlig neu kennenlernen. Es wird nie so werden wie mit Petter. Aber womöglich helfen wir uns nach all den Jahren gegenseitig, seinen Tod zu verarbeiten.

Was Frederik betrifft … Meine Liebe zu ihm wird gefühlt mit jedem Tag stärker. Und das ärgert mich. Denn dieser Kerl läuft davon. Vor mir. Vor der Welt. Vor allen. Ragnar sagte, er sei auf der Suche nach sich selbst. Schön, ich suche ihn nämlich auch! Fangen wir also vielleicht einfach damit an, dass er endlich zurückkommt und uns eine Chance gibt, alles zu klären.

Ich vermisse ihn. Ich verstehe, dass er sauer ist. Ich verstehe, dass er enttäuscht ist. Ich verstehe auch, dass er mich auf diese Art und Weise womöglich bestrafen will.

Juna deutet auf ihre Armbanduhr. »Es ist so weit.«

Ich schließe die Augen und atme tief durch. Eine Woche nach Veröffentlichung des Artikels habe ich ein Ritual begonnen. Denn ich gebe verdammt noch mal nicht auf. Meine Eltern haben fünfzehn Jahre gebraucht, um das Gespräch mit mir zuzulassen. Ich bin erprobt. Ich habe Ausdauer. Ich bin hartnäckig. Ich will das klären. Und ja, das waren ganz schön viele Ichs, wo es doch eigentlich um Frederik geht oder um das, was zwischen uns war. Aber nach zwei Wochen habe ich es satt. Er muss irgendwann aus seinem Versteck kommen, und dann werde ich da sein und ihm keine Chance geben, erneut wegzulaufen.

Ich greife zu meinem Handy, um den obligatorischen abendlichen Anruf bei ihm zu machen. Nachdem ich in der ersten Woche mehrmals täglich seine Nummer gewählt habe und er nie abgenommen hat, bin ich in der zweiten Woche dazu übergegangen, jeden Abend um dieselbe Uhrzeit anzurufen und ihm die immer gleiche Nachricht auf die Mailbox zu sprechen.

Wie so oft in den letzten Tagen wähle ich also seinen Kontakt, lasse die Freizeichen verklingen, und als die Mailbox anspringt, spule ich meinen Text ab. Ehrlich und aufrichtig.

»Hej, ich weiß, dass du Zeit brauchst. Aber ich bin hier, wenn du zurückkommst, und ich gehe nicht weg. Lass uns darüber reden. Lass es mich erklären. Und dann kannst du damit machen, was du willst. Aber …«, ich beiße mir auf die Unterlippe, »… schließ mich nicht aus.«

Ich lege auf. Juna streicht mir sanft über den Arm, und Smilla lächelt mir aufmunternd zu. »Er wird sich irgendwann melden.«

»Sicher«, flüstere ich und fokussiere meinen Blick auf die Limonade in meinem Glas.

Plötzlich vibriert das Smartphone neben mir auf dem Boden. Erschrocken zucke ich zusammen. Juna und Smilla beugen sich neugierig nach vorn, und beiden entfährt ein überraschtes: »Oh!«

Angst überkommt mich. Wobei, Panik trifft es vermutlich besser. Mit klammen Fingern nehme ich den eingehenden Anruf an. Schweigend. Ich bringe kein Wort über die Lippen und presse das Handy an mein Ohr.

»Du schuldest mir noch eine Frage.«

O. Mein. Gott. Allein seine Stimme zu hören, lässt mein Herz aussetzen. In jeder Zelle meines Körpers spüre ich die tiefe Liebe zu diesem Mann.

»Das stimmt«, wispere ich.

Kapitel 40

Frederik

Nervös kremple ich die Ärmel meines Hemds hoch und bohre die Zehen tiefer in den warmen Sand. Ich höre das beruhigende Wellenrauschen und spüre den Wind über meine Haut fahren. Der Himmel beginnt sich orangerot zu färben und mit lila Schleierwolken zu schmücken. In der Ferne sehe ich den Landstreifen, der alles verändert hat. Damals. Und jetzt wieder.

Plötzlich höre ich ein zögerliches Räuspern hinter mir. Ich bemerke den Duft von Jasmin und Orangen, wie er mich unaufdringlich darauf aufmerksam macht, dass Linn gekommen ist. Langsam drehe ich mich um. Wenngleich ich dieses Treffen vorgeschlagen habe, fühle ich mich nicht bereit dafür.

Als mein Blick auf Linn fällt, die nur einen knappen Meter entfernt steht, setzt mein Herz aus. Oder das, was nach den vergangenen zwei Wochen davon übrig geblieben ist. Ein Haufen roten Konfettis.

Mit einer Mischung aus Angst und Ärger mustert Linn mich und verschränkt die Arme vor der Brust. Ich bin nicht sicher, ob sie sich schützen oder ihre Hände davor bewahren will, mir an die Gurgel zu gehen. Ihr Gesichtsausdruck könnte zu beiden Szenarien passen.

»Hej«, begrüße ich sie leise und bemerke, wie meine Stimme zittert.

»Hej.« Sie atmet tief durch und schaut mich anklagend an. »Wo warst du?!«

»Später.«

»Später?«, ruft sie entgeistert. »Du verschwindest für zwei Wochen und willst es *später* erklären?«

Ich nicke und gehe langsam auf sie. Sie ist wütend. Sollte ich nicht eigentlich derjenige sein, der sauer auf sie ist? Ich ahne, dass dieser Abend eine größere Herausforderung werden könnte, als ich sowieso schon befürchtet habe.

»Zwei Fragen«, fange ich an, und irritiert hält Linn inne.

»Eine. Du hast noch eine Frage.«

Ich schüttle den Kopf. »Nach allem, was passiert ist, schlage ich eine elfte Frage obendrauf.« Sie will schon widersprechen, überlegt es sich dann jedoch anders. Leise füge ich zudem an: »Du wirst wollen, dass ich sie dir stelle. Die elfte Frage.«

»Dann los«, murmelt sie und beobachtet mich wachsam.

Ich hole tief Luft. »Stimmt es, dass Jakob Mikkelsen dein Vater ist?«

Angespannt mustert Linn mich. »Woher weißt du das?«

»Dann stimmt es also«, schlussfolgere ich und nehme verwundert wahr, dass mich dieser Fakt kaum mehr überrascht, geschweige denn trifft. Vor zwei Wochen war das noch anders. Als Linns Vater höchstpersönlich mit der Info herausplatzte, spürte ich einen Messerstich des Verrats in meinem Rücken. Ein paar Tage und Überlegungen später ging ich kurzzeitig davon aus, dass Linn womöglich in Anbetracht der Meinung ihres Vaters über meine Arbeit einen Racheakt vollzogen hätte. Doch je länger ich darüber nachdachte, desto weniger wollte sich mir der Sinn dahinter erschließen. Jakob Mikkelsen würde wohl kaum wegen einer Egosache seine Tochter vorschicken. Zumal sie nicht das beste Verhältnis haben, wie Linn mir durch die Blume erzählt hatte. Nichts daran ergab Sinn. Also schüttelte ich lediglich den Kopf über die eigenartigen Wege des Zufalls. Dennoch musste ich diese Sache klären und abhaken.

Linn nickt zögernd. »Wieso willst du das wissen?«, fragt sie misstrauisch.

»Dein Vater war bis vor zwei Wochen noch mein Kunde.«

Irritiert zieht Linn ihre Brauen zusammen.

»Du wusstest es nicht?« Mein Verdacht in Bezug auf seltsame Zufälle bestätigt sich bei ihrem erstaunten Gesichtsausdruck.

»Mein Vater und ich hatten in den letzten Jahren keinen besonders guten Draht zueinander.« Sie weicht meinem Blick aus.

»Nun, den hatte wohl keiner von uns zu ihm.« Ich lege den Kopf schief und lasse meine Augen über Linn gleiten, die sanft vom Schein des leuchtenden Himmels über uns eingehüllt wird. Sie trägt eine weiße Jeans und ein schlichtes dunkelblaues Top.

Mein Herz, das sich seit Tagen nach ihr sehnt, drängt mich dazu, die Dinge zu überstürzen. Doch ich habe nicht zwei Wochen tagtäglich am Ufer des Öresunds gestanden, um es im alles entscheidenden Moment falsch anzugehen. Das wäre gegen jegliche Logik.

Ich reiße mich zusammen und schaue in Linns himmelblaue Augen, die mich jetzt verärgert anfunkeln.

»Denkst du etwa, ich habe mit meinem Vater gemeinsame Sache gemacht und das Porträt deshalb absichtlich vertauscht? Um dir zu schaden? Was hätte mein Vater davon gehabt? Traust du mir das wirklich zu?« Linn redet sich in Rage und bombardiert mich mit konfusen Fragen. Ich muss sie aufhalten, bevor das Gespräch in die völlig falsche Richtung läuft.

»Nein.« Ich gehe einen warnenden Schritt auf sie zu. »Aber ich musste trotzdem sichergehen.«

»Dafür hättest du deine zehnte Frage nicht verschwenden müssen«, presst Linn hervor. Es ist eigenartig. Sie wirkt so sauer. So aufgebracht. Dabei sollte ich derjenige sein, der wütend ist. Sie hat mich verraten. Nicht umgekehrt. Trotzdem scheint unsere Rollenverteilung andersherum zu sein.

Ich unterdrücke ein Schmunzeln. Verdammt, die letzten beiden Wochen waren hart. Furchtbar hart. Aber sie haben mich doch tatsächlich dazu gebracht, hier vollkommen ruhig vor Linn stehen zu können. Ich habe die Zeit gebraucht. Jeden einzelnen Tag. Habe ich mich vor wenigen Minuten noch nicht bereit gefühlt, so weiß ich es jetzt bei Linns Anblick besser. Ich bin bereit.

Geben wir diesem Gespräch, das sowieso schon verwirrend anders verläuft, als es jeder Außenstehende erwartet hätte, also einen weiteren irritierenden Dreh.

Ich schlucke und frage schließlich: »Liebst du mich?«

Linn lässt die Arme sinken und starrt mich mit großen Augen an. »Das ist deine Zusatzfrage?«

»Du musst die Wahrheit sagen. Wir haben einen Deal«, beharre ich und warte nervös.

»Aber …«

»Ich weiß, der Deal ist quasi hinfällig. Deine Story wurde längst veröffentlicht. Aber du schuldest mir diese letzte Wahrheit.«

Linn senkt den Blick und kaut nervös auf ihrer Unterlippe. Schließlich hebt sie den Kopf und schaut mir direkt in die Augen.

»Ja.« Sie holt Luft und nickt. »Ja, ich liebe dich.«

Schweigend starre ich sie an und weiß nicht, wie mir geschieht. Ich habe dieses Gespräch in Gedanken so oft durchgespielt, aber nun stehe ich hier und bringe keine meiner vorbereiteten Antworten heraus.

»Aber das spielt jetzt keine Rolle mehr«, meint Linn zu meiner Überraschung.

»Doch«, widerspreche ich. »Doch, das tut es.«

»Nein.« Erzürnt schüttelt sie den Kopf und öffnet endlich das Ventil, das ihren Ärger bis jetzt zurückgehalten hat. »Du bist weggelaufen«, flüstert sie. »Du bist einfach weggelaufen. Du hast mir keine Chance gegeben, mich zu erklären. Also spielt es keine Rolle, ob ich dich liebe oder nicht, wie du in den letzten beiden Wochen bewiesen hast.«

Ein Blitz durchzuckt mich und lädt mich auf, sodass meine Reaktion härter ausfällt, als sie sollte. Zum ersten Mal an diesem Abend bemerke ich wieder die Enttäuschung, die ich bei der Veröffentlichung des Porträts verspürt habe.

»*Du* warst weg, Linn«, presse ich zwischen den Zähnen hervor. »Du hast gesagt, du hast Gefühle für mich, und dann bist du aus meinem Leben verschwunden.«

»Aber doch nur, weil ich zuerst die Sache mit Petter und meinen Eltern klären musste«, ruft Linn. »Ich musste die Gründe für seinen Tod verstehen. Und dafür habe ich Zeit gebraucht. Ich brauchte die Antwort auf mein größtes Warum, versteh das doch.«

»Hast du sie bekommen?«, frage ich leise und spüre das Leid, das Linn durchlebt hat, als wäre ich selbst dabei gewesen.

Sie nickt und weicht meinem Blick aus. »Hab ich.«

»Wie fühlst du dich damit?« Es ist so viel einfacher, über sie zu sprechen als über mich. Es lindert meine Enttäuschung, von der ich das meiste in den letzten Tagen fast überwunden habe.

»Es ist schwer. Aber ich weiß, dass ich es irgendwann akzeptieren werde.«

Und das ist es, was ich an Linn so bewundere. Sie gibt nie auf. Sie stellt sich jedem Kampf. Anders als ich.

Als würde sie meine Gedanken lesen können, murmelt sie plötzlich voller Schmerz: »Ja, ich war nicht für dich erreichbar, als ich es hätte sein müssen. Ich hätte besser aufpassen müssen. Und es tut mir unfassbar leid, was passiert ist.« Tränen stehlen sich in ihre Augenwinkel. »Aber nichts davon wollte ich. Nichts davon war Absicht. Und ich hätte dir genau das erklärt, als ich zurück war. Aber du hast mich nicht gelassen ...«

»Ich war verletzt, Linn«, erwidere ich leise. »Ich habe mich so verraten gefühlt. Du hast alles getan, um mein Vertrauen zu gewinnen, und dann ...? Ich habe dir alles erzählt. Alles.« Meine Stimme droht zu versagen. »Du sagst, du liebst mich, und dann das? *Ich* musste es erst verstehen lernen.«

»Es tut mir leid. Ehrlich, es tut mir so leid«, haucht sie, und eine Träne rinnt über ihre Wange.

»Ich weiß.« Das Konfetti in meiner Brust nimmt seine Arbeit wieder auf und fängt an, sich erneut zusammenzufügen. Wie ein riesiges, magisches Puzzle. Ich gehe einen winzigen Schritt auf Linn zu und hebe meine Fingerspitzen an ihre Wange. Ich spüre die feuchte Linie, die die Träne hinterlassen hat, und fühle eine unfassbare Zuneigung in mir aufsteigen.

»Wo warst du die ganze Zeit?« Ihre Augen suchen nach einem Hinweis in meinem Gesicht. »Wo bist du gewesen, Frederik?«, wiederholt sie verzweifelt, und ich merke, wie sehr ich sie mit meiner Abwesenheit verletzt habe.

Man könnte behaupten, wir wären damit quitt. Doch ich weiß, dass das nicht stimmt. Denn meine Mutter hat recht. Ich bin es, der Linn etwas schuldet. So absurd das auch klingen mag.

»*Du* musstest das mit Petter klären.« Ich mache eine kurze Pause und merke, wie sich die Gefühle in meinem noch nicht vollständig zusammengesetzten Herzen überschlagen. Die Schuld. Die Verantwortung. Die Reue. Sie stürmen zunächst voran wie wild gewordene Pferde an einem menschenleeren Strand und lassen mich schließlich los. »*Ich* musste das mit Gyda klären.«

»Was soll das bedeuten?« Sorgenvoll betrachtet Linn mich.

»Dein Artikel, dein veröffentlichter Text … Du hast mich gesehen, wie mich noch nie zuvor jemand gesehen hat. Ich habe Dinge über mich erfahren, die ich selbst nicht wusste. Ich bin nicht weggelaufen. Ich musste gehen, um heute Abend hier sein zu können. Bei dir.«

»Aber …« Linn schüttelt verwirrt den Kopf.

Ich brauche ihre Nähe. Das ist es, was mich den nötigen Schritt gehen und mich sagen lässt: »Frag mich, warum.«

»Warum?«, wispert Linn mit Sekunden der Verzögerung und mustert mich, als würde sie ahnen, dass das, was nun folgt, der schwerste Teil des Abends sein wird. Zumindest für mich. Und sie hat so verdammt recht mit dieser Annahme.

Behutsam wähle ich meine Worte, um diesen wichtigen Part nicht zu überstürzen. »Kurz nach der Veröffentlichung bin ich rüber nach Saltholm gefahren. Ich war in den vergangenen Tagen die ganze Zeit über dort«, erzähle ich und deute mit dem Kopf hinter mich. »Ich musste zurück an den Ort, wo alles angefangen hat, schiefzugehen. Denn …«, ich hole tief Luft, »… ich habe dort etwas verloren.«

Angespannt und fragend sieht Linn zwischen mir und der Insel im Hintergrund hin und her.

»Ich habe mich dort drüben verloren. Ich habe den kleinen Jungen in mir verloren. Stattdessen habe ich nach dem Vorfall mit Gyda die entstandene Leere mit Schuld gefüllt. Ich musste mein *Warum* überwinden. So wie du.«

Ich höre die Wellen, die gegen den alten Steg plätschern, den es immer noch gibt. Ich höre das Wasser, das gegen die flachen Felsen schwappt und immer noch tiefblau ist. Doch ich höre nicht länger die Stimmen der Jungen und Mädchen. Ebenso wenig wie das entsetzte, panische Schweigen. Beides habe ich in den letzten Tagen dort abgeladen. Weil mir während zahlreicher Spaziergänge am Ufer und Dutzender Stunden, die ich am Wasser verbracht habe, endlich klar geworden ist, was Ragnar, Linn und meine Mutter mir versuchen zu sagen: Ich konnte nichts dafür. Natürlich hätte ich diese Mutprobe niemals vorschlagen dürfen, aber ich weiß nun auch, dass wir alle für unsere Entscheidungen selbst verantwortlich sind.

Worte, die bisher leer und hohl klangen, füllten sich nach der Veröffentlichung des Porträts plötzlich mit Bedeutung.

Genau das sage ich Linn.

Sie kommt einen Schritt auf mich zu, sodass wir nun dicht voreinanderstehen. Berührt sieht sie zu mir auf. »Ich bin so froh, dass du es endlich so siehst.«

»Ohne dich hätte ich das nie verstanden«, gebe ich zu. »Ich

war so wütend auf dich, als ich den falschen Text gelesen habe. Aber jetzt …« Ich schüttle ungläubig den Kopf. »Ich werde das Gefühl nicht los, dass ich ohne diesen Artikel nicht hier stehen würde. Ich fühle mich …« Ich verstumme und weiche Linns Blick aus.

»Wie?«

»Befreit.«

Ein Lächeln huscht über ihre Lippen, doch dann weicht sie plötzlich ein Stück zurück und reagiert eigenartig distanziert. »Das freut mich.«

»Linn«, setze ich eilig an, weil ich das Gefühl habe, sie genau jetzt zu verlieren. »Es spielt sehr wohl noch eine Rolle, dass du mich liebst.« Ich schlucke und zwinge sie mit einer zarten Berührung, mich anzusehen.

»Weil ich dich auch liebe.«

Sie ist raus, die letzte Wahrheit, die dieser Deal zwischen uns nach sich gezogen hat.

Sie erstarrt und schüttelt auf einmal den Kopf. Erst langsam. Dann immer schneller.

»Wehr dich nicht dagegen«, flüstere ich sanft und angespannt zugleich. Ich darf Linn nicht verlieren. Ich brauche sie. Schweigend sieht sie zu mir auf, und plötzlich wird mir klar, worin das Problem liegt. Leise spreche ich aus, was sie sich nicht traut, zu gestehen, und ich in so vielen Gesprächen zwischen den Zeilen bei ihr herausgehört habe.

»Du glaubst mir nicht. Weil Petter nicht bei dir geblieben ist. Er ist dein Bruder und hat dich verlassen. Du denkst, wenn dein Bruder schon nicht bei dir bleibt, warum sollte es jemand, der noch nicht mal mit dir verwandt ist. Nicht wahr?«

Auf ihrem Gesicht spiegelt sich ein unendlich tief sitzender Schmerz wider. Sie mag inzwischen wissen, warum ihr Bruder sich das Leben genommen hat. Das bedeutet aber nicht, dass sie ihre Selbstzweifel abgelegt hat. Er hat sie zurückgelassen. Bewusst.

Alles in mir verzehrt sich vor Sehnsucht nach ihr und dem Willen, Linn das Gegenteil zu beweisen. Ich nehme ihr Gesicht vorsichtig in beide Hände und schaue ihr eindringlich in die Augen, die mich unsicher mustern.

»Ich bin nicht weggelaufen, Linn. Ich bin vor zwei Wochen losgegangen, um heute hier bei dir ankommen zu können. Ich liebe dich. Und ich habe jeden einzelnen Tag in den vergangenen zwei Wochen daran gearbeitet, deine Liebe zuzulassen. Ich habe die Angst abgelegt, dass dir etwas passieren könnte, weil ich Teil deines Lebens sein will – so wie bei Gyda. Ich habe dich nicht alleingelassen, Linn. Ich bin schnurstracks auf dich zumarschiert.«

Linns Lippen beginnen zu zittern. Ihre Augen füllen sich mit Tränen, und ein tief sitzendes Schluchzen entreißt sich ihrem Körper. Schützend schlinge ich meine Arme um ihren Oberkörper und ziehe sie dicht an mich.

»Wir sind kaputt, Linn. Aber wir können gemeinsam heilen. Du musst es nur zulassen«, flüstere ich heiser und spüre, wie sich mein Herz in inniger Liebe zu ihr zusammenzieht.

Sekunden verstreichen, in denen ich merke, wie sie sich ganz langsam beruhigt und sich Stück um Stück dichter an mich schmiegt, bis uns schließlich nichts mehr trennt. Ihr Brustkorb hebt sich, als sie tief einatmet. Dann lehnt sie sich zurück und sieht mit feuchten Augen zu mir auf.

»Ich liebe dich, Frederik.« Ihre Stimme klingt belegt. »Und es macht mir Angst, wie gut du mich kennst.« Sie ringt nach Luft, und neue Tränen laufen über ihre Wangen. »Aber bevor ich meinen ganzen Mut zusammennehme und dir glaube, sag mir noch eines.«

»Alles«, wispere ich erleichtert über die Worte, die ich so dringend von ihr hören musste.

»Warum?«

Sie muss ihre Frage gar nicht ausformulieren. Ich weiß, was sie wissen will. Mit einem Lächeln auf den Lippen neige ich mich vor, hauche ihr einen zarten Kuss auf die Lippen und flüstere ihr folgende Worte ins Ohr.

»Ich liebe dich, weil du mutig bist. Ich liebe dich, weil du mich ohne ein Wort der Erklärung verstehst. Ich liebe dich, weil du meine Dunkelheit erhellt hast. Ich liebe dich, weil dein Lachen mein Herz erfüllt. Ich liebe dich, weil niemand auf dieser Welt schönere Worte zu Papier bringen kann. Ich liebe dich, weil du mich nicht aufgegeben hast. Ich liebe dich, weil ...«

Und so rede ich weiter und weiter und weiter und spüre, wie Linn sich mit jedem neuen Grund entspannt, bis sie schließlich unter Tränen leise lacht und mich flüsternd unterbricht.

»Merk dir das gut, ich werde vielleicht öfter danach fragen.«

Ich schlucke und fühle in jedem Teil meiner Seele, wie sehr ich diese tapfere Linn in meinen Armen brauche und sie für immer dort behalten will, wo sie jetzt ist. In meinem Herzen.

»Ich kann's dir jeden Abend zur selben Uhrzeit auf deine Mailbox sprechen, wenn du willst«, wispere ich und bedenke sie mit einem Schmunzeln.

Ein erneutes, befreites Lachen ertönt aus ihrem Mund. »Du hast viel mehr Humor, als ich dir je zugetraut habe, Frederik Jensen.«

Dann küsst sie mich, und ich weiß, dass wir alles schaffen können. Egal, was uns erwartet.

Epilog

Linn

»Was hast du vor?« Lachend winde ich mich in Frederiks Armen.

»Du musst schon die Augen zumachen, sonst ist es ja keine Überraschung mehr.«

»Ich trau dir nicht!«, quietsche ich und weiß, dass ich nie unehrlicher gewesen bin. Wenn es jemanden gibt, dem ich blind vertraue, dann Frederik. Die letzten Wochen und Monate haben wir in einem Rausch verbracht. Einem gesunden, innigen, einander ermutigenden Rausch. Es vergeht kein Tag, an dem ich nicht dankbar dafür bin, dass wir diesen Deal mit den zehn Fragen eingegangen sind. Ohne sie hätten weder Frederik noch ich Frieden finden können. Wir haben uns gegenseitig aus einem Tief gezogen, das unser Leben bestimmt hat.

Kurz nachdem meine Familie mir endlich die Wahrheit über Petters Tod erzählt hat, habe ich mir schließlich professionelle Hilfe geholt. Ich wusste, dass ich das nicht allein schaffe, selbst mit Frederiks liebevoller Unterstützung nicht. Also habe ich mit Juna gesprochen, und gemeinsam haben wir für mich eine Therapeutin gesucht und schließlich auch gefunden. Seit Anfang August gehe ich nun einmal die Woche zur Psychotherapie und arbeite auf, was ich seit fünfzehn Jahren mit mir rumschleppe.

Frederik, der mich in dieser Entscheidung unterstützt, weiß, wie schwer diese Stunden manchmal sind. Denn er erlebt es selbst. Beinahe zeitgleich kam er mit derselben Überlegung um die Ecke. Ein langer Weg liegt vor uns, doch wir werden es schaffen. Das weiß ich.

Die Beziehung zu meinen Eltern ist noch ganz am Beginn unseres Neuanfangs. Ich will nicht zu viel Hoffnung darauf setzen, trotzdem gebe ich mein Bestes, um etwas daraus zu machen.

Mein Vater hat sich ein paar Wochen nach Erscheinen von Frederiks Porträt dazu hinreißen lassen, eine Kehrtwende zu machen. Er arbeitet wieder mit hej.fremtid zusammen, diesmal wesentlich kooperativer. Die Reederei Mikkelsen wird also vielleicht doch noch zum Vorreiter in Sachen Grün werden. Ob mein Artikel oder meine Beziehung zu Frederik in diese Entscheidung mit hineingespielt haben? Ich weiß es nicht, aber ausschließen würde ich es nicht.

Meine Eltern wissen natürlich von meiner Beziehung zu Frederik, aber ein privates Treffen hat noch nicht stattgefunden. Ich will mir damit Zeit lassen. Jetzt bin erst mal ich dran. Und wenn es zwischen mir und meinen Eltern wieder gut läuft, können wir den nächsten Schritt wagen.

Gleichzeitig ist mir Frederiks Mutter Sylvie eine liebe Freundin geworden. Ich hätte es wohl kaum für möglich gehalten, doch ich bin wirklich gern mit ihr zusammen und schlage mich zu Frederiks Leidwesen nur zu gern auf ihre Seite. Ich liebe die Dienstagabende, an denen wir gemeinsam in Frederiks Haus essen. Ich durfte tatsächlich Teil dieses Rituals werden.

Eine neue, noch recht frische Säule, die mich fortan unterstützt, ist Charlotte. Manchmal kommt es mir so vor, als hätte das Wochenende, an dem ich meine Familie mit meiner Hartnäckigkeit überfallen habe, einen Schalter in unserer Beziehung umgelegt. Plötzlich ist dort etwas, um das es sich zu kämpfen lohnt. Und das tun wir. Beide. Vorsichtig und behutsam, aber voller Leidenschaft. Erst letztes Wochenende kam Charlotte zu Besuch, und wir sind gemeinsam durch die sonnendurchfluteten Straßen Kopenhagens gezogen. Ich glaube, aus uns kann wirklich etwas werden.

Ich versuche erneut, mich aus Frederiks fester Umarmung zu befreien, und muss lachen, als er anfängt, mich zu kitzeln.

»Okay!«, rufe ich. »Okay, ich mache die Augen zu!«

»Na endlich.«

Während ich die Augen schließe, nimmt Frederik meine Hände in seine und führt mich langsam von der Küche in seinem Haus in Richtung Wohnzimmer.

»Augen auf«, flüstert Frederik in diesem Moment in mein Ohr, und ich hebe blinzelnd meine Lider. Als mein Blick auf ein blondes Mädchen fällt, das eine kleine Blume in Händen hält, ringe ich nach Luft und schlage mir die Hand vor den Mund.

»Was …? Hast du das etwa geklaut?« Entsetzt sehe ich zu Frederik.

Laut lachend schüttelt er den Kopf, schlingt einen Arm um meine Taille, und ich betrachte das Gemälde eingehend, obwohl ich jeden Pinselstrich genauestens kenne.

»Es gab eine Versteigerung in der Nationalgalerie. Das machen sie manchmal. Und ich habe ziemlich überzeugend für dieses Bild eingestanden und es am Ende bekommen.«

»Ich dachte, so etwas würden sie niemals freiwillig hergeben …«

»Zeiten ändern sich«, lächelt Frederik.

»Wo willst du es aufhängen?«, frage ich und mustere das Werk mit dem Titel *Kleines Mädchen mit Blumen* von Anna Ancher. *Das* Bild. Das Gemälde, das ich mit meinem Bruder verbinde wie kein anderes.

»Nicht ich. Du«, wispert Frederik neben mir.

»Ich?!«

»Happy Birthday.«

»Ich hatte im Juni Geburtstag.«

»Ich weiß. Ich bin ein bisschen spät dran.« Frederik gibt mir einen Kuss auf die Wange, während ich ihn mit offenem Mund anstarre.

»Du hast dieses Bild für mich ersteigert?«

Er nickt. »Ich weiß, was es dir bedeutet.«

»Aber … warum?«

»Dein Bruder hat dich geliebt. Erinnere dich an ihn, wie du ihn als Kind erlebt hast. Als er dich in diesem Mädchen gesehen hat. An diesen Petter sollst du denken, wenn du an deinen Bruder denkst und das Bild betrachtest. Und vielleicht daran, dass du trotz allem nie allein sein wirst. Weil ich bei dir sein werde. In all den Jahren, die vor uns liegen«, flüstert Frederik an meinem Ohr, und ich kann nicht anders, als mir verstohlen eine Träne aus dem Augenwinkel zu wischen.

»Danke«, wispere ich und fahre mit den Fingerspitzen über den Rand des Gemäldes. Ein Schauer durchfährt mich. Dankbarkeit. Erleichterung. Trauer, aber auch eine Menge Liebe.

Danksagung

Ask Me Why ist nicht mein erster Roman, und doch ist es ein Debüt. Mein New-Adult-Debüt. Ich hatte einen Heidenrespekt vor diesem Skript. Es ist so ähnlich und doch ganz anders als die Romane, die ich bisher geschrieben habe.

Nach einem Dutzend Liebesromanen fragte mich ein lieber und wichtiger Mensch in meinem Leben, ob ich nicht mal etwas Neues ausprobieren möchte. New Adult. Es wäre nicht viel anders als das, was ich bisher geschrieben habe. Nur mit jüngeren Protagonisten und aus der Ich-Perspektive. Aber der gleiche Tiefgang und dieselbe emotionale Art, die man von mir bereits kennt.

Ich war skeptisch. Aber dann habe ich nachgedacht und mich mithilfe meines Mannes schnell daran erinnert, wie ich mit Anfang, Mitte zwanzig gewesen bin, welche Themen mich in dieser Zeit beschäftigt haben, und auf einmal wurde mir klar: Ich kann das. Weil ich vieles davon selbst schon gefühlt und erlebt habe. Anders, aber doch genauso. Also sagte ich zu, und die Geschichte von Linn und Frederik nahm Form an.

Deshalb geht mein größter Dank an diese eine Person, die ganz genau weiß, dass sie gemeint ist, wenn sie das hier liest.

Ein ebenso großer Dank geht an meinen Mann, der mir Mut gemacht und mich daran erinnert hat, wer ich bin, was hinter mir liegt und wie ich all das durchgestanden habe. Seit mehr als zehn Jahren ist er der Mensch, der mich immer wieder auffängt, meine Hochs und Tiefs erträgt und mich trotzdem oder vielleicht gerade deswegen liebt. Mit Anfang zwanzig die große Liebe finden? Scheiße, Leute, das ist so was von möglich. Ich war damals gerade achtzehn. Wenn dieses Buch veröffentlicht wird, bin ich dreißig, und ich denke immer noch: Wow, nicer Typ, der sich mit mir die Miete teilt, mich zum Lachen bringt, Vater meines Kindes ist und einfach immer da ist, wenn ich ihn brauche.

Ein niemals endender Dank geht außerdem an meine Schwester und an eine sehr gute Freundin. Annika, Alexandra – ihr seid unglaublich! Danke, dass ihr diese Geschichte gelesen und mir eure konstruktive Kritik um die Ohren gehauen habt. Ich liebe und hasse es gleichermaßen. Okay, und ich habe jedes Mal wieder Schiss, wenn ich euch meine Skripte schicke. Selbstzweifel? Hi, it's me!

Und dann ist da noch *everlove*. Dieser wunderbare Verlag, der an mich geglaubt und dieser Geschichte ein Zuhause gegeben hat. Danke an meine wundervollen Lektorinnen und überhaupt das ganze Team. Still wondering, warum ihr denkt, das könnte gut werden. Aber ist schön zu wissen, dass ihr auch während meiner Zweifel an mich glaubt. Danke, danke, danke, und habe ich es schon erwähnt? Danke!

Ich schreibe gerne. Ich schreibe viel. Und ich wiederhole mich unfassbar oft. Ich denke nämlich jedes Mal, ich muss den Leser:innen noch mal besonders deutlich vor Augen führen, warum wer wie was denkt und tut. Deshalb, liebe Michelle Stöger, DANKE für das konsequente Streichen meiner redundanten Gedankengänge und für das Setzen der vielen fehlenden Kommata. Peinlich, dass ich das nach dreizehn Liebesromanen immer noch nicht kann, aber hey …

Mein letzter Dank geht an das *Warum*. Klingt seltsam, ich weiß. Aber für mich hat es einen krassen Unterschied gemacht. Wie oft trauen wir uns nicht, einer Sache auf den Grund zu gehen, weil wir Angst vor der Antwort haben? Wie oft würde uns aber genau das doch dabei helfen, besser mit diesen Dingen umzugehen? Ich habe lange nach meinem Warum gefragt. Sehr lange. Es war mühsam, schmerzhaft und aufreibend. Ich bin an Grenzen gestoßen. Meine und die von anderen. Aber das war es wert. Weil ich heute endlich eine Antwort auf mein Warum habe und damit in Frieden leben kann, statt geprägt von Nervenzusammenbrüchen und zahlreichen Tränen einen Tag nach dem anderen zu bekämpfen.

Nicht darüber zu reden, ist das Schlimmste, was wir tun können. Denn die Sache, um die es geht, verschwindet dadurch nicht. Sie schwelt. Unter der Oberfläche. Und im Zweifel macht sie uns kaputt. Ist es das wert? Nein, das glaube ich nicht.

Also lasst uns unseren Mut zusammennehmen, durch die Hölle gehen, aber dafür am Ende mit einem Leben belohnt werden, das sich endlich ein bisschen leichter anfühlt.

Liebe Leser:innen, danke. Danke euch, dass ihr diesen Roman lest und bis zur letzten Seite drangeblieben seid. Ich hoffe, ihr hattet eine wundervolle Zeit mit Linn und Frederik und werdet die beiden in guter Erinnerung behalten. So wie ich. Weil die beiden so viel Mut bewiesen haben. Mut, den wir alle gebrauchen können.

Contentwarnung

(Achtung, Spoiler!)

Ask Me Why enthält potenziell triggernde Inhalte.
Diese sind: Suizid, Depressionen, Schuld.

Bitte lest dieses Buch nur, wenn ihr euch emotional dazu in der Lage fühlt. Falls es euch mit diesen (oder anderen) Themen nicht gut geht, findet ihr unter der Nummer der Telefonseelsorge rund um die Uhr kostenlose und anonyme Hilfe.

TelefonSeelsorge Deutschland
0800/111 0 111 · 0800/111 0 222 · 116 123
https://www.telefonseelsorge.de/

TelefonSeelsorge Österreich
Notruf 142
https://www.telefonseelsorge.at/

Schweizer Verband Die Dargebotene Hand
Notruf 143
https://www.143.ch/

Euer *everlove*-Team